撂地儿

王如 著

陕西新华出版

太白文艺出版社·西安

图书在版编目（CIP）数据

撂地儿 / 王如著. -- 西安 ： 太白文艺出版社，
2021.4（2023.6重印）
ISBN 978-7-5513-1766-5

Ⅰ．①撂… Ⅱ．①王… Ⅲ．①长篇小说－中国－当代
Ⅳ．①I247.5

中国版本图书馆CIP数据核字(2021)第027786号

撂地儿
LIAO DIR

作　　者	王　如
责任编辑	刘　宇　林　兰
封面设计	郑江迪
版式设计	建明文化
出版发行	太白文艺出版社
经　　销	新华书店
印　　刷	三河市同力彩印有限公司
开　　本	720mm×1020mm　1/16
字　　数	366千字
印　　张	24.75
版　　次	2021年4月第1版
印　　次	2023年6月第2次印刷
书　　号	ISBN 978-7-5513-1766-5
定　　价	69.80元

出版社地址：西安市曲江新区登高路1388号（邮编：710061）
营销中心电话：029-87277748　029-87217872

目 录

楔子

小福一个漂亮的"倒提"，一下点燃了全场的情绪，《倒吃大菜》圆满收场。那喝彩声、口哨声、掌声填满了马戏大棚……小福和小淘谢过观众，在热烈的掌声中，微笑着回到了后海①。

"小福，是你吗？"

这生硬的中国话，这熟悉的声音，这独特的语调，使小福的心一颤。难道是先生？不，怎么会呢？小福慢慢转过身来，眼泪哗地流了下来："先生，卓别林先生！俺不是做梦吧？"

卓别林头戴圆顶的小礼帽，身穿窄小的上衣，肥大的裤子，一双又长又笨的大皮鞋，持一根手杖，抖着黑黑的小胡子，正愣怔地看着小福呢。小福不顾一切地扑了过去……

此时的小福，已是健壮的少年啦，卓别林哪架得住呢？只见他趔趄一下，两只大皮鞋颠来倒去，勉强站住了脚跟。小福感觉自己太莽撞了，不好意思地挠着后脑勺，用夹杂着细雨般的声音说："先生，您可想死俺了！"

"小福，我也想你，很想很想，就像想我的孩子一样。"卓别林非常动情地说完，又冲小福张开了双臂，两个人紧紧拥抱在一起。

在印度分别的时候，卓别林曾跟小福说过，今后有可能还会见面，但那说的是在中国。可是，他们万万没有料到，在万里之外的英国，竟然意外地相遇啦，他们怎能不欣喜若狂呢！

---

① 后海：杂技专用术语，指演员化装、候场之处。

一九三〇年九月，卓别林来到英国皇家马戏团，听说一个中国马戏班子在这儿，特别是演《倒吃大菜》的小福，是一个技艺超群的孩子。卓别林心里就琢磨，难道小福真来到了英国？

因此，他特意扮好了行头，到大棚里观看演出。当他看到演《倒吃大菜》的小福时，竟激动得说不出话来。他查看一下节目单，发现这是小福最后一个节目，就判定小福演完一定会换装，这才匆匆跑到了后海。

卓别林仔细端详着小福，眼睛笑成了一条缝儿，白白的脸上露出了许多皱纹。

两个人都无比开心，沉浸在久别重逢的兴奋里。可是，卓别林的档期已经排好，他只能在这儿停留两天，就必须赶回去拍电影。两天，对于他们来说，实在是太短暂了，无论是感情交流，还是艺术交流，这的确是太残酷的事。

就说小福吧，想跟着卓别林学"眼动""耳动"，可因为时间太短，连基本要领都没有掌握；卓别林呢，就更不可能学会"单手顶""头顶子"了，这哪是两三天就能练成的！

临别，小福说自己要回国了，这让卓别林更加惆怅。今后，将是天涯海角了。此时，两个人心灵的天空，早已是乌云密布。也许是自我安慰，也许是安慰小福，卓别林一遍遍地说："我会去中国，一定会去中国。小福，我要去中国看你。"

小福说："先生，您可一定要来中国啊！"

卓别林必须起程了，他和小福紧紧拥抱后，恋恋不舍地离开。

卓别林倒退着，倒退着，一步一步倒退着，眼含泪水望向小福；小福向前走着，走着，一步一步走着，眼泪像断线的珠子，一颗一颗滚落下来。他们相互挥着手臂，是那么留恋。小淘看看卓别林，又瞅瞅小福，他实在不忍心再瞧下去，一把拽住了小福。

卓别林依然倒退着，倒退着……直至两个人的距离拉远了，泪水也模糊了双眼，这才毅然转身离去……

第一章 酷刑

1

一九二三年，河北省吴桥县申庄。

正是万籁俱寂的时候，全村人都进入了梦乡，只有赵家如星的灯火，闪闪烁烁、忽明忽暗，像是在诉说着窘迫的心境。

已经是午夜时分了，赵保真却毫无睡意。他倚着山墙坐在炕上，只管吧嗒吧嗒地抽闷烟，烟锅里的烟火若隐若现，映着他那满是皱纹的脸庞。

对面坐着他的女人刘氏。刘氏借着昏暗的灯光，正在赶做针线活儿。在她憔悴的面容上，写满了生活的苦难。年逾四十的刘氏未老先衰，眉宇间雕刻着充满沧桑的皱纹，她一针一线地赶做棉衣，还不时停下手中的活计，撩起围裙擦掉脸颊上的泪水。

小福躺在爹娘身边，他那瘦瘦的小脸上，总是挂着浅浅的笑。这孩子从出生起就喜欢笑，哪怕是饿着肚子，哪怕是脸上挂着泪，微笑也没离开过唇角。三岁以前，总爱嘻嘻傻笑的小福，曾被家人疑为痴傻儿，若不是缺了心眼，哪有饿着肚子还笑个不停的道理？三岁之后，小福的机灵劲儿就显现出来啦。

在吴桥，男女老少都通晓杂耍，小福当然也不例外。他一天天在村里跑来跑去，看着别人练把式。他有过目不忘的本事，渐渐掌握了杂耍的基本功，扎扎实实的基本功，什么翻跟头啦，什么下腰拿顶啦，那是一点都不含糊，但凡看过他耍把戏的人，没有不竖大拇指的。

于是，不再有人怀疑小福的智商了，反而把他看成是大器之才，原来顺嘴叫出的小三子，也改成了一个吉祥如意的名字——小福。

小福的名字，是带着爹娘诸多祈愿的，都希望他吉星高照，不再像哥哥姐姐那样，整天饥肠辘辘。然而，希望毕竟是希望，小福已经七岁了，在他的记忆中，还从未吃过一顿饱饭呢。吴桥，一九一九年运河决口，全县大部分土地被淹；一九二〇年大旱，老百姓遭受饥荒，八千多人逃往东北；一九二一年鼠疫，十余人因此丧命。连续几年的灾害，加之境内多年的匪患，本就缺衣少食的吴桥人，就更是穷困潦倒了。每年春荒，小福就和小伙伴摘榆树钱儿、马齿苋，用来充塞辘辘饥肠。他那瘦削的脸庞、单薄的身躯，和他的年龄很不相称。七岁的小福，还不如五岁的孩子壮实，这成了爹娘的一块心病。不过，对于小福来说，矮小的身材，反倒成全了他的技艺，小福练起把式来，比别的孩子灵巧多了。

做完最后一针活计，刘氏用牙咬断棉线，拿起用旧衣改制的小棉袍，放在小福身上量了又量，然后她凝视着熟睡的儿子，脸上流下一串串热泪，抖动着双肩哭泣起来。

"别惊醒了小福，让他再睡一会儿。"一夜没合眼的赵保真，声音里明显带着忧伤。他一边提醒着妻子，一边穿鞋下了地，转过身朝屋外走去。

雄鸡一声声长啼，曙光洒在小福脸上。

赵保真领着本家兄弟赵保山、赵保有走进来，刘氏含着泪水打招呼："他叔来啦，快进屋里坐。"

赵保有大咧咧地问："哈哈……大嫂，小福收拾好了没？"

刘氏的泪水倏地就流了下来，回身指了指炕上的小福，摇着头哽咽地说："俺没舍得叫醒他，想让他睡个透觉呢。"

这时，小福爷爷、奶奶从东屋来到西屋，脚跟脚的是小福大姐、二姐。大姐和二姐都已出嫁，婆家都是外村人，离娘家有五里多地的脚程，这是特意起个大早赶来的。小屋里挤满了人，目光都集中在小福脸上。

赵保真低声对刘氏说："把小福叫醒吧。"

"不许叫他！俺不让小福出生意。"一声低吼，把目光都吸了过去。大家扭头一看，原来是小福的二哥赵凤瑞从外面急匆匆地走了进来。赵凤瑞今年十四岁了，高高瘦瘦的，脸庞黑黑的，说话时喜欢瞪着眼睛。赵凤瑞排行特殊，既不是大的，也不是小的，他没有得到像大哥那样的疼爱，也没有得到像小福那样的呵护，他常常被家人忽视。出生时，他瘦得像一只小耗子，麻秆样的脖子上顶着个大脑袋，整天饿得嗷嗷直叫，只要坐的时间稍长一点，那大脑袋就晃来晃去，稍不留意会被折断似的。因此，大家顺口给他起了一个名字——小耗子。大家以为他活不长，谁都没把他放在心上。没想到，干巴瘦的小耗子，却奇迹般地活了下来，而且越长越结实，转眼成了个半大小子。由于长期被家人忽略，赵凤瑞从小就喜欢走东串西，即便是天黑还未归来，也没有人太在意。

最近这一年，赵凤瑞更是白天夜里不回家，一天天忙得脚打后脑勺儿。刘氏偶尔想起来，就会问上一声："小耗子呀，你整天跑来跑去，都忙活啥呢？"

赵凤瑞神秘一笑，冲着刘氏说："娘，你就别管了，俺做大事呢。"

奶奶撇嘴说："你要是能做出大事呀，这老天都能颠个个儿！"

赵凤瑞嘿嘿一笑说："你们就瞧好吧。"

几天来，赵凤瑞一直没在家，小福跟赵保山出生意的事，他自然被蒙在鼓里。这会儿，他从村里人那里得到消息，就赶紧跑了回来，意在阻止叔叔带走小福。赵凤瑞穿着一件很旧的、用灰色长袍改制的衣服，衣服的底边接着一圈蓝花布，那原本是爷爷的旧长袍，蓝花布却是大姐的旧衣。裤子拖得老长，裤腿都散了边儿，那还是捡二姐夫的。说他衣衫褴褛，其实一点都不为过。最有意思的是，他脚上的那双鞋，一只是黑色，一只是灰色，那是捡爷爷和爹的，而且因为鞋码过大，他只能趿拉在脚上，像踩着两只小船。

此刻，小耗子就这么站在门口，站在阳光里，他显得高大了很多。大家忽然发现，赵凤瑞已经不再是小耗子了，而是在大家的忽略中长大了。

赵保真看了一眼赵凤瑞，继续对刘氏说："把小福叫醒，该上路了。"

大家的目光又回到小福身上，谁都没有去理会赵凤瑞。

"俺说啦，不许叫醒弟弟，不许送他出生意！"赵凤瑞又喊了一声。

"你胡说啥？不出生意等着饿死啊？"赵保真冲着赵凤瑞说。

"哼，饿死也不该出生意。小孩子出生意，那就是承受折磨，是用肉体的痛苦换钱花。"赵凤瑞又大声说。

这时，赵保山不干了，他接话说："小耗子啊，你说话不要这么难听，跟杂耍班子走，那是学技艺，长本领，也能落个饱肚子。"

"长啥本领？爹、娘，你们送弟弟出生意，就是在卖孩子。"

这一句话，把全家人的伤感都勾了出来，先是小福的奶奶低声哭起来，两个姐姐也捂住嘴巴抽泣，小福爷爷伸手擦了擦干涩的老眼，却没有擦出一滴眼泪，他用力挤了挤眼睛，又用力挤了挤眼睛，脸上是哭泣的表情，却始终没有一滴眼泪。

唉……苦难的岁月之火，已经烧干了他的眼窝窝。

赵保真一下子愤怒了，一直被忽略的小耗子，竟敢指着鼻子责怪他，他感到家长的威严被扯下来，脸上火辣辣的挂不住，就快步走到赵凤瑞面前，啪的一巴掌打在他的脸上。赵凤瑞愣住了，全家人也都愣住了，谁能想到会有这一幕？赵保真一边打一边骂："你个小兔崽子，敢指着你爹的鼻子啦？俺啥时卖孩子啦？俺一没收钱，二没收物。送他走，就是为他谋个活路。"

赵凤瑞用手捂着脸，傻愣愣地看着赵保真，一向窝囊的爹竟然动手了，这让他半晌没缓过神来。

过了一会儿，赵凤瑞晃晃头，又大声地喊道："莫先生说啦，让没成年的孩子出生意，靠苦刑术换取银钱，就是出卖孩子的肉体。你让小弟弟出生意，你不是卖孩子是啥？"

赵凤瑞提起莫先生，赵保真更气愤了，他抄起炕角的笤帚，举起来就向赵凤瑞打去，还一连串地骂道："莫先生，莫先生，你就跟他混吧，他一天天革命革命的，早晚把自个儿的命革进去，也把你的命革进去！"

赵保真一笤帚打去，赵凤瑞机灵地闪过，他又大声地喊道："俺就和莫先生混，推翻这个旧世界，换来一个新世界，让弟弟吃饱肚子，不再被卖来卖去。"

说完，他腾腾腾地跑出屋子，转眼间没了踪影。

赵保真气得扔下笤帚，抱着脑袋蹲在墙角哭起来。赵凤瑞嘴里的莫先生，他是如雷贯耳呀！莫先生是申庄莫云海的堂弟，名叫莫子镇，是一个读书人，在天津政法学堂念书。自打去年以来，莫子镇常来莫云海家，每次都住上一阵子。莫先生就像一本神奇的书，什么天文地理啦、剥削阶级啦、无产阶级啦、翻身解放啦……反正天南海北的新奇事，就没有他不知道的。莫子镇为人十分谦和，又善于表达自己的思想，到了申庄没有多久，身边就围了一群半大孩子，整天东跑西颠的，不知道在忙些什么事。这其中，当然少不了赵凤瑞啦。只要莫先生一来，赵凤瑞连家都不回了，日夜和他厮守在一起。赵保真曾问过赵凤瑞，莫先生到底在做什么，赵凤瑞挺着胸脯说："莫先生在做革命的大事，那是让穷人都过上好日子的大事。"

赵保真一直没把赵凤瑞的话当真，因为没有精力去管这个孩子，也就随他去了。没想到的是，赵凤瑞居然拿莫先生的话来顶撞他，这伤了他的自尊。本来就为小儿子即将离家揪着心，又被二儿子气了一通，伤心加窝火，赵保真的眼泪就止不住了，他抱着头边流泪边说："都怪俺窝囊，连孩子都养不起，让这么小的孩子出去讨活路。"

赵保山劝道："你们哭个啥？小福这是去享福哩。"

赵保有说："哈哈……就是就是。出去能混个饱，总比在家挨饿强。"

刘氏用惶恐的眼神看看赵保真，再瞅瞅哭泣的公公婆婆，她撩起围裙擦了擦眼角，然后颤颤地走到土炕边，摇了摇酣睡的小儿子，又轻轻地呼唤道："小福，醒醒！小福，小福——"

"娘，俺困。"小福奶声奶气地嘟囔着，翻了一个身又要睡去。

"小福，醒醒。看娘给你做的新衣裳。"刘氏扳过小福的肩膀。

小福睁开惺忪的睡眼，看见满屋子都是人，不知发生了什么事："娘，咋啦？"

小福认真打量屋子里的人，好像意识到了什么，他一骨碌爬起来，揉着眼睛先看看娘：娘眼睛红肿，眼圈微黑；再瞅瞅爹、爷爷、奶奶、大姐、二姐，他们的脸上都罩了一层愁云，奶奶和姐姐们眼睛都含着泪水，有的还扑簌簌往下掉。

小福明白了，一定是发生了什么大事，不然全家人怎么会如此悲伤呢？他的心一下子被揪紧了。

"娘——"小福一下扑进刘氏怀里，双臂紧紧地搂住娘的脖子。

"小福，听话。"赵保真拉过小儿子，"快，穿上娘给你做的新衣裳，今天就跟叔叔走吧，去出生意，到外面闯荡闯荡，省得在家里挨饿。"

出生意的含义，小福是明白的。他听大人们讲过，他的家乡地少人多，庄挨着庄村靠着村的，土地又是那么贫瘠，任凭终日劳作，也始终填不饱肚子。人们为了活命，常常老幼相携，成群结队外出卖艺。时间久了，吴桥的杂耍竟然闻名全国了。

学得一身艺，敢吃江湖饭。这是吴桥人挂在嘴边的话，老辈人也是这样鼓励孩子们的。从记事起，赵保真就让小福翻跟头、打把式，小福还跟着邻居练下腰拿顶。可以说，小福是喜欢杂耍的。可他毕竟才七岁，还从未离开过家，甚至睡觉还钻娘的被窝，嗫几下奶头儿，然后让娘搂着睡。此时，他没等爹把话说完，就大声地哭喊起来："娘，俺不去，俺不愿意去！"

"小福，听叔叔话。"赵保山走过来，拉着小福的手说，"你不是要跟叔叔去出生意吗？叔叔领着你到城市去，到外国去。出去就好了，有饭吃，有肉吃，有新衣裳穿，啊？"

赵保山的话，让小福想起几天前的事。有一天，赵保山领着几个人在村头的场院练功，他们刀枪剑戟地耍着，跟头把式地翻着，小福在旁边竟然看得入了神，还跟着翻起了跟头，倒起了立。这一切被赵保山看在眼里。于是，赵保山拉着小福的手问："小福，跟叔叔耍把式吧？"

"行。"

"叔叔领你坐火车，进城去。"

"行。"

小福并不知道火车什么样。对小福来说，火车对他的诱惑力极大。大哥赵凤池在上海一家地毯厂当童工，前年回家跟小福讲过火车。在小福的脑海里，火车就是一条爬在两根铁棍上的绿虫子，这虫子爬得可快呢。

小福没想到，他信口答应叔叔的话，几天后竟然成了真。面对离家的事实，小福对火车的好奇早已无影无踪了。尽管一家人好言相劝，小福仍旧哭叫着："俺不去，俺不去——"

刘氏挓挲着双手，不知如何是好。蹲在地上的赵保真，缓缓地站了起来。作为一家之主，他不得不发话了，甚至还提高了嗓门："小福，听爹娘的话！"

奶奶哭着说："保真啊，别让他去了。挨冻受饿也好，一家人守在一起，那总归是好的。"

赵保真却说："在家待着冻死饿死，还不如出去寻个活路。"

其他人不敢再说话了，赵保真两步走近炕沿，用力一拉小福的胳膊，黑着脸大声地说："小福，快穿衣裳！"

小福最害怕赵保真了，看赵保真的确生气了，他不敢再说什么，就穿上了刘氏改制的棉袍。棉袍有些长，袖子遮住了小手，小福甩了甩袖子，刘氏忙帮他挽上。

看小福不再吱声了，刘氏去收拾行囊，其他人就说起闲话。小福瞅了瞅棉袍，竟然生出一种怨恨——棉袍是出征的号角，他即将流浪远方了。小福撇了撇嘴，眼泪差点掉下来。可是，哭有什么用呢？对，溜吧！小福忍住泪水，眼珠骨碌骨碌转，他看看爹，瞅瞅娘，又瞧瞧大伙儿，趁大家没注意，一转身就溜出了房门。

出了门，小福撒腿往村外跑，他想去找二哥赵凤瑞。因为，在他心里，赵凤瑞是他的保护伞，只要有人欺负他，赵凤瑞总把他挡在身后。小福跑啊跑，一直跑到村口，他迷茫了——面对岔路口，该走哪一条路呢？

刘氏收拾好了行囊，赵保真想喊来小福，把他亲手交给赵保山，让兄弟好生照顾。可是，他喊了一声又一声，小福就是没回音。小福去哪了？赵保真到处找，屋里没有，院里也没有，于是叫上赵保有一起去找。

他俩来到村口时，小福正犹豫不前呢。赵保有腾腾腾几步，就来到了小福身边，一把抓住小福的胳膊。小福连蹬带踹，拼命喊着要去找二哥。赵保有哪里肯放，小福无奈，低头就咬了赵保有一口。

赵保有一松手，小福拔腿就跑，身后却传来一声断喝："小福，站住！"

小福一下钉在地上，凄凄惨惨地哭道："爹，俺不去，俺不想出生意，俺要找二哥去。"

赵保真瞪着眼说："好，不去也行，那就叫小耗子去讨饭。"

一说到讨饭，小福立马蔫了。去年春天，他跟二哥到邻村去玩，就看到一个小孩儿饿死在街头。因此，对小福来说，讨饭是他的噩梦。

所以，小福冲赵保真大喊："不，俺不让二哥去讨饭。"

赵保真说："小耗子不讨饭，你就得出生意，去赚钱。要不，全家都得等着饿死。"

小福默默地垂下了头。

小福不想让全家人饿死，他只能去出生意了。于是，他嘟囔道："爹，俺去出生意，俺挣钱养家。"

赵保真眼泪一下子就流了下来，一把将小福搂进了怀里。

小福抬起头望着赵保真，用小手擦去他眼角的泪水，嘴角挂着莫名的笑意。

一家人送小福上路了。

赵保山和赵保有扛着道具依次走在前面，孩子们一个跟着一个走在后头，小福走在最后面。小福右肩扛着一条长板凳，左肩扛着一杆花枪，花枪头上还挑着一面小鼓。爹、娘、爷爷、奶奶、大姐、二姐紧随其后，脸上都淌着小溪，溪水淹了全家人的心，那心里长出了黄连。

奶奶大声地哭着，爷爷却哭不出来。赵保真冲爷爷奶奶说："爹、娘，你们停步吧，别跟着了，孩子该舍不得了，俺和他娘去送送。"

爷爷奶奶吓得连忙停住脚步，不敢再往前送半步。

小福一步一回头，恋恋不舍地看着，他看看自己的村庄，瞅瞅场院边上的枣树，瞧瞧家门前的棠棣树，还有弯弯的沙河水……那甜甜的枣儿，那清凉的沙河水，那回荡着童谣的村庄，装满了小福童年的记忆。小福一一看着、看着……他实在不忍心了，奶奶的泪珠儿是他的痛，他立马转身向前走去。

出了申庄村口，小福不再哭了，他长大了似的，回头瞅了瞅娘那满是泪痕的脸，他的心揪了一下。他又瞅了瞅爹，压低了嗓音说："娘，你别送了。爹，你们都回吧。"

这时，刘氏突然号啕大哭起来，还不住地喊着小福的名字，两个姐姐也都哭成了泪人。

刘氏抱着小福叮嘱着："小福啊，你要照顾好自个儿。"

大姐说："小弟，天冷了要加衣。"

二姐说："小弟，肚子饿了，就跟保山叔说。"

赵保真则含着泪对两个兄弟说："小福就交给你们了，你们可要善待他，咋说他还小呢。"

赵保山和赵保有连连点头。

看娘儿俩一直抱在一起，害怕耽误了脚程，赵保真一把拉开刘氏，冲她低声呵斥道："你哭个啥？这不是让孩子为难吗？"

刘氏终于撒开了双手。

小福毅然转身向前走去，身后留下思念的泪，还有牵肠挂肚的亲人……

2

辛亥革命失败以后，便开始了军阀混战，这一打就是十多年。

一晃，到了一九二三年，中国社会的天空乌云密布，曹锟贿选为大总统，上海、浙江、安徽、广州等省市各界旋即通电全国，一致声讨可耻的军阀政客；京汉铁路工人罢工运动，遭到直系军阀吴佩孚武力镇压，京汉铁路总工会江岸分会委员长、共产党员林祥谦及武汉工团联合会律师施洋被害；全国十二个省大旱，庄稼严重歉收，草根树皮被吃光，尸横遍野。人们大旱望云霓呀！可是，一帮军阀官僚，像冯国璋、王占元、李纯、曹锟之流，依然横征暴敛，敲骨吸髓，甚至为了子孙万世之用，竟然把这些横财存入万国银行。老百姓不得已，只好拖家带口，客走他乡了。

在这腥风血雨的年代，吴桥人为了生存，只能借一技之长，结伴同行，远走天涯。于是，他们跋山涉水风餐露宿，在风霜雨雪中四海为家，甚至穿越西伯利亚北抵欧洲，或者途经香港客走南洋。

赵保山和小福一行，就是这样一支队伍。他们一共是五个人，两个成人和三个孩子，为首的就是赵保山。

赵保山三十多岁了，是个五短身材的男人。早年，他随师父出过生意，学了一身的杂耍技巧，也学会了带班子的本领。如今，他也带着几个小孩，开始闯荡江湖了。

吴桥杂耍之所以世代相传，这种传授技艺的方式，就是一个根本原因。最初，师父带着徒弟四处闯荡，徒弟跟着师父学撂地儿、学卖口和应酬。等到徒弟长大了，本领也学会了，就辞别师父，也领着几个小孩，照葫芦画瓢接着撂地儿。这样一来，吴桥的杂耍班子越分越多，甚至遍布全国各地。

在闯荡江湖的过程中，有些师父艺高胆大，领着班子闯出国外。在外国挣到钱，会给家里寄钱，寄钱得填写地址啊，就写中国河北吴桥。因此，外国人不知道中国的北平（北京），却知道中国的吴桥。

赵保有是赵保山的叔伯兄弟，二十岁左右的年纪，是个虎背熊腰的大个儿，长相端端正正的。他为人大大咧咧，总是乐呵呵的。所以，小孩子送他一个外号——大哈叔。

不知是什么原因，小福一看到这兄弟二人，就觉得胆战心惊。尤其是赵保有哈哈一笑，有摄人魂魄的感觉。因此，小福一踏上大路，就和两个小伙伴黏上了。在家时，他们便一起玩耍，也算情同手足，但现今几乎是相依为命了。

赵保有最小的弟弟，就是三个小伙伴之一，小福应该管他叫叔叔。他只比小福大两岁，从未以叔叔自居过，和小福相处得又随和，小福就一直叫他的乳名——小亮。小亮在这个杂耍班子里，和小福的地位是相同的，因为他是跟着哥哥学艺，也是杂耍班子里的"孩子"。

"孩子"，在杂耍班子里很重要，是杂耍班子招徕观众、唤起观众同情心的撒手锏。所以，但凡闯荡江湖的杂耍班子，没有不带"孩子"的。

另一个小伙伴是马小淘。小淘不是申庄人，是吴桥西北的楼子堡人，他从小失去父母，以讨饭为生。他被赵保山领到申庄后，很快就熟悉了申庄，特别是年龄相仿的小朋友。小淘比小福大三岁，都是穷人家的孩子。因此，他们一见如故，很快成了好朋友。小福喜欢小淘的为人，钦佩小淘的刻苦劲儿。他们常常是场内练功场外看，场内场外比着下腰拿顶，小福虽不在班子里，但与小淘却像亲兄弟一样。现在，能跟小淘在一个班子里，小福感到有了伙伴。

在杂耍班子里，小福虽然年龄最小，嘴巴却是最甜的一个，冲小亮和小淘，总是一口一个小哥哥，叫得小亮小淘美滋滋的，他们对小福格外照顾。

小福惦记赚钱养家，就追问："小亮哥哥，俺能挣很多钱吗？"

小亮说："能，一准能，能挣满满一褡裢。"

小福笑眯了眼，又问："小淘哥哥，那时俺就能回家了吗？"

小淘说："能，一准能。"

小福又眯着眼笑，笑着笑着就流下泪来。

小亮帮小福擦去眼泪。小福轻轻叹息一声，那思乡情在叹息中，显得愈加浓烈。于是，小亮流泪了，小淘也流泪了。这时，小福却擦干眼泪，仰着小脸，勉强挤出一丝笑意，嘴角一抽一抽地说："哎——你俩哭啥，俺们都好好练功，好好挣钱，也好早一点回家。"

小亮小淘连忙擦干眼泪，他们不想被小福看轻了。

出发后第一个目的地是连镇。

只有到了连镇，才能坐上火车，才能去远方的城市。

申庄离连镇四十里，在冬至前后的日子，徒步需要一天脚程。

杂耍班子在拼命赶路。走在最前面的赵保有，像有使不完的劲儿，肩挑着一副沉重的担子，走起路来还一阵风似的，把孩子们远远甩在后面。赵保山一直走在中间，他背着个大行李卷，几乎遮住了整个身体。他不时地停下来，冲三个孩子吆喝："你们麻利点，赶紧跟上来。"

三个孩子就小跑一阵儿，赶紧追赶赵保山。小福年龄小，这一路跑下来，累得满头大汗。小淘心疼小福，接过板凳和花枪，一股脑儿扛在自己的肩上。即便这样，小福还是跟跟跄跄的。不过，他心疼小淘哥哥，不停地从兜里掏出手绢，踮着脚擦去小淘的汗水。

中午时分，杂耍班子来到赵庄，在一棵大树下歇息。赵保山打开包袱，拿出棒子面饼和萝卜疙瘩咸菜，一一分给大家。小福想起娘给他的花生米，瞟了瞟赵氏兄弟，发现他们埋头吃着，就凑到小亮小淘身边，悄悄掏出一小把，分别塞进他们的衣兜。小亮摸了摸小福的头，小淘递给小福一张饼子，小福接过来咬了一口，眯着眼冲着两个师兄笑。

小亮和小淘也笑了。

这顿饭，饼子就咸菜和花生米，吃得那个香，是小福记忆中不曾有的，甚至把离别亲人的伤痛，都抛到九霄云外了。

吃完午饭又上路了，小福虽然空手而行，却感到脚步越来越重，脚底板火辣辣地疼，每一步都费很大的劲儿。小福想哭，想躺在地上不起来，可看到走在前面的队伍，心底又涌起挣钱的欲望，就一步一趔趄地向前走去。小淘和小亮也不例外，肩头像被大山压着，两个人肩膀沉沉的，也走得歪歪斜斜的。相对而言，赵保山和赵保有就好多了，他们虽然扛着重物，体力却要超过孩子几倍。因此，三个孩子被甩得远远的，赵保山不时停下脚步，等一等三个孩子，但脸色变得越来越难看。此刻，小福满身的疲累，挣钱养家的心愿，早已随风飘远。但小福瞄一眼赵保山，那脸像黑压压的云，压得小福喘不过气来。

暮色终于笼罩下来了，这支疲惫不堪的队伍，跌跌撞撞到达连镇时，早已是满天星斗了。

连镇真的是热闹极了。

南自桑园，北至东光，都不通公路。只有连镇，既通公路、铁路，又靠近运河，是名副其实的交通枢纽。

连镇人口不足万人，可南来北往的商贾，还有过往的行人，每天都以数万计。

小福一行来到了顺河街。顺河街是连镇的闹市，虽然夜幕笼罩大地，但赶市的人们熙熙攘攘，街面上声音十分嘈杂，有粗门大嗓的吆喝声，有叮叮当当的炒勺声，还有主顾之间的讨价声……小福闻着弥漫的鱼肉香味，就像干旱的禾苗遇到春雨，那叶子一下支棱了起来——他不觉吸了吸鼻子。小淘瞅瞅小福，也跟着吸了几下。小亮不知为什么，也吸了吸鼻子，脱口说道："啊，真香！"

宽敞的顺河街顿时狭小起来。

杂耍班子出道，那是住不起旅店的。小福他们挤过顺河街，在偏僻之地找到了大车店，就草草地在这儿住下来。赵保山打开包袱，把棒子面饼子和咸菜分给大家，赵保有吃得津津有味，小福实在太累了，也饿过了劲儿，他接过干巴巴的饼子，才刚刚咬了一口，就嘟着小嘴，眼角挂着晶莹的泪，攥着咬了一口的饼子，沉沉地睡了过去。

小亮小淘也不例外。

赵保山躺在炕上望着房顶出神。他望着，望着……忽然，他翻过身冲赵保有说："明天是乡村大集，赶集的人一定少不了。咱早点儿出去撂地儿，也许会碰到好运气。"

赵保有说："哈哈……行啊行啊。"

赵保山说："要能收个仨瓜俩枣的，也好做盘缠啊。"

赵保有略有所思，又不无担心地说："怕是孩子功夫不过硬，一到了'馈把'①的时候，看客们就都疏了。"

"嗯。"赵保山点头。凭他闯荡江湖的经验，看客们还是穷人多，每到"馈把"的节骨眼儿，他们就会转身溜走的。即便是有钱的主儿，也常常把艺人当玩物，轻易不肯施舍分文。

撂地儿能否赚到钱，功夫肯定是关键，卖口更不敢小觑。对此，赵保山的心里明镜似的。

那么，怎样才能留住看客们呢？如何让他们掏出铜子儿呢？赵保山眉头紧锁。他思索着，冥想着……忽然，他自言自语道："到时候，俺自

---

① 馈把：杂技专业术语，指演到高潮时停下来向观众要钱。

有办法。"

赵保有立刻来了精神："啥办法？"

赵保山压低了声音，把自己的想法和盘托出。赵保有听着听着就乐了，他一边点头一边说道："哈哈……对，对，这个主意好，这个主意好。"

哥儿俩又合计了一会儿，眼皮不觉沉重起来，哼哈的鼾声响起。朦胧的月光透过窗棂，洒在疲劳的人们身上。

夜静悄悄的，鼾声越发高亢。小福翻了个身，又进入了梦乡——他梦见了爹娘，梦见了爷爷奶奶。小福饿了，凑近娘的胸前，伸手去掀娘的衣襟。娘嗔怪地抬起手，轻轻地打了他一下，然后抿着嘴笑了。小福摸着娘干瘪的乳房，刚刚把头凑过去，却传来一阵吆喝声："起来，起来，快起来，天亮了。"

小福被惊醒了，他吮了吮嘴唇，腾的一下爬起来。

赵保山一边喊着，一边摇晃小淘和小亮，小淘和小亮睁开眼，却依然迷迷糊糊的。

"快，快起来！该撂地儿了。"赵保有也喊道。

小福从炕上跳下来，脚底板像刀剜了似的，疼得他两眼冒金星，浑身瑟瑟地抖动着。原来，昨天着急赶路，两脚打满了血泡，却因为太累了，就没有烫脚挑破。现在，小福咧咧嘴想哭，却见赵保山黑着脸，便忍着疼痛没吭声。唉——离开娘了，自己就是大人了。他安慰着自己，咬紧牙关，一瘸一拐地跟着大家走出了大车店。

天色才蒙蒙亮，集上已是人山人海了。顺河街更是热闹非凡，临街的铺面都开始营业了，地摊摆成了一条长龙，赶集的人熙来攘往。最吸引眼球的，莫过于东北的驴贩子，赶着驴群招摇过市。

"哎——地产的棉花。"

"上好的花生油嘞——"

"快看看啦，这是家传手艺做的布鞋，谁穿上，谁就财路亨通啦——"

商贩们拉长了声音吆喝着，吆喝外埠的客人前来光顾。蒸糕摊、油条摊、煎饼摊、锅饼摊、豆腐脑摊……摊摊前面都围满了吃客，大家品着自己喜欢的吃食，是那样津津有味；旱烟摊、洋烟摊、杂货摊、菜摊上货物齐全；看相的、算命的、测字的、圆梦的、观风水的也念念有词……真是五行八作俱全，分门别类尽显身手啊！

来到了十字街口，赵保山看好一块空地，放下了道具说："就在这儿打场子吧。"

赵保有放下肩上的担子，小淘和小亮也卸下肩头物件，两手空空的小福四下里张望着。对于他来说，这是一个全新的世界，也是一个陌生的世界，街市上各色的人和物，都会引起他的好奇心。小淘和小亮也兴奋起来，两个人一边指指点点，一边不停咬着耳朵。就连赵保有也不例外，他骨碌碌转着眼珠子，看什么都觉得新奇。

赵保山不愧是老江湖，他不为花花绿绿所动，立马抄起一面铜锣，当当当地敲起来。听到锣响，大家就知道来了耍把戏的，都循着锣声聚拢过来。

撂地儿能不能有观众，要看打场子的卖口啦。

一阵锣声过后，赵保山亮开了嗓音："诸位观众站一站，俺们的功夫在后边，大家想不想看一看？想看就留步开开眼。"

这卖口还真吸引人，人们立马围了过来。

赵保山在场心转着圈，又当当当敲了一阵锣，接着说了一段卖口："先来的观众先开眼，让俺们给你练一练。小把戏，请上场。"

"来啰——"小淘拉着长音，噔噔噔地跑到场心。

观众们以为是先饱眼福，就平心静气瞪大眼珠。其实，他们哪里知道，这只是为了招徕观众，准备的一场对答式卖口。

只听当的一声，赵保山敲一下铜锣，高声地问道："小家伙，你会几套把戏？"

"俺会四套把戏。"

"还真有些功夫。"赵保山瞅瞅观众，竖起了大拇指，扮了一个滑稽相，"头一套会啥呀？"

"会吃。"

"第二套会啥呀？"

"会拉。"

"第三套会啥呀？"

"会睡觉。"

"第四套会啥呀？"

"会尿炕。"

"他妈的，都像你会的功夫，咱不得喝西北风啊？"赵保山爆一句粗口，又踹了小淘一脚。

场外爆发了笑声，这笑声吸引了过往行人，都纷纷地围拢过来。

赵保山又当当当敲了一通锣，接着问小淘："你今儿个吃的啥？"

"吃的是饺子。"

"放了几斤面？"

"五斤面。"

"放了几斤菜？"

"五斤菜。"

"放了几斤肉？"

"五斤肉。"

"放了几斤盐？"

"五斤盐。"

"他妈的，五斤盐，还不把你齁死啊？"

场外又是一阵哄笑声，围拢的人越来越多了。小福坐在担子上，瞪着眼睛看场上表演，一时忘了脚底板的疼。小淘一边回话，一边故作正经，把小亮逗得哈哈直笑，小福更是前仰后合，好像一个不倒翁。

看着观众已围了两层，赵保山满心喜悦，脸上也挂上了笑容。他想："这个场子打好了，挣了钱，下一站就是天津。天津可是挣钱的好地方，等挣了更多的钱……"

这样一想，赵保山精神头越发足了。也不知是忙活的，还是心情激动的，他浑身汗涔涔的。赵保山一下子脱了小棉袄，露出装钱的大肚兜，观众一看哧哧笑。观众一看哧哧地笑他，还因为他的长相、动作和习惯本来就十分滑稽：他的腿是罗圈腿，走路总是一跩一跩的，像一只大企鹅；说话呢，眼睛眨巴眨巴的，没事总是翻手看，裤带总是勒不紧，不时地用双肘提裤子。这个样子，在场心那么一晃，观众怎么能不笑呢？赵保山从笑声里听出了嘲讽之意，但他哪顾得了这许多？他摇摆着脑壳子，又提高了嗓门道："光说不练是嘴把式，光练不说是傻把式，又说又练才是真把式。来来来，小把戏们练起来，给大爷们开开眼喽！"

赵保山的话音刚落，小亮一拉小福，两个人立刻齐刷刷站在小淘身边，三个孩子站成一排，在场内踢起腿来。

随着三个小把戏的踢腿，赵保山仍不停地喊道："光练把戏不踢腿，死了是个窝囊鬼。"

孩子们一气踢完腿，赵保山瞅了瞅观众，又扮了一个滑稽相，接着大声地喊道："这是遛遛筋骨活动腰。上场不遛腰，跟头不会高。前打的容易，后打的难，一溜跟头向后翻。"

随着师父的卖口，他们敏捷地翻起了跟头。虽说他们基本功一般，但三个孩子一起翻跟头，那场面就令人震撼了。特别是小福，七岁的孩子，比两个师兄矮一头，动作却干净利索，轻盈迅急，腿脚功夫十分了得。

观众被吸引住了，不时发出赞叹声。

观众们哪知道，小福磨烂的脚底，正钻心地疼着呢。但小福忍受着，注意力全在表演上。这可是第一场表演，千万不能砸场子，只有观众满意了，才能给赏钱。挣到钱了，才能和爹娘团聚啊！

小福的小心眼儿，赵保山哪懂啊？他一门心思打着自己的小算盘——怎样才能把钱挣到手。

赵保山虽貌不压众，但人却精明得很。他有江湖艺人的技艺，又掌握了带班子的本领。他说话利落，嗓音洪亮，绝不是光练不说的傻把式。这不，他这一阵儿多少带点逗哏的卖口，一下就把观众拢了起来。

看着火候到了，就不能再兜圈子啦。再不来真功夫，观众要是疏了，那不就白忙活啦？赵保山又敲了一阵锣，卖口道："看着开心练起来难，真的功夫还在后面。小把戏，拿出你的真功夫来。"

赵保山话音刚落，小淘就跳到场口，开始表演他的《平身》。

《平身》，就是演员脑门上顶着一碗水，两只手各托着一碗水，站着腰向后弯，三个碗中的水不许外溢。

小淘下腰。

赵保山又开始卖口："这叫陈抟老祖大睡觉，大睡就是一千年，小睡也得八百年。"

观众又开始哄笑，但很快就收敛了。观众看得出来，他咋呼了半天，才上来一个有分量的节目。

"下去容易起来难。小把戏注意啦，起——"

随着赵保山的话音，小淘的身子起来了，那三个水碗纹丝不动，观众张大嘴巴瞪着眼。这时，小淘起到一半停了，就那么张着胳膊，半仰着身体，雕塑一般纹丝不动。此刻，关键时刻到了，赵保山内心紧张，脸上却平静如水，他顺手把铜锣扔到场心，双腿也没闲着，然后开始"馈把"啦。

"馈把"，是杂耍艺人表演到关键时刻，向观众乞讨小钱的环节。既然是向观众讨钱，怎么能气壮如牛呢？不，要悲怆，要凄婉，要哀求，要唤起同情心。只有同情，才能有施舍。于是，赵保山刚才的气度没了，嗓音也低沉下来，换成一种乞怜哀怨的声调说："各位老少爷们儿，行行好，这小孩练得不容易，早晨到现在还没吃上饭。您看到现在可别走喽，这叫天地良心啊！咋的也得丢上几个。俺们起五更爬半夜地练功不易呀，就是小狗在身边打个滚儿，您也得给块馍馍吃吧？您就快快丢几个钱吧！"

这段"馈把"的卖口，说得凄婉可怜，但凡善心之人，都会被打动的。出乎意料的是，这"馈把"，并没得到几个钱。赵保山像热锅上的蚂蚁，急得在场内乱转，不停地重复着卖口，声调更加悲戚了。他苦苦地"馈把"完了"四门"，一袋烟工夫就过去了。小淘"平身"的姿势，那才能挺多久啊？你看他满脸的汗水，趔趔趄趄地走下了场。

小福赶紧迎了上去，从兜里掏出小手绢，踮脚擦去小淘的汗水。

看着锣面上几个铜子儿，赵保山无奈地摇摇头，又无奈地看一眼赵保有。赵保有热血往脑门上涌，他抄起马叉就要上场，却被赵保山一把拽住，并用责怪的目光盯着他："在河北省这地界上，你那马叉能吸引观众吗？"

赵保有低声问道："大哥，那咋办？"

是啊，该怎么办呢？赵保山看着人群四散，急得脑门直冒汗。突然，他把目光移到正给小淘擦汗的小福身上，脑海里闪出昨晚的念头。于是，赵保山大声喊道："来，小福，上《踩鸭子》。"

"啊?！"小福像一只受惊羔羊，倏地一下站起来，像一根木桩钉在地上。他怎么也不敢相信，叔叔会让自己上《踩鸭子》。因为他心里明白，《踩鸭子》到底意味着什么。

《踩鸭子》，就是表演者在场心站好，身子往后弯下去，一边是双膝跪在地上，一边是头顶在地上，两手分别抓住脚腕，头自然夹在两腿中间，肚子拱起一个弧形，整个姿势状如鸭子一样。姿势摆好以后，表演者运上劲儿，用肚子托起一个人。这个人手拄一根白蜡杆子，随着白蜡杆子一弓一直，双腿在肚子上也一张一弛，力道全在"鸭子"的肚子上，由此唤起观众们的同情，达到"馈把"讨钱的目的。

在申庄的场院里，小伙伴们玩过《踩鸭子》，大伙儿比画着摆姿势，还没等有人站上去呢，就已经疼得哇哇叫了。小福深知《踩鸭子》的厉害，当听到师父喊他上《踩鸭子》，他一下就呆若木鸡了。

在那个当口，小福可怜兮兮地望着赵保山，特别期望他能够改变主意。可是，赵保山已经是孤注一掷，既然出来闯江湖，就得经历酸甜苦辣、磨砺意志和耐性。不然的话，怎么能筹够此行的路费呢？

赵保山冲赵保有摆了摆手。

赵保有说："小福，快上。"说话间，赵保有来到了跟前。

小福向后退了一步，他摇着头低声说："不。"

赵保有眼露凶光，小福的腿直哆嗦，小福实在胆怯了，若不是酷刑一般的《踩鸭子》，小福也不至于如此。小福又后退两步，用力地摇着头。

赵保有想来硬的，可面对观众的目光，他竟换了一种态度："乖，小福，演好了给你买糖。"

"不，我不。"

"小福，听师父的话，咱得挣钱回家不是？"

回家？这可说到了小福心里，小福眼睛突然一亮，他竟然停住了脚步，他是多么盼望回家啊！

小福眨了眨眼睛，环视周围的观众，顺从地点了点头。赵保有拉起小福，轻轻地向前一推，小福哆哆嗦嗦，一步一回头地上了场。

赵保山俯下身子，一边帮小福摆姿势，一边小声地说："不是叔不疼你，馈不上钱来，咱们吃啥呀？还不得等着饿死？听话，练一练就好了。"

场外正想疏去的观众，一听到要上《踩鸭子》，不知是什么把戏，就在好奇心的驱使下折了回来。

于是，一场惊心动魄的《踩鸭子》，拉开了小福卖艺生涯的序幕。

3

小福第一次撂地儿时，只是个七岁的孩子，像没长根须的豆芽儿，稚嫩得一掐就冒水。像《踩鸭子》这样的苦刑术，自然就是他的事了。谁让他那么柔弱细小呢？柔弱细小的人上苦刑术，才会博得观众同情的目光，才能引来叮叮当当的铜子儿。

苦刑术，是杂耍艺人为博人眼球而设计的。

要博得观众的眼球，就得对自己狠一点，把观众的心提起来。于是，有人吞钢刀、吐火球、铁钉穿鼻、油锤贯顶、双风贯耳，还有人钉板开石、钢枪刺喉、滚钉板、吞铁球……

所以，苦刑术又称酷刑术或苦行术。

也就是这第一次的苦刑术，让那战战兢兢、欲哭无泪、入地无门的感觉，牢牢地镌刻在小福幼小的心灵上，让他至死都无法忘记。

赵保山帮着小福摆好姿势，又回头取来一根白蜡杆子，嗵嗵地走向小福。这充满力道的脚步声，犹如利剑扎进小福心里，小福越发胆怯了。

小福的身体抖动着、抖动着……

汗水瞬间涌了出来，浑身上下都湿透了。

赵保山的脸上挂满了悲壮，他的内心虽然也有不舍，但当他看到场外一片寂静，还有观众投来的期许的目光时，又顿时鼓足了勇气。

他知道，成败在此一举。

赵保山低头看了看小福，小福的脸色惨白，浑身不停地颤抖着，不禁生出了恻隐之心。

侄儿毕竟还太小啊！他是否知道，踩鸭子的功夫在双腿？他是否知道，肚子必须运足了气？双腿是找平衡的，用不上劲儿，身体就倒了。身体倒了，腰不就扭折了吗？肚子运不上气，腰不也被踩断了吗？

唉……这孩子，就是野生的韭菜，怎么能端上桌呢！

赵保山心软了，犹豫了。可是，一瞬间他又自责了：我这是怎么了？跑江湖又不是搞慈善，不这样铁了心，到哪赚钱去？再说了，小把戏不摔打摔打，能练出真功夫吗？死了，又怎么样？离家时，不是和哥哥立下生死文书了吗？生死逃亡、投河抹脖子，一概与师无干！

赵保山的心化成了石头。

于是，赵保山大喝一声："小把戏，用上劲儿！"随着喊声，一只大脚放在小福的肚子上，又拄着白蜡杆子抬起第二只脚。

小福颤巍巍的小身体上，立马竖立起一尊铁塔。

顿时，场外一阵哗然。

观众们怎么也不敢相信，一个单薄的身子骨上面，竟站着一个壮实的成年男人。论分量，怎么也得有一百五六，大伙儿怎么能不揪心呢？

俗话说："金评彩挂，全凭说话。"赵保山哭丧着卖口了："千般难万般难，都是为了混口饭。小孩的功夫不简单，那也是拿命来换钱。求求大家行行好，就赶紧撂下几个钱吧！"

人心都是肉长的。观众们看着脚下的小福，不免生出了同情心，这回丢钱的人多了，铜子儿叮叮当当地砸在场心的锣盘上，也有好心的人竟然将成吊的钱向场内丢去。

小福的脸色由白变青，汗珠滴答地滚下来，眼睛让泪水糊住了，他看不见任何东西，耳朵嗡嗡地轰鸣着，双膝跪在地上没了知觉，脑袋像炸了似的，却依然夹在双腿之间。

但是，小福依然死死抓住脚腕，拼命控制打战的双腿，竭力忍住了哭泣。小福知道，一哭就憋不住气了，憋不住那一口气，腰就会像麻秆一样被折断。求生的欲望支撑着小福，他紧紧地咬着下唇，忍受着腰部的疼痛。随着时间的推移，那剧痛一阵阵蔓延，蔓延成嘴唇上一道道血痕。

小福多么想哀求一声：叔叔，别再踩了。可是，他不敢出声啊！他一旦张嘴说话，憋着的气就散了。他只希望叔叔早点下来，因为每延长一秒钟，他都得用血和泪来换取。

他觉得自己要断气了，就要在痛苦的折磨中死去。

丢钱的人越来越多了，铜子儿密密麻麻撒了一地。这意想不到的结果，填满了赵保山欲望的沟壑，他终于借着白蜡杆子的张力，从小福的肚子上下来，脸上露出难得的笑容。

小福满脸汗水地瘫软在地上。

小福无助地哭着，他想家、想爹娘，也想爷爷奶奶。他想挣到钱，想早点了却思念。可是，这钱挣得实在是不易呀！

小淘和小亮跑到场心，一起搀起了瘫软的小福，正跟跟跄跄地下场，忽听赵保山又喊了一嗓子："等等。"然后，他向观众一抱拳，带着发颤的嗓音说："谢谢诸位捧场，请大家再留一步，有钱的捧个钱场，没钱的捧个人场，俺再表演一个。来，小福，上《别竿子》。"

"啊？不……"小福差点昏厥过去。

小淘含着泪水说："师父，小福不行了啊。"

小亮对着哥哥点头，意思是求他帮小福求情。他们都清楚，凭着小福现在的状态，很难承受《别竿子》的折磨。

《别竿子》也是苦刑术，就是俗话说的拧大胯。表演者屁股坐在地上，双手顺势到背后撑住地面，劈开双腿举向空中，再拿来一根竹竿，用两脚脚腕别住竹竿两头，竹竿像一根梁横在那儿，师父拄着白蜡杆子站上去。换句话说，一个大男人的全身力道，都凝聚在这根竹竿上了。

刚刚被踩完了鸭子，疼痛还丝毫没有退去，又被拉去别竿子，那髋关节嘎巴嘎巴地响，两条腿像断了似的疼，小福怎么能不望而生畏呢？

赵保山如法炮制，小福又为了回家，再一次走上场地。

小福的脸色蜡黄，泪水不断地往下流，嘴角渗出大滴的血，那竹竿抖成了一团，小福也抖成了一团。赵保山拄着白蜡杆子，站在竹竿上面，带着哭腔"馈把"着："心疼心疼孩子吧，他没衣穿没饭吃的，活不下去了才玩命，求求大家行行好，赶紧撂下几个钱吧！"

观众们脸上挂满了不忍，向场内扔钱的人更多了。

赵保山心里美滋滋的，但他依然站在竹竿上。

小福实在忍不住了，就哇哇大哭起来，似乎这哭声越大，那疼痛就越轻。这时，场外骚动起来，一个女人嚷嚷着："快可怜可怜这个孩子吧！可别再折磨他啦！"随着这个女人的喊声，场内的铜子儿剧增起来。

赵保山满意地笑了，他从竹竿上跳下来，顾不得去照看小福，就抱拳冲四面作揖，继续他的卖口"馈把"着，希望有更多的铜子儿入账。

小福如烂泥瘫在地上。

小淘和小亮心疼地环抱着他，试图减轻他身上的痛苦，两个孩子也是泪流满面，陪着小福呜呜地哭起来。

赵保山让小福上《踩鸭子》《别竿子》，是因为他了解观众的心理。小福的年龄最小，越小的孩子上苦刑术，越叫人看着揪心，就越容易引起同情心。观众产生了同情心，能不丢下几个小钱吗？

何况，赵保山比谁都清楚，这是挣外地人的钱，是挣老客们的钱，就得抓住他们的同情心，把握好赶集的日子。否则，过了这个村就没这个店了。

杂耍班子闯荡江湖，那是两手空空出来的，在前路没着落的时候，怎么能放过敛钱的机会呢？因此，赵保山豁出去了，他豁出去的甚至是小福的命。

看着越聚越多的钱财，赵保山长出了一口气，这一番闯荡江湖撂地儿，还真来了个开门红，起码下一站是不愁吃住了，一路上也不用忍饥挨饿了。

回到清冷的大车店，小福一头栽在炕上，一句话也不想说，一点东西也不想吃，任凭眼泪无声地流淌。这生平第一次撂地儿，在小福幼小的心灵，刻上了终生难忘的印记。

赵保山买回了烧饼，小淘捧着烧饼走了过来，小福无意识地抽抽鼻子。小淘说："师弟，你起来吃个烧饼吧。"

小福无力地摇摇头，又慢慢地闭上眼睛，眼泪像断线的珍珠，一瞬间就打湿了枕头："回家，俺想回家……"他嘟嘟囔囔的，一会儿就睡着了。

赵保有大声吼道："小福，别装死，快起来吃饭。"

小福睁开眼睛，看一眼赵保有，又昏睡过去了。

赵保有冲了过来，想强力拉起小福。小亮看不下去了，他一下挡在前面，冲着赵保有叫道："小福都啥样啦？他快死了，你还叫他？小福要是死了，俺也不跟你撂地儿啦！"

小淘也面带怒气地盯着赵氏兄弟。

赵保有一下愣住了，他看看躺着的小福，又瞅瞅身后的赵保山。赵保山冲他摇摇头，又摆了一下脑袋，示意他到外面去。赵保有感到很无奈，悻悻地跟着赵保山出去了。

小淘放下烧饼，投了投毛巾，又使劲儿拧干，叠成长条形，敷在小福脚腕上。小亮也偎坐在小福身边，掰下一小块烧饼，轻轻塞进小福嘴里。

赵保山和赵保有从小酒馆回来，三个孩子都已进入了梦乡。小淘和小亮分别躺在小福两边，一人拉着他一只小手，小福脸上挂着泪痕，睡梦中的表情依然痛苦。

赵保山伸出手去，想擦掉小福脸上的泪。小福像是感应到了，他伸出胳膊胡乱划拉，嘴里却不停地呢喃："娘，娘，俺疼，俺疼啊！爹，别踩俺，哥，别丢下俺，爷爷奶奶，别打俺，俺不走，不走……"

赵保山呆呆地站着，看来小福是做梦了。梦中，他喊遍了每一个亲人，他在梦中乞求的是亲人们别伤害他。看来，他的梦被痛苦挤满了。赵保山的心被揪了一下，小福毕竟还是个孩子呢。赵保有站在旁边，伸手擦了擦眼泪，又低声说道："七岁的孩子，还得娘哄着睡呢，咱是不是该把他送回去？"

赵保山一下被唤醒了，唉，怎么还心软了呢？出生意撂地儿，还不是被年景逼迫的？要是家里有吃有穿，谁会跑出来遭这份罪？小福是个孩子不假，但他也是杂耍班的"孩子"，是"馈把"的最好工具。于是，赵保山狠狠地瞪一眼赵保有说："别瞎嘀咕，小孩子不受苦，咋能出息？再说了，他爹不是签了生死状嘛，你又怕个啥？"

赵保有不再说话，他轻轻叹息一声，和衣躺在了炕上。

4

在村口和小福分手后，赵保真和刘氏带着两个女儿，一步一回头地向家里走去，远远地就看到街口围着一群人，赵保真不觉心里咯噔一下。因为，他知道爹娘就在街口站着呢。赵保真匆匆向前走去，离老远地就大声问道："咋啦咋啦？出啥事啦？"

有人大声叫道："保真回来了，快让开。保真，你娘不行了。"

"啊？娘！"赵保真大叫一声，分开众人冲了进去，刘氏和两个女儿纷纷叫着："娘，娘——""奶奶——奶奶——"她们一边叫着，一边冲到跟前。

奶奶横躺在地上，脸色灰白灰白的，嘴里还吐着白沫，村里郎中苏先生，正把一根针扎进人中，爷爷蹲在一边擦着眼睛。

赵保真紧张地问："苏先生，俺娘咋啦？"

"唉，急火攻心导致晕厥，没大碍，没大碍，两针就扎过来喽。"苏先生从眼镜框上方扫了一眼赵保真，又低头忙自己的去了。这时，小福的两个姐姐已经凑过来，一边一个拉着奶奶的手哭泣着。

苏先生摇摇头说："一会儿老太太醒了，你们可别再哭了，也别再提小福的事，要让老人心情保持平稳。否则……"

"苏先生，俺娘能咋样？"

"肝怕火，胃怕凉，人怕气，病怕犯。人老了，经不起折腾喽。"

苏先生说道。

赵保真心底一颤，连忙呵斥两个女儿："别哭了，别让你奶奶看到眼泪。"

两个女儿连忙擦干眼泪，在一旁眼巴巴地盯着奶奶。过了一会儿，苏先生拔起银针，奶奶长长呼出一口气，慢慢地睁开了眼睛，一个个扫视着周围的人。当目光落在赵保真脸上，一行老泪顺眼角淌下来，悲怆地呼唤着小孙子："俺可怜的小福啊……"

赵保真劝道："娘，你别着急啊，小福很快就会回来的。"

"好了好了，别再和老太太提孩子了。保真，快把你娘背回去吧，大家伙都帮帮忙。"苏先生边收拾药箱边说。

赵保真蹲下身去，乡亲们七手八脚地把奶奶抬到他背上，一家人匆匆地回家了。

赵保真刚走到家门口，就看到赵凤瑞站在那儿，还有他不离嘴的莫子镇。赵保真见过莫子镇，却从未搭过话。这个穿长衫的年轻人，在申庄人的眼里，那算得上独具一格。除了那身长衫和鼻梁上的眼镜，他的外表也十分出众，挺拔的身躯，高高的个子，白皙的面庞，温和的笑容，儒雅的举止，都是庄上的人所不具备的。这样的人走在巷子里，任谁都会看上两眼。赵保真对他并不反感，人家是大学堂的学生，见到谁都会礼貌地笑笑，点点头打个招呼，这在质朴的农村人眼里，就是好人品的孩子。因此，即便赵凤瑞拿他顶撞自己，也没有理由迁怒于他。赵保真弯腰弓背的，背着母亲走了那么远，累得呼哧呼哧直喘气，也没忘了对他点点头。

赵凤瑞看了奶奶一眼，不无担心地叫了一声："奶奶！"

莫子镇忙迎过来，急切地问道："叔，老人家怎么啦？"

赵保真大口喘着气，根本无法说话了，刘氏连忙接话说："他奶奶晕倒了。"

莫子镇扶着奶奶，把她放在东屋的炕上。刚一落炕，奶奶就睁开眼睛，冲着赵保真又叫了一声："俺的小福啊……"

赵保真的眼睛红了，刘氏和两个女儿则捂着脸哭了。

赵保真挥挥手说："出去，都出去，别在这儿哭哭啼啼的。"

刘氏带着两个女儿出去了。奶奶则瞪着赵保真，满是皱纹的嘴哆嗦半天，终于说出了一句话："把俺孙子找回来。"

赵保真忙说："娘，俺听你的，这就去找小福。"

赵保真说着就退了出来，莫子镇和赵凤瑞也跟了出来。三个人来到西屋，刘氏和两个女儿坐在炕沿上抹眼泪，赵保真无奈地叹息一声，对莫子镇说："先生请坐。"

莫子镇看着三个女人，也叹息一声说："叔、婶，我听了小福的事，这才赶过来的。"

"哦？"赵保真奇怪地看着莫子镇。

莫子镇顿了一下，若有所思地说："按说，这是你的家事，我不该过问。可是，小福刚七岁，还是孩子呀。"

刘氏和两个女儿大哭起来，赵凤瑞也抹起了眼泪。赵保真蹲在了地上，摸出腰间的烟锅和烟口袋，颤抖着双手挖了一锅烟，又吧嗒吧嗒地抽起来。

莫子镇说："叔、婶，吴桥杂耍世界闻名，是艺术珍品。可是，一些杂耍班子为了骗钱，竟然不顾孩子死活，让他们上演苦刑术，这是对孩子的摧残，也是最不能容忍的。"

莫子镇有些激动，胸脯不停地起伏，说话声音也大了。

刘氏和两个女儿被惊住了，她们停止了哭泣，眼泪汪汪地看着莫子镇。

莫子镇说："偏偏就有一些乡亲，不知道这其中的事，把孩子交到江湖艺人手中，让孩子受尽了折磨，这是最不人道的。"

赵保真停止了吸烟，他哆嗦着嘴唇说："先生的话有道理。可是，哪怕有一丁点儿活路，谁舍得让孩子出生意呀！"

"叔，"莫子镇说，"这不是理由！也不该成为理由。老话说得好，一家人就是饿死，也要死在一起。生离之痛胜过死别呀！看看奶奶，那不是在揪老人的心吗？"

赵保真的烟袋啪一声掉在地上，他无力地抱住头。刘氏和两个女儿又哭了起来。

莫子镇说："叔，中国人只有抱成团，摧毁这个黑暗的社会，开创一个崭新的世界，才能把穷苦大众解放出来。这才是解除饥饿的根本。叔啊，把孩子找回来吧。过几年，这个世界就会变的，人们就不会挨饿，也不会承受分离之痛了。"

赵凤瑞受到了鼓舞，他握着拳头说："先生，俺要跟着你去革命，让爹娘过上好日子，让小福也过上好日子。"

莫子镇点了点头。

赵保真忽地站起来，满眼含泪地说："俺去把小福追回来。"

刘氏立马就说："好，快去快去。"

莫子镇刚露出欣慰之色，就听到小福爷爷带着哭腔地喊："保真，保真，你娘不行啦！"

"娘！"赵保真大叫一声，惊慌地向东屋跑去。

5

天刚蒙蒙亮，赵保山就爬了起来，他得叫孩子们练功啊！可是，当他看到小福眼角的泪痕，生出了恻隐之心。

他叫醒小淘和小亮，披着晨曦开始练功。

直到赵保有准备好早餐，赵保山才把小福摇醒。小福睁开蒙眬的眼睛，看到一缕缕阳光洒进来，一下子坐了起来，完全没有了难忍的痛感："叔，俺们是不是要回家？"

赵保山一下愣住了。

赵保有说："小福，谁说回家啦？"

"你说的！昨天，你说挣到钱就回家。"小福冲赵保有喊，"俺要回家，俺要找爹娘！"

赵保有说："小福，俺们挣的还不多，再演几场就回家。"

"不，俺们挣那么多钱了！"小福一扬胳膊，在空中画了一个圈，"俺今儿个就回家。"

赵保山瞪赵保有一眼，冲小福虎着脸吼道："小福，快起来吃饭，一会儿还得搁地儿呢。"

"不，俺要回家！"小福来了犟劲儿。

赵保山顿了顿，暗想，这孩子挺犟的，若是降服不了他，他就不能乖乖听话。于是，只听啪的一声脆响，赵保山一巴掌扇到小福脸上。小福摇晃了两下，眼冒金星，鲜血从嘴角流下来。这突如其来的一巴掌，一下子把小福打蒙了，他眼含热泪望着赵保山，眼神里满是无助、惊恐和哀怨。

这眼神刺痛了赵保山，他默默走到水盆边，把一条毛巾蘸湿了，又把毛巾敷在小福脸上。

小福抖着肩膀抽泣，却不敢哭出声来，毕竟是七岁的孩子，哪承受得了这般教化？这一巴掌，在小福心底种下了威严。

"小福，再也不许说回家。"赵保山说。

小福抽搭几下，不敢再顶嘴。

"俺们一路撂地儿，一直撂到上海去。要是能挣到足够的钱，就让你大哥带你回吴桥。"

一提到大哥赵凤池，小福眼睛唰地亮了。

为了生计，赵凤池远离家乡，去上海做了童工，受苦受累不说，还备受思念之苦。这要是能和大哥一起回家，那岂不是好事一桩？

小福的心里有了新的期待。

小福乖乖地去撂地儿，承受着苦刑术的折磨。

在连镇又撂了两天地儿，境况一天不如一天。但好歹囊中有了一些钱，赵保山就带着大家，登上了去天津的火车。

小福终于看到绿虫子了。然而，当绿虫子在两根铁棍上爬动时，他曾经编织过的绿虫子的故事，已经没有想象的那么生动了。他的身心，都被撕裂般的痛苦填满了——《踩鸭子》《别竿子》，想到这些，他的心就一颤一颤的，更何况，还承受着对亲人苦苦的思念。

吴桥北靠津京，南邻大名，交通十分便利。艺人每每从家乡出发，向南没有不到济南的，向北没有不到天津的。当年，赵保山随师父闯荡江湖，就曾经到过天津。转眼二十年过去，现在他已经是师父了。

此刻，他带着自己的杂耍班子，站在这座繁华的城市里，真是别有一番滋味在心头。

在连镇撂地儿，那算是开门红。但是，在天津会怎么样，他可就没有多少把握了。

早年，他跟着师父闯荡江湖，四海为家，走过很多城市。哪些城市在哪撂地儿，他心中是有数的：上海的大世界，北平的天桥，南京的夫子庙，济南的大明湖，汉阳的新世界，苏州的玄妙观，天津的"三不管"……都是艺人的好去处。这些地方，什么戏院啦，酒楼啦，杂社啦，赌局啦，烟馆啦，妓院啦，钱庄啦……那是应有尽有。一些游手好闲之徒，在吃喝嫖赌之余，也有兴致观看艺人表演，而且施惠又比较大方。因为，这些人的钱，本来就不是正道来的，花钱买乐和，是这些人骨子里的爱好。

赵保山打定主意，既然来到天津，就得去那"三不管"。

"三不管"在天津南市。早年的南市，还是个热热闹闹的野市，这里物品齐全，吃的、穿的、用的，你什么都可以买到：玉米肉蛋、飞禽走兽、蔬菜瓜果、杂货什物应有尽有。随着时间的推移，南市越来越繁荣，发展到后来呢，其他行当也聚到这里，什么测字的、算卦的、卖艺的、变戏法的、唱落子的，也挤到这里混饭吃。

在天津这个地方，只要有块地儿，管上一点事，那就可以称霸了。河有河霸，渔业有渔霸，码头有把头，地面有脚行，商会有会长。在这南市呢，也多有欺行霸市的。到了帝国主义列强奴役中国的年代，天津有了洋人：美国人、法国人、日本人……都在天津有了租界。南市离租界近，这里外国人不管，中国人不管，欺行霸市的地痞也不管。"三不管"就因此而得名。

到了二十世纪，"三不管"的北面，变成了天津主要街市，"三不管"与街市之间，也盖起了高楼大厦。

高楼大厦象征着文明，而高楼大厦后面，则是另外一个世界了。那里被高楼大厦遮掩着，被遮住的不仅有丑恶，还有一些见不得人的交易。

赵保山久闯江湖，当然深谙其道了。他的内心很清楚，只有下三烂聚集的地方，才是敛财的最佳去处。于是，他们一边打探问路，一边左拐右拐，直接奔"三不管"而去。

"三不管"的确名不虚传，方圆不到一平方千米的空场，充斥着浑浑噩噩闹哄哄的人群。甭说别的行当，光卖艺的就比比皆是：变戏法的、唱皮影的、拉洋片的、演木偶的、唱曲的、说书的，那是一个圈子接一个圈子，一个棚子挨一个棚子，真是百花齐放、争奇斗艳啊！

面对新奇的"三不管"，小福早忘了苦痛和忧伤，他东瞅瞅、西望望，完全被大都市吸引了。

"小淘哥哥、小亮哥哥，看那猴子，多好玩呀！"小福指着爬杆的猴子，跳着脚喊道，还做了个遮阳的动作。

接着是个练武术的，一个红衣绿裤的女孩儿，一把长剑舞得生风，在阳光的照耀下，尽情地演绎女侠客的风采。

小福看得直拍手，小淘和小亮也看傻了眼。

三个孩子忘乎所以了，赵保山虎啸一声，他们才赶紧跑回来。

赵保山围着空场转一圈，心中已有几分得意，这么多圈子棚子，唯独没有耍把戏的。

兴奋之余，他让大家放好行李担子，稍稍做了一些准备，就拎起铜锣敲了起来。锣声一响，就有人围了过来。可是，这儿地小人稠，一时打不开场子，赵保山灵机一动，取出师父留下的尿脬子，先在尿脬子里灌上水，又高高地举过了头顶，接着就亮开了嗓门："诸位，请看这是啥？这是俺的酒壶。"

尿脬子谁不认识？所以，听赵保山这么一说，大家就都哈哈地怪笑起来。

赵保山对着观众，双手挤压尿脬子，水就扑哧喷出来。观众猝不及防，身上就落了水，他又满脸堆笑地说："这是耶稣赐给俺的圣酒，喷到大爷您的身上，保准您升官发财喽！"

一句恭维的卖口，也就圆了这个场。赵保山心里明白，这里的观众可不是好惹的，万一得罪了哪位大爷，弄不好吃不了兜着走。赵保山再次举起尿脬子，又一次喷了起来，观众嘻嘻哈哈地向后退，很快就让出一块宽绰的场地。

场子算是打开了，表演也就开始了。

三个孩子一溜小翻过后，仍然是小淘的《平身》。奇怪的是，他《平身》了十多分钟，竟然没一个丢钱的。接着又是《踩鸭子》，小福被苦苦地踩着，赵保山一遍又一遍地哀求，面带乞怜不停地卖口。赵保山的声音嘶哑了，小福的身子颤抖着，脸上不停地淌着汗，场外还是无动于衷。

赵保山茫然了。

"瞧嘛，瞧嘛，这小崽子真有挺头。"

"嘿嘿……瞧那个家伙，还真有股寒酸劲儿。"

场外声音阴阳怪气的，让赵保山一激灵，他突然想起了什么，便在心里骂起自己来："赵保山呀赵保山，你真是傻透了，这场外都是啥人啊？良家女子敢上这儿来吗？本分爷们儿能上这儿来吗？他们是什么东西呀？是赌棍，是小偷，是烟鬼。他们看耍把戏是消遣，是寻欢作乐，哪有同情心啊？

赵保山一边责怪自己，又一边想着主意：对这帮下作货，哀求是不行的。那怎么办呢？得哄着，得吓唬，得恭维，得谩骂，他们喜欢插科打诨。那好，今天就不来素的啦！想从这帮人兜里掏钱，不动脑筋是不行的。

赵保山一心想赚钱，哪还管小福的死活，他冲着小福大喊一声："小福，上《别竿子》。"

小福身体抖动一下，汗水顺两颊流下来，他擦了一把脸上的汗水，紧紧地咬住下嘴唇。

他心里明白，《别竿子》比《踩鸭子》更疼，但是，为了早日到上海，早日和大哥回家，他愿意配合师父。

况且，师父眼睛都红了，他哪敢反抗啊？

小福把竿子别成一根梁，把全身力气运到上面。

赵保山开始表演了。可巧的是，当赵保山拿着白蜡杆子，准备"馈把"时，有俩油头粉面的家伙就要离去。赵保山哪能让他们溜呢？就立马甩出一句卖口："喂，那俩爷们儿请站住，俺要钱时咋走啦？你们真的不能走啊！你们是有钱的老爷，有钱的要帮钱场，没钱也得帮人场。你们要走啦，那边可有一辆汽车，转身轧折了你的腿，也是说不定的事……"

不知是怕扫了面子，还是忌讳不吉利的话，或是"老爷"不给钱，让人们看着太寒碜了，反正这二位让赵保山一激，真就掏出十几个铜子儿，叮叮当当扔到场内，这才转过身走了。

既然已经丢下了钱，就不能再计较走不走了。于是，他借机高声喊道："啊，有人扔钱啦，你瞅瞅人家，掏出来就是哗啦一大把，这是有钱的老爷。有钱的老爷骑马坐轿，有钱的老爷掏钱吧……"

这卖口算是琢磨到心里啦。这一恭维不要紧，本来没多少钱的主儿，也都打肿脸充胖子，俨然以老爷自居，都噼里啪啦丢起钱来。

赵保山环视场外，看准尚未扔钱或未想扔钱的人，又接着卖口道："有钱的老爷扔钱啦，再看看你，看看你妈的歪歪篡，你不给钱，你也坐轿，坐的是你妈的萝卜窖，晚上想和你老婆睡一觉，嘿，没那么容易，让你老婆拧得嗷嗷叫。"

"轰——"场外响起一片怪叫声、淫笑声、撒野声和谩骂声。

真没想到，赵保山又吓又骂又捧又逗的卖口，收到了意想不到的效果，好像这怪叫、淫笑、撒野和谩骂，调动了看客施舍的神经，一瞬间，场内便丢下了数目可观的铜子儿。

突然，哐啷一声，一块大洋丢进锣盘里，观众一下愕然了。却见一个阔少，挽着一个花枝招展的女子，转身飘然而去。于是，有人鼓掌喝彩，有人效仿而为之，也将大洋扔进锣盘里。

望着满场的大洋铜子儿，赵保山终于心满意足了，就从竿子上跳了下来。

小福扑通一声坐在地上，脚腕就像刀剜似的疼痛难忍，汗水滴滴答答一直往下淌，泪水像断了线的珍珠。

小淘、小亮跑过来，一个擦去小福的泪水，一个按摩小福的脚腕。小福呢，则伏在小淘肩头，轻轻地哭泣起来，还满怀希望地嘀咕："小淘哥哥，俺要挣很多钱，俺要和大哥回家去。"

小淘轻抚着他说："乖，俺们很快就回家。"

赵保山和赵保有咧着嘴，四面打躬作揖，感谢着他们的上帝，忙不
迭地拾起银钱，噼里啪啦地装进赵保山的腰包。

那一晚，小福又是水米未进，含着眼泪进入了梦乡。

6

奶奶的病情更重了，一家人紧张地围在身边，期待苏先生妙手
回春。

小福离开家的第二天，奶奶依旧不吃不喝，只是迷迷糊糊地睡着，
吓得赵保真寸步不离，足足守候了一整夜，就把追小福的事耽搁了。

早晨，刘氏想喂小福奶奶一点米汤，就抱起小福奶奶的头，可就这
么一挪，小福的奶奶哼了一声昏过去，嘴角和鼻子都流出血来。

赵保真连忙请来苏先生。

苏先生诊完脉，又翻开她的眼皮看了看，摇头冲赵保真说："不行
了，准备后事吧。"

"苏先生，俺娘一直好好的，咋说不行就不行了呢？"赵保真瞪着
血红的眼睛问道。

苏先生说："脑袋和内脏都出血了。人老了，经不起折腾，一股急
火冲了心肺了。"

"先生，你再好好诊治诊治，求求你啦！"爷爷颤巍巍地哀求道。

苏先生又摇头说："准备后事吧，挺不过晌午了。"

任凭赵家万般恳求，苏先生还是收拾起药箱，离开了赵家。

赵家被悲伤笼罩。临近中午，奶奶醒了，她居然坐了起来，冲赵保
真说："小福啊，俺饿了。"

"娘，你好啦？俺这就给你拿吃的去。"赵保真开心地直搓手，爷
爷也咧开没牙的嘴笑了。谁承想，当赵保真捧着粥碗进来时，奶奶一头栽
倒，七窍流血，人也咽了气。临终唯一留下的话，就是"小福"两个字。
一家人难免痛哭一场，一领席子裹了老太太，送到乱葬岗埋了。

奶奶入土的第二天，赵保真带着赵凤瑞，心急火燎地赶往连镇。两个人走了一天，傍晚才到了连镇。他们四处打听，最终在顺河街得到消息，说小福先被"踩鸭子"了，后来又"别竿子"。赵保真听了，不免痛心疾首："小福啊，爹不该让你出生意……"

赵凤瑞说："莫先生就说嘛，出生意是坑害小福，是摧残小福的身心，可你偏偏不听。"

赵保真悔恨交加地说："小福，爹一定把你找回来。"

当天晚上，赵保真和赵凤瑞露宿街头，苦苦熬了一整夜。第二天，他们早早等在顺河街，可哪还有小福的身影呢？

赵保真和赵凤瑞四处打听，也没人知道他们的去向。有人说去火车站了，至于坐了哪趟火车，去了哪个城市，谁都说不清楚。没办法，这爷儿俩不得不含着泪返回了申庄。

到了家，赵保真一五一十地把听来的消息说了一遍，爷爷听了，急得大叫一声："俺的小福啊，你可遭了大罪啦！"刚说完，爷爷一口气没上来，当场就咽了气。十天之内，两个老人都走了，赵保真一下子白了头，刘氏大病了一场，病得常常说胡话。

爷爷入土为安后，赵凤瑞找到了莫子镇，把家里的不幸讲给他，希望他能帮助找回小福。莫子镇想了想说："凤瑞，我有一个主意。过几天我要回天津，你可以和我一起走，经天津再转乘火车去上海。"

"莫先生，去上海做啥？"赵凤瑞问。

"你想啊，小福既然是出生意，就可能闯南洋去海外。那么，他们必须先到上海，才能搭乘轮船出国呀！"

赵凤瑞眼睛一亮："对呀！俺大哥也在上海，俺就在那儿等小福。"

两个人商量妥当，便由莫子镇来赵家说情。

莫子镇把自己的打算讲给了赵保真夫妇，原以为他们会阻止，可听到能找回小福，赵保真第一个表示赞成。他握着莫子镇的手，一时不知说什么好，只是一连声地说："谢谢，谢谢……"

刘氏显得很开心，病一下好了大半，连着躺了半个月，人居然还能下地。她撑着病体给赵凤瑞做准备，恨不得让他长出翅膀，一下子飞到上海去，立马把小福领回来。

高兴劲儿过了，赵保真平静下来，想起一件重要的事，连连摇头说道："莫先生，小耗子不能跟你去天津。"

"为什么？叔，你不信任我？"莫子镇奇怪地问。

"莫先生，俺不是不信你。"赵保真指着屋子说，"你看这个破家，哪有盘缠让他去上海呀？连爹娘都是用席子卷送走的……"

赵保真又流泪了，他担心小福啊！可是家太穷了，又有什么办法!?

莫子镇轻轻地笑了，他握着赵保真的手说："叔，你别担心，凤瑞的盘缠我负责。保证让他平安去上海，再让他平安回到申庄。"

赵保真听后扑通一声跪下了。面对眼前这个大恩人，他真不知该说什么好了。

莫子镇忙把赵保真搀起来。

几天后，莫子镇带着赵凤瑞，回到莫家场自己的家，在莫家场待了两天，就直接奔赴天津了。

7

一晃，赵保山一行人，在天津已逗留了半个月。

这天，赵保山心中不快，就带着大家早早收摊回到了客栈。赵保山给三个孩子买了烧饼，让他们在客栈待着。然后，冲赵保有说："喝酒去。"

赵保有虽生性怪僻，但也很有心计。几天来，他看出哥哥心中有火，也感受到了哥哥的不快。

自从来到天津，在"三不管"反复撂地儿，虽然也有收入，但"馈把"实在是太难啦！昨天，全部收入又被地痞抢光了。今天，赵保山想带着大家做最后一场演出，然后离开"三不管"这是非之地。可是，在"劝业场"前刚打了个场子，就又被警察以妨碍交通为名，要没收全部的道具。赵保山被逼无奈，带着小福跪在警察面前求饶，大家连磕头带作揖的，才保住了部分道具。赵保山是师父，别的气都好忍，这吃饭的家什——道具，被警察拿走那么多，他怎么能不上火呢？

赵保有默默地跟出来，哥儿俩走进一家小酒馆，只要了两碟小菜和一斤白酒，坐在那儿慢慢地喝起来。

赵保山满腹心事，一声不吭地喝，只管借酒消愁。

赵保有忧心忡忡，也默默地喝着。

然而赵保山毕竟不是嗜酒如命的人，他不会猫尿一灌就胡说八道，或者干脆喝个一醉方休。今天和兄弟出来喝酒，一来是心绪不佳，想解解心头的烦闷；二来是想和兄弟商量一件大事。

酒过三巡，赵保山打开了话匣子："保有啊，俺们卖艺这条路，实在是太难走了。"

"哈哈……是啊。哥，俺早就憋着满肚子火了。俺们现在哪像艺人？简直就是乞丐，被人踩在脚下的乞丐！"赵保有呷了一口酒，抹着嘴巴气恼地说。

赵保山的心一颤，这话刺伤了他的自尊。江湖艺人靠技艺吃饭，活的就是一身功夫，要的就是一张脸面。可是，整天和地痞、流氓、警察打交道，坑蒙哄骗的道道都用了，不还是挣扎在这条路上吗？饥饿、焦渴和无奈，他从家乡出来还不到二十天，就感到精疲力竭了。随着这种情绪不断滋长，闯荡国外的想法越加强烈。早年就听师父说过，艺人在国内混不下去，大多铤而走险到国外。闯荡国外毕竟是大事啊，怎能不和兄弟商量一下呢？

赵保山抿了一口酒，眯着眼睛说："保有，哥有件事和你商量。"

"啥事？"

赵保山思量一下说："俺准备带着你们去闯外国，你看咋样？"

赵保有从心底佩服这位堂兄。当农民，他是一个好把式，不但农活精通，就连织布、纺线这些女人干的活儿，他也样样精通。闯江湖，带杂耍班子，他都如此得心应手，不管遇到什么情况，都能从看客兜里掏出钱来。这会儿，听说堂兄要带着大家闯国外，不免眼睛放着光地说："哈哈……那啥时候走？"

"急啥嘛。"赵保山又呷了一口酒，"这事总得先合计合计，闯国外不是闹着玩的。"

"咋不急？俺看在国内，这钱也够难挣的，卖艺的就像要饭的狗。"赵保有满腹牢骚。

"你以为俺们是啥？就是一条要饭的狗。想要活命的话，就得去舔人家的饭碗。"赵保山的火气一下子就蹿到了脑门上，他也斜着赵保有说，"你寻思国外就那么好混？弄不好，也许就是几条丧家的狗。"

赵保有借着酒劲儿，满不在乎地说："大不了就是个死。活着，就算俺白捡着啦。"

"混话！"赵保山把酒杯砰地一放，瞪起眼珠子说，"要死的话，在哪不能死？为了活命，俺才想闯国外。要是像现在这样，早晚也得要饭吃。"

赵保山这一顿骂，赵保有顿时就蔫了。赵保有虎是虎了点，他毕竟听赵保山的话，看哥哥的火气真上来了，就吭吭哧哧地说："那，你说咋办？俺听你的。"

赵保山看着赵保有，心里也不是滋味。卖艺人流浪在外，谁肚子里都有点无名火，何况弟弟又是个火暴脾气。而今，这火暴脾气的弟弟，反倒是处处让着他了，想想真是难为弟弟了。想到这儿，赵保山的火气就消了，他平和地对赵保有说："天津这地方，俺说啥也不待了，下一站就去上海。听说上海有去南洋的轮船，如果能搭上轮船的话，那就算闯出国去了。不过，船票俺们是买不起的。唉——车到山前必有路，到时候再合计吧。"

赵保山仰脖喝下最后一盅，已经有了几分醉意。他虽醉眼蒙眬的，但神志十分清醒，说话也没走板："往后哇，这三个孩子要加紧练功，虽然龙王爷的孩子会凫水，吴桥的子弟能翻跟头，但小福毕竟是从被窝拽出来的，小淘和小亮也没有多少真功夫，孩子就是俺们的摇钱树。腰、腿、跟头、顶，这些基本功，都要从头练起。"

"哈哈……都听你的。你想咋训练就咋训练，俺不带说二话的。"赵保有立刻响应。

从酒馆回到住处，赵保山说去上海，小福乐得差点蹦起来。近日来，他咬紧牙关挺着受折磨，那心里真是苦不堪言。他喜欢看到有人打赏，喜欢听到叮叮当当的铜钱声。可是，在天津这些日子，打赏的人越来越少，钱褡裢一天天瘪下去。也就是说，回家的希望越来越渺茫，小福怎能不心生绝望呢？

现在，小福的脸上像开了花儿。小淘也开心地笑了，小福似乎成了他的晴雨表，他实在是太心疼小福，不忍心看小福哭哭啼啼的样子。小淘和小亮心疼他，他也心疼两个师兄，但凡有什么好吃的，总惦记着让师兄咬一口，然后再放进自己嘴里。

他们一行人终于从天津出发了。

他们一路撂地儿一路走，不觉就来到了塘沽码头。等了两天，才等到从塘沽开往上海的轮船。上船前，赵保山把钱口袋一倒，数着数着就犯了难。从吴桥一路走来，其收入除了住店吃饭，再买上两张船票，也就所剩无几了。从天津到达上海，需要两天多的船程。两天多呀，五个人总不能不吃不喝吧？思来想去，没有别的办法，只好买了两张船票，再让三个孩子混进去。好在上船的人多，又都是大包小裹的，趁乱哄哄的劲儿，他们把三个孩子带了上来。找到自己的铺位后，赵保山叮嘱三个孩子："都到铺下边趴着，没尿千万别出来。"

小福、小淘和小亮相互瞅了瞅，赶紧钻到了铺位底下，三个孩子大气都不敢出，生怕被警察发现。特别是师父赵保山，一直是忐忑不安的，万一被警察发现，该怎么过关呢？

人要是倒霉呀，喝口凉水都塞牙。船行了大半天，小福憋不住尿了，想要去茅房。小福不敢贸然行事，先爬到铺位前，转着一双大眼睛，小老鼠一样四下探望，发现铺位前没有人，就小心地爬出来。结果呢，小福刚一露头，就被一个警察看见了。

那警察直奔小福而来，赵保山知道情况不妙，急急忙忙迎了上去。

这是一个个头高，长了满脸络腮胡子，高高尖尖的鹰嘴鼻子，闪着凶光的眼珠子，并且紧绷着一张脸的警察。

小福吓得浑身像筛糠一样，连忙躲在师父的身后。

大胡子骂道："你个小兔崽子，真他妈会找地方。"

这个大胡子一边骂着，一边伸出毛茸茸的手，揪住小福的衣领，从赵保山身后拽过来，劈下了一声惊雷："买票了吗？"

"没——没——"小福吓得说不出话来，脖子也被卡得透不过气。

赵保山一边鞠躬，一边求饶道："老总，求求您了。俺们是卖艺的，实在是没有钱，求求老总高抬贵手吧！"

"瞧嘛，还高抬贵手？"大胡子瞪着眼珠子说，"今儿个，大爷这贵手就是不抬啦！"

他像拎小鸡似的，拎起小福就要走。小福吓得颤声叫道："师父，师父救救俺。"

赵保山、赵保有又拦住警察，不停地作揖哀求："求求老总，放过他吧，他还是孩子呢。老总，俺们是卖艺的，真的没钱啊！"

看到了这个场面，一些乘客凑上来，都围着那个大胡子，纷纷替小福求情。

"老总，放了他吧，这孩子怪可怜的。"

"老总行行好，卖艺的不容易。"

"老总，你放了他吧，让他给你耍把戏呗。"

……

大胡子看看七嘴八舌的乘客，稍稍犹豫了那么一下，气势也不像刚才那么凶了，小福顺势挣脱了他钳子般的手。大胡子张开手又想去抓他，小福突然来了机灵劲儿，大大方方地冲他说："老总，俺来个倒立吧。"

小福抓住座椅靠背，嗖的一下，立马就竖了起来。

船舱里掌声响起来，有乘客趁机继续游说："老总，行啦行啦，这孩子都给你表演啦。"

"啧啧啧，小孩子不容易，你看才多大嘛。"

大胡子扫视一下大家，分明是把不屑挂在脸上，但他眼珠子一转悠，怪腔怪调地说："干吗干吗？尿盆子生豆芽——怎么都脏（张）嘴啦？这是他自己上去的。散开散开，大爷要坐着欣赏表演。"

他拨开乘客，找一个座位坐下，跷起二郎腿，瞅着倒立的小福说：

"我今儿个不让你下来，你就得给大爷立着。"

大胡子说完，抽出一支烟，悠闲地叼在嘴上。

赵保山赶忙划火点烟，满脸堆笑地说："老总，放了他吧。以后让他孝敬孝敬你老人家。老总，求求您了。"

"去去去！"他推了赵保山一下，双臂又抱在了一起，眼睛眯成一条缝，哼起梆子腔。五分钟，十分钟，十五分钟……小福开始打晃啦，脸上不住地淌着汗水。

撅地儿十几天，小福已经筋疲力尽。今天，在这惊魂未定的时候，又倒立了近二十分钟，加上心理的压抑和委屈，他的身体支持不住了。突然，他感到头脑一热，眼前一片金星闪烁，耳中嗡嗡作响，身子便软软地跌下来。

围观的人群惊愕了。

赵保山抢前一步，一把接住了小福，不觉大声惊呼："小福，小福！"

一直没敢露面的小淘和小亮，噌噌地从铺下钻出来，扑在小福身边大声呼唤："小福，小福！"

小福躺在赵保山怀里，他双目紧闭、嘴角微颤，苍白而瘦削的脸上冷汗淋漓。

"小福，小福快醒醒！"赵保山呼唤着。

乘客也急得直搓手，有人投来怜悯的目光，有人大声地呼叫大夫。

可巧，乘客中有一江湖郎中，挤过来给小福把了脉："这孩子疲劳过度，饮食不周。莫要惊慌害怕，休息片刻就好了。"

说着，那郎中为小福实施了推拿。不一会儿，小福长呼一口气，慢慢地睁开眼睛，恍惚地看着师父问："警察呢？不要票了吗？"

大家顿时侧目而视，大胡子早不知了去向。

小福咯咯笑道："警察不抓俺了？"

小淘、小亮都拉住小福的手。

赵保山鼻子有些发酸，小福是个容易满足的孩子，一点点的幸福，都能让他把笑容挂出来，让人心里暖暖的。于是，他爽朗地说："小福、小淘、小亮，今天就跟着师父睡。"

三个孩子欢呼起来，分别挤到师父的铺上。

轮船驶进黄浦江，呜呜地鸣了几声汽笛，停靠在太古码头时，已经是第三天早晨了。

8

小福一行离开天津的第十天，莫子镇带着赵凤瑞来到天津。

莫子镇打算到了天津，就送赵凤瑞上轮船，让他独自去上海。然而到了天津，他突然想到了"三不管"，立马改了主意："凤瑞，天津的'三不管'，可是艺人撂地儿的去处，我们去那儿看看吧。按时间计算的话，他们要是来天津，也许就在那儿呢。"

赵凤瑞一拍脑袋说："对呀，俺听保山叔说过，他们早先就去过。说不定现在就在'三不管'呢。"

在天津下了火车，赵凤瑞住进了学堂。

莫子镇一九二一年考入政法学堂，入学不久，就参加了李大钊领导的中共北方区委，在"新中国革命青年社天津分社"工作。后因党组织遭到破坏，莫子镇被北洋军阀当局逮捕入狱，判处死刑。后经组织营救脱险，他奉命暂时回归故里，在吴桥秘密进行党的地下工作。这些机密，莫子镇自然不会告诉赵凤瑞。不过，他对赵凤瑞潜移默化的影响，使赵凤瑞的思想日渐成熟，成长为申庄的进步少年。

到了天津，莫子镇办完自己的事，就带赵凤瑞来到"三不管"。他们挨家挨户地打听，终于有了小福的消息。见过杂耍班子的人，有鼻子有眼地诉说着，说小福如何遭罪受苦，听得赵凤瑞泪流不止。当听说小福去了上海，他一刻都待不下去了，急切切地冲莫子镇说："莫先生，俺得赶快去上海呀！"

莫子镇点头说："凤瑞，我近日要去日本，需要办理一些手续，不能陪你去上海，你自己要多保重。"

赵凤瑞说："莫先生，俺知道您做的是正事，不能再给您添麻烦了，您自个儿也要多多保重。"

"你只身一人去上海，凡事要多动动脑筋。"

"放心吧，俺大哥也在上海呢。"

"那就好。凤瑞，你要记住，身为中国人，一定要为民族解放而尽力。希望你做一个进步青年，为革命事业奉献力量。只有国家和民族解放了，老百姓才能过上好日子，小福才能不再忍饥挨饿。"

"莫先生，您放心吧，俺记下啦。"

莫子镇买了一张去上海的船票，再给赵凤瑞带上足够的盘缠，将他送上了开往上海的轮船。

9

天已经蒙蒙亮，万物都在晨曦中，显得熠熠生辉。小福、小淘和小亮都跑到甲板上，领略大上海的风光。小福有些晕船，头隐隐作痛，身子还有些虚弱，但眼前的大上海，仿佛有一种魔力，他是无法抵抗的。

小福太想见到赵凤池了。

所以，他急切地问："小淘哥哥，俺们啥时候下船啊？"

小淘指着太阳说："走到那儿，就该下船了。"

小福转过头来问："小亮哥哥，在上海能挣到很多很多的钱吗？"

小亮认真地说："师父说，上海是生银子的地方，那里满地都是钱，俺们到时候就随便捡。"

小福拍手说："好啊好啊，俺要捡一百个、一千个。"

小淘笑着说："小福，一百个、一千个，是多少钱啊？"

小福想想说："好多好多，够养活爹娘、爷爷奶奶、哥哥姐姐的。有了那些钱，大哥不用做童工了，二哥也不用要饭了。"

小淘、小亮都哈哈地笑了。

太阳爬上了天空，小福坐在晨辉里，下巴抵在双腿上，眨着眼睛想心事，自说自话道："上海满地生银子，大哥咋就没捡到呢？他要是捡到钱了，俺就不用出生意了。"

是啊，他怎么没捡到钱呢？小亮不知如何回答，急得抓耳挠腮。小淘想了想说："小福，你大哥不会撂地儿，当然就捡不到钱了。"

小福点了点头，立马站了起来，唰地来个倒立，冲小淘和小亮说："师兄，俺得练好本领，本领大了，才能捡到钱。"

小淘小亮对望一眼，脸上挂满了忧伤。

小福看不透师父，可他俩早就明白了，踏上了这条路，归期就渺茫了。

小孩有小孩的心思，大人有大人的想法。

这边，赵保山一再琢磨着：打猎的人，首先想到的是山林，因为那儿必然有猎物；捕鱼的人，首先想到的是江河，因为那儿一定有鱼虾。但是，怎么样打出第一枪？怎么样撒下第一网？这就需要深思熟虑了。

下了船，赵保山急着撂地儿。因此，他顾不上歇息，也顾不上吃一口饭，脑袋像飞速旋转的风车——在大上海首次撂地儿，还真得好好琢磨琢磨。

他们离开了码头，向西走了二里地，来到了城隍庙。

城隍庙，那是上海的闹市，是上海的标志性建筑。这里有亭台楼阁、小桥流水、假山异石等古香古色的人文景观，还有餐馆、点心店、花鸟店，宠物店……凡此种种，比比皆是。因此，这儿游人如织。

"好，就在这儿撂地儿。"赵保山说。

大家放下行李，穿戴好了行头，这锣声响起来，场子立马打开了。开场，还是三个孩子的跟头、小淘的《平身》、小福的《踩鸭子》《别竿子》。似乎在意料之中，又似乎在意料之外，在大上海第一次撂地儿，那境况好得出奇：在《踩鸭子》"馈把"过程中，场内就扔了不少的铜子儿，赵保山心里暗暗高兴。可是，在《别竿子》的"馈把"时，场外突然一阵骚动。赵保山站在高处，看见几个大汉分开众人，不由分说地闯了进来。赵保山大吃一惊，急忙喊道："'调角码子'①来啦，快

---

① 调角码子：难惹的人。

'扯呼'①。"说话间就跳到地面，但是已经晚了，这几个人已经闯进了场心。

领头的是个瘦高个儿，一身黑，短褂敞着。不知是喝多了，还是熬了夜，白眼仁已经变成红色。他闯进了场心，对着赵保山的心窝就打了一拳，还气势汹汹地骂道："戆大②，你嚷什么，谁是'调角码子'？甭以为大爷我听不懂。我就是行话里说的坏蛋，怎么样？冤家路窄，今天让你们撞上啦。"

他瞅瞅小福："嘿嘿，还快'扯呼'呢，你们能跑得了吗？这儿还别着呢。"

他照着小福就是一脚，小福连人带竿子，在场内滚了一个圈，别着的竿子把脚腕擦破了，脸上也淌下鲜血来。小淘连忙跑过去，小福顾不得哭，瑟缩在小淘身后。

赵保有怒从心头起，抓过马叉要拼命，却被赵保山拦住了。

赵保山被打了一拳，半天才喘上气来，他压住心头火气，满脸堆笑地说："俺初来乍到，人地两生，在此卖艺，多有得罪，请多包涵，请多包涵。"

"那好，兄弟报报姓名。"瘦高个儿油腔滑调，向赵保山双手抱拳，"不瞒你说，我是上海滩的老大，你们踩的是兄弟地盘。在我这儿舞枪弄棍，怎么也不通报一声啊？"

赵保山连忙解释："俺孤陋寡闻，敬请多宽恕，多宽恕。"

"那好说，宽恕倒也容易。"瘦高个儿瞅瞅地上的铜锣说，"我们这个'调角码子'，可从来不吃素，既然在我们的地盘上耍，总该交点香烟铜钿吧？这不是掐我们的脖子？"

"好的，好的。应该，应该。"赵保山无心纠缠，只想早点离开这儿。于是冲赵保有说："大哈，把'馈把'的钱分给老大一半。"

"哎呀，这可就是你的不是了。"瘦高个儿尖声尖气地说，"你们卖艺的锣鼓一响，银钱哗啦啦全来了。怎么倒在乎这几个小钱来？来来来，都拿走。"

---

① 扯呼：走或逃走。

② 戆大：上海方言，指傻瓜。

瘦高个儿一摆手，其余几个饿虎一般扑上前，不由分说把"馈把"的钱，全都装入了腰包。

赵保山一瞅也急了，拦住他们苦苦哀求："不能都拿走啊！俺们这大小五口人，从早到现在水米没沾牙，求求你们行行好吧！"

赵保有牙根咬得咯咯直响，想和他们拼个你死我活。他有的是力气，根本没把几个瘪三看在眼里。但是，他忍住了。他不敢违背赵保山的意志，赵保山最担心他的火暴脾气，又不止一次地嘱咐他，凡事要忍、忍、忍……不能因为一时冲动而酿出大祸来。可是，他不会像赵保山那样去乞求，只是蹲在地上气得浑身发抖，眼巴巴看着人家把钱抢走。

赵保山忍了，赵保有忍了，小福忍不了了。这钱，可是他的希望啊！他忘了脚腕的伤痛，猛虎一般冲了上去，一把抱住瘦高个儿的腿，愤怒地喊道："你还俺钱，那是俺挣的钱！"

瘦高个儿愣了愣，缓过神儿来。他抬起脚一发力，就把小福甩了出去。小福像皮球一样，骨碌碌滚出好远。

几个大汉扬长而去。

小福放声大哭，小淘赶紧跑上去，一把拉起小福，把他揽在怀里。忽然，小福意识到，出生意挣钱，是很难的事；挣钱回家，也是很难的事。

观众渐渐地散去，场内只剩下他们五人，都呆呆地站立着。

赵保山望着这座城市，他一下子茫然了。

小福抽噎着抬起头，望着繁华的大上海，不觉轻叹了一声。大上海给了他希望，也给了他一个下马威。

"去找俺大哥吧。"小福说。

小福的话提醒了赵保山。是啊，到凤池那儿瞅瞅，总得找个地方住下来。临来时，不是带上凤池的地址了吗？于是，他吩咐大家提上行李道具上路。

赵凤池在恨松永地毯厂，给日本的老板当童工。那地毯厂设在杨树浦，离城隍庙有很远的路程。

当他们拖着疲惫的身子，离开伤心地城隍庙时，当——当——

当——黄浦江上传来洪亮的钟声，那钟声正好响了十一下。

他们找到赵凤池的时候，已经是傍晚时分了。赵凤池看到久别的亲人，别提多高兴了。小福异常兴奋，他拐着受伤的脚，紧紧拉住赵凤池的手，一口一个大哥地叫着。

赵凤池在厂外弄堂里找了个地方，把大家安顿好，就跟赵保山说："叔叔，俺领小福出去走走。"

"好，快去快回。出去给他买点吃的，一天都没吃东西了。"

"嗯。"赵凤池答应一声，领着小福出了门。

看到小弟弟出来卖艺，小小年纪受尽了罪，赵凤池的鼻子一酸，眼泪在眼眶直打转。

来到一家烧饼铺，他买了两个烧饼，倒了一碗白开水，坐在长条凳上，看着小福香甜地吃着。小福边吃边端详哥哥：哥哥比前两年更瘦了，颧骨也突了出来，工服破旧肥大，肩上还打着补丁。

小福吃完了烧饼，又喝了一碗水，顿时精神了许多。解决了吃饭问题，小福憋不住心底的话："大哥，俺想回家，你带俺回家吧。"

"回家？"赵凤池不解地问。

"叔叔说，到了上海，俺们挣到钱，就能回家了。可是，钱被抢了。俺不想再出生意，俺想回家。"小福满眼期待。

瞅着弟弟的眼神，赵凤池心里很难过。弟弟的要求很简单，也再合情理不过了，但他满足不了小福。他明白，叔叔是在哄小福呢，出生意哪那么简单？闯江湖风餐露宿，求的就是一条活路。

可是，望着七岁的弟弟，赵凤池又一阵揪心。他想把弟弟留下，或者送回吴桥。然而这个想法一闪，便被他否定了。

他刚刚做上"养成工"，老板想把他由"生手"培养成"熟手"，他实在是身不由己呀！在资本家的工厂里，学徒是有合同的，要是留下了弟弟，自己根本照顾不了他；要是送他回老家，自己又脱不了身，怎么办呢？赵凤池十分为难，不得不劝说小福："小弟，大哥不能留你。听大哥的话，还是跟叔叔走吧。回家也是挨饿，在外边闯荡江湖，眼下是苦点，以后就会好起来的。"

听大哥这么一说，小福一下子流下泪来，可怜兮兮地说："大哥，卖艺太苦了，胳膊腿都要踩折了，俺实在是受不了啦。"

小福趴在桌子上呜呜大哭起来。

赵凤池鼻子一酸，眼圈也红了。

"小福，不是哥不疼你，哥实在没办法呀。老板不会让俺留下你，弄不好俺会被解雇的。"他无奈地劝着弟弟，眼泪也簌簌地流下来，"等俺出徒就能多挣些钱。那时，俺就有能力养家，就能寄钱给爹娘了。"

小福一下止住哭声，眨巴着泪眼瞅着大哥。他发现大哥也流着泪，七岁的小福忽然很难过，他忘了自己的忧伤，伸手帮大哥擦去泪水。

赵凤池说："小弟，爹娘养俺们不容易，俺得为家里分忧啊！你还是跟叔叔走吧。不然，在家里挨饿受冻，爹娘也会难过的。"

小福撇了撇小嘴，差点又哭出声来。可他是个懂事的孩子，看着大哥这样难过，就把眼泪忍了回去。

其实，大哥不过十六岁，他也是个大孩子呀。

小福喃喃地说："大哥，俺也要养家，也要寄钱给爹娘。"

赵凤池一下抱住小福，一声声地叫着："小弟，俺的好弟弟，俺的宝贝弟弟，你太让大哥心疼了！"

小福说："大哥，俺也心疼你。"

赵凤池又说："小福乖，你安心地去吧，俺们都多挣钱，养活爹娘，养活爷爷奶奶，养活小耗子。"

小福点点头说："好，俺要挣好多好多的钱。"

小福不再想着回家，他决心跟叔叔走下去，练出一身好技艺，也像大哥赵凤池那样，挣钱养活一家人。

接下来的几天，赵保山和赵保有发生了分歧，赵保有主张马上闯国外，理由是上海滩不好待，他受不了那窝囊气。

每天撂地儿回来，赵保有都骂骂咧咧的，不是骂流氓和地痞，就是骂警察和看客，更多的时候，是骂上海这鬼地方。赵保有的情绪，直接影响着小福他们，每次赵保有发脾气，他们都蔫声躲到一边，生怕连累到自己，遭到赵保有的痛打。不过，孩子的担心是多余的，赵保有虽然脾气暴躁，却从没打骂过孩子们，甚至在赵保山管教时，他还会百般护着他们。

对赵保有的行为，赵保山并不计较，关于出国的事，他有自己的考虑。赵保山想的是，上海这地方还不错，撂地儿虽有地痞捣乱，但像城隍庙那样的，后来还没遇到过，有时"扯呼"得快点，也就躲开了。来不及躲闪的，出点钱也能把事平了。赵保山毕竟是领头的，心里也一直压抑着，考虑问题却更周全。闯国外不是件小事，手里总得有点钱，再置办一些道具，再练一些节目，做好万全的准备后，才能迈出那一步啊！否则，在国外站不住脚跟，那岂不更难？况且，出国总得有护照不是？

赵保有整天嘀嘀咕咕，搅得赵保山心乱如麻，就像一只没头的苍蝇，东一头西一脑瞎闯，还真就闯出了一条门路。

一天，赵保山找到了护照管理机构——北洋政府驻沪办事处，他兴冲冲地走了进去。

这回，赵保山明白了，办理护照还得照相。他又兴冲冲地赶回去，叫上小福一行人，赶回了办事处。

此时，小福拿着印有照片的小本本，已经是心静如水了——既然决定跟着赵保山闯江湖，到哪还不是一样？只希望能够赚到钱，赚很多很多的钱，也好实现养家糊口的心愿。

可是，小淘小亮的心情，就像掉进了黑洞里。毕竟，那是一个陌生的世界——语言不通、习俗不同，远离故土、前途未卜啊！

赵保有倒是哈哈地笑了，赵保山却是眉头紧锁。出国的通行证有了，那盘缠呢？五个人的船票，还有吃饭问题呢？唉……

赵保山深深叹口气，又开始寻找另一条路径。

这天，赵保山听说浦东亚细亚码头，停泊着一条开往南洋的轮船，决定带领大家去码头转转，说不定就乘上这条船了呢。说来也巧，正当他们在码头上转悠时，一个外国人朝码头走来。看那人的派头和打扮，像是说了算的主儿。赵保山不想放过任何机会，就急跑两步截住这个人。心想，管他是什么呢，干脆就叫他船长吧。于是，他礼貌地说道："船长先生，你们看不看耍把戏？"

这个人竟然听懂了，原来他会中国话。他停住了脚步，打量着眼前这一行人，笑着问赵保山："你怎么知道我是船长？"

哈哈哈，猜对啦，赵保山心里一阵狂喜，他急忙恭维道："俺看先生有船长的福相。"

"哈哈……"船长朗声大笑。

这船长是个大高个儿，白白净净的皮肤，被白色海员服一衬，显现出一种纯净。大檐帽下闪烁的大眼睛，也放射出和善的光芒。

小福第一次接触外国人。在他的记忆里，船长的外貌和态度，以及说话时的表情，都给人一种亲切的感觉。

船长把手臂一挥，又打了一个响指："好，跟我来吧。"

这轮船又高又大，船头高高翘起，船身涂着银灰色。甲板上，除了驾驶楼和上等舱位，还有一块很平坦的空场，船长指着那块空场说："就在这儿耍吧。"

一听说要耍把戏，海员们呼啦一下，自动地围了一个圈，有的站在梯子上，有的爬到舱顶上，上上下下都站满了人。

这可是一场命运攸关的演出，赵保山再三叮嘱大家："一定要卖力表演，要是得到了认可，咱们就能去外国啦。"

大家异口同声地回答："知道啦。"

接下来，需要解决一个问题——翻译。可是，也不好意思让船长翻译吧？赵保山就冲船长请求道："船长先生，您能否安排一位翻译？"

船长点头，当即安排一位随船翻译，配合赵保山或赵保有，为观众解说节目名称和内容。

赵保有表演《脑弹子》，一个海员看着好玩，接过赵保有手上的木球，也学着样子扔起来。

这《脑弹子》，是两个木球分别抛过头顶，然后再用脑袋接住。赵保有表演时，头上是缠了布带的，布带上还有个皮套，这一扔一接之间，球就落在了皮套里。可海员头上没有皮套，他接球又把握不住分寸，球就砸在了鼻子上，鼻子立马出血了，逗得其他海员哈哈大笑。

小福、小淘和小亮表演了翻跟头和拿大顶，赵保山害怕打动不了观众，又狠狠心，让小福表演《别竿子》《踩鸭子》。一直以来，这《踩鸭子》《别竿子》，都是这个杂耍班子的重头戏，只要一有演出，小福必然要遭受一遍痛苦。但反复演过多次后，小福的身体渐渐地适应了。不过，痛感仍然会传遍每根神经，他依然会疼得泪水横流。

这次也不例外，小福又是含着眼泪完成了表演。

表演干净利落地结束了。船长走过来，掏了一大把钱要给赵保山，赵保山连忙推托道："船长先生，您这钱俺不能要。看得出您是个好心人，俺有一个不情之请。"

船长说："你说吧。"

赵保山接着说："艺人四海为家，俺们想去南洋卖艺，因没钱买不起船票，求求船长开开恩，就带上俺们去南洋吧。"

船长略微沉思了一下。

小福看船长沉默不语，便跑到船长面前，仰起小脸可怜兮兮地说："船长，请您带俺们出国吧，俺爹娘都快饿死了，俺要挣钱养活他们。"

小福说得凄凄惨惨，满眼是哀求的泪光。船长不由得摇了摇头，摸了摸小福的头，又轻轻叹了一声。

小福倒退一步，冲船长深深一躬："船长，您行行好，俺求您了！"

"好吧。"船长想了想说，"不就是你们五个人吗？船后天一早起航，你们来找我吧。"

小福扑通一声跪下，冲着船长连连磕头。

赵保山掐一把胳膊，那痛感是明显的，他相信遇上了好人。他没想到船票的事竟这样轻而易举解决了，激动得双手抱拳作揖。

"哎，起来，别这样，别这样。"船长扶起小福，又冲着赵保山说，"不过，今后不许再踩肚子，这孩子太小了，会非常危险的。"

"是是是，俺听船长的。"赵保山连连答应。

小福鼻子一酸，船长的话暖心啊！这充满善意的话语，还是第一次听到，他向船长投去感激的目光。

小福再想起大胡子警察的恶行，心里就更加感激船长了，他情不自禁地大喊一声："船长，俺给您来个倒立。"话音刚落，小福顺手抓住船舷上的横杆，嗖的一下倒立过来，还冲船长做了一个鬼脸。

"快下来，你不要命啦！"船长大惊失色，一个箭步蹿过去，将倒立的小福抱在怀中，又指指距船舷二十多米的水面，说："掉下去会丧命的。"

小福瞅着船长嘿嘿地笑。

围观的海员开始也被惊住了，继而又发出啧啧的赞叹声。

从船上回来，赵保山和赵保有特高兴，去购买船上用品。小福难得这么清闲，就和小淘、小亮逛城隍庙。以前去城隍庙，那心是揪扯着的。而今天，小福觉得很幸福，有一种说不出来的感觉。他们蹦着跳着，看看这个，又瞅瞅那个，眼睛都不知瞅什么好了。

小福突然想起赵凤池，于是沉默下来。

小淘问小福怎么了，小福说想去看哥哥，小淘说陪他去。于是，小福、小亮和小淘就离开了城隍庙。

听说小福要去南洋，赵凤池一把抱住小福，边流着泪边叮嘱："小福啊，到了国外，离家、离哥哥就更远了，你一定要照顾好自个儿啊。"

小福乖巧地点头说："大哥，俺知道。"

赵凤池说："小福，无论多难，都要好好活着。你要记住，爹娘，还有爷爷奶奶、哥哥姐姐，都在家等着你呢。"

小福说："大哥，你放心，俺好好练习，好好地耍，挣钱给爹娘花。"

这么乖巧的话语，勾得赵凤池越发伤心，他竟然呜呜地哭出了声。他多么舍不得弟弟啊，他还是一个七岁的孩子，就要漂泊到海外谋生，去承受那些未知的艰辛。可是，又有什么办法呢？这个多灾多难的世道，即使是大人，也保证不了明天还活着。只要弟弟能活下来，遭罪反而是造化了。

活着，是他和弟弟最大的人生目标。

小福不舍地告别了哥哥。

这一天天还没亮，赵保山等人就赶到了码头，赵凤池也赶到了码头。

起锚了。

轮船启动了。

轮船渐渐离开码头了。

小福趴在船舷上，边哭边大声喊："大哥——俺走了——俺会好好的……"

小淘、小亮也趴在小福身边，陪着小福落泪，就连赵保山和赵保有，眼里也噙满了泪水。

赵凤池站在码头，开始还想抑制自己，后来终于抑制不住了，站在那儿哭起来。船上传来小福断断续续的喊声，他也断断续续地嘱咐道："小福——不——不管走到哪，你——一定要想着家……"

10

地毯厂是日本人开的，老板为了节省成本，便招收了大批童工，最小的工人只有十二岁。工厂高强度的劳动，毛绒高密度的污染，童工们哪受得了？于是一个个得了肺心病，今天一个，明儿又是一个，一个接一个地死去。

赵凤池是十四岁进厂的，幸运的是他挺过来了。

在赵凤池的脑海里，会常常闪现这样的影像：离别时凄然的场景、野菜充饥的日子、面黄肌瘦的爹娘、腰身佝偻的爷爷奶奶、耷拉着脑袋的小耗子、傻笑的小福……赵凤池暗下决心，一定要好好干活，一定要多挣点钱，好为爹娘分担忧愁。

因此，他望着凄然离去的小福，竟不能为他做点什么，心里不免充满了惆怅和无奈，他只能眼巴巴地望着，望着……然后拖着沉重的脚步，一路抹着眼泪回了工厂。

在工厂的大门前，赵凤池擦干了眼泪，正准备进入工厂时，一个声音撞响耳鼓："大哥！"

"小福？"赵凤池一惊，小福怎么回来啦？那船可是开了呀。赵凤池睁大眼睛，定睛一看，原来是二弟赵凤瑞，他顿时呆住了。

这又是一个意外啊！和小福的相逢和离别，给了赵凤池惊喜和伤痛，二弟却又突然出现了，赵凤池怎么能不惊讶呢？

　　看到大哥呆呆的样子，还有他眼中的泪水，赵凤瑞突然有了预感，一步跨到大哥面前问道："大哥，你见到小福啦？"

　　赵凤池一下明白了，赵凤瑞是为小福而来。他抹了一把眼泪说："小福出国了，俺刚送走他。"

　　"出国？小福出国啦？"

　　"嗯。俺到码头送他，轮船刚开走。"

　　"哎呀！"赵凤瑞用力一拍大腿，"大哥，你咋能让他出国呢？"

　　赵凤池面带愧色地说："小耗子，厂子不会收他，俺又不能送他回家，俺也是没办法呀。"

　　"你咋不能送他？你是大哥啊！"

　　"小耗子，俺熬了两年，刚要出徒，俺要是送他，就得被开除。俺得挣钱养活爹娘呢。"

　　赵凤瑞胸脯鼓鼓的，指着赵凤池气呼呼地说："是你挣钱重要，还是小福的命重要？你知道他遭了多大罪吗？'踩鸭子''别竿子'，差点要了命。爹让俺把小福带回去，不然他就没命啦，你知道吗？"

　　赵凤池面露愧色："俺，俺……"

　　"俺啥呀俺？你是大哥，你就忍心啊？你就眼睁睁……"

　　赵凤瑞一再指责赵凤池，赵凤池无话可回了，他蹲在大门旁，流下了悔恨的泪水。

　　赵凤瑞一跺脚，说："哭吧哭吧，就知道哭。俺这就去追小福，俺决不能让小福再遭罪！"

　　赵凤瑞转身跑了，赵凤池站起身来大喊："小耗子，你不能再乱跑啦，你要是再有个三长两短，俺咋向爹娘交代呀？"

第二章　漂泊

1

小福一行登上了轮船，一路向着南洋漂泊而去。可是，等待他们的命运是什么呢？有没有突然袭来的飓风？有没有滚滚涌来的黑海潮？这些，赵凤池他们就不得而知了。

小福他们和船长相处融洽，他们给船长耍着把式，船长给他们讲南洋的事。他们这才知道，南洋是东南亚的统称，它包括了越南、老挝、泰国、缅甸、柬埔寨、马来西亚、印度尼西亚、新加坡、菲律宾等十几个国家。

小福愿意听船长讲故事，当然这基于信赖和崇敬。他变成了船长的影子，总是和船长形影相随。

只要没事，船长就和小福聊天，聊人生、聊艺术、聊吃苦、聊坚持，从而让小福懂得，酸甜苦辣才是人生。

起锚的第二天，海风吹过甲板，也吹乱了头发，可船长无心梳理，小福也无心理会。因为，他们沉浸在快乐中。

"人的一生啊，不能光为了吃饱肚子，还应该有理想和追求。"

"啥是理想和追求呢？"

"就说你吧，你出来卖艺为了什么？"

"挣钱养家。"

船长伸出手去，把小福搂在身边，说："小福啊，你出来卖艺，不能光想着这些。你要想，练就一身本领，做一名艺术家。"

小福眨了眨眼睛，他依然似懂非懂。

这几天，赵保山一直在琢磨，到底在哪下船？对此，赵保有也没了主意。唉，船到桥头自然直，那就走走看吧。赵保山这样想。

遇到了好船长，船票是全免了，但总得吃饭啊！赵保山就撂地儿。大海上波涛汹涌，船也随波浪起伏，大型节目不能演，小把戏却派上了用场。

在船头的空场上，赵保山上演了《仙人摘豆》《九连环变海碗》《死蛤蟆变活蛤蟆》《空中取酒》《逆花子》……这些小节目虽算不上精彩，但对于长时间在海上旅行的人们来说，无疑成了消愁解闷的调味品。因此，每每锣声一响，船上到处都挤满了人。有人甚至还嗷嗷地叫着，要求赵保山，或者赵保有，或者小福、小亮、小淘，你演这个，他演那个，场面热闹非凡。特别是赵保山的《落活》，观众们那是百看不厌。

《落活》，就是把一块毯子，在观众面前翻转，一会儿看看这面，一会儿瞧瞧那面，一会儿又搭在肩上。之后呢，一盆燃烧的火焰，或一盆盛开的鲜花，抑或一盆游在水中的金鱼……一一展现在观众面前，总是让观众欢呼雀跃，情不自禁地咂咂嘴。

大家看《落活》，不仅是想从娴熟的技法中，破译出《落活》的机关，更想欣赏赵保山表演的神态。赵保山眨眼睛的习惯，还有提裤子的动作，常常逗得大家哈哈大笑。在笑声中观众解了闷，解了闷就都高兴啊，高兴了施舍一点，也就解决了杂耍班子的吃喝。

轮船一路向前航行，遇到港口就停一下。轮船每停一个港口，杂耍班子上岸撂地儿，就会让腰包鼓起一点。

从吴桥出来两个月，在轮船上这段时间，是赵保山最舒心的日子。因此，究竟到哪下船，他确实没认真想过。反正是江湖艺人，只能是四海为家，那就跟着轮船漂吧，漂到哪算哪。

后来，还是船长出了一个好主意。他说："还是在新加坡下吧。那儿是南洋的中心，远东的十字街头，商业发达，人口稠密，在那儿生意会好做些。特别是那儿华人多，方便彼此间的交流。"

听了船长的建议，赵保山拿定主意：就在新加坡下船。

新加坡，是东南亚的一个岛国，它北隔柔佛海峡与马来西亚为邻，南隔新加坡海峡与印度尼西亚相望，东临中国南海，毗邻马六甲海峡南口，国土除新加坡岛之外，还包括周围数岛。独特的地理位置，使新加坡成了太平洋与印度洋之间的交通要冲，有"东方直布罗陀"之称，也有"远东十字街头"的说法，是少有的天然港口城市。

轮船到了阿伯尔特码头，赵保山一行与船长惜别，他感念船长的恩德，就让小把戏们给船长磕头。

小福、小淘、小亮连忙跪地，船长急忙上前一一搀起，又抚摸着小福的头说："孩子，以后不要随便磕头了。"

小福点了点头，把头埋进船长怀里。

船长说："愿主保佑你，我的孩子。神爱我们，我们都是平等的。"

这句话镌刻在小福的脑海里，也成了他日后的座右铭。

赵保山含泪和船长告别，他的心情十分激动，想说一些感谢的话，却又不知从何说起，憋了半天只说出一句："俺不会忘记您的。"

船长依依不舍地说："有机会再坐我的船。"

大家默默地站在码头上，目送着那艘满载乘客，也满载爱意的轮船，乘风破浪驶向远方。

小福脸颊挂着泪水。七岁的小福，始终与苦难、饥饿和漂泊相伴。七年来，仅有的快乐时光，就是在轮船上的日子，而快乐却那么短暂，这让小福十分不舍，又感到那么伤心。

轮船渐渐地远去了，小福仍然摆着手，直到轮船变成了黑影，他才跟着师父走出码头。

以前每到一个地方，就急于撂地儿的赵保山，这次却显得十分稳重。他在想：毕竟是到了外国了，新加坡到底什么样？撂地儿有人看吗？能听懂杂耍卖口吗？这总得先看看再说吧？

于是，赵保山一行走上街头，一边漫步一边观察，而闯入眼帘的，自然都是新奇。

赵保山终于收回目光，开始打量周围的人们，特别是不远处的老太太，引起了他的注意。老人有五十多岁年纪，身穿青色细纱上衣，米色阔腿绸裤，趿拉着红色木屐，面相十分和善。赵保山觉得她像中国人，又觉得像日本人。这时，老太太也打量起了赵保山，这给了赵保山搭讪的机会。

"请问，听说新加坡又称狮城，为什么呢？"

"早喽，说不清是啥年月啦，只知道是为纪念一个印度王子。"

老太太会说中国话，赵保山不觉一阵欣喜，连忙与之攀谈："哦，印度王子？这里面一定有故事！"

"嗯，说得对。"老太太点了点头，又冲赵保山说，"相传很久以前，有一个印度王子出门打猎，不幸在海上遇到了狂风，漂到了这个岛上。他与随从们在岛上的丛林里生活了很长时间，正在他们感到失望和颓丧的时候，突然在他们面前出现了一头凶猛的野兽。那野兽黑头棕身，胸生白毛，体型高大。在他们正想躲避的时候，这野兽竟一溜烟地遁去了。王子从未见过这种野兽，问身边的随从，一个老随从便回禀道：'那是头狮子。'王子听后十分高兴，浑身像是增添了无穷的力量。他决定在这个岛上建一座城市，并取名为'狮子城'。这狮子城逐渐被人们用马来西亚语称为新加坡。"老太太讲完这个故事，瞅着赵保山笑了笑，看了看其余的四个人，又蛮有兴致地问道："你们是刚下船吧？"

"是，是。"赵保山回答道，同时又向她询问："请问，您是华人吧？"

"是的，是的。我家在唐山，早年随夫闯南洋做生意，现在已经在这儿定居了。"

"啊，你是唐山人？那咱就是同乡啊。"赵保山又惊又喜。

"当然，都是河北人嘛。不用问，就知道你们是吴桥的，对不对？"老太太朗声笑道，"章丘出打铁的，洛阳出玩猴的，吴桥出耍把戏的。"

老太太说着说着，环视一下杂耍班子，目光落在小福身上，爱怜地捋捋他的乱发，说："可怜的孩子，这么小就闯荡江湖了？！"

小福感到一股温情扑来，他的泪在眼圈转悠着，仰起脸深情地叫了一声："奶奶。"

老太太心花怒放，她一连声地说："哎哟哟，瞅瞅，瞅瞅，多乖的孩子。这么小闯江湖，自个儿呀，要顾好自个儿。"

这时，赵保山发现，小福就是杂耍班子的福星。但凡心善的人，见到乖巧的小福，都会十分热情。

面对老太太的热情，赵保山的精神一下轻松了许多，也不像刚才那样拘谨了。但他急于了解这里的情况，接着同老太太攀谈起来："请问老姐姐，新加坡啥地方最热闹？"

"新加坡最热闹的地方，就数新加坡城啦。新加坡城最热闹的地方，那就是四面钟。"她用手指了指一个方向，接着说，"走吧，跟我走吧，我家就住在四面钟。我家是开客栈的，那里住着不少艺人呢。"

在异国遇到了同乡，这本来就是幸运的，老太太又这样热情，赵保山还能说什么呢？他领着大家跟了上去。

赵保山的眼力不错，老太太的确心地善良。赵保山初来乍到，人地两生，多了解一些情况，无疑对他们有益处。于是，她边走边指点："新加坡华人多，其次是马来人。华人说广东话、闽南话或潮州话，你们听不太懂，但你们说话他们能明白。不过，你们也得学点马来话，马来话是新加坡的国语，像你们要把戏的就可以说：'啥也不念，玩样玩样，卢不念，顶敖顶敖。'意思是，我们耍一耍，你们看一看。"

赵保山对这话很感兴趣，也觉得非常重要，就在心里反复默念着。

"新加坡也有唐人街，街上的房屋建筑，买卖铺面，风俗习惯，都和中国一样。唐人街上商业、手工业、贸易，五行八作应有尽有。中国人开的饭馆里有中国菜、大米饭和馒头，华人的生活习惯，也没有多大改变。"

老太太趿拉着木屐，有节奏地敲打着马路，像是配合说唱的竹板。就这样敲打着说着，赵保山哼哈地应着，不知不觉来到了闹市。

这里马路宽阔、笔直、洁净，公共汽车、无轨电车、出租小轿车、黄包车川流不息。马路两旁，人工栽植的树木排列整齐，树冠高大，颜色青翠，树干上缠绕着青藤。树下是连片的草坪，那草坪绿茵茵毛茸茸，草坪间点缀着人工布置的花坛，各种鲜花竞相开放。熙来攘往的行人，有黄肤色的、黑肤色的，也有白肤色的。男人多数身穿短裤，手持一把芭蕉叶做的大蒲扇。女人多穿肥大衣裤或旗袍或筒裙。人们脚踏木屐，木屐有红色的、绿色的、黄色的……

赵保山好奇地打量着，小福他们也好奇地打量着，眼睛东扫一下，又立马向西看去，接着就嘻嘻哈哈说点什么。在这个满是新奇的世界里，任何东西都是一道美丽的风景。

看着孩子们开心的样子，老太太笑眯眯的，脸上挂满幸福和慈祥。赵保山则看着老太太，又瞅瞅嬉笑的小福他们，觉得挂不住脸，连忙吆喝道："小把戏，别胡闹，看奶奶该笑话啦。"

老太太说："孩子嘛，玩吧玩吧。可怜见的，这么小就出来耍把戏。"

赵保有说："小把戏们的节目好看着呢，有时间给您耍一耍。"

老太太笑道："好啊好啊，河北孩子都尖着呢。"

小福向前蹿两步，一下倒立起来，冲老太太叫道："奶奶好！"

老太太又笑道："嗯嗯，太好了，了不起。"

赵保有笑着拉起小福，老太太向小福招招手，小福跑到她身边，与她携手向前走去。

这温馨的场面，让赵保山很感慨，一连声地说道："一到南洋，就遇到了老乡，这种感觉真好。这不知是天意呢，还是咱们有缘分。"

"缘分缘分。哦，到啦，那儿就是四面钟。"老太太点了点头，用手指了一个方向，大家顺着方向看到一座高大建筑。

这是一座教堂式的古建筑，坐北朝南，门前是笔直的石头街道，正门左右各蹲着汉白玉石狮，这在狮子城是随处可见的景致。楼顶上耸立着一座大石钟，老远就能看见大钟的指针，方圆十几里都能听到洪亮的钟声。

老太太的旅馆就在四面钟对面，是一座三层楼房，一楼是饭馆，二、三楼都是客房。正南门楼上有一块横匾，用汉字写着"唐北客栈"。在横匾下还垂吊着布幌，明眼人一看就知道，这既是客店又是饭馆。老太太姓刘，丈夫已过世，有两个儿子，一个叫小豁子，一个叫小才子，都帮她照看买卖。刘老太太虽已五十出头，但身材还算匀称丰满，双颊红润而有光泽，整天趿拉着木屐，楼上楼下地迎来送往。有时，她还要到码头上拉客，整日里忙个不停。她为人和善，尤其是对华人，能帮则帮。

刘老太太把赵保山一行安排在楼上，又教了他们一些做生意的门道，就独自下楼去了。

刘老太太走后，赵保山感到闷热，就脱掉了上衣，光着膀子，拿出烟袋装了一锅烟叶，半倚着行李卷儿，吧嗒吧嗒地抽着烟。他眯缝着眼睛，吐着一圈一圈的烟雾，那样子十分悠闲。此刻的赵保山虽表面很平静，内心却直翻腾。其实，他急于撂地儿的心情有增无减，撂地儿似乎有一种诱惑力，时时撞击着他的心。到了新加坡，他努力地抑制自己，他在观察，在判断，在权衡……这是个五方杂处的大商埠啊，比连镇要大几十倍、几百倍，凭他多年的经验，凭他敏锐的眼光，他断定这是挣大钱的地方。唉！远渡重洋，历尽艰辛，就要挣大钱啦，就要苦尽甘来啦……

他这么想着，想着……心里充满了喜悦，也有了几分得意，仿佛白花花的银钱，已源源不断向他滚来。

有了这样的判断，他能立马去撂地儿吗？不！此时的赵保山，竟然异常谨慎起来。他觉得，在这儿不能轻易去撂地儿，不能用简单的苦刑术。这里的人和国人不一样，且又是艺人聚堆的地方。那么多的杂耍班子，要想脱颖而出，必须要有更精彩的节目，必须要抓住观众的心。那么，节目难度要更大，苦刑术要苦到极致，才能打响狮城第一炮。

于是，赵保山做出一个决定，他要好好和刘老太太谈谈，多了解当地的风土人情，真正做到知己知彼。此外，还要多学一些马来话，和客栈里的艺人多聊聊，掌握卖艺中的得与失。更为重要的是，不能把宝押在苦刑术上，必须让三个孩子连夜练功，要训练一些"馈把"的节目。无论是在新加坡，还是其他什么地方，挣钱还是要靠孩子们。

赵保山主意打定，狠狠吸了一口烟，然后磕掉烟锅里的残灰，掏出了烟叶，重新装上。

一向脾气火暴、头脑简单、做事莽撞的赵保有，怎受得了赵保山这个磨蹭劲儿？他在地上转了一圈又一圈，看到赵保山又要装烟，那火腾地一下蹿上来，忍不住虎着脸吼道："哥，咋不出去撂地儿？"

"你懂啥？"赵保山乜斜了他一眼，训斥道，然后直起身来，把烟袋扔到了一边，"下楼去弄点吃的，晚上好连夜练功。"

"练功？那不撂地儿啦？"赵保有气恼地问。

"咋那么啰唆？快去买点好吃的。"赵保山拉长了脸，赵保有不言语了，他噔噔噔地跑出屋，忙着准备晚饭去了。

赵保有买了烧饼，还买了一只烤鸭，这对小福他们来说，是绝顶美味。该吃饭了，赵保山也和缓下来，用筷子指着烤鸭说："吃吧，都多吃一点。"

小福连忙伸出筷子，筷子刚触到一只鸭腿时，才发现小淘、小亮并没动，两个师兄一边啃着烧饼，一边观察赵保山的脸色。他们想不明白，为什么师父今天这样开恩。

小福看看小淘，瞅瞅小亮，再瞧瞧师父，然后把筷子收了回来。

赵保山皱皱眉说："让你们吃烤鸭呢，咋还装起人来啦？"

赵保有也说："哈哈……俺们来到新加坡，日子会越来越好，吃吧吃吧，都吃吧。"

两个人连声相让，小淘、小亮听出了诚意，才向烤鸭伸出了筷子。小亮的筷子伸向小福想夹的鸭腿，小淘的筷子伸向另一只鸭腿。小福呢，两只手同时伸了出去，一手抓住一只鸭腿，又同时向外一拧，两只鸭腿就掰了下来。原来，刚才撤回筷子后，他的目光一直盯着两只鸭腿呢。

两只鸭腿进了小福的盘子，小淘和小亮无奈地笑了笑，也不和小福争抢，各自夹起一块鸭肉。

小福看了一眼赵保山，赵保山正端着酒杯抿呢，他又看一眼两个师兄，两个师兄都在嚼着鸭肉。小福这才放下心来，抓起了一只鸭腿，三下两下就啃了个精光，腮帮子也随之鼓得老高。

这顿饭，是小福长这么大，吃得最香的一顿。小福悄悄冲小淘说："小淘哥哥，这下咱有好日子过啦。"

小淘抚摸着小福的肩膀，脸上露出了担忧之色。

小福哪里知道，这只让他难忘的烤鸭，并不是好日子的开始，而是苦难的序幕……

晚饭后，赵保山收起了笑容，绷着脸告诉孩子们，要想在新加坡赚钱，必须加紧练好基本功。

小福的心一下子提了起来。

在吴桥时，他看过赵保山训练杂耍的情景，他的那个狠劲儿，比任何的师父都可怕。他不知道怎么面对厄运，就拉住小淘的手，小淘的手汗淋淋的，看来他也十分紧张。

训练开始了，赵保山让孩子们脱掉上衣，一律光着膀子，并束紧了腰带，然后开始遛腿、遛腰……他自己呢，则装上一袋旱烟，蹲在墙根，一边抽着，一边看孩子们练功。

2

新加坡接近赤道，气候十分炎热，尽管客房空气对流，一阵小翻儿过后，还是会大汗淋漓。

一袋烟的工夫过后，孩子们遛得差不多了，赵保山站起来，把烟袋别在裤腰带上，冲着小淘摆摆手，说："小淘，你过来。"接着，又冲赵保有说："大哈，递给俺一杆花枪。"

赵保山左手拿着花枪，右手扳着小淘肩膀，开始给小淘摆弄姿势。

他教小淘的节目叫《弓嗓》，这是早年的苦刑术。这《弓嗓》呢，就是用一根五六尺长的花枪作道具，花枪一端拄地，另一端，即带铁枪尖的一头，顶住表演者的喉咙，表演者身子大角度前倾，双手倒背，让花枪、表演者和地面成为一个三角形。花枪杆是白蜡杆子做的，白蜡杆子质地柔而不易折。这样，在表演者倾斜的身子压迫下，花枪才能一弓一弛，《弓嗓》也由此而得名。

铁枪尖顶住嗓门，表演者疼痛难忍，《弓嗓》做到这种程度，已经是够残忍的了。但是，节目并没有结束，真正到"馈把"时，表演者的背上，还要站上去一个人。表演《弓嗓》的演员从来都是孩子，站在背上的往往是师父，可想而知《弓嗓》的残酷了。

小淘摆好了姿势，赵保山拽过一条长凳，手拄着白蜡杆子，抬腿就站在小淘背上。小淘是第一次练《弓嗓》，铁枪尖顶在喉咙上，本就疼得瑟瑟发抖，赵保山一站到他背上，他的身子就开始打晃。赵保山见状，气得大喝一声："双脚抠地，找好平衡，千万不能倒。身子要是一倒，枪尖从脖后穿出来，你就别要命了。"

赵保有站在一旁，边观察边"保托"①，他不能让小淘倒下，倒下去就是一条人命。

小福站在小淘旁边，两手握成了拳头，他半张着嘴巴，大口地喘息着。小亮的脸涨得通红，汗水一直往下流。

看这样惨痛的表演，是一种心理折磨。

赵保山纹丝不动地站着，小淘的脸憋成了猪肝色，汗水似河往下淌，身子向前探着，呼吸越来越难。大约十分钟的工夫，赵保山终于下来了，小淘一屁股瘫在地上，脸色瞬间变得煞白。

赵保山急忙蹲下问："咋样？"

小淘哀求道："师父，求求你，别练了，俺受不了啊。"

"胡说！这是'馈把'的节目，咋能不练！"赵保山呵斥道。

小淘转向赵保有，带着哭音地说："大哈叔，俺受不了啊。"

赵保有没有理睬，转身忙别的去了。

小淘哪里知道，乞求是没用的。赵保山冥思苦想，才想出了这个点子，他怎能轻易放弃呢？赵保山不是糊涂人，他的判断没有错，新加坡是挣钱的地方，可要想挣到钱啊，你得有挣钱的本领。作为杂耍艺人，得"馈"上钱来。因此，他要练出一套全新的节目，杂耍技巧加上苦刑，两者有机地结合，才能真正打动观众的心，才能让他们心甘情愿掏钱。

小淘哀求了半天，知道说啥都没用，就半跪着调整呼吸，终于恢复过来。

赵保山看小淘没事了，就冲小福招招手："小福，过来，练《拧

---

① 保托：在杂技演员表演时，其他人对表演者进行保护，防止失误对表演者造成伤害。

腕子》。"

小福规规矩矩地走过来。

赵保有奇怪地说："咦，今天小福咋这么听话？"

小福身体在微微发抖，却握紧了小拳头。他深深记住了船长的话，练就一身好本领，才能成为艺术家。所以，他决心忍住疼痛，好好练功。尽管他还不懂"百舸争流，奋楫者先"的道理。

可是，他哪知道《拧腕子》的残酷呢？在现实面前，小福哪还有心思想着理想和追求呢？

《拧腕子》，就是表演者双手下垂，手心朝前握着一只鼓槌，双腿分别迈过鼓槌，握着鼓槌的双手，自然放在了臀部。这时，师父左手掐住表演者脖子，右手抓着鼓槌向上扳，表演者肩膀一晃，肩关节就脱臼了。关节脱臼后，双手就可以扳过头顶，再从身前放下来，整整转了一圈儿。

《拧腕子》最疼的时候，是双手停在头顶的时候。这时，关节已经脱臼，被称为"葫芦大搬家"，这个时候"馈把"，一"馈"就是一袋烟工夫，那怎么能不疼呢？

赵保山往上一扳鼓槌，小福啊的一声惨叫，汗像泉水汩汩而流，他忍不住哀求道："叔叔，疼死俺了，别扳了，别扳了。"

小福疼得身子往下沉，这让赵保山感到愤怒："起来，快晃膀子，快晃！要不就疼死你。"

小福咬咬牙，晃了一下膀子。他又啊的一声，身子剧烈抖动，肩关节终于脱臼了。赵保山又一扳，小福双手过了头顶。这时，小福只感到周身麻木，双肩火辣辣地疼，忍不住放声大哭。

"不许哭！"赵保有大吼一声。

赵保山倒是耐着性子，一边把脱臼的胳膊复原，一边冲小福问："小福，哭啥？啊，你说，你哭啥？"

这还用问吗？疼呗。小福心想，但他不敢表露，顺口说道："叔，俺就是想家。"

啪——赵保山伸手就是一巴掌，打得小福就地转了一圈。也不知道哪来的无名火，连赵保有都愣了。

赵保山有他的小算盘，他要传授的"功夫"，其实是在赌命啊。他担心这三个孩子，因承受不了而出错，就来了一个下马威。

赵保山边打边骂："想家啦，你能练好功吗？啊？这回还想不？你说，还想家不？"

小福一下子被打蒙了，越发大声地哭起来。谁知，他哭声越大，赵保山打得就越狠，他两手交替着，左一巴掌右一巴掌，小福眼前是"星光灿烂"，两腮也成了"映山红"，甚至还生出了"五指山"。赵保山似乎还不过瘾，他又抬起了右脚，狠狠地踹在小福肚子上，小福扑通一声摔倒在地。赵保山越打越生气，就抡起了烟袋锅，没头没脑地向小福砸去。小福疼得在地上直打滚，大声地哭喊着娘，喊着喊着就不敢吱声了。他抬起胳膊擦脸上的泪，竟然把鼻血抹得满脸都是，那样子越加恐怖了。

小淘被吓哭了，抱着赵保山的腰哀求："师父，别打了，别打了。小福，快跟师父说软话……"

小亮扑通跪在地上，也不停地哀求着。

赵保山还是不住手，小淘又冲小福喊道："小福，你快跟师父说，你不想家了，也不想娘了，以后听师父话，一定好好练功。"

小福哭得上气不接下气，只能断断续续地说："师父，俺不——想家了，也不——想娘了——俺好好——练功，求求你——求求你……"

赵保山终于住了手，小淘连忙查看小福伤势，小福一头扎进他的怀里。小淘虽是个孩子，但在小福的眼中，他是最可靠的亲人。小淘害怕师父生气，他一边抱着小福安慰，一边用眼角扫着赵保山。赵保山则脸色通红，呼哧呼哧地喘着粗气，他瞅瞅小淘怀里的小福，扫了一眼小淘和小亮，又大声地呵斥道："俺告诉你们，谁也不许再说想家，都好好给俺练功。"他拽过手巾擦着汗说："要想人前显贵，必得背后受罪。不吃苦中苦，哪有甜上甜？功夫是打出来的，不打不练不出真功夫。练得一身真功夫，就不愁挣不到钱。"他又擦了一把汗，从碗大的柳条筐里拿出一条手指粗的小蛇，冲着小亮大叫，"小亮，你练《上条子》。"

《上条子》，又叫长虫钻七窍。表演者拿着一条小青蛇，把它从鼻孔中送进去，当蛇钻到了嗓子眼，表演者呼出一口气，蛇遇热气就不往里钻了，自然拐弯从嘴里钻出来。表演者张大嘴巴，让蛇从嘴里探出来，而且还摆着头吐着芯子。表演者把蛇尾缠在耳朵上或脖子上，然后在场中转圈儿，师父就开始卖口"馈把"了。

小青蛇是从吴桥带来的。一路上，小亮带着装蛇的小柳筐，精心地照看和喂养。尽管有时吃喝无着落，他也没动过青蛇吃的牛肉。他把牛肉切成小块，一一压到蛇的嘴里，再用手将一将蛇身。小亮非常喜欢小青蛇，小青蛇和小亮也有了感情，每次见到小亮的时候，都会缠绕着他的手腕，似乎要和他玩耍一番。而此时，要把小青蛇塞进鼻孔里，小亮拿蛇的双手也颤抖了。

赵保山见小亮这个样子，就亲自帮小亮"上条子"。蛇头刚被送进鼻孔，小亮眼泪就涌了出来，一条蜿蜒爬行的蛇钻进鼻孔，就像孙悟空钻进铁扇公主肚子里，那难受的滋味可想而知。小亮想把蛇拽出来，可他刚伸出手去，就被赵保山厉声喝住，想想小福遭到的痛打，小亮不禁一阵寒战袭来，只好把手缩了回去。

小亮练完《上条子》，接着是小淘的《蹂心刀》，小福的《杀娃娃》，最后是小亮的《拱牛》。一晚上，三个孩子练了六个节目，赵保山才满意地点点头，看看月亮爬得老高，这才让大家进屋休息。

3

第二天一大早，赵保山就起了床，他想出去转一转，看一看各个街市，看一看街市的人流情况，看一看其他艺人的生意……他想选一块好地方，今天出去撂地儿。

赵保山叼着旱烟锅，慢慢地走在大街上。

嗨，左前方围了一群人，那是干什么的？赵保山立马挤过去，原来是一个捏面人的。你看那各色的江米面，在他灵巧的手指间，一会儿变出个孙悟空，一会儿变出个猪八戒，一会儿变出个翩翩起舞的古代仕女。

赵保山看了一会儿，继续向前走去。

赵保山走着走着，又遇到了一群人。他挤过去一探究竟，原来是一个吹糖人的。这吹糖人的和以往的不一样，这个人的手艺十分精湛，他用嘴吹着糖人，接着糖稀往石板上那么一倒，就倒出了"孔明""关公""嫦娥奔月"和"天女散花"……

在前面的不远处，又是一个做游戏的。主人设计了一个圆盘，圆盘中心安放一根指针，周围摆上很多小物品，有钢笔、香水、香烟……做游戏的人拨动指针，指针就一圈圈地转起来，等到指针停止的时候，那指针指向哪，哪的东西就归他了。

赵保山走着看着，内心充满惊喜：新加坡有这么多的人，不管是做什么生意，都有那么多的观众，看耍把戏的人也一定少不了。

在回客栈的路上，赵保山买了几个红皮山药。回到了客栈，他让大家吃早点，自己却到窗前观望。他在看什么呢？是街市上熙熙攘攘的人潮。对此，他充满了期待。要知道，人潮就是钱潮啊，有了这川流不息的人潮，何愁赚不到钱呢？

吃过了早饭，赵保山带着大家直奔街口。

四面钟左边的十字街口，有一片绿茵茵的草坪，赵保山决定在此撂地儿。大家把道具摆放好，三个孩子一字排开，拉开了耍把戏的架势。赵保山手持铜锣当当一敲，就把一大群人吸引了过来。

苦刑术表演开始了。

今天，赵保山和赵保有的精神状态非常好，三个孩子也都咬牙忍着，一口气表演了《踩鸭子》《别竿子》《弓嗓》《上条子》《拧腕子》，这些残酷到极致的杂耍表演，都能让观众屏息静观，接着就是一浪一浪的惊骇声和啧啧称奇声。

观众有增无减，这让赵保山为之一振，他索性脱掉上衣，光着膀子冲观众抱拳道："各位老少爷们儿，俺借贵方宝地养家糊口，难得大家这样抬举。为留得各位大驾金身，俺再露几手真功夫，让大家好好开开眼。"

说着，他拿起一把两尺长的钢刀抛向空中，并大声喊道："小把戏接刀。"

小淘立马跑上去，轻轻跃起接住刀，就势一个前空翻，人来到了场心。他把钢刀立在地上，刀尖朝上，然后分开双腿，弯腰，身子折成直角形，上身和地面平行，刀尖正好顶在小淘的心窝上。

此时，阳光照在刀刃上，却没有温暖那冷森森的寒光。这可是货真价实的钢刀哇！观众们瞪大了眼睛，心扑通扑通地跳个不停。

小淘俯下身子，刀尖紧贴在胸部，观众不由得发出唏嘘声。此时，赵保山搬来一条长凳，手拄着白蜡杆子，一只脚踩在长凳上，一只脚踩在小淘背上，观众又发出尖叫声。当另一只脚也踩到小淘背上时，全场一片哗然，但很快又寂静下来。

小淘毕竟是不满十岁的孩子啊！一个壮实的成年男人站在背上，竖起的钢刀就变成了弧形，小淘的脸憋得通红，汗水滴答滴答落在地面上。

赵保山站在小淘背上，放开眼环顾着四周，当观众从哗然到寂静，他内心悠然升起得意之情。毕竟，观众被这个节目镇住啦。于是，他便开始卖口："老少爷们儿，太太小姐，看清了吗？这叫作《踒心刀》。这是气功，弄不好可就穿个透心凉啊！这是真功夫，小兄弟练得不容易。你们要是可怜他，就多往场子里扔几个钱吧！"

围观的人越聚越多……

里圈的人开始往场内扔钱了，面额不等的银钱瞬间铺满了场地，赵保山满意地冲观众抱拳，拄着白蜡杆子从小淘背上跳下来。小淘站起身，那钢刀当啷一声掉在地上，在阳光下现出几许寒光。

"唉——不容易啊！"

"为了一口饭，连命都不要啦。"

"那也是没法子，但凡有一条活路，谁出来干这个呀？"

……

这话撞击着赵保山的耳鼓，他心中又多了几分得意。行走江湖卖艺，要的不就是这个效果吗？

赵保山想趁热打铁，于是拿出三个半尺长的木桩，在场地中心摆成三角形，随后又大声吆喝："小把戏，请上场。"

小亮应声站起，一溜小翻翻到场心。

在场内，赵保山快速转着圈，又当当敲了一通锣，嘶哑着嗓音卖口："老少爷们儿，太太小姐，在家千日好，出门处处难。千般万般为嘴吃饭，但凡有一些法子，也不会练这玩意儿。小兄弟要表演的叫《拱牛》，这可是三年的功夫，两年半都不敢上场。大家可要看好啦，这可是苦功夫。"

场外一片寂静。

小亮开始表演了。他两脚分别站在木桩上，蹲下了身子，头对准了剩下的木桩，身体慢慢倒立起来，两脚随即离开了木桩……

"好——"赵保山大喊一声，他接着又卖口道："墙上的芦苇草，哪里刮风哪里倒。大家可要看好了，俺可不能让他倒。一会儿，他还要大撒手，撒手的时候，大家可要多扔钱，给他鼓鼓劲儿，让他立着永不倒。"

小亮两手离开地面，只有脑袋顶在木桩上。

场外又是一片哗然。

"谢谢捧场，谢谢捧场！"赵保山看着众人往场内扔钱，一边抱拳致谢，一边高频率地捯着他的鸭子步，不停地向四面"馈把"，他转着圈说着卖口，脑袋也不停地转着：这地儿不错，机不可失，时不再来，再来一个更苦更难更揪心的……忽然，他想起刘老太太教的马来话。于是他就借着兴头，弯腰捡起铜锣，当当又是一阵猛敲，便开始卖口道："啥也不念，玩样玩样，卢不念，顶敖顶敖。"

场外哄然大笑起来，看来大家是听懂啦。

赵保山也笑了，不管自己说得对不对，别人能不能听得懂，再演个《杀娃娃》，一定抓住他们的心。于是，他冲赵保有一声吆喝："大哈，把道具摆好。"

赵保有开始摆道具。

赵保山又敲响铜锣，然后他卖口道："老少爷们儿，太太小姐，有事办事，没事捧场，金身大驾，静心观赏……"他停顿了一下，敲了一声响锣，意在吊起观众胃口："今天，俺要杀个娃娃给你们看，你们要睁大眼睛，看看他是怎样当场毙命。"

"啊，杀娃娃？"

"当场毙命？"

"真的假的？"

"他不要命啦？"

……

观众提着心纷纷议论，赵保山看时机已到，就扔下手里的铜锣，迈着鸭子步走到场心，从长凳上拿起一把菜刀，高高地举过了头顶："大家看清啦，这可是真刀。"说着，他用手指弹弹刀刃，刀刃发出清亮的声音。

这时，赵保山转过身来，冲着摆好的两块木头，手起刀落，只听咔嚓一声，木块便一分为二了。赵保山又举着菜刀说："咋样？大家看到了吧？这就是锋利的大菜刀。等俺杀了娃娃，大家可不能走，有钱的帮钱场，没钱的也要帮人场。你如果走啦，女人到家刷锅打锅，刷碗打碗。男人走啦，随后捡个包，你以为发财啦，到家打开一看，原来是两颗人头。从此，你就有打不完的官司'双头案'。"

赵保山手拎着菜刀，在场内转来转去，眼睛不住地盯着场外，嘴里念叨着："谁家的小孩儿让俺杀，谁家的小孩儿让俺杀……"

场外一阵阵骚动，小孩儿吓得东钻西躲，纷纷藏到大人身后，生怕被赵保山拉出去，一刀结果了性命。

赵保山面露不满，皱皱眉头挠挠耳朵，又自言自语道："你们这些猴精躲得真快，这可咋办？菜刀磨得锃亮，俺来杀谁好呢？"大人们也被他吓着了，纷纷护住自家的孩子。赵保山目光忽然一转，就落在三个徒弟身上，他突然大喊一声道："小福，看来今天就得杀你啦。"

小福一听，吓得撒腿就跑。赵保山呢，撒腿就追。小福边跑边哭，脸上挂满了泪水，眼神惶恐而无助，他四处张望着，寻找着藏身之处……可这光天化日下，哪能藏身呢？片刻工夫，他就被牢牢地抓住了，成了赵保山手里待宰的羔羊。赵保山拎小鸡似的，把小福拖到场地中心，死死地按在长凳上。小福双腿仍然乱踢乱蹿，发出一阵阵垂死的哀号。赵保山放下菜刀，扯过一条毯子，盖住小福的下身，用腿压住了小福。接着抄起菜刀，高高地举过头顶，菜刀寒光闪闪，霎时晃花了看客的眼睛。说时迟那时快，赵保山手起刀落，只听到扑哧一声，鲜红刺目的血浆四处飞溅，溅得赵保山满身满脸都是。再看看小福，早已经是一动不动了。

场外观众大声喧哗起来，有人竟然大声喊道："杀人啦，杀人啦……"赵保山呢，并不去擦脸和身上的血迹，带着哭腔卖口道："可怜，可怜，俺杀了娃娃，是为了挣钱吃饭。上有天，下有地，求求大家多扔钱，多多扔点钱吧。"

《杀娃娃》使得这次"馈把"达到了高潮。看钱收得差不多了，赵保山眨巴眨巴眼睛，笑着说："大卸八块俺也会，掉下人头俺会安。"说着，他走到小福身边，把毯子往下一拽，蒙住了小福的头，双手伸到毯子下，一边念叨一边摆弄，突然一揪小福的耳朵，小福顺势蹦了起来。只见他满脸满脖子鲜红，在裸着的膀子上，还淌着无数的血道道。

场外惊魂未定。

其实，《杀娃娃》也叫《砍大腥》，是杂耍艺人表演的最典型的苦刑术。师父手拎菜刀卖完口，就满场子抓人。当然，被杀的娃娃事先早有准备，他故意在场内乱跑，表现出惊慌失措的样子。师父撵上一会儿，抓住逃跑的娃娃，按在准备好的长凳上，扑哧一刀砍下去，血浆溅得师父满脸满身。在师父松开手以后，菜刀仍留在娃娃脖子上。

《杀娃娃》的表演过程，用的是真假两把菜刀。师父拿着真刀给观众看，还当众劈开一两块木头，用以验证刀的真假。当观众确信这道具是真刀无疑，师父就开始表演。其实，在给娃娃盖毯子的一瞬，师父就把毯子下的假刀拿出来。这就是艺人们所说的"幌托"。"幌托"以后，刀就是假的了。假刀，就是中间空心呈弧形的夹层刀，里面装上血色米浆，用蜡密封好之后，再用纸条贴成X形（当然，真刀也得贴个X形），这样，就掩盖了假刀的弧形痕迹。这时，师父一刀下去，半圆部分缩到夹层里，夹层里的红色米浆迸出来，娃娃就势诈死不动，菜刀卡在脖子上，然后开始"馈把"卖口。

赵保山没想到，小福表演得如此逼真，那神情，那眼神，那泪水，简直像真的一样。

《杀娃娃》给观众带来的视觉冲击，那真是不可估量的。因此，"馈把"所得也是十分可观。赵保山买回好吃的，他要犒劳三个孩子。小淘和小亮呢，因为惊吓和疲累，已是食之无味。

其实，小福也不轻松，只是心中有了念想，就有了一种慰藉——精神上的慰藉，让他渐渐轻松起来。他一会儿叫小淘哥哥为他送上一条鸡腿；一会儿叫小亮哥哥为他送上一块猪肉。

然而孩子们疲惫的神情，并没有让赵保山心软，晚饭后又是一番苦练，直到月上中天了，才让孩子们休息。

睡梦中，依然有梦魇、有哭泣、有惊悸。梦，也是凄凉的。

一连几天，撂地儿生意一直不错，赵保山笑了，赵保有也笑了。他们心情好了，三个孩子的日子也好过了：晚上练功，他们很少挨打；撂地儿回来，用赵保山的话说，都要上上犒劳——他们下了几回馆子，吃了几次炖大块肉，那感觉真像过年一样。

4

贪欲是无止境的，赵保山也不例外。

撂地儿的收入多了，他就期盼着更多。于是，他又开始琢磨：杂耍节目还不够多，功夫还是不过硬，老靠这几个苦刑术，来养活这个杂耍班子，那不是长久之计，仔细想来，《踩鸭子》《别竿子》《弓嗓》《蹚心刀》《上条子》《拧腕子》《杀娃娃》……这里面没有多少真功夫，也没有多少艺术美感。苦刑术只是一时的骗钱招数。试想，观众看这样几个节目，一次还能揪住他们的心，让他们掏出钱来。那两次、三次呢？观众麻木了，他们还会往外掏钱吗？不会，一定不会！赵保山琢磨，要想长期生存下去，必须从杂耍的基本功练起。这个问题，他虽然早已意识到了，但终因一时之需，一而再地被忽略了。现在，到了必须重视基本功的时候了……

赵保山决定加强基本功训练。

在"腰、腿、跟头、顶"的基本功中，"顶"功尤为重要，而孩子们欠缺的正是这一点。于是，赵保山安排孩子们练"顶"功。同时，让小淘和小福练"对手顶"。小淘年龄大，个儿高，练底座；小福年龄小，身子单薄，练顶尖。按赵保山的规定，"对手顶"的内容，包括"拉顶""扯旗顶""滚顶""背顶""反顶"等。此外，还要练一些个人节目，比如"耍花盘""板凳面"……因此，他们需要花费很长时间，毕竟练功不是摆花架子。

这天晚上，赵保山在地上画了三个圈，三个孩子分别站在自己的圈里，按照他的指导训练基本功。

"今天练的是倒立，以一炷香为限，一炷香燃完，就可以下来，谁挺不了一炷香……"说到这儿，赵保山顿了一下，他拎过一根棍子，狠狠地杵在孩子们面前，"挺不过一炷香的，就得吃俺十棍子。"

看着那手腕粗的棍子，孩子们脸色都变了。特别是小福，他挨过赵保山的暴打，深知那份痛楚。因此，他怯怯地看着小淘。此刻，小淘也十分紧张，哪还顾得上小福呢，只管直直地盯着棍子。小福没找到依靠，精神更紧张了，他咧了咧嘴想哭，但没敢哭出来，只好挺直身体，鼓起小肚子，用全部精力练功。

一炷香杵在那儿，香味渐渐弥漫开来。但孩子们哪里还顾得上那香味，他们只盯着赵保山，生怕一眨眼，棍子就落到自己头上。

"倒立！"

那一声震耳欲聋的断喝，一下子砸在了开关上，孩子们像机器一般，两手同时撑在地上，两臂比肩稍宽一些，一条腿直着向上甩，另一只脚向下蹬地，控制了力道之后，也跟着甩了上去。

赵保山坐在长条凳上，掏出了旱烟口袋，装了满满一锅烟叶抽起来。

线香一点点地燃烧，香头慢慢地变成灰，香灰也慢慢地增长，最后反卷着落在地上……半炷香燃尽了，孩子们依然纹丝不动。

说到这基本功，就数小福差一些。他年龄小不说，也不像小淘小亮，经过了专业的训练。他是边玩边学的，基本功不扎实，也是自然的了。

小福可有苦头吃了。开始倒立的时候，还能像小山一样，半炷香过去了，他脖子也疼了，双手也麻了，汗水倒流进眼睛，身体像过电一样抖着。

小福想看看师兄的表现，眼睛却被汗水眯住了，他只能咬着牙坚持着，坚持着……扑通，小福最终坚持不住了。

赵保山腾一下跳起来，上去就踹了小福一脚，小福骨碌碌滚到一边。赵保山冲小福举起了棍子。这时，赵保有一下冲过来，抬手抓住棍子说："哥，不能用棍子打，打伤了还咋练功啊？"

赵保山想想也是，当啷一声把棍子扔在地上，转身转了一圈，也没找到趁手的家什，就脱下脚上的木屐，冲小福没头没脑地打，小福双手抱着脑袋，蜷成了一个圆球状，任凭木屐落在身上。

赵保有冲小淘、小亮喊道："都看到了吧？不好好练功，就是这个下场。俺告诉你们，谁都不许偷懒。艺不压身啊，一技学成了，就能走遍天下。"

小淘、小亮累得浑身发抖，但听着小福的哀号声，谁还敢分心哪？只能咬牙坚持着。

在练习"顶"功的日子里，小福几乎天天挨打，他被打得浑身青紫，没有一处完好的肌肤。

练小翻时，赵保山又别出心裁，用一根一尺长的竹条，把两头削尖，绑在孩子们的膝窝，在翻起跟头的时候，谁的腿要是稍微一打弯，竹尖就会扎到肉里去。

随着孩子们技艺的增长，他的要求越来越严了。比如倒立，他开始规定是一炷香，接着就延长到两炷香、三炷香……因此，基本功的训练，使三个孩子吃尽了苦头，每次倒立，汗水都会把地面洇湿一片。脸肿了，眼睛充血了，甚至尿在裤裆里了。他们谁都记不清，自己挨过多少打，烟袋锅打伤的疤痕，藤条抽过的印子，随处可见。就说小福的《板凳面》吧，节目难度本身就大，还是站在板凳上表演，必须要做到腰向后弯，大弯腰后再洒水，洒完水再起来，那是下去容易起来难。最初，赵保山在这个当口"馈把"，小福真就起不来了，他找不准那股劲儿。小福一旦起不来，赵保山就用藤条抽他的双腿，他管这种训练方法叫"吃面条"。那时候，小福腿上的印子一条挨一条，条条都是手指粗。

如果和专业老师相比，这手段登不上大雅之堂。但是，那残酷和粗暴的训练方法，却促使孩子们的功夫得到大幅度提升。

一天晚上，赵保山又画了三圈，三个孩子齐刷刷地在板凳上练"顶"功。赵保有点燃了一炷香，就跟赵保山去了唐人街。哥儿俩喝起酒来忘了时间，等他们回来时，别说一炷香，三炷香的工夫都过去了。而三个孩子呢，还在那里齐刷刷地竖着。

赵保山说："还练着哪？"

小淘回答："不知道香有没有点完。"

"完了完了，快下来吧。"赵保山满意地说。

小淘、小亮都下来了，可小福还竖立着。赵保山以为他挨了打，还在跟他怄气呢。赵保山的火腾地蹿上来，冲上去就是一脚，小福从凳子上掉下来。赵保山又冲小福骂道："就你他妈的犟！"

小福半天才站起来，眯着眼自言自语："哎呀，睡着了。要不俺还能立更长时间，绝对掉不下来。"

赵保山眼睛一亮，连忙蹲在小福面前，心平气和地问道："小福，你刚才真睡着啦？"

小福点了点头说："嗯，真的睡着了，还做了个梦，梦见俺娘了。"

以往，小福一提想娘或想家的话头，都会换来赵保山的一顿毒打。这次，赵保山不但没动手，反倒是鼻子一阵酸楚。心想，还是小福有出息，这三炷香的时间短吗？这倒立容易吗？这可是双手撒开，只有头顶着板凳啊。这孩子的"顶"功练到家啦。因此，赵保山抚摸着小福的头，用长辈亲切的声调说："好孩子，好孩子，你这是练成了啊。"

小福眼睛一亮，这还是第一次被夸呢。

从那以后，赵保山认定小福是个好苗子，遇事对小福都高看一眼，他决心把小福培养出个人样来。

第三章　棚演

1

一晃三年了，小福一行走遍了新加坡的城乡，也去了新加坡周边的国家：他们穿过一千多米长的花岗岩长堤，来到了马来西亚，他们以马来西亚首都吉隆坡为中心，走遍了马来西亚的城市和乡村；他们坐上了汽艇，到了印度尼西亚、菲律宾……

撂地儿的生活，总是漂泊不定。漂泊的日子，虽有掌声、欣喜，但乞怜度日，备受凌辱，那是常有的记忆——流氓抢劫、警察打骂、道具被砸，流浪艺人所受的苦，他们在中国受了，在南洋也受了。

他们所承受的苦，还有南洋潮湿炎热的气候环境。

新加坡四周环海，属于热带雨林气候，蒙蒙的细雨淅淅沥沥，初来乍到的小福一行，遇到了这种天气，只能在客栈里待着。有时，一连几日阴雨，他们连吃饭都成问题。

困难，总会让人聪明起来。赵保山想来想去，就简化了道具，手里拿着"海里蹦"①，走街串巷地看看有没有买卖可做。好在新加坡雨过地皮干，他们在雨停的空当，在街头巷尾敲起锣来，只要聚拢上来几个人，就可以使一些小活儿，多少也能有一点收入。到后来，他们又和影剧院老板取得了联系，利用影剧前后和间歇时间，加演几个精美的节目，这在影剧萧条的年代，还真的颇受观众青睐。影剧院的上座率陡然升高，老板

---

① 海里蹦：一种魔术道具。

一看有利可图，当然愿意合作啦，就主动张贴了海报，努力做好前期的宣传，每场下来按约定分红。

加东丽官大戏院，在新加坡颇有影响，到这儿看戏的人，多为达官显贵和文人雅士。小福、小淘和小亮日渐娴熟的功夫，还有越来越多的传统节目，在这儿引起了很大的反响。

小福和小淘的《对手顶》，小福的《板凳面》《花碟》，小福和小淘的《刀门子》，赵保山的《不勒棒》，赵保有的小魔术，还有三个孩子的小翻，经常博得观众们一阵又一阵的掌声，杂耍班子也随之声名鹊起。

新加坡是一个货物集散地，人员流动性非常大，白皮肤、黑皮肤、黄皮肤，哪里人都有，今天聚集到了新加坡，明天又各奔东西。因此，赵保山杂耍班子的名声传得越来越远。

这一天，赵保山刚刚加演完毕，一个印度人来到后台，自称印度大马戏团的管事，受老板的委托前来拜访。

赵保山打量着这位中等个儿、脸色黝黑，又说一口流利中国话的印度人，着实感到一头雾水，便毕恭毕敬地问道："先生，您找俺为何事？"

"哦，是这样，"管事摊开两手，耸耸肩膀，很客气地说，"我们老板听说你们的杂耍不错，想请你们加入我们在孟买的马戏团，每月定期给你们分红，不知你意下如何？"

这就像天上掉馅饼，赵保山既疑惑又兴奋。他忙不迭地为管事点烟、沏茶，还连连地说道："谢谢贵团抬举，谢谢贵团抬举。"

"这么说，你愿意合作啦？"

"愿意，当然愿意。"说罢，赵保山有点迟疑，"不过，俺们去了，这语言也不通，那合作起来……"

"哦，这不是问题。"管事笑着说，"以后，就由我负责翻译。"

对于合作，几乎没有经过商量，就这么定了下来。那管事走后，赵保山才把这个消息告诉大家。听说有这么好的机会，赵保有高兴，孩子们也高兴。特别是小福，如今已经十岁了，个头虽长高了，却仍是孩子气，对一切新鲜事物都充满了好奇。当听说杂耍班子要去印度时，小福开心得差点蹦起来，他拉着小淘的手反复说："小淘哥哥，俺们可以去印度啦，也可以分红啦。"

小淘乐得直点头。

"那俺们不成了专职演员啦？！"小福说着，就倒背着双手，在地上踱着方步。小亮也跟在身后，照葫芦画瓢。

大家怎么能不开心呢？三年来，他们吃尽了漂泊的苦头，更受尽了白眼和欺凌。如今，能进驻印度大马戏团，成为专职的演员，那该多么荣耀啊！未来的日子，再也不用遭受飘零之苦啦。

赵保山不想耽搁，于是立马整理行装。

两天之后，小福一行人跟着管事，乘轮船离开新加坡。轮船驶进了印度洋，又途经科伦坡，在十多天之后，停靠在印度洋沿岸的孟买港。

一上岸，小福一行就被孟买的独特风光吸引了。

孟买是印度最大的海港城市，城市建筑古香古色，到处是印度教的寺庙、伊斯兰教的清真寺和古代建筑。大街小巷纵横交错，商店和摊床排满街道两侧。商店里摆着珠宝、象牙雕刻和镶有玻璃珠子的手镯等物品，摊床上还有各种甜食和色彩艳丽的披巾。妇女们用布缠着身体，那布匹颜色不一，大红、大绿、大紫、大黄……真是五花八门，色彩绚烂。这些女人犹如一道道风景，缤纷了眼前的世界。一些吉卜赛女人，两鬓插着珠子花，鼻子上戴着鼻饰，脚上戴着脚镯。镯子上还有一串小铃铛，走起路来哗啦啦响个不停。街道上有马车、牛车和骆驼缓缓而过，这些都让小福他们兴奋不已。

小福一行，刚刚从清新淡雅的新加坡城离开，又踏上了颇具鲜明风格的孟买，一切都是那么新奇鲜亮，他们左顾右盼，目不暇接。唯独赵保山的心思不在这里。他一边应酬马戏团的管事，一边独自盘算着心事：从吴桥出来三年了，这疲于奔命的三年，从未过上安稳的日子……撂地儿、撂地儿、撂地儿……无休无止的撂地儿，带给他们多少痛楚啊！可是，不撂地儿怎么办？不撂地儿就没饭吃……这下可好啦，进了马戏团，不用再奔波，不用再撂地儿，不用再受窝囊气。马戏团有固定的收入，就不再怕饿肚子。老板不是要审查节目吗？表演一些什么节目呢？《踩鸭子》《弓嗓》《上条子》？不，不行。印度老板不会是为了苦刑术才发出邀请的。这是正规的马戏团，看重的一定是基本功。因此，他要训诫孩子们，等老板审查节目时，一定要认真表演，绝对不能失了水平。

他们一行人穿街过巷，来到印度大马戏团，管事带赵保山去见老板，老板是个文雅的中年人，他叽里咕噜说了一通，说得赵保山直瞪眼。

管事翻译道："老板不想刁难你们，他相信你们的功夫。本来老板要审查节目，现在老板说不必了。老板要和你们签订一年的试用合同。合同期，只许马戏团辞退你们，不许你们提出不干，这条件你能接受吗？"

赵保山还能说什么呢？他做梦也没想过，有一天会加入马戏团，这已经让他受宠若惊了。再说，条款也不算苛刻，于是他欣然接受。他用中国人的礼节，给老板作着长揖："谢谢老板，谢谢，谢谢啦！"

老板也频频点头还礼。

管事又说："老板让我领着你们看看马戏大棚。今天晚上的演出，你们不要上场了，就坐在观众席上看节目，熟悉一下演出过程。明天，你们就得参加演出了。"

"可以，可以。"赵保山点头应承。

马戏大棚在幽静的公园里，大棚是绿色帆布缝制而成，呈圆形，有五丈多高，像一株粗墩墩的大蘑菇，棚内十分宽敞明亮，可容纳三千多人。

赵保山走南闯北，也是见过世面的人。但是，他从未见过这等规模的封闭式大棚。有了这样的大棚，就不怕风雨的蹂躏，无论什么时候都能正常演出。观众坐在里面看戏，演员表演完节目，还可以回到后海休息……赵保山抑制不住内心的喜悦，脸上露出幸福的笑容。结束了卖艺生涯，成为大马戏团的演员，不再受流氓和警察的欺凌，他怎么能不高兴呢？

相对于其他人来说，小福的笑容更复杂，在这样的杂耍生涯中，又将出现何等的光景，这是他要探寻的问题。

小福十岁了，个子长高了，身子骨也结实了。他总是皱紧眉头，默默地想心事。三年的流浪生活，使他过早地成熟了，头上烟袋锅砸过的坑，腿上藤条抽过的痕迹，脖子上"杀娃娃"的划痕，如今还都清晰可见，但他没有记恨师父。他觉得，要不是师父的严厉，他也不会有这一身的功夫。

此刻，他们坐在宽敞的马戏大棚里，更能体会到师父的苦心，若不是有这样一位师父，若不是苛刻的训练，他们怎么能脱颖而出，坐在孟买最先进的马戏大棚里，享受演员分红的待遇呢？

小福把目光投向师兄，小淘的脸上洒满了春光，小亮也笑成了一朵花。他的目光又落在师父脸上，发现师父脸上多了很多皱纹，鬓角也落满了霜花。小福的鼻子一阵酸楚，毕竟他才四十来岁呀，在这酸楚的流浪之路上，他要训练孩子的基本功，要打场馈把周旋沟通，要考虑吃喝拉撒睡……日月星辰，风霜雪雨，就算是坚硬的磐石，也会被雕刻出岁月的花纹，何况一个血肉之躯呢？

而今，小把戏们都成材了，师父却未老先衰了。

这天晚上，赵保山一行坐在大棚里，在管事的陪同下看戏，真是别有一番滋味啊！过去他们是给别人演，今天是别人给他们演，那感觉能一样吗？

看着熙熙攘攘的观众，管事冲赵保山说："老板很会做生意。目前，印度人欣赏水平越来越高，本土演员满足不了观众的要求，老板就想从外国请高人，这就是请你们千里迢迢来这儿的缘故。"他瞅了瞅三个孩子："小小的年纪，就有非凡的功夫，本身就是传奇。我相信，你们的到来，会让团里的生意更兴隆。"

赵保山说："管事放心，俺们会用心的。"

小福冲管事微微一笑。

三年来，他一直在苦水中浸泡着，终于尝到了一丝甜的味道。这味道，来源于每表演一个节目后得到观众的认可，内心不由得升起成就感。有了这种成就感，就说明他爱上了杂耍这一行。

音乐响了起来，场内渐渐静下来。

小福此前一直跟着师父撂地儿，锣声一响就开演了，哪见过这么气派的场面？他瞪大眼睛，紧盯着舞台，生怕漏掉一丝一毫。

音乐动听悦耳，观众们为之一振，几千人的大棚里，除了流淌的乐曲，再也听不到丝毫杂音。

一个演员上场了，他在一根细细的钢丝上行走，竟然那么轻盈优美，如履平地。从钢丝的一端走过去，再转身从另一端走回来，继而又站在钢丝上摆动，随着乐曲的旋律，摆动幅度越来越大，那钢丝被荡得老高，就像小孩荡秋千一样。

小福从未见过走钢丝，竟然一时看傻了眼。

赵保山兄弟也是目瞪口呆。

管事向赵保山介绍说，这演员叫申格勒外，也是聘请的外国人。

申格勒外仍在表演，他在钢丝上横一块木板，双脚站在木板的两端，然后身体左右大摆，大摆的频率之快、幅度之大，着实令人瞪目。

观众们揪着心。要知道，在一根细细的钢丝上，做着那样的高难度动作，稍有不慎，就会从高空跌下来。

申格勒外却毫无惧色，举手投足都透着飘逸，那优美的姿态告诉人们，他完全沉浸在艺术的享受中。这也为他博得了一片叫好声。

小福默默地看着，随着申格勒外的表演，内心涌起别样的情绪，那是对艺术的由衷赞叹。他琢磨着，与苦刑术相比，这才是真正的艺术呢！他不由得紧握双拳，暗暗下定决心：在这个大棚里，一定要好好学习，争取把走钢丝的绝技学到手。

申格勒外冲四面观众做着优美的行礼动作，然后轻盈地跳下来，与护托演员一起向观众致谢，观众报以热烈的掌声。

接下来，一个驯兽演员上场啦，管事又介绍说："他叫大毛。"

大毛是一个成年男子，肩膀既宽又圆，虎虎有生气。他手持一柄长鞭，先站在场心，向四面各甩一鞭，冲观众一一抱拳，再向后面招招手。

四个男子抬来一个大铁笼，笼子里是一头威风凛凛的狮子。那狮子一抖毛一摆尾，观众便发出惊呼声。小福也吸了一口冷气，还没等情绪平稳下来，一个男人便打开笼门，那狮子吼叫一声蹿出来，不时地龇龇牙咧咧嘴，顿时让观众感到了惊骇，生怕它蹿到观众席。

这时，大毛啪啪甩了两鞭，那凶猛的狮子顿时安静下来，乖乖地趴在了大毛的脚下，观众立刻发出了惊叹声。

大毛冲观众抱了抱拳，俯下身摸了摸狮子头，又附耳嘀咕着什么，那狮子竟然点了点头。

观众低声地议论起来，纷纷猜测大毛说了什么。谜底很快就揭晓了，一男子端着火圈走上来，又把火圈一一摆好，向观众施礼后退去。

大毛啪地甩了一个响鞭，那狮子闻声跃起，大毛用鞭子一指火圈，那狮子弓身用力，嗖地从火圈中钻了过去。

现场掌声雷动，观众被折服了。

小福用力地拍着手，又扭头看看小淘，再瞅瞅小亮，两个师兄也兴奋地拍着手，并为这奇特的表演叫好。

管事说："这是一头野狮子，刚来时野性十足，是大毛用鞭子硬抽出来的。现在，它完全服从大毛的管教。"

小福说："这太神啦。"

管事瞅了瞅小福，又接着说："大毛是个有胆识的驯兽演员，他了解兽类的脾性，能抓住它们的心理。一头野狮子，突然被装进笼子里，它也不知道是怎么回事，周围又有那么多人围观，即使从笼子里放出来，再用鞭子去抽它，它也会懵懵懂懂的。"

小淘说："只要肯下功夫，啥事都能做到。"

小福说："最重要的，是摸清规律。"

小亮说："嗯，有道理。"

管事欣赏地点点头，赵保山摸着下巴，欣慰地瞅了瞅小福，又瞅了瞅小淘和小亮。

小福他们小声地谈论着。忽然，场内响起了两声尖厉的口哨，继而观众就骚动起来。待他们抬起头来，只见后海走出一个人来，这人头戴圆顶黑色小礼帽，上身着一件黑色小西装，下身穿一件肥大的黑裤子，双脚穿一双又长又笨、左右脚颠倒的黑色大皮鞋，鼻下还留着一撮黑黑的小胡子。他手里拿着一根竹手杖，大摇大摆地迈着鸭子步……这一身的装扮和走路姿势，还没等表演呢，观众就忍俊不禁啦。

小福惊奇地睁大眼睛，他完全被这滑稽相吸引了。

管事急忙告诉大家："他叫查理·卓别林，是英国著名的滑稽演员，也是老板聘请的外国演员。"

小福问："他也演杂耍吗？"

管事摇头说："不，不，他是丑角演员。一个险峻的节目演完，或在险峻的节目进行中，为了调节观众过于紧张的情绪，丑角就适时出场表演。"

"丑角？"小福重复着这个陌生的词语。他没有想到，在杂耍演出中，还可以有这样一种角色。那时，他根本不知道，丑角表演的节目叫滑稽节目，不论是当年在印度马戏大棚里，还是在当今的舞台上，这种表演都深受欢迎。丑角诙谐幽默的表演，总会使观众开怀大笑，紧张的气氛也就轻松起来。

滑稽节目分很多种，有以技巧为主的"武滑稽"，有以刻画人物为主的"文滑稽"；有的滑稽节目为一个独立的表演，叫"单场滑稽"，有的滑稽节目放在两个节目之间，叫"幕间滑稽"或"串场滑稽"；有时丑角和其他演员在一起，共同表演一个节目，叫"帮场滑稽"。

在紧张激烈的杂耍节目演出中，有这么令人发笑发狂的丑角出现，实在是为演出增添了不少色彩呀。

卓别林向来以表演"文滑稽"著称，只见他迈着鸭子步走到场心，刚想站住脚，两只大鞋却翘起来，差点把他翘翻在地。卓别林趔趄了半天，才用力站稳了脚跟。只见他脱下小礼帽，向观众行鞠躬礼。礼毕，以为他要表演了，他却转了一个圈子，又向观众敬礼。不过，这次不是传统式的鞠躬礼，而是把右手举起，大拇指顶在太阳穴上，以它为轴，其余四指张开，像扇子一样扇动着。这个动作本来就滑稽，再加上夸张的面部表情，直逗得观众捧腹大笑。

卓别林的节目很简单，道具就是那一柄手杖，动作全在手杖的花样。他借助口中的簧片，把手杖作笛、作箫，正、倒、横、竖，做出吹的动作，那声音动听悦耳，那动作滑稽可笑。

小福挺直了腰身，眼睛紧盯着台上。

卓别林表演的是"幕间滑稽"，上一个节目是驯狮子，观众情绪紧张了，就用滑稽节目串场，让观众紧张的情绪松弛下来。卓别林的表演看似轻松闲散，所起的作用却极大。在他退场谢幕的时候，观众一遍又一遍地鼓掌挽留，卓别林故意站住脚跟，用力地旋转一下身体，两只大皮鞋别在一起，他就被别了个"嘴啃泥"。趴在地上的卓别林，用力地拱呀拱呀，拱了半天才起来。你看，他的领带扭了，帽子歪了，样子更加滑稽，观众又是一阵哄堂大笑。趁这个工夫，卓别林迈着鸭子步回了后海。

小福默默望着台上，他完全被卓别林征服了。他觉得这种丑角表演，才是最有艺术特色的，便暗暗下了决心，一定要把他的滑稽表演学过来。

2

加入印度大马戏团的第一场演出，也就是来到孟买的第二天，小福和小淘合演了《倒吃大菜》《刀门子》。这两个节目像一股地震波，在观众们的心里引起强烈的震感，那一次次经久不息的掌声，本就是意料之中的事，而令赵保山感到意外的是，小福在表演这两个节目时，竟然加入了一些滑稽动作，让他瞠目结舌。

由《对手顶》派生的《倒吃大菜》，那是小福和小淘的拿手好戏。在演出的时候，赵保山带着小福和小淘上场，三个人呈直线依次趴在地上，小福和小淘两人头对头，小福双脚蹬在赵保山的头顶，并将身子挺得直直的。随着赵保山的一声"起"，赵保山和小淘一同用力，就把小福顶了起来。这时，赵保山和小淘双手撑地，上身渐渐离开地面，小福也渐渐被拱起来，三个人的姿势恰好呈弧形，这就是杂耍艺人们说的"拱桥"。接着，赵保山和小淘分别向前一步，小福同时紧紧收腹，赵保山趁机撤了出来，小福和小淘就头对头地立起来。

小淘成了底座，小福成了顶尖。

《倒吃大菜》，是指接下来表演的内容。小福和小淘头对头顶着。小淘站稳之后，小福腾出两手，先脱掉上衣，裸着膀子；再脱掉裤子，只穿个短裤。这脱衣的动作，是在头对头的倒立中进行，难度就可想而知了。衣裤脱完之后，他接着吃东西。正常人吃东西，食物是从上往下走。现在，小福是倒立在小淘的头上，食物是从下往上走，这需要相当高的技巧。否则，不论是食物，还是水，都会溢出来或从鼻孔呛出来。

《倒吃大菜》开始啦，观众们瞪大了眼睛。

赵保山把一盘橘子瓣递给小福，小福一瓣一瓣放进嘴里，又不停地咀嚼着咽下去。吃着吃着好像是渴了，就冲赵保山做喝水的动作，赵保山把一杯水端给他。小福接过水杯之后，头朝下喝进了嘴里。赵保山站在一旁，一会儿捶捶胸脯，一会儿捏捏鼻子，一会儿抻长脖子捋气管。他捶了一会儿，又捏了一会儿，再捋了一会儿。小福呢，倒立在小淘头上，自如地吃着喝着，像在休闲度假一般。赵保山点了点头，又冲观众竖起了大拇指，场下传来阵阵掌声。吃完啦，喝完啦，小福点了一支烟，悠闲地叼在嘴上，吧嗒吧嗒地抽起来。袅袅的烟雾慢慢升起来，犹如一幅丹青，引起了人们种种联想。最后，小福在顶尖吹口琴，小淘在底座吹箫，竟然来了一首合奏曲。悠扬的乐曲回荡着，马戏大棚里又爆发出雷鸣般的掌声。

这就是《倒吃大菜》，它包含了"吃""喝""抽""吹"四个环节，让观众沉浸在惊奇和感叹之中。可以说，小福和小淘干净利落的表演，特别是小福的滑稽动作，彻底征服了印度观众，赢得了一阵阵的喝彩。

就说吃吧，小福又起一瓣橘子，刚刚要放进嘴里，突然像想起了什么，稍稍犹豫了一下，把叉子伸向了观众，意思是让观众吃，观众便哄笑起来，在一片哄笑声中，他又把橘子送进自己嘴里。

再后来，小福点了一支烟，用力地吸了两口，故作陶醉状后，再把烟递到小淘嘴边，小淘刚要张嘴去叼烟，小福却抽回手，烟又叼在自己嘴上。

小福虚晃一招的动作，又引起观众强烈的反应，其滑稽效果颇佳，他也暗暗地长出了一口气。

小福和小淘的《刀门子》，是一种古老的惊险节目。艺人在场上架设一个圈，圈上插有数目不等、刀尖向内的利刃。而后，艺人助跑跃起，从圈内穿过。后来的节目《地圈》，就是由《刀门子》演变而来的。

小福和小淘从"刀门"中钻过去，倘若身子稍稍一偏或胳膊腿轻轻一摆，刀尖就会划破身子。所以，《刀门子》讲究的是功夫和胆量。

在南洋练《刀门子》时，先是钻不插刀的方门，小福、小淘钻得很娴熟，可一旦插上刀就胆怯了，一跑到方门前便不自觉地停下来。因为这个，小福和小淘不知挨过多少打，每打一次就是二十几藤条。后来，他俩明白了一个道理，若是不钻就会挨打，那钻了刀门子呢，顶多是划破点皮肉而已。这样看来，钻与不钻又有什么区别呢？从此，在刀门子前，他俩再也没停下过。最终，在无数次被划伤之后，他俩终于练成了这门技艺。

印度人从未见过刀门子，自然不知道刀门子是什么。当赵保山举着刀门子示意时，观众席上顿时骚动起来。这么锋利的刀尖，这么小的一个洞洞，让孩子们从中钻过去，那可不是闹着玩的。

小福和小淘上场啦，全场观众鸦雀无声，观众们紧紧地盯着，心也提到了嗓子眼。在这个折磨人的节骨眼，小福开始助跑，腾地一下跃起，双臂并排向前一伸，嗖一下钻过了刀门子。

场内出现瞬间的寂静，继而又是一片哗然。

接着就是小淘钻过了刀门子。

小福、小淘每人反复钻了两次，观众跟着揪了四次心，也爆发了接二连三的掌声，《刀门子》完全征服了观众。赵保山又拿来两个刀门子。区别在于一个是"火门"，即没有插刀却燃烧着的"门"；另一个是纸糊的"纸门"。

赵保山把"火门""刀门""纸门"一字排开，观众们无不更加惊愕，又引发一阵阵的骚动。

小福和小淘站在那儿，目测起点到"火门"之间的距离，显然比刚才谨慎了许多。

观众无论如何都无法相信，小福、小淘能一连钻过三个刀门子。因此，他们瞪着眼珠子，后面的人竟然站了起来，双手还止不住地抖动。这时，音乐戛然而止，全场死一般地沉寂下来。

小淘起跑、垫步——嗖的一下，他钻过了三个刀门子。

接着是小福。只见他跑到刀门子前，一屁股坐在地上，一下子滑出很远，身子从桌子底下钻过去，刀门子仍然放在桌子上。

观众一下炸了锅，以为小福出了意外，竟然啪啪啪地鼓起倒掌来。赵保山、赵保有也惊出一身冷汗，刚要上前打个圆场，却见小福站起身来，冲观众眨眨眼睛抽抽鼻子，面带嬉笑地抱拳请罪。观众这才明白过来，原来是故意的啊！于是，赵保山、赵保有露出欣慰的笑容，场内的气氛也舒缓下来。

小福重新绕到了起点，顺手抓起了一把钢叉，一边拍着钢叉一边起跑。他跑到刀门子前，双臂平伸出去，拍着钢叉腾跃起来，嗖地钻过三道刀门子，然后安然落在地上，钢叉却依然握在手中。

哗——场内一下沸腾啦。

愣怔了好一会儿，小淘和小亮才鼓起掌来。原来，他俩是被小福吓着了。跟在师父身边这么久了，他们都了解赵保山的脾气，无论谁的姿势变样或出了错，下场后都会挨上几巴掌，重者就是一顿藤条子。小淘、小亮看看师父，师父竟然翘起了嘴角，内心也就安稳下来。

赵保山的确很高兴，小福不但长大了，还知道借鉴卓别林，设计诙谐滑稽的动作，给节目增添趣味性，不能不说是天才呀！

演出终于结束了，赵保山冲小福说："加上点滑稽动作，师父不说什么，艺多不压身啊。师父主张多学东西，这是吃饭的本领！"

小福点头应承着。

赵保山又抚摸着小福的头说：刀门子的技巧，在于测准距离垫好步，你拍着钢叉钻刀门子，手臂一定要伸直，千万别把自己划伤喽。"

小福又点了点头。

一连几天的演出，小福均加上了滑稽动作，都引爆了一阵阵的掌声。

为此，赵保山的心情越来越好。第一，他们有了固定收入，不用四处奔波撂地儿；第二，在大棚里，他们的节目极受欢迎，印度老板十分满意。因此，他的脸上一直堆着笑，对孩子们也宽容了许多，对小福更是多了几分疼爱。

3

在马戏大棚的旁边，矗立着一些小帐篷，这是演员们的宿舍。赵保山一行加盟后，也被安顿在这里休息。

一段时间以来，小福有空就溜进卓别林的帐篷。起初，小福还不清楚这是一种什么心理，是好奇？是羡慕？还是探寻？反正他自己也说不清。渐渐地，他捋出了头绪。原来，他心中燃烧着一股火，是渴求的欲火，是求艺的欲火。而这欲火，驱使他接近卓别林，见不到卓别林，他心里像被猫抓似的。

刚开始的时候，小福钻到卓别林的帐篷里，卓别林就对他努努嘴，示意桌上有糖果，让他自己拿糖果吃，然后就干自己的事情。在卓别林的眼里，小福不过是个毛孩子，他不想在小福身上浪费时间。

卓别林故意的冷淡，小福并没往心里去，他反而去得更勤了。进了卓别林的帐篷，小福就忙活起来，不是擦擦桌子，就是拖拖过道，再就是叠好卓别林的衣服。后来，他熟悉卓别林演出的程序后，就给卓别林打下手，到什么节目，就主动递上相应道具。演出结束，他第一时间跑过去，接过卓别林手里的道具。就这样，一次、两次、三次……次数多了，时间久了，卓别林突然意识到，他和小福有了特殊的感情，这感情既像朋友，又像父子，小福一天不来，他反倒感觉缺了什么。

这一天，小福早早来到卓别林的帐篷，当他掀开门帘进来时，卓别林满脸堆着笑容，依旧瞅着桌子努努嘴。小福呢，站在门口动都不动，只是瞅着卓别林傻笑。卓别林见状微微蹙着眉头，用生硬的中国话说："小福过来，你快过来。"

卓别林一边说，还一边打手势。

小福仍然站着不动，傻呵呵地瞅着他说："卓别林先生，请您看看俺走路的样子。"

话音未落，小福竟走起了鸭子步。

卓别林惊奇地睁大眼睛，当小福走到面前时，他抓住了小福的双臂，一下把他提了起来，顺势又抡了一圈儿，兴奋地说道："像！真像！您是怎么学的？"

"你在前边走，俺在后边学。你在台上演出，俺在旁边偷看。"小福也怕卓别林听不懂，就边说边打着手势。

卓别林拍拍小福的肩头说："想不到，你小小年纪，还挺有想法的。"

受到卓别林的夸奖，小福心里一阵得意。

沉思片刻，卓别林突然问小福："想学滑稽吗？跟我学吧。"

小福眼睛一亮，兴奋得脸都红了，他盼这句话盼了很久，今天终于等到卓别林开了口，忙说："俺做梦都想跟您学滑稽。先生，教俺吧。"

小福说着，扑通一声跪在地上，想按中国人的礼节，拜卓别林先生为师。可是，还没等他行大礼呢，卓别林却一把将他拉起来，还忙不迭地说："不许这样，不许这样。"

"先生，那俺咋拜师啊？"小福茫然地问。

卓别林有些激动，他清理了一下地面，腾出一大块空间，拍拍小福的肩膀说："你再走一遍，学我的样子走路。"

小福又走了一个来回。

卓别林点点头说："像倒很像。不过，你只是模仿，学的是皮毛。"说罢，他给小福做示范，又耐心地讲解。小福听不懂，把卓别林急的呀，就像孙猴子一样挠着脑袋。他想来想去，跑出了帐篷。不一会儿，他把管事拉进来，让管事给他们做翻译。

原来，走路的要领不全在脚上，还有走路的节奏，更重要的是上身、双臂、头、脸、眼睛的相互配合。从表面看，走路的姿势很滑稽，但滑稽的根本，在于形体语言和面部表情，如果缺少这些配合，表演就一定会黯然失色。

因此，作为一名滑稽演员，要取得相应的效果，必须注意各部位的配合。更重要的是，滑稽要从心底流出来，犹如快乐来自心底一样。艺人，如果对所从事的技艺缺少热爱，你所展示给观众的，就永远只是皮毛而已。

对于滑稽艺术的本质，小福一时还理解不透，但从卓别林的形体语言里，他读出了很多的东西，内心像流淌着蜜糖一样。特别是"艺术不仅仅是模仿，一定是身体所有部位的和谐统一"的观点，他牢牢记在心间。

一层窗户纸捅破了，眼前就是一片光明。

在后来的交流中，卓别林就滑稽与其他事物的制约关系，进行了耐心细致的讲解。他认为，引人发笑的原因很多，比如动作、服饰、表情、语言……为了说明问题，他绘声绘色地讲起了他那套装束的来历。

一九一四年，卓别林二十五岁，在美国启斯东电影公司演喜剧。其中，在滑稽片《在阵雨之间》里，他饰演流浪汉夏尔洛。夏尔洛是滑稽角色，应该穿什么服装呢？他想，如果每一件东西都不合适，一定会让人们发笑的。于是，他走进了化装间，正好有几个人在玩牌，于是他向一个胖子借来裤子，从一个瘦子身上扒下上衣，剪了别人一绺头发作胡子，又托人借来一顶小礼帽，最后弄来了一双大皮鞋。为避免大皮鞋不跟脚，就左右颠倒着穿上。当他拎着拐杖，大摇大摆地走着鸭子步时，顿时把导演逗得哈哈大笑……因此，这套经典的装束诞生了，也成了卓别林滑稽表演的品牌形象。

卓别林一直认为，自己之所以能成功塑造夏尔洛的形象，是与当时选择的装束分不开的。此后，他不论演什么角色，都是这身装束。

这一段卓别林的逸事，让小福明白了一个道理，一个好的滑稽演员，一定要研究人们发笑的心理。

小福不再简单模仿，而是注意研究动作，分析动作之间的关联，并得到了卓别林的指导。同时，还学会了卓别林的"滑稽翻""脸动""吹口哨"和"蹶屁股走路"等。

那天，小福正在练习舞蹈，那是卓别林的"水上浮花"。小福如醉如痴地跳着，卓别林在一旁认真观察着。一曲终了，卓别林叫住小福说："小福，你的顶功很好，能不能教我倒立？"

"俺？您要跟俺学倒立？"小福感到很惊诧，就指着自己鼻子问。

"对呀，我很想学倒立。"

"那俺不就是您的师父啦？"小福脱口说出，脸唰地就红了，他羞涩地垂下眼皮，用脚尖蹭着地面说，"先生，俺就是个小孩儿，不能做您的师父，您还是找俺师父吧。"

卓别林哈哈地笑了，他摸着小福的头说："小福，在艺术面前，应该是能者为师。你虽然是小孩儿，但倒立是最厉害的，你就是大家的老师。"

"这……"小福迷茫地看着卓别林。

卓别林收敛起笑容，认真地点头说："艺术是无止境的。只有勤奋学习，掌握了精湛技艺，才能成为别人的老师。以后，你不但要努力学习，还要好好地教我啊！小福老师。"

卓别林一本正经地叫"老师"，让小福感到手足无措，头上的汗一下子就下来了，他红着脸跑出了帐篷。

小淘和小亮正在说着什么，看小福红头涨脸地跑出来，就急匆匆地问他怎么了。小福喘着气说："卓别林先生叫俺老师，要跟俺学习倒立。"

小淘和小亮相互瞅了瞅，都高兴地笑起来。

"小福就是厉害。"

"小福，那还不赶紧去呀？"

"俺也得好好练习，要不就被小福落下了。"

"就是，俺也继续练。"

……

小淘、小亮说着话，又继续练功。

小福摸了摸后脑勺，转身又回了帐篷。卓别林正纳闷，看小福回来了，问小福怎么了。小福摇了摇头，又红着脸说："俺可能说不好，先生想学倒立，俺就做给您看。"

小福接连表演"三角顶""头顶子""五爪顶""拳头顶""八字顶"……

小福的表演是由浅入深的："三角顶"是双手和头三点着地；"头顶子"是头一点着地、双手撒开；"五爪顶""拳头顶""八字顶"，都是高难度动作，是从"单手顶"派生出来的。"五爪顶"是单手五指着地，"拳头顶"是单手拳头着地，"八字顶"是单手大拇指和食指着地。小福一样一样地做着，做完了一套顶功，他面不改色心不跳，身体灵活得像猴子，随意攀缘蹦跳嬉戏。

其实，卓别林想学顶功，是因看了《倒吃大菜》，看了小福的"头顶子"。但他并不知道，小福还会"单手顶"。当看完"五爪顶""拳头顶""八字顶"，卓别林简直惊呆了，他睁大眼睛发出啧啧的称赞声。

就这样，卓别林和小福互为师徒的生活开始了。小福做得认真，卓别林学得也认真，经过一段时间的练习，卓别林终于学会了"三角顶"。

可惜的是，卓别林合同期满，就要离开马戏团了。

卓别林把小福拉到身边，捧着小福的脸，轻吻着小福的头发，然后语调深沉地说："要分别了，没有什么送给你。这顶小礼帽，就留作纪念吧。"

小福愣怔地看着卓别林，半天没有去接小礼帽，眼里溢满了泪水。

"拿着吧。今后，让它作为我们友谊的象征。"卓别林显得很激动，"我走过很多国家，见过不少艺人，像你这样小小的年纪就有这般功夫的并不多，我希望你能成为著名的喜剧演员。"

小福点了点头，接过了小礼帽，眼泪终于滚下来，他恋恋不舍地说："先生，俺们还能见面吗？"

卓别林宽慰地一笑："说不定还能见面。将来，我会去中国。也欢迎你来英国皇家马戏团找我。"

小福苦涩地说："那敢情好。"

卓别林右手一挥，打了一个响指，接着说："艺术是没国界的，它属于全人类。艺人的足迹，也应该遍布全世界。"

小福被卓别林感染了，他牢牢地记住了这句话。不过，不舍之情依旧难以抑制，他挽留地说："先生，您就留在马戏团吧。"

卓别林告诉小福，他不是杂耍艺人，他是一个喜剧演员，是为拍摄电影《马戏团》，才到印度体验生活的。

"一个好的演员，必须有生活体验，表演才能达到顶峰。我演电影也好，你演杂耍也好，都要追求卓越，让自己追求完美。"他抚摸一下小福的脸颊，"有机会去看电影吧，我演过很多喜剧电影。"

小福似懂非懂地点点头。

"就比如说，我的家在英国，我又在美国拍电影。"卓别林接着说，"为了生活和工作，经常来往于两国之间。"

小福羡慕地看着卓别林，并且对他们的再次相遇充满期待。

"再见，我的孩子，你是最优秀的。"

"先生，您一定要去中国，到中国去找俺呀。"

两个人相互挥手告别，行道树也跟着摇曳着，像众多杂耍演员的手臂。卓别林走了，留下的遗憾，远不止小福没有学会的"眼动"和"耳动"，远不止他自己没有学会的"头顶子""单手顶"。

4

到一九二八年年末，赵保山一行在印度大马戏团生活了近两年。

这期间，他们随团辗转于印度境内，足迹遍及新德里、加尔各答、马德拉斯、班加罗尔……甚至横跨印度洋，来到了印度尼西亚。

第二年合同临近终结，赵保山决定离开印度大马戏团。当他宣布这个决定时，立刻引起了从未有过的纷争。

小福是第一个唱反调的，这让赵保山感到十分意外："师父，俺不赞同。在大棚多好啊，有吃有穿有住的，还可以学更多的本领。"

的确，卓别林离开印度之后，小福就跟申格勒外学走钢丝。这走钢丝的技术还没掌握，他怎么舍得离开呢？小淘和小亮也有同感，他们经历了漂泊之苦，谁不留恋这安逸的生活？

赵保山一听，那脸一下子拉了下来："大棚有啥好？不就那点分红吗？现在，你们的本领都大了，分红却一点不见涨。咱要是去撂地儿的话，那还不得撑破钱褡子？"

赵保有却说："在大棚挺好的，别就别再折腾了。"

赵保山铁青着脸，嘴像喷壶似的喷着："你的目光咋这么短？离开大棚去撂地儿，咱能多挣多少钱？这不是明摆着的吗？"

赵保有想了想，点头应承道："谁不知道多挣点好？就听你的，你说咋整就咋整。"

"不，俺不走。"小福突然来了倔劲儿。

赵保山抽出烟袋杆子，指着小淘和小亮问："你俩啥意思？"

小淘一看这架势，哪还敢犟嘴呢？只好迂回地说："师父，撂地儿实在太苦了，地痞流氓和警察，哪一个咱都惹不起。俺觉得，在大棚里挺好的。"

小亮使劲儿点了点头。

赵保山的脸色更难看了，吐出的字也叮当响："俺们是卖艺的，卖艺的就得敢闯江湖。原来受人欺负，是你们本领不济。现在本领强了，谁还敢欺负？"

小福说："这和本领没关系，闯江湖就是遭罪。师父，大棚里多好呀，要走你们走，俺说啥都不走啦。"

赵保山腾一下站起来，高高地举起了烟袋杆。

这几年，还没谁敢违抗他的命令呢。而如今，连小福这个小不点，居然都敢和他作对了，他哪受得了这份气？赵保山狮吼般地骂道："小兔崽子，俺看你是翅膀硬了，还敢和师父较劲儿了。"

眨眼间，小福的头上就挨了五六下，有两处还流着血。

小福一动也不动，冷眼看着赵保山，那倔强的目光里，透出桀骜的气势。突然，赵保山觉得小福长大了，再也不是任由打骂的孩子了。

不过，他不想丢下师父的威严，便咬牙切齿地说："你这是翅膀长硬了？敢这样瞅着你师父！"说着，他又举起了烟袋杆。

小淘蹿过来挡在小福面前："师父，别打了，小福头上流血了。"

一个徒弟不服管，一个徒弟还帮忙，这让赵保山更生气，吐出的字也带着针尖儿："俺把你们喂大了，就去认别人为师父，欺师灭祖的东西，看俺不打死你们！"

为了练功打孩子，赵保有是认可的。但为了几句话就打小福，赵保有觉得赵保山有点过分。于是，他上前抱住赵保山说："哥，小福不是小孩子了，咋说打就打呢？有事好好商量嘛。"

赵保山挣了两下，气哼哼地说道："好，俺们往家走，小福留下吧，你一辈子都别回中国！"

小福突然眼睛一亮。

家，中国，多么遥远的字眼啊，好久没人提起了。一晃，小福十二岁了，在外漂泊了五年。五年啊，爹娘怎么样了？爷爷奶奶呢？哥哥姐姐呢？小福的气一下消了，他实在太想家了。

小福轻声说："师父，俺跟你走。"

5

五年前，赵凤瑞寻找小福，一路寻到了大上海，又听说小福出国了，就一气之下离开赵凤池，一路悲愤地来到码头。

在赵凤瑞的小脑袋里，大海比沙河也就大一点。可眼前波涛汹涌的海水，着实让他感到震惊。这魔鬼一般的大海，会不会吞没了小福呢？赵凤瑞的心颤颤的，站在码头上呆呆地望着，望着匆匆忙忙的身影，望着飘扬在桅杆上的各色旗帜，他竟然不知如何是好了。

恰巧一个中年男人从身边经过，赵凤瑞立马拦住他问："大叔，去外国的船在哪？"

"去哪个国家的？"中年男人倒是和气，他打量着赵凤瑞：一身的破衣，证明他是乡下的孩子，就指着那些轮船说，"这些船会开往不同的国家。"

是啊，小福去了哪？赵凤瑞摇摇头，眼前是一团迷雾。

赵凤瑞知道，他是无法找到小福了。小福会去哪个国家呢？他还会遭受哪些磨难呢？他还能活着回来吗？赵凤瑞不敢想下去，站在码头上大哭起来。他哭了好一阵子，想想还得去找莫子镇，让他带着自己去外国找小福。

赵凤瑞返回了天津。

见到了莫子镇，赵凤瑞一把鼻涕一把泪，把小福去国外的事，一五一十地叙述了一遍，恳求莫子镇带他去找小福。

莫子镇面窗而立，轻轻地摇了摇头，深深地叹了口气，才转身冲着他说："凤瑞，去国外找小福，那是不可能的。小福去了哪，连你都不知道，我们怎么找哇？那不是大海捞针吗？"

"那咋办呀？"赵凤瑞依然哭泣着。

"凤瑞，只能这样了。"莫子镇擦掉赵凤瑞的泪说，"但愿他吉人天相。我不日就要去日本了，现在得赶回吴桥去。"

"这么快？"

"嗯。留学手续办妥了。"

赵凤瑞眼睛一亮，满怀期待地说："莫先生，你到日本后，请帮俺找找小福吧！"

"放心吧，我会留意的。要是有幸见到他，一定把他安置好。"

赵凤瑞面露欣慰之色。他毕竟还是一个孩子，哪里明白世事艰辛呢？

莫子镇被营救出来以后，党组织考虑到他的安全，就给他运作出国事宜。现在终于如愿以偿，他不敢过多地停留，就带赵凤瑞返回了吴桥。

赵保真见赵凤瑞独自归来，心头不免乌云密布，刘氏更是泪雨涟涟，一家人的心也随之飞到了天涯海角。

莫子镇出国之前，又一次来到申庄，反复叮咛进步青年，要爱国护家，无论何时何地，都要担起男儿的责任。进步青年纷纷表态，赵凤瑞当然不例外，决心遵从莫先生的教诲，为危难的中国尽点力。

莫子镇终于出国了，也可以说是流浪他乡。

国内呢，青年们的革命热情高涨，申庄、莫家场就是一个缩影。特别是赵凤瑞，好像一夜之间长大了。这个孱弱的孩子，担负着各村的联络任务，使各村形成了互通消息、互相支持、互相鼓励的局面。

一九二六年二月，莫子镇从日本归来，正值北方区委建立吴桥支部，上级党组织任命莫子镇为支部书记，赵凤瑞成为党支部委员。

三月的一天，赵凤瑞往地里送完粪肥，就匆匆赶往了莫家场。

自党组织建立以后，赵凤瑞只要干完农活，都会跑到莫家场，做一些力所能及的革命工作。赵凤瑞来到莫家时，莫子镇正和两个陌生人交谈，见赵凤瑞进了屋，莫子镇连忙说："凤瑞，我正想联系你呢！"

"莫先生，有事？"赵凤瑞问。

"他们是上边派来的，带来了一个不好的消息。"莫子镇沉着地说。

赵凤瑞明白"上边"的意思，就向那两个人点点头，算是打过了招呼。那两个人也温和地笑笑，算是对赵凤瑞的回应。

莫子镇说："德州、宁津一带的土匪最近活动频繁，作案的地点离吴桥越来越近，他们很可能流窜到吴桥作案。上边派人来，就是希望把进步青年组织起来，成立农民自卫团，一来可以维护秩序，二来伺机击溃土匪。"

赵凤瑞严肃地说："莫先生，俺能做啥？"

莫子镇说："你召集各村屯代表，咱们开一个碰头会，商议成立民团和联合自救的办法。"

"好，俺这就去。"赵凤瑞应了一声，转身跑了出去。

莫子镇望着他的背影，笑着对那两位同志说："凤瑞这孩子，革命热情非常高，将来一定会成为优秀的革命战士。"

那两个人都笑着点点头。

赵凤瑞不负所望，小半天的时间，就召集了十个村屯的代表，大家聚集在莫家场，商议成立民团和抵御土匪等事宜。会议很快达成了共识。两天之间，各村屯都成立了民团，制定了详尽的互救方案。

这一天，赵凤瑞和周伟在村西值夜，他俩巡逻一圈以后，已接近子时了，就爬到柴草垛上想打个盹，却忽然听到了沙沙的脚步声，他们循声向村外望去，有几点烟火若隐若现。

"土匪来了，你快去敲钟。"赵凤瑞压低嗓音对周伟说。

两个人立马从柴草垛上滑下来，按照方案规定的联络方式，周伟跑去村里敲钟，赵凤瑞点燃了村口的桦子堆。

土匪发现了村口的火光，就嗷嗷叫着冲了过来。

"当当当……"急促的钟声，唤醒了沉睡的村民，他们立马爬起来，拿起镐头、铁锨或斧子，纷纷跑向了西村口。

那急促的钟声，飞向附近的村屯。附近村屯值夜的青年，又敲响了本村的警钟，钟声连着钟声，一村传向一村，无数的百姓冲向了燃烧的大火。

百姓与土匪短兵相接了，附近村屯的百姓也赶来了，土匪们哪见过这阵势啊？他们被淹没在人民的汪洋大海里，枪杆子被烧成了火棍。无奈，他们只好落荒而逃。

在这次保卫战中，赵凤瑞缴获了一支长枪。

这支枪，赵凤瑞像宝贝似的护着，天天拿在手里练习瞄准，渐渐掌握了射击的基本要领，还给其他青年当教练。在莫子镇的支持下，申庄的民团逐渐武装起来，成了一支能战斗的革命队伍。一九二八年夏，直鲁及五省联军被北伐军击溃，溃军一路逃至吴桥，所经之处的财物被洗劫一空。而申庄呢，赵凤瑞带领着民团，成功击败了这一股溃军，有力地保卫了家园。

随着革命高潮的到来，赵凤瑞把全部精力投入其中，对小福的担忧就慢慢淡下来。

唯有赵保真和刘氏夫妻二人，每每想起小福，都泪水涟涟。特别是每逢年节，赵保真就站在村口，遥望着连镇的方向，心中默默地叨念着："小福，俺的命根子，你在哪呀？"

清风吹拂着他的满头白发，就像吹拂着掉了叶的柳条，那身影更加孤苦和凄凉了。刘氏更是牵肠挂肚，无数次在梦中哭喊着小福的名字，哭着喊着，从睡梦中醒过来，独自面对夜空默默流泪。

6

离开印度大马戏团，赵保山想多赚些钱，就坚持继续闯江湖，大家免不了一番争执，可谁都拗不过赵保山，小福只能跟着撂地儿。

他们辗转来到巴基斯坦，然后又是阿富汗、伊朗……但无论在哪撂地儿，都是天苍苍野茫茫的感觉，心头总是升腾起一股凉意。无奈，他们又漂到北非、南非等地的数十个国家，境况居然越来越糟。非洲大陆地广人稀，城市之间也是相距甚远，一行人奔波不到半年，都感到筋疲力尽了。

赵保山后悔了。

这一天，他对大家忧虑地说："卖艺实在太难了，在孟买挣的钱，眼看就花光了。俺想，咱是不是该回吴桥？"

赵保山话一出口，就被赵保有抢白："当时，大家伙不想离开大棚，就你不依不饶的，还往死里打小福，骗小福说是回家。这下可好，你让大家吃尽了苦头，才想起回吴桥。你想想，等俺们到了家，钱褡子也瘪了，俺这脸该往哪搁呀？"

这话戳到了赵保山的软肋上，杂耍班子沦落到今天的地步，确实是他一个人的过错。试想，若不是他一意孤行，在大棚继续演下去，分红就攒了不少，或者离开大棚就回家，也不至于如此落魄。现在是穷途末路，他真的一筹莫展了。赵保山看看赵保有，又瞅瞅小福、小亮和小淘，心里陡升深深的愧意。

"是啊，就这样回去，咋对得起家人呢？！"赵保山满腹悲哀。

小淘和小亮不知所措。

小福不言不语，低着头想心事。忽然，他抬起头说："师父，去英国吧。"英国是卓别林的家乡，既然无法归乡，他最想去的就是英国。

赵保山低头不语。

小福又说："卓别林说，英国也有马戏大棚。"

小福的话像一记重拳，砸在每一个人的心头。是回吴桥还是去英国，各有各的想法。这一次，赵保有的态度很明朗，他完全赞成小福的意见，积极主张去英国闯马戏大棚。

赵保山当然想回吴桥了，但碍于从印度出走的失误，在态度上不是十分坚决，只是觉得去了英国，再转回来又得一两年。离开印度，经过半年多的奔波和煎熬，赵保山自觉身体欠佳，去英国有点力不从心。

小淘和小亮呢，坐在那儿不吱声。

赵保有不肯背着瘪瘪的钱褡子回到吴桥去丢人现眼。小福一心想见到英国的马戏大棚，也想再一次见到卓别林，两个人就一再坚持去英国。

最后，赵保山还是依了他们。于是，他们从北非出发，渡过了地中海，取道意大利，又途经瑞士、法国和比利时，再横渡英吉利海峡，历尽千辛万苦，终于在一九二九年九月到达英国伦敦。

伦敦是一座美丽的城市，波光粼粼的泰晤士河，像一条五彩缤纷的彩带，蜿蜒着穿过这座大都市，为其增添了无穷的魅力；伦敦是一座多元化的城市，居民来自世界各地，是一个民族、宗教与文化的大熔炉，仅语言就超过了三百种；伦敦是世界文化名城，在国家博物馆里，陈列着英国、古埃及、希腊、古罗马、中亚、南亚、东南亚等地的大量文物，还有国家美术馆、国家肖像馆和多维茨画廊所展示的绝世珍品，都给城市增添了浓郁的文化气息。

在泰晤士河的两岸，矗立着别具一格的教堂、出售琳琅满目商品的商店、五光十色的咖啡馆，还有装饰唯美的酒吧……风格各异的建筑，总是给人以艺术的享受。

河面上，游艇、船只荡漾在粼粼的波光中。在河滨的人行道上，太太、小姐手中牵着巴儿狗在闲适地溜达，绅士、政客手持文明杖步履稳健地行走着。

赵保山一行师徒五人，夹在熙熙攘攘的人流中，欣赏着这里独特的风景。此时的赵保山师徒，经过六年的颠沛流离，已经没有当初的新奇感了。毕竟，他们走过了数十个国家、上百座城市和不计其数的村镇，各式各样的建筑，各种肤色的人群，各种风情的民俗，他们都司空见惯了。

他们走在大街上，是那样的无拘无束，是那样的坦坦荡荡，仿佛走在乡间小道上，自在地欣赏花草树木、蓝天白云和亭台楼阁。

只有赵保山不同，他毕竟是杂耍班子的掌门，总得盘算如何撂地儿。多年的经验告诉他，早年从中国出来的艺人，其中包括很多生意人，只要敢闯外国的，向南一半是到南洋，向西一半是到欧洲。这些人有些返回了祖国，有些就在外面定居了。像伦敦这样的大城市，总不能没有中国人吧？他想，一定要设法找到中国人，有了中国人的帮助，那事情就好办多了。

赵保山一边走一边看，通过肤色、长相和穿着来判断，看看哪一位是中国人或华裔。忽然，一位身穿旗袍的中年妇女迎面走来，这让赵保山眼睛一亮，急忙上前问道："太太，请问伦敦有华人扎堆的地方吗？"

这中年妇女停住脚步，看看眼前这一行五人，脸上不觉挂满了笑容，并用华语自豪地说："有啊！"她转过身去，指着来时的方向说，"在前边两条大街的交会处往右一拐，就是唐人街，是华人聚居地。"

"伦敦也有唐人街？"赵保山感到意外，又追问了一句。

"嗯。"中年妇女又说，"这儿不但有唐人街，它还是伦敦的闹市呢。"

赵保山一听，别提多高兴啦，那不是欣喜若狂所能形容的。毕竟，这是身在异乡啊！找到华人聚集的地方，一些问题就迎刃而解啦。赵保山连连道谢，沿着她指点的路径，很快找到了唐人街。

伦敦的唐人街，很像北平的大栅栏，也像新加坡的四面钟：一排排低矮陈旧的房屋，会让你很快走进旧时光；错综复杂的街道，时刻挑战你的判断力，稍不留神就迷失了方向；街道上布满了中国餐馆、国货公司、食品铺、杂货行、理发厅、中文书店、游艺场等铺面，会让你感到亲切；橱窗里摆放着烧鸡、烤鸭、熏鱼、香肠和糕点等中国食品，时刻吸引着过往的中国人。

一行人走进了唐人街，就有人上前搭讪，又是给他们安排住处，又是提供相关的信息……那份热情，像一壶滚烫的老酒。

此时，已经接近中秋，唐人街张灯结彩，喜庆气氛扑面而来。但是，你总会感觉到，有一种淡淡的忧伤，搅扰着忙碌的身影。

每逢佳节倍思亲啊！

也许正是这个原因，唐人街的华人们，尽管离祖国那么遥远，尽管离开了那么长时间，仍旧沿袭中国的风俗，每逢春节、元宵、端午、中秋等节日，除了准备相应的食品外，还要举办一些传统的活动，比如耍龙啦，舞狮啦，踩高跷啦，唱京剧啦……甚至还自编自导自演一些节目，以庆祝祖国的传统节日。

一切都安顿好了，赵保山一行来到街上，在人流密集的地方，就地打场子挥地儿。只见赵保山抄起铜锣，当当一顿敲，接着抖出一套卖口：

"各位先生，各位少爷，各位太太，各位小姐：俺老少爷儿们一行，爬山过岭远涉重洋，来到这伦敦干啥？那是来看望大伙儿啊！"

这几句恭维的话，说得全场鸦雀无声。

"故土再贫那是家，异国再富俺是客。久居海外必思乡啊！所以，俺从家乡带点小玩意儿，在这儿要一要练一练，保你看了心安生，也保你看了解乡愁。信不信？不信，就留住大驾耐心看，看后一定让你开心。过两天就是中秋节，到时你再朝天上看，那月亮会更亮更圆，千里万里也能共婵娟。"

赵保山说得深沉，脸上沁出了细汗。

"在家千日好，出门处处难。问俺一路苦不苦？苦！等俺们耍完啦，大家要上犒劳，不吃咕咾肉，不吃白斩鸡，有零碎铜子儿，您就给扔上几个，俺们也好买碗水喝。"

赵保山这一通开场卖口，博得了围观华人的欢心，卖口刚刚收了音儿，场外就响起了掌声和叫好声。

表演在极其和谐的气氛中开始了。

在伦敦的首场演出，安排的节目很丰富：有赵保山的《拨拉棒》、小福的《板凳面》、赵保有的《脑弹子》、小亮的《拱牛》，有小福和小淘的《捏葫芦顶》《倒吃大菜》，还有赵保山的《落活》、小福的《摩登跳舞》……

这场演出最抢眼的，要数高难度的《捏葫芦顶》；而最让观众开怀的，那就是《摩登跳舞》。

小福和卓别林学艺以后，在节目里糅进不少滑稽元素，那节目也诙谐幽默多了，观众们想不喜欢都不行，还常常笑得直淌眼泪。

小福立志做卓别林式的喜剧演员。

在孟买，小福看了卓别林在手杖上变幻的花样，即所谓的文滑稽，他就在《倒吃大菜》《刀门子》里加进了滑稽动作，并且获得了成功。之后，他越发用心地琢磨自己的节目。渐渐地，他发现了自己的弱点，就是太刻意，总没有卓别林调动五官那么自然。对此，他自愧弗如。但是，他知道自己的长处，那就是扎实的基本功，这是表演滑稽的基础。小福不知道，他琢磨的是武滑稽，这有别于卓别林的文滑稽。他在表演时是自如的，其效果和魅力显而易见。因此，他决心继续探索下去。换句话说，当初的《倒吃大菜》《刀门子》的滑稽动作，那是由好奇心所驱使，而现在，已经形成了一种艺术上的自觉了。

《捏葫芦顶》就是小福尝试武滑稽的例证。

《捏葫芦顶》是顶功，是他和小淘合演的节目，小淘演"底座"，小福演"顶尖"。小福站在小淘的肩上，双手捏住小淘头顶，慢慢地倒立起来。待到倒立立稳后，他再将身子悬起，屁股坐空，双腿抬平，足心相对，先分开后并拢，这算是完成了第一节。

小福在表演倒立时，双手捏住小淘头顶，人才刚刚立稳，双手却突然滑到小淘的肩上，观众顿时吓出一身冷汗。

当然，小福也面带惊吓的表情。接着，他又交替着腾出胳膊，分别用力甩一甩，那意思是两只胳膊不听使唤，才造成了刚才的"失托"[1]。

观众这一下明白啦，原来这是一个"幌托"，顿时爆发出一阵掌声。

第一节表演完毕，小福双手依然捏着小淘头顶，身子却翻上来竖直，片刻后结束了倒立，双脚踩在小淘双肩，人站起来，《捏葫芦顶》的表演结束了，接着是倒提下场。

小福呢，不甘心简单结束演出，他又加上了滑稽动作：只见他双脚踩在小淘肩上，在眼睛和面部表情配合下，做出思考怎么下来的表情。接着，他抬起右脚向前迈去，左脚却像粘在小淘的肩上，右脚自然做出踏空状。这时，他身子一闪，双臂竭力地找平衡，面部呈现惊恐的表情，最后不得不收回右脚来。

平静了一会儿，小福又继续想办法，到底应该怎么下？他想了又想，毅然迈出了左脚，右脚却又被粘住啦。不过，这回身体倾斜度更大，经过好一番挣扎才重新站稳。"幌托"也就是让观众欣赏功夫，它既不能呆板做作，又不能让身体失控，使"幌托"变成了"失托"。同时，还要

———

[1] 失托：表演失手。

使动作滑稽起来，真正突显出艺术的魅力。

武滑稽表演完毕，小福又摩拳擦掌，瞬间把身子弹起，一个漂亮的倒提下。

又是一片喝彩声。

《摩登跳舞》这个节目，是卓别林传授的文滑稽。不过，小福把这个节目演绎、发展了。卓别林跳这个舞蹈时，穿着的是那套传统的夏尔洛服装，黑色的小礼帽，黑色的小西装，黑色的肥裤子，黑色的大皮鞋。而小福呢，却是扮了女儿装上场，身着红色的紧身连衣裙，脚穿白色的高跟鞋，头上戴着假发套，两条辫子上系着粉纱蝴蝶结。小福个子不高，身材苗条，穿着这套装束上场，很难认出他是个小男孩。只见他双手提着裙摆，踏着小蹦蹦步出场，脚腕上的两串铃铛，随音乐的节奏丁零零地响。这套装束，这小蹦蹦步，这丁零零的响声，演出还没正式开始，观众就被吸引住啦。

所谓《摩登跳舞》，就是舞蹈大杂烩。什么波兰舞啦，西班牙舞啦，华尔兹啦，卡德里尔啦，迪斯科啦……这些舞蹈，都被小福有机地融合到了一起。

小福正儿八经地跳着，舞步轻盈、从容不迫，动作柔和、毫无做作，舞姿既庄重又典雅，于和谐、明快中显现出舞技的优美和高超。

渐渐地，小福的舞姿开始滑稽啦。只见他左右摇摆，有时脚向左滑，有时脚向右滑，舞步由小变大，动作由文静变粗犷，他一会儿懒洋洋地扭转，一会儿金鸡独立式地旋转，一会儿脚板猛力踏地，一会儿颈项频频摆动……伴随着舞蹈节奏和动作，脚腕上的铃铛叮当作响，裙摆飘开，舞动中总有不合旋律的动作带出，时不时逗得观众笑声迭起。舞蹈是跳完了，可滑稽还在继续。你看小福摘掉了头套，露出了男儿脸，这让观众大吃一惊：哇，原来是一个男孩子。而最让人笑得发狂的时刻，是他慢慢拉开连衣裙的前胸拉链，掏出垫在胸前的两块面包，放在嘴里咬一口的时候。

《摩登跳舞》是最后一个节目，观众在一片笑声中得到了满足。

赵保山呢，并没有像以往那样，演一个节目就"馈把"一次，而且还要精心选择"馈把"的节点。今天，所有节目都演完了，才来个一次性"馈把"。为什么？赵保山多精明啊，他早就看出来啦，这儿的华人既热情又富有，适逢中秋佳节之际，谁不想寻个痛快呢？因此，在演出时"馈把"，一定会扫了大伙儿的兴致。况且，大伙儿看得正在兴头上，怎么也不会中途就疏了。小福表演完《摩登跳舞》，在大伙儿乐不可支的时候，赵保山才开始"馈把"，他当当地敲了一阵铜锣，然后把锣面往场心一扔，边抱拳施礼边说道："谢谢捧场，谢谢捧场。"

果然不出所料，小福下场了，观众几乎没有走的。等赵保山话音一落，他们纷纷向场内扔钱。

赵保山深知馈四方的厉害，就冲东南西北四个方位，又是鞠躬又是作揖，那态度既诚恳又恭顺。

在唐人街第一次撂地儿，就有了十分可观的收入。

一连几日，他们一直在唐人街撂地儿，就和一些华人混熟了。有一天，在一位老华人口中得知，英国皇家马戏团的大棚，就在唐人街附近的市中心广场上，这消息让小福高兴极了。中秋节一过，小福央求赵保山："师父，咱想办法进入皇家马戏团吧！"

赵保山陷入了沉思。他本意是要回吴桥，来英国实属无奈。但是，既然来到了英国，在唐人街撂地儿收入又好，他已经非常满足了，他就想：等再积攒一些钱，就全部兑换成碎金，这样回国就方便了。所以，当小福提出要进皇家马戏团时，他只是想让小福去开开眼界，于是他心平气和地对小福说："小福，你和小淘、小亮去看看。至于入团的事，容师父再想想。"

这天傍晚，小福、小淘和小亮走出唐人街，经路人指点，很快就看到了中心广场，那儿果然有一座马戏大棚。

这一定是英国皇家马戏大棚啦。

哥儿仨快步走上前，围着大棚转了又转，久久舍不得离去。小福心想：从外观来看，这大棚和孟买的大棚没大的区别。那设施呢？节目呢？这都是他要考究的对象。因此，他提议道："小淘哥哥，咱进去瞅瞅吧。"

小淘想了想说："师父没说让进去呀。"

"小淘哥哥，俺太想进去了。"小福可怜巴巴的，小淘有些不忍，转身冲小亮说："小亮，你是咋想的？"

小亮点头："俺和小福一样，也想进去瞅瞅。"

小福和小亮想法一样，小淘就不好拒绝了。当时正是临近开演的当口，大棚外人群熙熙攘攘，哥儿仨费尽了周折，才买到了门票。

小哥儿仨落座以后，小福就认真观察起来：大棚结构和孟买的大棚十分相似，演出场地略大一些，观众的座位略多一些，后海也没设在棚内。大棚一侧有个便门，估计是通向后海的。

演出开始，《绷绳》《扛梯》《空中飞人》……小哥儿仨被深深吸引啦，他们感到新奇、刺激、惊险，这些节目是他们从来没有看过的。

小哥儿仨看完节目，回到了唐人街，绘声绘色地讲述，让赵保山喜上眉梢。小福见状，就说："师父，还是进大棚干吧。"

赵保山没有吭声，低下头往烟袋锅里装烟。

"这大棚可比印度大棚气派多啦。"小淘有意地说，"能进棚的话，还是想办法进去，会学到很多新节目。"

赵保山还是没吭声，他划根洋火点上烟，吧嗒吧嗒地抽着。

这几天，在唐人街挣了不少钱，可赵保有依旧沉着脸，这让赵保山很不是滋味。他本想在英国短暂逗留，"馈把"上钱来就回吴桥。可是，中秋节一过，生意就淡下来了。再说，这屁大块的地方，总不能折腾起来没完啊！出去吧，日子就没有这儿好过了，警察、地痞、流氓，找麻烦的事多着呢。这些麻烦在别的国家遇到过，在英国就遇不到吗？赵保山实在有些打怵。

赵保山一时拿不定主意。

赵保有想多挣点钱，但总得有挣钱的门道。从眼下看，一是想办法进入英国皇家大棚；二是走出唐人街，到别处去撂地儿。但是，他也担心警察、地痞和流氓的骚扰，就冲赵保山说："哥，要俺说，还是进大棚妥当。"

赵保山不想再坚持己见。这些年，尤其是从孟买大棚出来，经历了一番波折后，赵保山的性格有了变化，他不像从前那样暴躁了，遇事除了和赵保有商量以外，也能听听小福他们的意见。小福他们也不再是娃娃，都是十四五岁的小伙子了，不能说打就打说骂就骂。闯荡江湖这些年，风刀雪剑、世态炎凉、独为异客，使他们过早地成熟了。他们练就了杂耍功夫，也明白了很多事理。既然他们都想进驻大棚，索性就依了他们吧。

赵保山磕掉了烟灰，抬头看着大伙儿说："好吧，俺去联络联络。"

经过一位华人力荐，赵保山他们顺利进团，签了一年演出合同，再一次拿上了分红。小福如愿以偿啦，他一边表演节目，一边观察别人演出，从中汲取精华部分，用以丰富自己的节目。

幸运的是，在英国皇家马戏团，小福又见到了卓别林。

小福喜极而泣，他一下扑了过去，差点把卓别林扑倒，卓别林踉踉跄跄，半天才站稳脚跟。然后，他紧紧地把小福拥进怀里。

为了庆祝重逢，亦是纪念别离，卓别林邀请小福，共同演出一个节目。

演什么呢？嗯，有啦，演《拧螺丝》吧！

《拧螺丝》，是电影《摩登时代》中的桥段，讲的是一个工人，一天到晚总是在拧螺丝，这成了他的习惯动作，还控制不住地老做那个动作。所以，当他看见女人大衣上的纽扣，就条件反射地追着去拧。这看着很可笑，但却是既可悲又可怜！

小福头戴金色发套，身穿白色绸衫、红色长裙，脚穿一双高跟鞋，款款地走过来了。卓别林穿着背带工服，手里拿着两把扳手，边走边"拧螺丝"，他见了男人的鼻子要拧，见了工友的嘴巴要拧，就是上厕所也要拧……他拧着拧着，突然，一个女人走过去了，他看到女人后腰有几个纽扣，又以为是螺丝呢，就追着去拧，吓得女人疯狂逃窜，直至一个警察出现……

观众们笑得前仰后合。

小福呢，却是满腹惆怅，因为再一次送别卓别林，天涯海角重逢就更难了。

一年时间很快过去了。合同期满，赵保山师徒终于踏上了归途。

赵保有和小福是不愿意走的。英国皇家马戏团的待遇、节目和管理，都给他们留下了深刻印象。还有唐人街的华人们……都给他们留下了很多美好的回忆。

在那段时日里，唐人街曾两度邀请他们演出：一次是一九三〇年端午节；另一次是一九三一年春节。演出一方倾情、倾心、倾力，邀请一方大方、热情、真挚。平心而论，遇上这样一块好地儿，那也是"众里寻他千百度"，怎么也得在这儿多待几年啊。可是，合同期一满，谁都没有说什么，乖乖地跟着赵保山踏上了归途。因为，赵保山的精神和身体都大不如前了，谁还能违背他的意志呢？

离开了英国，他们一边赶路，一边撂地儿，途经比利时、法国、瑞士、意大利、伊朗、阿富汗、巴基斯坦、印度、缅甸、泰国、老挝、越南，然后取道中国香港，于一九三一年春回到了吴桥。

7

八年前，小福内心纠结着，一步一回头地离开家，跟着师父去撂地儿。那时候，他日复一日地想家，也日复一日地想娘，连梦境都充满了忧伤。为此，他不知挨了多少打，也不知挨了多少骂。

小福狠狠心，掐断了那根相思藤，全身心地练功。小福知道，想爹想娘又怎样，换来的不就是暴打吗？他不再想家，真的不想，家的影子，爹娘的影子，也渐渐模糊了，只有眼前的日子，像秒针嘀嗒地走着。

现在，家越来越近，亲情也随之燃烧起来，爹娘、爷爷奶奶，还有哥哥姐姐们，一个个像皮影一样，在眼前晃来晃去。小福发现，亲情是血液里的因子，自始至终都是相伴而行的。

到了香港，这种感觉越发强烈了，他恨不得插上一双翅膀，像雄鹰一样飞越千山万水，一下子扑进娘的怀里。贫穷怎样？风雨又怎样？他相信，娘的怀抱一定是温暖的。

娘，你还好吗？爹，你还好吗？还有爷爷、奶奶、哥哥和姐姐，你们都还好吗？他一遍一遍地问，他问天，问地，也问自己。对了，还有凤池大哥，你还在上海吗？

在异国漂泊的日子，是辉煌却又惨淡的，也是开阔却又狭隘的。

一九三一年的中国，蒋介石和各大军阀之间，为了争夺地盘和权力，依然在明争暗斗，甚至像疯狗一样撕咬着。家里不和受人欺呀！帝国主义列强趁机瓜分中国主权，上海、杭州、苏州、汉口、天津等地，依然被美国、英国、日本等租借着。特别是日本，对中国已经是虎视眈眈了。

小福走后，爷爷奶奶就相继离世了，爹娘哥哥姐姐陡生悲痛，但家里的负担相对少了，这也是不争的事实。再加上赵凤池出徒后，挣的钱也多了一些，就定时寄一些钱补贴家用。赵凤瑞在无限运销合作社服务，也能挣回一些钱来补贴补贴家用，家里的日子也就好了一些。

说起这个合作社，还得从莫子镇说起。

莫子镇带领民团击溃了土匪，他在十里八乡名声大振，这为他兴办水利造福百姓、秘密开展党的工作提供了条件。

一九二七年四月十二日，以蒋介石为首的国民党新右派，在上海发动反对国民党左派和共产党的武装政变，残忍杀害共产党员、国民党左派和革命群众，这就是著名的"四一二反革命政变"。之后，国民党以清党为名，改组吴桥县议事参事会，成立了国民党吴桥县党部，这对于莫子镇来说，无疑是钻入铁扇公主腹内的好机会。莫子镇根据中共第三次代表大会精神，以个人身份加入了国民党，也因此当选为国民党吴桥县党部执行委员。

吴桥是棉花盛产地，且大部分销往山东济南。但交通常常梗阻，棉花也就滞销了，很多棉农陷入经济危机。此时，莫子镇的内心像被猫抓了似的，畅通棉花销售渠道，救百姓于水深火热，是他最急于解决的问题。于是，他联合连镇商会会长赵建恒，建议国民党政府兴办运输合作社。

县政府经过调研论证，拟成立吴桥县合作社，准备为其拨款十万元，这让莫子镇长出了一口气。然而没想到劣绅刘焰见钱眼开，企图私吞这笔启动资金，兴办所谓的"农民银行"。这个阴谋要是得逞，合作社将是一纸空文，莫子镇怎么能甘心呢？于是，他亲自找到县长，揭开了刘焰的画皮，刘焰的阴谋随之流产。

刘焰也不是省油的灯，他上蹿下跳煽风点火，倒出了满肚子的坏水，致使运输合作社胎死腹中。

政府扶持的希望破灭了，莫子镇雄心不灭，他就前往道王庄，联合王炳照和王胜斋等人，动员棉农投资入股，筹建了"无限运销合作社"，这对促进棉花生产，起到了积极的推动作用。

合作社终于成立啦，赵凤瑞也被招了进来，配合莫子镇做购销工作。而最重要的是，他们借助合作社的掩护，秘密进行革命宣传工作。后来，莫子镇和朋友联合办了《新儿童》旬刊，向广大青少年学生渗透爱国主义思想。接着，他又在各区筹建了"信用合作社"，办起了"文具书籍供销合作社"，又创办了《合作与农民》月刊。这些工作，光靠莫子镇是不行的，他就指派赵凤瑞和几个进步青年一起管理这些事务，借机进行革命理想教育。

这些，小福根本想不到。

小福想不到的，还有二哥赵凤瑞，他已经是独当一面的共产党人啦。还有爹娘，不但牵挂着上海的大儿子、流浪海外的小儿子，还得为参加革命工作的二儿子牵肠挂肚。一颗心掰成了几瓣，一根肠子扯成了好几股，老两口日夜难安，食不知味，身体状况可想而知了。

"流光容易把人抛，红了樱桃，绿了芭蕉。"小福可能还不解其中含义，就已从七岁儿童长成十五岁的少年了。

下了大路，一进申庄，小福就飞奔起来。是啊，就要见到爹娘啦，就要见到爷爷奶奶啦，就要见到哥哥姐姐啦，他怎么能控制住自己的脚步呢？他拼命地跑哇，跑哇……一进大门，小福的泪水哗啦就流了出来。老屋在风雨中飘摇着，那么，爹娘呢？爷爷奶奶呢？是不是也在风雨中……小福顾不上多想，冲着屋里大喊起来："娘，娘，俺回来啦……"

刘氏正在做饭，听到了叫喊声，探头往外看。

八年啦，当年乳臭未干的小娃娃，现在已经是半大小伙子了，刘氏怎么能一下子认出来呢？

"娘，娘啊，俺是小福！"小福睫毛上挂着泪，颤着音喊道。同时，又抓住娘的胳膊，不眨眼地打量着：娘的头发花白，面容憔悴，腰身微微佝偻着。刘氏则眯缝着眼睛，上上下下打量着小福。小福看着娘迷茫的眼神，心里一阵阵冒酸水。八年的风雨剥蚀，八年的牵肠挂肚，把娘的头发都染白了，小福怎么能不心酸呢？

"娘啊，娘，小福回来晚了，让你记挂了。"

"小福？"刘氏擦了擦眼睛，又擦了擦眼睛，却没有一滴眼泪，只是空洞而迷茫地望着小福，似乎在脑海里搜索着旧时光，搜索着小福七岁的样子。她愣怔了好一会儿，才哆哆嗦嗦地呢喃道："小福？小福咋变成这个样子了呢？俺的小儿子呢？"

一个个问号，像一个个带着倒刺的鱼钩，钩得刘氏的心撕裂般地疼。刘氏扭过头去无声地抽泣着，混浊的眼泪顺着脸颊流下来。

小淘从外面跑进院子，听到刘氏一声声的疑问，就冲着刘氏认真地说："赵婶，是小福回来啦。你看，俺是小淘呀。"

刘氏看了看小淘，又看了看小福，终于从混沌中清醒过来，认定了眼前这个人。就是自己的小福，这才张开双臂惊呼："小福——"

小福一下扑进娘的怀里，颤颤地叫了一声娘，就放声大哭起来。母子俩紧紧地抱在一起，刘氏边抱着小福，边拍打着小福后背，嘴里不停地念叨着。终于，刘氏推开小福，再一次打量着他。小福顺着娘的力道，慢慢地滑下身去，直挺挺地跪在娘的面前。

刘氏慢慢地蹲下去，又慢慢地把小福拉起来，哆哆嗦嗦地伸出右手，抹去小福脸颊上的泪水。刘氏又开始抚摸小福，抚摸小福的头，抚摸小福的臂膀，抚摸小福的手掌……她抚摸着，抚摸着，像是要拂去小福身上的风霜，抚平小福心灵上的伤痛。

刘氏边抚摸边哭诉："俺的小福啊，你还活着呀？你咋就变了呢？你可把娘给想死了！"

小福流着泪说："娘，俺都十五了，也该长大了。"

"十五？嗯，是十五了，也该变了。"刘氏再次把小福拥进怀里，伤心地哭起来。

赵保真匆匆跑进来，扛着镢头站在那儿，愣愣地看着小儿子，却一句话也说不出来，依然像八年前那个午夜，只管吧嗒吧嗒地抽烟。

小福打量着爹，爹也是满脸皱纹，眼里噙着泪花，一口口吐着烟雾。小福走到赵保真面前，冲赵保真扑通一声跪下，含着眼泪叫道："爹，俺回来了。"

赵保真伸出右手，抚摸着小福脑袋，用力控制着眼泪，哆嗦着嘴唇说："回来就好，回来就好。"

小福点了点头。

赵保真伸手扶起小福。

小福转头向屋里看去，并疑惑地问道："爷爷、奶奶和二哥去哪啦？"此时，小福有一种不祥的预感，爷爷奶奶都老了，他们不可能离开家呀！再说，听到这又哭又号的，早该出来了呀！难道……

小福看了一眼爹，又瞅了一眼娘，只见爹娘含着泪水，却没有一句话，他的心就像掉进了黑洞。他噔噔地跑进了东屋，黑乎乎的屋子里，哪还有爷爷奶奶的身影啊，只有那破烂不堪的柜子上，摆着爷爷奶奶的牌位，牌位前是一个装满香灰的二大碗。

什么都不用再问了，小福知道，爷爷奶奶已经去了另一个世界。

小福大叫着爷爷奶奶，扑通一声跪在牌位前。

赵保真和刘氏跟了进来。

赵保真走到柜子前，从香盒中抽出三根香，点燃后插在香碗里，然后跪在小福的身边，对着牌位磕了三个头，说："爹、娘，你们最挂念的小福回来了，他都十五岁了，长成半大小伙子了，这下你们该瞑目了。"

小福哭着说："爷爷、奶奶，俺平安回来了，你们就放心吧。"

刘氏一把把小福拉起来，从炕上抓起一把破笤帚，前前后后地扫了一遍小福的衣裳。

赵保真也跟着站起身来。

小福问："娘，俺爷俺奶是啥时候走的？"

赵保真擦了一把眼泪说："你出生意离家后的几天，你奶先走了，你爷随后也跟去了，他们舍不得你。"

小福又呜呜地哭起来。

赵保真说："俺和你娘也舍不得你，你爷你奶走后，俺带着小耗子去连镇找你们，听说你们离开了，小耗子就追到天津，又追到上海，都和你错过了。只知道你去了国外，也不知道到底去了哪。"

小福说："爹、娘，让你们挂念了。"

赵保真再次打量着小福说："孩子，这些年你可遭罪了。俺后悔啊，当初真不该送你出生意。"

小福说："爹，俺虽然吃了一些苦，但总算把杂耍学成啦。"

赵保真说："在家千日好，出门处处难。何况，你还是孩子……"

小福截断他的话说："爹，遭罪也好，离家也好，俺不是平安回来了吗？俺们一家人总算团聚啦。"

刘氏抹着眼泪说："哪团聚啦？你大哥还在外面受苦呢。"

小福点头："嗯，俺盼着大哥早日回来，一家人再也不分开。对了，俺二哥干啥去啦？"

赵保真说："在道王庄合作社上工呢。"

小福这才知道，当年瘦弱的二哥，现在也有了自己的事业，他发自内心地为二哥高兴。

晚上，大姐二姐也回来了，一家人免不了又是泪水涟涟，互诉亲情。不过，欢聚的喜悦总会把愁绪冲散，一家人很快就其乐融融了。

小福觉得心里暖暖的，他好久都没这种感觉了。

吃完晚饭，一家人团团围坐，七嘴八舌地问这问那，听小福讲述这些年的经历。大家听得是惊心动魄、唏嘘不已。

第二天，小福早早起来，他想到庄上走走，看看那些魂牵梦绕的地方。

可是，刚走到庄南的河湾前，他的心就凉了，昔日清亮亮的沙河水，怎么干涸了呢？怎么就剩那么点水了呢？而且还那么混浊。时值五月，家乡本该满是绿色了，可记忆中的柳树呢？记忆中的燕雀呢？八年前，青黄不接时节，小福也撸过树叶。可是，眼下的树怎么光秃秃的？树叶撸光了，树皮扒净了，草根挖尽了，荒野和树木都变成了斑秃状。小福站在河湾的高坡上，环顾阔别八年的家乡，这只有五十几户人家的小庄，此时却死一般的沉寂。

这就是魂牵梦绕的家乡吗？这片苍老颓败的土地，承载着亲人们的重荷，又走过了八年之久，这是土地的坚韧，还是亲人们的坚忍？光阴似箭，小福以十五岁的少年之躯，回到这苍凉的土地上，是负担，还是希望呢？小福走着走着，内心涌起了一种悲凉，他不忍心再看下去。忽然，他对故乡有了悲愤，也许还有厌弃。他觉得心神不定，一颗心终于失去了归依。

小福还乡，自然给赵家带来无限快乐，刘氏脸上挂着笑容，总是让小福待在身边，生怕他被谁抢走似的。可是渐渐地，刘氏的脸上失去了笑容，她得为柴米油盐劳神啊！为什么？八年啦，小福终于回来了，老亲少友总得来看看吧？亲朋来探访，总不能像平常的日子，一碗糊糊就打发了。如此一来，粮仓空了，困顿的日子也就来了。

刘氏终于明白了，饥寒交迫的日子，是没有快乐可言的。

小福呢，他需要面对一个很现实的问题。既然还乡了，就不能游手好闲，得有个正事做。

赵凤瑞在合作社工作，一天忙得脚打后脑勺，小福回来的第二天，他匆匆跑回家探望一下，又匆匆地离开了。

家里就赵保真下地干农活，小福怎么忍心呢？他跟着下地了。可是，小福渐渐发现，自己不是干农活的料，他不单单是笨手笨脚，主要是心不在这儿。

既然从小学了要把戏，那就沿着这条路走下去吧。

其实，小福自从还乡以后，一直都坚持着练功。在杂耍这条路上走下去，是他在南洋确立的志向。随着技艺的日臻成熟，这种志向就更坚定了。

遗憾的是赵保山的身体，一回到阔别八年的家乡，各种病灾都找到头上，他终因积劳成疾躺下了。

师父躺倒了，他们该怎么办？

小福和师哥小淘商量，能否自己出去闯闯？否则，就这么待在家里，不就是吃闲饭吗？赵保真和刘氏本不舍得小福离开，可看到小福愁闷的样子，加上他对农活一窍不通，就只能答应小福出生意。

当然，小福也得答应爹娘的要求：可以出去掇地儿，但不能离家太远，每隔一两个月，就得回家看看。

临别，刘氏拉着小福说："娘和你爹都是土埋半截的人，可不能再让俺们牵着肠挂着肚啊。"

小福频频点头应承着。其实，他也舍不得走远啊，也希望时不时地见到爹和娘，见到哥哥和姐姐。

于是，他们学着师父的样子，拿了一些道具就出发了。

他们先后到济南、徐州等地掇地儿，凭小福和小淘的功夫，在以掇地儿为生的杂耍班子里，那是高超而无人能比拟的。所以，每次掇地儿，围观的人不少，可一到"馈把"时就疏了。他们终于明白，原来以前能得到钱是得益于师父的卖口。现在他们成了光练不说的傻把式。无奈，他们只好返回吴桥。

这天，小福和小淘在家里闲得无聊，忽然有人来造访。

来人三十来岁，走路轻轻的，个头高高的，身体壮壮的，高高的鼻梁挑着一对大眼睛，眼里透着光芒。他身穿淡灰色府绸长衫，头戴一顶咖啡色的礼帽，手拎一柄镶有象牙狮子头的文明棍，一看这人的打扮和派头，小福就断定他是一个跑江湖的。

来人自报家门：姓江，名海河。

江海河，吴桥城北官道姜庄人，原本是搞乐器的，会吹唢呐，会拉板胡，会吹大管。因此，他靠为梆子剧团伴奏、为红白喜事吹吹打打为生。江海河"卡戏"水平极高，他手捧大管，悉心演唱喜剧中各种人物的唱腔：一会儿"花旦"，一会儿"老生"，唱得娓娓动听，惟妙惟肖，常常招引听客们围在身边。后来，江海河看杂耍比吹鼓手挣得多，就改行学起了杂耍。

开始，他只是在班子里挑扁担，边走边学。但是，他毕竟不是从小学艺，五齿耙的胳膊烧火棍的腿儿，也学不会什么过硬的功夫。江海河是个聪明人，功夫虽然没学到手，带班子的本领却学会了。到后来，他居然领着小孩出门卖艺，也当上了师父。近日，他刚刚从朝鲜归来，就听说赵保山带班子返回故里，小福他们正闲在家里，于是就找上门来。

这几天，小淘一直窝在小福家，兄弟俩正愁无计可施呢，江海河就走进了家门，他们的心立刻被打开了一扇窗。

在吴桥，在扒树皮充饥的年月里，江海河的打扮和派头，就是最好的说明：他绝不是一个务农的。

江海河看了看小福，又瞅了瞅小淘，笑呵呵地说："不用猜，你们俩就是小福和小淘。"

小福和小淘点了点头。

赵保真装好一袋烟递上，刘氏也端来了一碗水。

"听说你们俩功夫不错。"江海河吸了一口烟说，"在南洋，在伦敦，就已经闯出了名气。"

小福和小淘笑了笑，都没有言语。

"先生，您是带班子的？"赵保真问。

"嗯。"江海河点了点头，又冲小福和小淘说，"俺想了解你们的功夫，能不能练给俺瞅瞅？"

"行，行，快给先生耍一耍。"赵保真在一旁说。

众人来到了后院。

小福和小淘不知来人底细，哥儿俩互递了一个眼神，意思是说：你不是要看看表演吗？那就给你认真来几招。小哥儿俩活动了一下腰腿，便开始"铺场"。所谓"铺场"，就是在表演高难动作之前，先遛一些小节目热热身。

他们"铺场"的节目叫《归中》。

小福拿出一块白手绢，用水浸湿以后展开，再平铺到地面上，然后两脚踩上去。站稳后，他抬起左脚示意大家，看白手绢上清晰的脚印。大家确认后，他又把左脚放下，让脚和脚印重新吻合。稍许，小福做了一个蹲提，只见身子嗖地弹起来，向后做了一个小翻，又站回原来的脚印上。小福离开了手绢，低头把手绢拿起来，展示给江海河看，脚印果然是完全重合的。

江海河赞叹不已。

小淘接过手绢洗净，重复小福刚才的程序，动作亦是干净利落。

练完了《归中》小翻，小福刚要表演其他节目，江海河急忙摆手说："罢了，罢了。有这等好的基本功，还能没好的节目？！"

大家又回到了屋里，江海河方说明来意：他想带小福和小淘去日本。

这消息，小福听了自然高兴。在外国虽吃过不少苦头，但家里吃糠咽菜的日子，也确实是太难熬了。再说，自己不会卖口，师哥小淘也不会，"馈把"时看客疏去的窘相，是他们无力扭转的，想想也只好跟着江海河走。况且，眼下出国卖艺，不只是吃饭问题，八年的杂耍生涯，为他铺就了一条路，他必须好好地走下去。所以，正当无计可施的时候，有人提出带他出国，他怎么能不高兴呢？

不过，小福还是担心语言障碍。在孟买有管事做翻译，在伦敦有一位华人相助。那么，去日本怎么办？对此，江海河一再说无妨。

可是，刘氏却极力阻拦小福。八年来，她的思念就像被藤缠着的树，如果小福再离开，她会被活活地折磨死。更何况，又正逢兵荒马乱的年月，她怎么能放心小福离家呢？为此，她断然拒绝道："不行，到处都在打仗，俺实在放心不下。"

江海河劝道："老嫂子，打仗是国家的事。艺人靠卖艺为生，不会有啥不测的。俺在朝鲜就听说，日本人喜欢中国杂耍，凭这俩孩子的功夫，咱们可以挣大钱。等俺们挣钱回来，您就不会受穷啦。"

小福见娘阻拦，就急了："娘，你不让俺出国，总闲在家，功夫不就全荒啦？再说，你眼看着俺在家挨饿呀？"

刘氏流着泪，就是不肯让步："俺不反对你跟师父。可不出国行吗？就在附近城里转转，隔三岔五回来瞅瞅，也省得娘挂着你。"

江海河又劝道："不行啊，中国太穷了。要想发财，还得闯国外。老嫂子您放心，有俺照顾他们，不会有啥意外的。"

赵保真呢，也不愿意让小福走。但是，他没有办法，走与不走都有难言的苦衷，思来想去，也只好咬咬牙，还是让孩子走吧。于是，他冲着刘氏说："你不让他走咋办？他又不会种地，只得让他出生意。要想混出个人模狗样来，老窝在家里咋行？”

"娘，你就别拦俺了。"小福也说。

刘氏算是铁了心，任凭赵保真和小福说破了天，她就是不松口，说急了便坐在炕上放声大哭。

赵保真急得直搓手，小福更是急得直转圈，一时也想不出办法。江海河见刘氏这般执拗，也就匆匆地告别了。

临走，他拍着小福的肩膀说："好好劝劝你娘，过几天俺再来一趟。"

小福和小淘只能和江海河挥手告别。

几天后，江海河又去找小亮，依然未能如愿。

江海河走后，小淘也回家去准备，不管小福是否去日本，他都得跟着江海河走，他得去寻找一条活路。

小福又开始劝娘，可无论小福说什么，刘氏只是一个劲儿哭。小福实在没办法，就蹲在一边怄气。

赵保真吧嗒吧嗒抽烟，坐在那儿想心事：让小福出生意吧，他担心刘氏像小福爷爷奶奶那样，一股急火攻心，落下什么遗憾。不放小福走吧，又怕小福窝在家里，挨饿遭罪不说，还会荒废了功夫。他左也不是，右也不是，只好捎信给赵凤瑞，让他回来拿个主意。

赵凤瑞匆匆忙忙赶回来。

赵凤瑞二十二岁了，他多年追随莫子镇，跟他读书识字，跟他做人做事，跟他宣传革命……他进步很快，身上除了具有农民的善良、质朴和耐性外，还多了读书人的气质和睿智。

接到爹捎来的信儿，赵凤瑞匆匆赶回申庄，一起来的还有莫子镇。

莫子镇此行的目的，既是帮赵凤瑞阻止小福，又是向小福宣传革命理想，把他拉到革命阵营中。

小福不但自己的功夫好，身边还聚集着练功的人。这些人如果加入革命队伍，那对革命力量的填充，一定会起到积极的作用。

莫子镇，一个书生，虽只有三十多岁，却有蔼然仁者之言、彬彬有礼之举，给小福留下了难忘的印象。

　　刘氏抹了一阵儿眼泪，就和赵保真张罗吃的去了。赵凤瑞、莫子镇便和小福攀谈起来。

　　赵凤瑞问小福："爹带来信说，你要去日本？"

　　小福点头："二哥，俺不会干农活，家里又缺吃少穿，俺不能整天窝着，就靠爹养活俺吧？"

　　莫子镇接话说："不会农活不要紧，你可以去合作社帮忙。"

　　赵凤瑞又说："对呀，爹娘舍不得，你就别走啦。现在，战事日渐吃紧，到处都是烽火硝烟。"

　　小福说："战事吃紧，那与俺有啥关系？再说了，俺去的是日本。"

　　赵凤瑞一听这活，愤怒得像头狮子："小福，你咋这样说话？战事之乱，也是国运之乱，它和俺的祖国、俺们民众息息相关。况且，日本人狼子野心，一直觊觎中国的土地。他们发动'九一八事变'，残害俺们的同胞，掠夺俺们的土地和资源。他们烧杀抢掠，导致多少中国人家破人亡？多少孩子失去了双亲？多少国土已经沦丧？在这个时候，你去给那些没人性的家伙耍把戏，你还有一点国耻之心吗？"

　　赵凤瑞急了，小福也急了。他一急脸就红，麻子坑也红了："二哥，你咋这样说俺？俺就是一个艺人，耍把戏是俺的本分。啥国运？啥国家，啥国耻？这与俺有啥关系？俺就知道挣钱，挣钱养家，让爹娘过好日子。日本好挣钱，俺就去日本，俺有啥错？"

　　"你……"赵凤瑞生气地说，"小福，你就是走遍了世界，也别忘了自个儿是中国人。到泯灭人性的国家挣钱，那钱上都沾满了中国人的鲜血，你觉得那钱好花吗？你于心何忍啊！"

　　小福犟劲儿上来了，他梗着脖子说："俺还管那些？演好了杂耍，挣够养活自个儿的钱，养活爹娘的钱，那是俺的本分。"

　　"你还有本分？国土沦丧之时，你去慰问日本人，那是卖国行为。"

　　莫子镇看兄弟俩话不投机，连忙摆手制止赵凤瑞："凤瑞，你别激动，小福从小离乡，在马戏班子里长大，只是个十五岁的孩子，不要过多苛责他。"

　　赵凤瑞听到这话，又看了看弟弟，心想：莫先生说得对呀，小福从小跟着叔叔撂地儿，多年生活在国外，咋能懂得这些道理呢？唉！俺也太心急了！

赵凤瑞慢慢平和下来，对小福说："对不起，小福。这些年，你受了不少苦，二哥不该说重话。"

小福委屈地低下头。

刘氏端上三碗官面，小福和赵凤瑞默默吃面。

莫子镇则边吃边讲："小福啊，你知道吗？在吴桥的历史上，有过很多屈辱和无奈。就说光绪二十六年（1900年），八国联军攻入了吴桥，尽管义和团奋力抵抗，还是没挡住二百多德国骑兵。他们闯入了吴桥县城，大肆掠夺马匹财物，百姓也有大量伤亡。民国九年（1920年），吴桥遭遇大旱，那真是民不聊生，八千多人逃亡东北，政府却没有伸出援手。近年来，又是鼠疫，又是大涝，又是战乱，又是匪患，把吴桥搞得天昏地暗，人民陷入水深火热之中。现在，日本野心昭昭，公然发动'九一八事变'，侵占了我国的东北三省，掠夺我国的资源。小福你说，如果我们的国运强盛，他们敢侵犯我们的国土吗？不敢！为了抵抗外敌侵略，还我中华大好河山，我们很多仁人志士，都投入到抗日斗争之中，纷纷成立了抗日救国会。我们吴桥呢，也不甘落后，也组织起来。我想，我们每一位中国人，都应该投入到抗日斗争中。小福，你说呢？"

莫子镇平日说话沉稳，不急不躁。可是，当他说完这番话时，竟显得十分激动。

赵凤瑞听着听着，不觉握紧了拳头。

小福吃着听着，也陷入了沉思。

赵凤瑞说："小福，既然娘舍不得你，你就别走了，跟着莫先生一起，为保卫家乡和亲人而奋斗。"

小福没有说话。

赵凤瑞又说："小福，你倒是说句话呀！"

小福抬起头来，看了看赵凤瑞，又瞅了瞅莫子镇，伸手擦去嘴边的面汤，略微沉思了一下说："莫先生，俺明白这其中的道理，也知道你们做的是大事。可是，俺不能荒废了功夫。俺琢磨着，挣钱养爹娘也是正事。再说，俺去日本是为了挣钱，绝不会帮他们欺负中国人。"

"光这可不成，你得站起来抵御外侵。"赵凤瑞又压不住火了，他觉得弟弟太不争气。

莫子镇却摆摆手说："小福的理想呢，就是做最优秀的艺术家，这也无可厚非啊。人各有志，我们也不必强求。小福、凤瑞，其实爱国，不仅仅是在前线冲锋陷阵。这一点，你们慢慢就懂了。但是，不被敌人诱惑，不被敌人利用，是我们时刻要牢记的。"

赵凤瑞没有说话。

小福点点头说："莫先生，俺记住了。"

莫子镇又说："好。那祝你旅程顺利！至于你父母，我帮你做工作。"

刘氏终于答应了，小福闯荡日本的事，就这样定了下来。

小福到赵保山家辞行。

见到了赵保山，小福心里很不是滋味，他感到人生无常，原本彪悍的赵保山，几个月间就形容枯槁了。

赵保山背靠枕头，坐在炕头上抽烟，一副病歪歪的样子。看到了小福，他显得十分高兴，用烟袋锅指了指，示意小福坐在炕沿上。

小福打量着师父，心里感到很难过。

闯江湖闯了八年，受尽了各种苦难，没少挨师父打骂，小福却未生怨恨。小福深刻感悟到，没有师父的严格训诫，就没有自己的高超技艺。于是，他深情地叫了一声师父，眼泪就流了下来。

赵保山在炕沿上磕掉烟灰，长长地叹了一声说："师父老了，啥病都找上来了。"

小福说："师父可不老，把病养好了，还能闯天下。"

赵保山苦笑着说："听说，你和小淘出去撂地儿啦？"

小福羞愧地说："嗯。可是，俺俩不会'馈把'，一路上啥都没挣来。"

赵保山说："咋说还是孩子呢，慢慢练，多用心，学到手都是自个儿的。"

"俺知道了。"小福答应着说，"师父，俺和姜庄江师父签了约，他带俺和小淘师兄去闯日本，俺是来向师父告别的。"

赵保山一听，眼睛湿了，他哀叹着说："都怪师父这身子不争气，不能再带你们去闯荡了。既然择了新师父，就好好听师父话。出门在外不容易，要照顾好自个儿啊。"

小福点头应答，师徒俩闲聊几句，小福告别了师父。小福走出了赵家，又禁不住回头望去，只见师父贴在窗洞上，泪眼蒙眬地看着他。

第四章　闯荡

1

按照杂耍业内的行规，甲乙双方立了字据，小福和小淘再一次走出家门，走进了风霜雨雪的世界。

只留下小亮，独自在家守候。

小福能够同行，小淘自然高兴，闯世界的路上，有兄弟陪伴着，那也是一种幸福。这一天，小福、小淘跟着江海河一同来到楼子堡，为出征日本做准备。

几天后，江海河带上小福、小淘起程了。

因为是取道朝鲜，于是他们在仁川下了船，想在此撂地儿赚钱，解决路上的费用。他们到了仁川之后，听说京城（汉城）正在赶大会，就匆匆赶到了京城。

京城大会是朝鲜人的民间盛会，其形式、规模和周期很像中国的庙会。大会以商品交易为主，会场上商店摊床一个挨一个，出售着各种衣裳、布料和其他生活用品，种类齐全，色彩鲜艳，款式众多。男人挑选绸缎做长襟的上衣、外衣或裤子，也挑选斗笠和网巾。斗笠和网巾，是朝鲜男人必不可少的，特别是芦苇、竹篾、丝绸、棉布、纸张和马鬃等材料制作的斗笠，是他们的最爱。女人们挑选着长袄、长裙、褶裙或红、蓝、绿、黄、粉、紫的小短袄，也挑选形状各异、颜色不同、大小不一的酱坛或泡菜坛。朝鲜人家家都要制酱和腌制泡菜。因为酱是汤的主要佐料，泡菜是人们不可缺少的小菜。

有的人挑着选着物件，有的人却围起来跳舞。

舞蹈，是朝鲜人十分喜爱的文艺形式，而且老少皆宜。这种盛会，在买卖交易的同时，人们便会不择地点、不分对象地围起来就跳。在朝鲜的舞蹈中，最精彩的要算"象帽舞"啦。跳"象帽舞"的人们，通过各种舞蹈动作，摇动色彩缤纷的象帽，使线条流畅的长长飘带旋转如风，在舞者周围划出各种光辉耀眼的美妙光环。此外，还有"手鼓舞""农乐舞""长鼓舞""剑舞""假面舞""扇舞""扁鼓舞""拍打舞"等，也时时会有人表演一通。

舞蹈自然活跃了大会的气氛，但最能吸引观众眼球的，当属散落在各个角落的戏台。

江海河曾经来过朝鲜，对大会和习俗颇为了解。每遇到这样的大会，总有中国或日本的戏班赶到这儿来搭台唱戏。因此，他在心里暗暗琢磨，如碰上了日本马戏大棚，就一定想方设法进驻。

说来也巧，江海河和小福、小淘东瞅瞅西瞧瞧，无意中走到一座马戏大棚前。江海河抬眼一看，心头涌上一阵惊喜，心情多少有点紧张。他心想：朝鲜大棚没这个规模，又没听说中国大棚前来，莫不是日本来朝鲜赶会的马戏团？

江海河赶紧上前打听，果然是日本"木下"马戏团。

那么，怎么接近"木下"，才能达到进驻的目的呢？江海河真是费了一番心思：买票进棚，然后找老板谈？不行！这等规模的马戏团，老板一般都是盛气凌人，怎么能瞧上几个江湖过客呢？看来，只有在大棚外撂地儿，招引棚内的人出来看表演，若是看中，就有对方主动前来接洽的可能。

对，就这么办！江海河让小福、小淘放下了行囊，自己抄起铜锣打起场子来。他使劲儿敲着，还没有"卖口"呢，一只大手就搭在了肩上。

江海河一愣，手掌一下捂住锣面，慢慢转过身一看，那眼仁顿时定住了。

"啊，九哥？！"江海河惊叫道。

九哥，名叫齐冀生，四十多岁，矮个儿，方脸，眼睛不大，留平头。他体魄强健，英俊洒脱，他身穿一套白色府绸便服，脚蹬一双黑色布鞋。此刻，他正用和蔼可亲的目光看着江海河。

齐冀生是吴桥县杨校尉庄人，是吴桥赫赫有名的杂耍艺人，吴桥除了孙龙庄的孙富友以外，恐怕最知名的就是齐冀生。

为什么称齐冀生为九哥呢？这还得交代几句。当年，在江湖艺人中，流行一种拜把子的习俗，齐冀生就曾经拜过把子，且在结拜的兄弟里行九，所以兄弟们称他齐老九，也有人称他为齐老小。吴桥的艺人们尊敬他，见到他都喜欢叫一声九哥。时间长了，九哥就成了齐冀生的名号。

在朝鲜的京城邂逅，也算是一大幸事，他们彼此都很吃惊。

起初江海河投入杂耍之门，是在别人的班子里挑扁担，指的就是齐冀生的班子。齐冀生为人和善，好结交朋友；江海河性格豪爽，聪明能干。他们兄弟相称，相处得十分融洽。江海河的那点功夫，还有带班子的本领，都是跟齐冀生学的。后来，江海河自立门户，想多挣几个钱，离开了齐冀生。但两个人相互挂念着，感情依旧是至真至诚。因此，在异国相遇，双方都非常激动。

原来，齐冀生是随木下马戏团来京城赶大会的。他和侄儿齐振洲、齐振国在木下大棚里享每月分红。

交谈中，得知江海河想加入木下，齐冀生表现得非常高兴。

齐冀生叔侄三人在日本多年，早就想着要回家了，却苦于合约尚未到期，一直无法脱身。现在，江海河师徒三人若能接替，岂不是两全其美的事？

两个人琢磨了一番，决定由齐冀生出面，找老板木下进行交涉。

齐冀生找到了木下，绘声绘色地说起江海河，说他们的功夫了得，说自己回家如何心切。木下表示深深理解，但言明要审查一下节目再说。

这一天，木下坐着小轿车归来，正赶上齐冀生一行来到大棚门口，就急忙跳下了汽车。齐冀生忙把江海河介绍给他。木下用磕磕巴巴的中国话说："欢迎，欢迎的。"他又做了一个手势说："里面的请。"

但凡马戏大棚都没有大的区别，木下马戏大棚和印度大马戏团一样，旁边也设有若干顶小型帐篷，供演职人员居住或办公。

大家走进了一顶帐篷，在木下的礼让之下，齐江二人一一落座，小福、小淘站立其旁。

江海河打量着木下：四十多岁的年纪，中等身材，圆形脸庞，眉毛黑粗，留着一撮仁丹胡子，两腮刮得干干净净，显得精力十分充沛。

"木下的好，我们的天津的去过。"木下微笑着说，又示意齐冀生，"齐桑的介绍介绍。"

齐冀生点了点头，然后冲江海河说："木下马戏团实力雄厚，演员和技术都是日本一流的。马戏棚是规模最大的一个，能容纳一万多人，棚内有板位，有包厢；团里有汽车，有轮船，经常出海演出。两年前曾去过中国天津。"

齐冀生说到这儿，稍稍停顿了一下，又看了看木下。

木下点点头，笑容可掬地说："木下伙食好，演员米饭、橘子的给。"

齐冀生又接着说："团里生活条件好，经常吃大米饭、炖肉或大米饭团夹小炸鱼。演员演出中间，可随时吃上橘子、香蕉一类的水果。演出结束后，可以去澡堂洗澡，这些都是免费的。"

不说不知道，一说吓一跳。木下这么好的条件，这要是过不去审查关，那不就是坐失良机吗？

江海河、小福、小淘顿时紧张起来。

木下一边听着齐冀生的介绍，一边打量着江海河、小福和小淘，等齐冀生介绍完毕，便笑呵呵地冲小福说："你的，杂耍的好？练练，练练。"

齐冀生解释道："老板要检查你的功夫。"

小福看看江海河，江海河点了点头。

小福要表演《横碟子》，这是他早就确定的。

为什么叫《横碟子》呢？因为在表演时，转碟和地面呈直角，和表演者的身体平行，抖动的竹竿在表演者身前。这种角度的转碟是高难动作，如果颤动的手腕稍稍失控，碟子就会落在地上，足以呈现表演者的功底。

小福拿出四个大号瓷碟，四根一米长的竹竿。

小福左腿蹲下，右腿跪地，把碟子和竹竿分别放在眼前，一一摆好，然后把瓷碟一个个地抛起，又用竹竿一个个地接住，手腕颤动，碟子旋转，身子慢慢地站起来。

一切准备动作顺利完成。木下目不转睛地盯着小福。

尽管木下马戏团实力雄厚，演员技术全面，却不曾见过《横碟子》这样小而精、难度大的节目。齐冀生的《地圈》《对手顶》《大武术》《刀门子》等，曾经给了木下惊喜，而《横碟子》却给了他惊奇，这从木下目不转睛的表情就能看出来。

小福抖动着双腕，四个瓷碟不停旋转，并由慢到快。待到四个碟子速度转得均匀，小福就开始表演啦。

这《横碟子》的功夫，是在南洋的后期，赵保山教给小福的。他从南洋练到印度，又从印度练到英国，大约三年多的时间，才由两三个表演动作，增加到十几个表演动作，而且个个动作都有名堂。

此时，大家的注意力都集中在了小福身上。

小福抖动着竹竿，双手慢慢地倾斜，倾斜角度越来越大，竹竿与地面平行啦，和身体形成了九十度角。此时，小福推着竹竿向前走几步，完成了一次"推"的动作，接着又向后退了几步，又完成了一次"倒"的动作。

为了准确表述，江海河用日语卖口："前推容易，倒退难。"

木下点了点头。

这一"推"一"倒"，的确是极难完成的，必须掌握碟子旋转的速度，把握碟子旋转的稳定性，还要根据不同动作调节角度，才能保证碟子不落地，比如这一"推"一"倒"，双手抖动的竹竿形状就不同，手劲儿也有差异。当然这些微妙的差异，旁观者是不易发现的。

江海河又说："这第一个动作叫'推车'。"

完成"推车"的动作，小福还原了体态，接着又拉开弓步，左手放倒，右手倒背在身后。

江海河说："这叫'顺风扯旗'。"

小福调换了两腿弓步，右手放倒，左手别到脖子后。

江海河说："这叫'左右开弓'。"

小福收回两腿，身子站直，伸出双臂，四个瓷碟两左两右，都和地面平行。

江海河说："这叫'凤凰寻窝'。"

小福身子前倾，右腿和左腿先后从右臂上跨过，碟子也随之穿臂而过。

江海河说："这叫'骗马拧腕'。"

小福双臂在胸前交叉，身子下蹲，左腿跪地，前滚翻起。

江海河说："这叫'骨碌毛儿'。"

小福一连表演了六个动作，一开始的紧张情绪一扫而光，情绪慢慢亢奋起来，进入了最佳状态。

小淘拿出三个瓷碗，在地上扣成三角形。

小福走过来，身子蹲下去，头顶着一个碗，两肘各挂着一个碗，双手不停地抖动，身子倒立起来。

江海河调高了声调："这叫'三角顶'。"

小福慢慢起来。

小淘又拿来三个圆球，分别放在三个碗底上。

小福重新走过来，身子再次下蹲，头顶一个圆球，两肘各挂着一个圆球，双手不停地抖动，身子再次倒立。

木下的眼中放出异样的光芒。

江海河激动地说："这叫'球顶'。"

这个动作极难表演，一方面是双手要均匀地抖动，使瓷碟不至于落地；另一方面是在滚动的圆球上倒立，没有厚实的基本功，那是无法完成的。

小福表演得十分自如，没有出现任何的"失托"迹象。

江海河长吁了一口气。

木下搓搓双手，喜形于色，连连称赞："功夫的好，功夫的好！"

小福继续表演。

他把四根竹竿集中起来，先用左手握住，四只瓷碟在一只手上旋转，腾出右手拿顶。然后两手交换，用右手抖竿，左手拿顶，这叫"单手顶"。

小福向前弯腰，双腿和地面垂直，上身和地面平行，双手向侧上方伸出，抖竿。小淘借助长凳站到小福背上，左手捏住小福的脖子，单手拿顶，这叫"弯腰捏脖"。

最后一个动作，小福双腿跪在长凳上，腰向后弯，手抖竹竿，瓷碟飞转，然后用嘴叼起地上的一束花，这叫"弯腰咬花"。

表演结束，小福已经大汗淋漓，但脸上依旧微笑着。《横碟子》表演成功，相信木下一定会非常高兴。那么，进驻木下马戏团，就没有什么问题啦。

果然，木下站起身来，他豪爽地笑着，快步走到小福跟前，用手拍拍小福的肩膀，竖起大拇指，称赞道："你的，功夫的顶好，功夫的顶好啊！"

接着，小福和小淘又表演了《倒吃大菜》《刀门子》等，表演的节目均获得了肯定。

木下满面春风，爽朗地冲江海河说："节目的很好，齐桑的回家，你们的接替。"

就这样，江海河师徒接替了齐冀生叔侄，加入了木下马戏团。

2

加入木下马戏团后，江海河、小福和小淘自然都很高兴。但是，他们入团后的心情和追求又不尽相同。

江海河踌躇满志，整天面挂微笑，有时重操旧业，有板有眼地拉板胡，唱上一段河北梆子《大登殿》：

金牌调来银牌宣，王相府来了我王氏宝钏……

江海河不比齐冀生，齐冀生会功夫，人家跟头好、大顶好、旋子好，会《地圈》、会《刀门子》、会《大武术》、会《爬刀山》……江海河呢？他是混入杂耍圈里的"半瓶醋"，木下早就看出来了。但木下看中了小福和小淘，有这两个孩子就够啦，犯不着和他计较。好在江海河也有优点，他办事圆滑，有能力，跑个外交什么的，也是一把好手。木下取他一技之长，让他跑跑外，管管棚中的琐事，也不算白吃闲饭。

江湖艺人最大的幸运，莫过于无须再奔波，过上相对安稳的日子。江海河自从加入了木下，生活也随之舒适起来。因此，饱暖之间就生出一些闲事，开始三天两头去妓院寻花问柳。

一天，他竟然领回个朝鲜女人，这女人三十来岁，中等个儿，大饼子脸，看上去还有几分姿色。突然带回一个女人，江海河自知理亏，百般地解释，说这女人想从良，他觉得实在可怜，就花钱为其赎了身。

这事对小福、小淘来说，那也是十分无奈的。但对于木下来说，就不是那么回事啦。江海河哀求小福，让他去找木下说情，就说师娘从家乡来，想跟在师父身边。

小福怎么能张开口呢？他闷在那儿不吱声，任凭江海河好说歹说，他就是不予应承。江海河没有办法，又央求小淘前去说情，小淘扛不住他一再哀求，就跟木下撒了个谎。从此，这女人留了下来。

小淘已经十七八岁啦，个子很高，因常年演底座，整个体态非常健美，看起来腿粗、臂长、肩宽、腰细，身体柔和敏捷。

如此健美的体态，如此过硬的功夫，要说不引起女孩儿的青睐，那是不可能的事。小淘呢，也时不时射出搜寻的目光。特别是每当拿到饷银，总是琢磨买什么样式的衣服，买什么样式的裤子，再搭配什么样的帽子。他开始注意打扮自己了，衣兜里竟然揣起了小镜子，还不时拿出来照上一照。

小福也已经十五岁了，个子虽不及师哥，但也壮实了许多，五官各部均已长成，俨然一个英俊美少年。但小福和师哥小淘不同，他的心劲儿和在孟买的时候一样，他关注的是让他心动的东西。

第一，在木下大棚里，驯兽师的水平极高，甚至令人难以置信。比如大象敲鼓、吹口琴、吹唢呐、跳舞、摇铃铛、拿大顶，比如海狗顶球、上梯子、走钢丝。

木下大棚的动物训练到家了，这让小福常常陷入痴迷状态，他觉得这里的动物，比孟买会钻火圈的狮子还要技高一筹。

第二，木下经营大棚有方，是做生意的顶尖高手。木下每场卖一万张票，门票本身又是一张彩券，一场演出下来，就会当众进行摇奖。因此，谁都有可能拿走铅笔、钢笔、木屐、和服、手表、相机、演员照片，甚至摩托车、小汽车等。

每到开奖的时候，木下总要亲自出场，谁中了这台小汽车啦，他就乘车绕场一周，高高挥舞那张奖券，向人们昭示一种内涵。那意思是对观众说，一张门票既看了马戏，又换得一台小轿车，天下哪还有这等好事？

这时候，观众沸腾的情绪，必然被引爆。

小福把这一切都刻在了心上。

木下马戏团在朝鲜红了半边天，他们在京城、平壤、釜山等城市一连演出了三个多月，才返回日本。回到日本以后，又巡演于神户、大阪、横滨等地。直到一九三二年秋天，木下大棚又扎在了东京。

东京是日本的首都。

此时的东京，一扫九年前关东大地震的疮痍。装潢华丽的建筑，笔直宽敞的街道，古色古香的神社，玲珑精致的庭园，使这座拥有二百多万人口的城市，又恢复了往日的生机。唯一无法忘却，也不能忘却的是，日本政府借机屠杀革命党人，还有侨居日本的中国人和朝鲜人。

一晃，东京沉寂了十个年头。十个年头没有娱乐的城市，它会是什么样的呢？是压抑？是寂寥？是哀伤？……这些，似乎都无法准确表述，但木下马戏团和蒲田曲马团会带来什么，那是可想而知的。

木下马戏团在神田街安营，蒲田曲马团在上野公园扎寨。

蒲田曲马团是日本著名的马戏团之一，它拥有近百名的演职人员，大棚能容纳五千多名观众。

蒲田曲马团在人员、规模上都不及木下马戏团，但节目的种类却略胜一筹。昭和年间，蒲田曾率团到过中国一些沿海城市，都有过上好的表现。

比起木下，蒲田更是杂耍的内行，并且很有心计。

蒲田四十五六岁的年纪，他身材矮小，却声如洪钟；他精力充沛，且办事干练。他能说一口流利的中国话，苦心经营着自己的事业。就连他自己、女儿、干女儿，都是大棚中的主要演员。他会魔术，只要表演魔术，他总是亲自上场。他很少离开大棚，总是背着两手，在大棚里转来转去。

听说木下有三个中国演员，尤其两个少年演员，杂耍技艺十分了得，蒲田就动了小心眼，想把小福、小淘挖过来。

这在业内叫"拉把式"。

"拉把式"，总得有甜头吧？蒲田就许诺多给一成分红。江海河是什么人啊？那是见钱眼开的主儿，哪还顾得了别的？巧的是，江海河提出离团，恰逢齐冀生合同期满，木下哑巴吃黄连，有苦说不出哇。

江海河、小福和小淘加盟了蒲田曲马团。

在蒲田曲马团，唯一能引起小福兴趣的，就是蒲田曲马团的节目。其中之一就是《马上蹦布》。

《马上蹦布》又称《蹦布》，是蒲田曲马团高难度的节目，没有扎实的功底，就无法完成《蹦布》的全部动作。

《蹦布》的表演者，骑马奔驰在跑道上。两个人分别扯着一幅布的两头，在跑道上扯成一个平面，高矮正好能让马在布下通过。表演者骑马奔驰到布前，一瞬间从马背上跃起身，越过横在跑道上的这幅布，待马从布下穿过后，表演者重新骑在马背上。

节目开始时仅有一幅布。后来，逐渐增加到两幅、三幅，一次比一次难度大，技巧要求也更高。

两幅布和一幅布相比较，幅宽和跨越距离成倍增加，表演者离开马背的时间也更长。三幅布呢，除前两幅布并排扯平以外，要在两幅布中间竖起来一幅布，与扯平的两幅布成"⊥"形，表演者要呈弧形蹦过，再重新骑在马背上。

《蹦布》的结束动作是钻火圈，马疾驰在跑道上，前方悬挂着一个火圈，待马接近火圈时，表演者从马背上跃起，从高悬的火圈中穿过，然后继续落在马背上。

早年，在印度大马戏团和英国皇家马戏团，小福曾看过在大棚里上演的马术，但远不及蒲田曲马团的马术精彩。小福惊叹《蹦布》的惊险，也深深地被吸引着。

自从进了蒲田曲马团，小福一直观察棚里的马术。每当蒲田的徒弟藤山一郎练习《蹦布》时，他几乎都在现场观看，有时向藤山讨教。这些，都被蒲田一一看在眼里。

一天，小福又在观看藤山一郎的《蹦布》，哪知蒲田从身后走过来，他拍拍小福的肩头说："小酱，看样子你很喜欢马术，跟藤山君学习《蹦布》吧。"

蒲田不愧是杂耍行家，凭经验，他料定小福若学马术，技巧一定会超过藤山一郎。

得到蒲田的支持，小福如愿以偿了。他凭深厚的功夫，还有那股子机灵劲儿，不但掌握了《蹦布》的全部动作，还创新了《蹦布》前的准备动作，得到了蒲田由衷的称赞。

按惯例，在表演高难度动作之前，演员要做一些简单动作，在杂耍业内叫"铺场"。"铺场"可以活动筋骨，减少"失托"，是一个重要的环节。藤山一郎《蹦布》前的"铺场"，是在马上依次做前桥（前空翻）、小翻（后空翻），然后顺着马屁股滑下来，拽着马尾巴在地上打滑，最后再翻身上马。这套准备动作完成之后，才能表演《蹦布》。

小福功底深厚，这些动作对他来说，就是小菜一碟。不过，他不想满足于现状。他认为，演员出现在观众面前，任何动作都是节目的组成，哪怕是一些准备动作。于是，他请示蒲田，希望创新《蹦布》前的动作。

蒲田当然高兴地应允了。

小福保留了《蹦布》中马上前桥、马上小翻、倒提翻下等动作，但在下马之后，他拽着马缰绳随马奔跑，马跑数步，人赶数步，再飞身上马。上马后，他或骑在马背上表演单腿跪、双腿跪等动作，或再次翻身下马，随马匹奔跑数步，再从马的左侧跳到右侧，从右侧再跳到左侧。这些动作，又发展为"八步赶骣""猛虎跳涧""霸王观阵"和"横担一根梁"等系列马上动作。后来，他将这些全部糅到《马上劈刀》节目中，使《马上劈刀》成为杂耍艺术界瑰丽的明珠。

3

蒲田曲马团的女演员，个个都是十七八岁，她们既是节目的主演，又都是舞蹈的高手，这引起了小福极大的兴趣。

在印度大马戏团，卓别林滑稽的形体语言，曾引起了小福的遐想，他憧憬着，有朝一日学会了跳舞，一定要像卓别林一样，把舞蹈和滑稽有机结合，让杂耍节目更具魅力。

可是，小福既不识字，又不会识谱，他能实现这个愿望吗？能！他具有极高的音乐天赋，只要一听到音乐响起，就能准确地踩到点上。

小福醉心于舞蹈，与姑娘们自然混熟了。人熟了，就可能开开玩笑、搞搞恶作剧什么的。这不，蒲田的干女儿花子，弄来了一套女儿装，说什么都要让小福穿上。

小福面红耳赤地站在那儿。

粉红色的上衣、淡绿色裙子和一双红绸舞鞋，这要是穿在男人身上，那该有多么滑稽呢？想到了滑稽，小福反而兴奋起来。他拿起服装，匆匆跑到了换衣间。

小福从换衣间出来，花子一下子呆住啦。

小福混在姑娘中跳起舞来。

这舞蹈叫《群鬼》，是根据早稻田大学演出的同名舞蹈改编的。

舞台上，她们一会儿挥臂舞袖，踏地为节；一会儿翻手摆臀，身如蛇行；一会儿动如柳丝，静如鹤立。二十几个人，忽而聚之似龙，飞腾回旋；忽而散去如花，蕾绽花开。整个舞蹈清逸洒脱，飘飘若仙。

舞蹈即将结束，正巧蒲田走过来，见小福舞在其中，他一下子呆若木鸡。

蒲田安排舞蹈节目，是取女孩儿一技之长。

民族舞蹈盛行的日本，在一个惊险节目完成之后，推出《西班牙舞》《踢踏舞》《娃娃舞》等，往往会相得益彰。不过，蒲田一直把舞蹈看作"小摆设"，在杂耍节目之中，只是起到调节气氛的作用。现在，他发现小福如此善舞，便决定让他男扮女装上场，因为反串会引起强烈反响。

果然不出蒲田所料，每当小福跳完舞蹈，观众都会惊叹不已，继而捧腹大笑，这"小摆设"喧宾夺主啦。

转眼间，小福加入蒲田曲马团已有月余。这一个多月来，蒲田的目光一直盯着这三个人。用蒲田的话说，他是第一次起用中国人，过去只是听说他们演技不错，但他们的演技究竟如何，总得进行一番观察才是。

现在，他总算看明白了，江海河是个假行家，在技高一筹的蒲田大棚里，他的功夫基本派不上用场。

小淘的功夫的确不错，常常博得观众的喝彩。但是，小淘正值青春年少，免不了分散一点精力，总是和女孩子们眉来眼去。

在蒲田眼里，小福才是一颗熠熠生辉的宝石。因为，小福不仅功夫了得，而且总是孜孜以求，有一股不达目的誓不休的劲儿。

蒲田是个非常务实的人，多年的经验告诉他，一个好演员就是一根擎天柱。于是，他打着自己的小算盘：小福虽是中国人，但也要牢牢地抓住他。只要小福在，蒲田大棚就大有前途。

蒲田决定让小福"入门子"啦。

什么是"入门子"呢？就是在大变活人时，活人先通过机关进入箱子，当听到魔术师一声枪响，他再从箱子里钻出来。活人进入箱子，就叫"入门子"。过去，蒲田表演大变活人时，"入门子"的只有亲生女儿真子和干女儿花子。现在他让小福"入门子"，显然是把小福当成了自己人。

魔术的奥妙不外传，那是人人皆知的事。

小福学会了很多魔术，心中自然会很得意，但他哪里知道，他能学会表演魔术，正是蒲田计划好了的。

在蒲田大棚的年轻演员中，花子的技术是最全面的。

花子，芳龄十五，圆脸，水汪汪的大眼睛，齐眉的刘海垂在前额正中，像一绺黑色的丝带。她袅袅婷婷的，平时爱穿和服，演出时穿着一套紧身的红色薄绸裤褂。

花子多才多艺，不但能表演高空、中空和地面上的一些高难度技艺，还精通马术、跳舞和乐器。那时，女孩子能摆弄乐器的并不多见，而花子却能吹小号、长号、黑管和萨克斯。

小福十分爱慕花子，爱慕她的才气，爱慕她的容貌，爱慕她的温情。那爱慕是发自内心的，是自然而然的。但谁能想到，蒲田会暗中授意花子，让花子接近小福，尽可能地多传授技艺，对他什么都不要保密。

花子云里雾里的，不知蒲田葫芦里卖的什么药。不过，明白也好，不明白也罢，花子是真心佩服小福，佩服小福超群的技艺，特别是佩服小福孜孜以求的精神。

她愿意和小福接触。

花子是东京人，那场惨绝人寰的关东大地震，夺走了她双亲的性命，是蒲田的一位亲戚在废墟中找到她，并把她交给了蒲田。那时候，蒲田的马戏班子刚建立不久，蒲田想把花子培养出来，就像对真子一样对待花子，天天教她练功。花子禀赋聪明，十多年来，她学得一身好本领，深得蒲田的宠爱。

由于花子主动传授，加上自己勤学苦练，小福很快就学会了乐器。而且，但凡花子会的，小福也都学会了。

花子愿意和小福在一起，在一起玩游戏，在一起跳舞，在一起看星星……小福要是上场演出，她总是站在场外观看。小福下场，她就给小福披上衣服。有的姑娘逗她："你想找个中国人？"对此，她只是莞尔一笑。

演出结束，演员们该回驻地了，花子却拉着小福一起走，有时会偷偷塞给小福几块糖，小福也会回赠她手绢或玉石别针。

俗话说，日久生情。彼此融洽的相处，渐渐在各自心中滋生了一种潜藏的情爱。花子的一声"小酱哥"，总会像潺潺的小溪，甜甜地流过小福的心头，那是一种难以言状的滋味。

这一天，小福病了。

早晨，江海河没看到小福练功，他心里觉得很纳闷，就一个人来到了小福床前，伸手摸了摸小福的额头，不觉惊讶地问："哎呀，咋这么烫？"

小福翻了一个身，无精打采地说："俺浑身疼。"

江海河说："还能上场不？"

江海河如此惊讶，还真有他的道理。小福在大棚什么地位？那是一般人所取代不了的。即使是《横碟子》《集体舞》不上了，《蹦布》有人代替了，那《空中飞人》呢？那半场滑稽呢？那幕间滑稽呢？那的确是谁都替代不了的。小福不能上场，这的确是一件大事，得马上告诉老板蒲田。于是，江海河打发小淘去找蒲田。

不一会儿，蒲田身着和服，趿拉着木屐，走进了小福的房间。看蒲田这一身打扮，说明他也一定是心急火燎。但他却慢慢腾腾地走来，笑容可掬地坐在小福床边，摸了摸小福的额头问："小酱，病啦？"

小福见蒲田来了，起身要坐起来，却被蒲田制止了。

蒲田满脸堆着笑，像看透了什么似的，他瞅瞅江海河和小淘，笑呵呵地对小福说："你可能受了点风寒。不过，你的脏腑里没有郁热，即使外感风寒，病也不会发作的。我想……"他又笑了笑，"你怕是得了相思病啦。"

"老板真会开玩笑。"小福打断话头，脸一下子红了。

"绝不是开玩笑。"蒲田又朗声笑道，"你的病，我能治。小淘，你快去，把花子叫来。"

一瞬间，江海河愣住了，继而又如梦初醒，自愧对小福关心不够。平时，他也看出了小福和花子很亲昵，但也只当是小孩子过家家呢。哪承想，孩子们的心里也有个丰富的世界。

蒲田背着两手，在地上兜了一个圈说："你和花子好，我是看在眼里喜在心上。说心里话，我希望你俩好。我喜欢花子，我也喜欢你小酱。"他说着，眼睛湿润了，又瞅了瞅江海河说，"今天，当着你师父的面，我把花子许给你，你要娶她做妻子。今后，你要尽心尽力辅佐我，慢慢地我会把大棚交给你，将来的蒲田大棚，就是你和花子的。"

蒲田说得很激动，手在空中比画着，宽大的和服袖子，发出嗖嗖的响声。

一时间，小福和江海河都愣住了，不知道蒲田是为什么，竟然说出了这一番话。

其实，蒲田的如意算盘，这才拨动了最响的一颗珠子，这响声确实让小福和江海河感到震惊。

这就是蒲田的魅力。

花子迈着小碎步走了进来。

蒲田、江海河和小淘相互瞅了瞅，都微笑着退了出去。

人世间有一种力量，可以用神奇来形容。小福听了蒲田一番话，喝了花子调制的一碗汤，那病立马去了大半。

此后，小福和花子感情甚笃，几乎是形影不离。情人眼里出西施啊，在小福的眼里，花子堪比月中嫦娥。

小福不时地品读着花子，仿佛品读着精美的艺术品：宽宽的额头、齐眉的刘海、精巧的鼻子、红润的嘴唇、细嫩的脸蛋、水灵灵的眼睛，无不透出一种迷人的灵气。她活泼的谈吐、流利的中国话、温柔的举止、摄人魂魄的目光，换来了小福痴痴的爱慕。能和花子白头偕老，小福感到此生足矣。

花子呢，她也是情窦初开，对小福情真意切。

这对恋人，尽情地徜徉在爱河里。

小福感谢蒲田，感谢他以女儿相许；花子感谢蒲田，感谢他成全了他们俩。有了这感恩之心，就不易发现蒲田的真正用心，还有爱河上的那片乌云。

蒲田喜欢花子，也喜欢小福，这是他的心里话。不过，蒲田喜欢的是他们的功夫。蒲田明白，花子和小福是大棚的台柱子，没有他们，蒲田大棚不会这样兴旺。所以，他不止一次地对老伴说："大棚不能没有小酱啊！"

花子是干女儿，是自己一手带大，又是一手调教的，完全不必多虑。可小福是中国人，随时都会离去的。为此，蒲田一直在思虑，用什么办法留住小福呢？思来想去，只有用花子拴住小福了。

这就是蒲田的真正想法。

花子怎么能知道蒲田的想法呢？蒲田暗中授意，她虽感到突然、懵懂和难为情，但起码蒲田同意她和小福相处。因此，她全身心地爱着小福，至于小福能否留在日本，她根本没有想过。所以，每当小福问她去不去中国，她总是干脆利落地表明，很期待到中国去，这和蒲田的想法南辕北辙。

矛盾往往是不可调和的。

一九三五年年末，一伙吴桥艺人来到了东京，捎来给小福的一封家书，还有刘氏的一绺头发。

信写得极其简单，简单得难以置信：一张纸上，除了抬头和落款，就只有八个字："中日战争，娘盼儿归。"

小福捧着娘的那绺白发，心中真是百感交集。

中国有这样的旧俗：浪迹天涯的儿女，只要见到爹娘的头发，就必须回归故里，否则是大逆不道。

蒲田担心的事必然地发生了。

当江海河把消息透露给蒲田时，蒲田着实是恍惚了一下，忙问："花子知道了吗？"

江海河说："信刚捎来，小福正拿着信发呆呢。到现在，俺们师徒还没有商量，到底是走还是不走。"

"好。"蒲田拍了一下桌子，拂袖冲出门，怀着一丝希望找花子去了。

一段时间以来，江海河受到蒲田的冷落，就想找机会跟他谈谈。江海河看得明白，蒲田是个重才的棚主，而他只是个跑龙套的，遭到冷遇也实属应该。跑江湖的寄人篱下，的确计较不了那么多，但他希望继续留下来。为什么？在蒲田大棚，他薪酬高，有吃有喝的，还有一张"大饼子脸"陪伴，他怎么舍得离开呢？可是，他的合同就要到期了，小福又接到了家书，这是跟蒲田交涉的好机会。没承想，蒲田拂袖而去，又把他冷落在一边。

江海河悻悻归来，见小福还愣在那儿，就问道："小福，想好没有，是回家呢，还是留在这儿？"

"回家。"

"花子呢？"

"俺带着她。"

"老板能同意吗？"

"能。他心眼儿好，还是他让俺俩好的。"

"俺看不一定。蒲田不会轻易让你走，至少不会让花子跟你走。"

江海河的语调突然和蔼起来，他劝说小福先不要回国，把学到的功夫好好归拢归拢，等形成了体系再回国不迟。

对此，小福态度十分坚决，他不想大逆不道，他想回家尽点孝心，想和花子一起支大棚。

沉默良久，江海河又说："看来，俺们只能一起回国。算起来，已经出来三年多了，是该回去瞅瞅喽。"

回国的事就这样定下来了。

蒲田呢，他风风火火找到花子，渲染了一番小福接到信的事，本想看到花子目瞪口呆的表情，没想到花子眉飞色舞地说："太好啦，我太想和小酱一起回中国啦。"

"八嘎！"蒲田勃然大怒，拍案而起，"我让你和他好，是想让你把他拴住，如果连你都被拐走啦，我是万万不会让你们好的！"

花子一下瘫坐下来，呆呆地望着蒲田。她从未见过蒲田发这么大脾气，尤其是没跟她发过脾气。在蒲田大棚里，她比真子还受宠，她怎么能受得了这样的刺激呢？她感到委屈，鼻子一酸，眼泪哗哗地流了下来。

蒲田在地上来回踱着，花子在榻榻米上哭着。片刻之间，花子突然意识到了问题的严重性，急忙下地，拽住蒲田的和服袖子问："爸爸，小酱会走的，小酱会走的。我该怎么办？"

这时，蒲田也冷静了，他语调温和地说："不，小酱不会走的。孩子，你就放心吧，只要你不跟他去中国，小酱就不会走的，小酱不会离开你。你快去，劝他不要走。告诉他，只要他不走，我会把大棚交给他。"

花子从恍惚中回过神，擦了擦脸颊上的泪花，整理了一下和服，准备去找小福。蒲田伸出青筋蜿蜒的手，替花子整理了一下秀发。花子凄然地笑了一下，迈着小碎步走了出去。

在见到小福的一瞬，花子百感交集，一下子扑了过去，紧紧地搂住小福的脖子，一句话没说，就泣不成声了。

"花子，花子。"小福忙不迭地问，"你咋啦？你咋啦？"

"小酱哥，"花子抽泣道，"你真的要走吗？你不能扔下我啊！"

小福笑了笑，拉着花子坐下："谁说俺要扔下你啦？俺是带你一起走。你不是想和俺一起去中国吗？你不是一直盼着去中国吗？"

花子哭出了声："不行啊，小酱哥，爸爸不让我跟你走，他让我来劝你，也不让你走……"

花子说着说着，又哽咽了。

小福的表情一下定格了，这个结果是他始料不及的。但他仍相信蒲田是善良的，蒲田只是一时舍不得而已，他是喜欢花子和自己的，他不可能这样对待喜欢的人。

小福掏出手绢，擦掉花子的眼泪，轻声地劝慰道："花子，别哭了。一会儿俺们去找老板，俺去求他，他会让俺们走的。"

花子没有说服小福，反而和小福双双站在蒲田面前，乞求让他们一起走，这让蒲田彻底失望了。此时，他眼里透出凶光，恶狠狠地冲小福说："八嘎！你走，我拦不住，你是中国人。花子是日本人，是我的女儿，我不能让她走。"

小福如梦初醒，但他仍想说服蒲田："俺求您了，您把花子许给俺，就请您不要拆散俺们的姻缘啊！"

小福扑通跪在地上。

花子也扑通跪在地上，但她不敢正视蒲田，只是掩面哭泣着。

蒲田看花子也跪下了，气得眼睛都充了血，声嘶力竭地大叫："是我拆散你们的姻缘吗？不，是你毁了我的蒲田大棚！"

小福一愣，随即彻底绝望了。

江海河师徒准备回国。

这些天，花子一直沉浸在悲痛之中，桃花被泪水浸泡着，免不了就瘦弱枯黄了。一天，花子来看小福，把亲手钩织的小网兜送给他，里面装满了糖果。小福把一枚漂亮的宝石别针，亲手别在她的衣襟上。可是，他们谁都没有说话。

之后的两天，花子再也没有露面。是蒲田不让她来呢，还是她无法承受离别之痛，小福就不得而知了。一直和花子朝夕相伴，忽然看不见花子，小福觉得心里空落落的，精神也恍惚起来。

面对这样的心境，小福不得不扪心自问，一日不见如隔三秋啊，倘若从此天涯海角，那又该如何是好呢？在小福的心里，两个小福进行着激烈的斗争，在亲人与恋人间取舍着。

星星在夜空眨呀眨的，像从水里捞出来一样，看上去水汪汪的，仿佛就是娘的眼睛。小福从怀里摸出白发，望着近在咫尺的星星，默默下定决心，他要回到娘的身边去。

小福起程的那天早晨，天空阴得像愁苦的脸，海风从远处的海面吹来，吹得大海惊涛拍岸，礁石也在海水中摇晃。唯一让小福欣慰的，是花子也来送行了。

在真子的陪同下，花子一步步走过来，见到小福的一瞬间，她摇晃着纤细的身体，迎着海风扑过来，那一声声凄切的呼唤，撕裂了阴沉的天幕，雨和泪水顺着脸颊流下来。

小福紧紧地拥抱着花子，心像是被撞响的古钟，一声声地轰鸣着，也一声声地呜咽着。

小福有点动摇了。

为什么要离开花子呢？为什么要承受生离之痛呢？

这些年风里雨里四处漂泊，日子不还是在风雨里飘摇，家不还是那个吃糠咽菜的家吗？

小福拥抱着花子，泪水顺着眼角流着，一时间竟恍惚起来："花子，俺不走啦，俺要和你结婚。"

一听这话，江海河、小淘都愣了。

花子也愣了，她瞪大眼睛问："小酱哥，你说什么？"

小福说："俺不走啦，俺要和你结婚。"

花子点点头，又摇摇头，从小福怀里挣脱出来，含着泪说："小酱哥，谢谢你对我的这份情。可是，你别忘了大海那边，你娘还等着你呢。"

"可俺……"

"是啊，俺知道你的心思。你就放心地走吧，回去看看双亲。你要是真的想俺，你就一定能回来。"

此时，花子使用中国方言，这让小福感到亲切，也让他羞愧难当。是啊，娘的召唤，怎么能置之不理呢？小福脸上的麻点腾地红了，他呢喃着，竟然一句话也没说出来。

花子凝视着他，一字一句地说："小酱哥，俺等着你。你若此生不回，俺就此生不嫁。"

花子的誓言掷地有声，撞得在场的人心痛不已。

真子一把抱住花子，和她一起呜咽起来。

日出后，码头上汽笛一声长鸣，花子和真子站在礁石上，不停地向离岸的轮船招手，船上的小福和小淘，任热泪潸然而下。

轮船渐行渐远了。

突然，一个矮小精瘦的老头，疯狂地向海边扑来，头发被海风撩起来，木屐遗失在海滩上。

蒲田一边奔跑，一边凄然地喊："小酱，你可要回来呀，我盼你回来呀，花子不能没有你！"

跑着跑着，蒲田突然停了下来，痴望着远去的轮船，一下跪倒在海滩上，嘴里不停地重复道："小酱，你可得回来呀。大棚不能没有你，花子也不能没有你呀！"但他的声音越来越低，越来越低，仿佛只是说给自己听。

这时，一只海鸥，时而尾随轮船盘旋，时而飞到轮船的上空，发出一阵阵凄婉的叫声，那叫声永远刻在小福心里，也刻在了花子、蒲田和真子心里，成为永恒的记忆。

第五章　归乡

1

　　轮船在大海上航行着，小福独自伫立在船尾，面对东京的方向远眺。几天来他滴水未进，就这么痴痴地站在那儿，任凭海风利刃般刮在脸上。

　　小福不敢闭上眼睛，只要一闭上眼睛，眼前全是花子的身影。那个美好的女孩儿，或嗔怪，或微笑，或欢喜，或愠怒……一点点，一滴滴，全都融进了他的血液。

　　小福被一张哀伤的网笼罩着。

　　他幻想出现一个码头，再搭船返回日本东京，突然出现在花子面前，给她一个意想不到的惊喜。然而，当他看到那一缕白发，想起年迈的爹娘，又冷静了下来。

　　一晃离家四年，爹娘也五十多岁了。

　　小福心里明白，若不是发生了特殊事情，或是娘亲思念过度，她怎么能托人漂洋过海，捎来一缕白发呢?

　　小福想念花子，可他更想念爹娘。花子立下了誓言，此生不再另择他人，这足以说明她的心思，也说明可以再相聚。而爹娘等不得呀！第一次撂地儿，已经痛失爷爷奶奶，此生不能再留下遗憾。

　　小福渐渐地从悲伤中走了出来。

　　几天后，轮船穿过朝鲜海峡，抵达釜山，稍事休息，又途经大连，驶进渤海湾，停泊在塘沽港。

小福再次返回了故里。

刚一踏上吴桥的土地，小福就感觉到了与以往不同的氛围。火车站、街道和一些公共场所，常常会遇到游行的人群，他们拉着条幅、挥舞着小旗，互相挽着胳膊，振臂高呼口号：

"坚决抵制日货！"

"团结抗日，保卫国土！"

"中国人民不可侵犯，打倒日本帝国主义！"

……

一路上，小福深深感到，故乡今非昔比了。

游子总是归心似箭，小福他们顾不了那许多，迈开大步匆匆地赶路。快到申庄时，四个人暂别，江海河和"大饼子脸"一路，小福小淘各自一路，都向自己家奔去。

小福心中的故土，是亲切的，是温馨的，是充满童年记忆的。而现在呢，似乎又多了一分沧桑，也多了一分觉醒。

小福的心沉重而轻松。

看来，这四年多的时间，故土发生了太多的事情。小福是猜对了，但他哪里知道，太多的事情是关系到命运的，东北的命运、华北的命运，民族的命运，国家的命运……

比如，一九三五年。

一月，日军制造了"察东事件"，迫使南京承认察哈尔沽源以东地区为"非武装区"；五至七月，华北驻屯军司令官梅津美治郎和关东军奉天（今沈阳）特务机关长土肥原贤二又借口"河北事件"和"张北事件"，胁迫南京批准《何梅协定》《秦土协定》，接受日军取消冀、察两省境内的国民党党部等多项要求；十月中旬，日军继"丰台夺城事件"后，再次收买汉奸、流氓发动了"香河暴动事件"，并加紧策反平津卫戍司令宋哲元；十一月，土肥原贤二向宋哲元提出《华北高度自治方案》，诱其出任华北共同防赤委员会委员长未果，又策动滦榆区兼蓟密区行政督察专员殷汝耕，在通县成立脱离南京的冀东防共自治委员会；十二月，宋哲元、南京政府在高压之下，在北平成立冀察政务委员会。

这一系列事件——"华北事变"，引发了北平学生大规模的游行——"一二·九抗日救亡运动"，也是中国共产党领导的抗日救亡运动。在游行中，学生们打着横幅，举着小旗，从新华门出发，经西单、西四一路向前，并一遍遍高呼口号：

"停止内战，一致对外！"

"打倒日本帝国主义！"

"反对华北五省自治！"

"收复东北失地！"

"打倒汉奸卖国贼！"

"武装保卫华北！"

……

这口号，这声势，这激情，充分表达了全国人民抗日救国的呼声和决心，逼迫冀察政务委员会延期成立，也促进了国共两党第二次合作。

这次运动，得到了杭州、广州、武汉、天津、南京、上海等地的支持，也得到了吴桥进步青年的积极响应——在莫子镇、赵凤瑞等人的领导下，青年、学生纷纷走上街头，举行游行示威和演讲活动，宣传抗日救亡思想。

这些，小福自然是无法知晓。

小福走到了申庄村口，却见村子里拥出一些人来。这些人比比画画、有说有笑，像是乌云里透出的一缕阳光。突然，有人一下站住脚步，一手指着小福的方向喊："小福！是小福回来啦！"

小福的心扑通扑通地跳着。

那个人的话音未落，人群中就冲出一个人来，风一样刮到小福面前，兴奋地叫了一声："小福！"

"二哥?！"

兄弟俩紧紧地抱在一起，又双双扶着肩膀对视。赵凤瑞高兴得眉眼弯弯，拍着小福的肩膀说："真好，真好，平安回来就好。"

小福的眼睛一热，溢满了泪花。

这就是亲人，怀抱永远向你敞开着，心里满满的都是惦念。

赵凤瑞上下打量着，用手比量一下身高，满怀深情地说："长大啦，比二哥高出半个脑袋啦。"

小福嘿嘿地笑。不管自己长多高，在哥哥的眼里，他永远都是小福。

"小福，你回来啦？"

"小福，俺都不认得你了，一晃长这么高了。"

"快点回家吧，你娘见到你呀，还不知咋乐呢。"

……

亲朋好友的热情呼应，就像一股暖流漫过心头，让小福感到亲切温暖，此刻他更想见到爹娘啦。但见众人拿着小彩旗的，还有腋下夹着红布的，他不免好奇地问道："二哥，你们这是——"

赵凤瑞收敛笑容，眉头紧锁地说："日本人发动了'华北事变'，妄图制造第二个'满洲国'。俺们必须和全国人民一道，投身于抗日救亡运动。现在，俺们就去参加游行示威。"

"小福，跟俺们去吧！"

"对，让俺们同心协力，把日本人赶出中国去！"

"一起去吧，人多力量大！"

……

大家越说越激愤，甚至是摩拳擦掌。

"二哥，俺还没见娘呢。"

"就是，就是。你看，一提起这些，俺就气糊涂了。快回去吧，娘想你都快想疯啦。"

小福点了点头。

"弟兄们，快走吧。"

"走啦，走啦。"

小福望着大家匆匆离去的背影，心湖荡起一片波澜：大家如此痛恨日本人，倘若花子来到了申庄，大家又会如何看待呢？

小福出了一身冷汗。

小福与花子相伴的日子，他心中只有情爱、杂耍和艺术。现在，他把花子和国家命运、民族命运放在一起，眼前便是乌云一片。

一行无名鸟儿飞过，小福举目看了看，便转身向家奔去。

老屋苍老地杵在那儿。刘氏独自坐在房檐下，眼神空洞地望着远方。

"娘！"

"小耗子，你咋回来了呢？"刘氏撑着身子想起来，却没能如愿。小福扑了过去，慢慢地搀扶起刘氏。刘氏佝偻着腰身，打量着这个大小伙子。

"娘！俺是小福！"

"小福？！俺说呢，转个身咋就长高了。好，好，俺的小福回来啦！"两行热泪从刘氏的眼中流出来，"回来就好。这日本鬼子吃人啊！俺琢磨呀，就是死，俺一家子也得死在一块。"

"娘，看你说的，这不都好好的嘛！"

刘氏踮着脚，摸摸小福的头，又摸摸小福的脸，说："嗯，长高啦，也长胖啦。好，好哇！"

"娘，和谁说话呢？"

话音未落，从屋里钻出一个女人来，怀里抱着一个小孩儿，那小孩儿咿咿呀呀的，分明是刚刚学会说话。再仔细一看，那女人高高的个儿，一张瓜子脸，水汪汪的眼睛，像一池清亮的湖水。特别暖心的是，小孩儿见到小福，伸着小手就要够过来。

"小福，这是你大嫂月娥，那是你大侄儿狗剩儿。"

小福愣怔地看着大嫂，接着欣慰地笑了。想想也是，自己都谈对象了，大哥可不早就该结婚啦？瞬间，他又想到了花子。如果花子来了，不也可以结婚生子了吗？

小福定了定神，冲着月娥说："大嫂好！"

月娥笑着点点头，对刘氏说："娘，俺给小福做饭去。"

"做碗官面，小福最爱吃啦。"

"行。"月娥抱着孩子进了屋。

"娘，俺爹和大哥呢？"小福搀着刘氏边走边问。

"下地啦。"刘氏说。

小福嗯了一声，挽着刘氏进了东屋，免不了互诉思念之情。刘氏拉着小福喜极而泣，小福边给刘氏擦泪边安慰。一刻钟后，赵保真和赵凤池回来了，爷儿仨相见，又是一番情深意长。

小福打量着赵凤池，一米六几的个头，一副瘦弱的样子，脸色灰蒙蒙的。小福不明白呀，他这是怎么啦？小福哪里知道，长期在棉毛之中劳作，使大哥得了肺心病。

小福有些难过，眼泪差点掉下来。但月娥端着宫面进了屋，这让小福看到了希望，大哥毕竟有后啦。

小福端起碗来吃宫面，赵凤池去接两个姐姐。小福东一句西一句，说话没头没脑的，这让赵保真感到蹊跷。赵保真张了张嘴，想问小福怎么回事，可又不知从何处说起，想了想就作罢了。

左邻右舍都来啦，大姐二姐也来啦，时隔多年再相见，免不了一番感慨。

2

从伦敦回到故乡，小福是满怀喜悦。从日本回到申庄，小福除了喜悦，更多了一份愁思。有时他毫无目的地转悠，有时低着头冥思苦想；有时他盘腿坐在炕上，把头埋在双手里；有时夜深人静了，他独步庄外，仰望遥远的星空。

对此，赵保真不知所措，刘氏不得其解。

小福思念花子啊！

也难怪，情窦初开就隔海相望，恐怕今生都难得再相见，这是生离死别呀！他怎么能不愁肠百结呢？

这些，赵保真一家人不得而知。

狗剩儿两周岁了，正是惹人爱的时候，加之聪明伶俐，又喜欢嬉笑，谁都愿意抱上一抱，逗上一阵儿，小福也不例外。没事的时候，小福接过狗剩儿，一边喊着狗剩儿，一边逗他玩，然而时不时喊出的却是花子，让人感到莫名其妙。

一个偶然的机会，赵凤瑞到姜庄去，从江海河那儿得知，小福有一个日本对象，就是叫花子的女孩儿，赵凤瑞这才恍然大悟。

了解了花子的一切，赵凤瑞如坐针毡，他从姜庄回到家，就和小福深入地谈了一次。

赵凤瑞单刀直入："小福，听说你定下一个日本女人？"

小福愣了愣，点头道："是，俺订婚了。本打算在日本结婚来着，可娘捎来了头发，俺只好回来了。"

"这事，你想咋办？"

"过一段日子，爹娘思念淡了，俺就去日本。"

"啥？！"赵凤瑞一下急了，"你还要去日本？小福，这些天你也看到了，国人反日情绪越来越高，这是为啥？还不是因为日本人狼心狗肺，奸淫、烧杀、抢掠无恶不作？四年前，你要去日本，俺就不赞成。可你口口声声说为了艺术，不会做对不起国家的事。现在，你爱上了日本女人，竟然还要去找她。小福，这次俺不会答应你，爹娘也不会答应你。"

"二哥——"小福深情地说，"你没见过花子，咋就这样武断？花子是一个好女孩儿，她善良，她热爱杂耍，她也爱俺。这些，都和战争无关。"

"无关？小福，你太天真啦。面对你，面对日本，她能放弃她的国家吗？就像你也不能放弃自个儿的国家一样。你呀，就死了这份心思吧，俺绝不允许你娶一个日本女人。"

"二哥，不像你说的那样，他们只是艺人，真的与战争无关。"小福极力争辩道，"你口口声声说战争，这是为啥呀？在你的眼里，每个日本人都成了坏人啦？你这是偏见。"

赵凤瑞一下呆住了，他没想到小福如此是非不分。他想再说什么，又觉得没有必要，就气呼呼地向外走去。刚到门口，看到刘氏在那儿抹眼泪，显然她听到了兄弟俩的争吵。

"娘——"赵凤瑞话音未落，就看见赵保真蹲在墙角，吧嗒吧嗒抽烟呢。原来，爹娘已经明白了事情的根由。

赵凤瑞回头看一眼，转身悄然离去了。

赵保真站起身，和刘氏对看一眼，两个人一起进了屋子。

小福抑郁地坐在炕沿上，见赵保真、刘氏走进来，忙起身叫道："爹、娘，你们回来啦。"

刘氏觉得小福很陌生，她一步一步蹭过去，颤着声地冲他说道："儿呀，那些日本人杀人放火，都坏透啦，听你二哥的吧！"

"俺绝不会让你娶日本女人！"赵保真坚决地说。

赵保真、刘氏都表态了，小福还能说什么呢？他只能长长叹息一声，无奈地低下头去。接下来的日子，小福更加忧伤了，他的内心不仅装着对花子的思念，还塞着亲人们的不理解。

小福实在是不明白，爱情为什么会和战争连在一起？家人态度如此坚决，他还能去日本吗？还能和花子结婚吗？小福一下陷入迷茫之中。

正当小福茫然之时，齐冀生来到了赵家。

齐冀生从朝鲜回到吴桥的杨校尉庄，一直致力于置办大棚的事。钱不够，他就以月利三分的高息"取"钱，并以自家的土地、侄儿齐振国的土地做抵押。如此，很快凑了一千块大洋，买了几十匹龙头牌白布，雇了二十多个人手，缝制了一个多月，一个能容纳一千五六百人的带盖圆棚，在杨校尉庄东菜园立起来了。中国第一个马戏大棚诞生啦！

马戏大棚搭建起来，这消息像一阵风，瞬间传遍了方圆百里。

从此，齐冀生带着大棚赴堂会，赶大集，一转悠就是三四年。齐冀生的心思花了不少，也没少费力气，收入却没见多少，几年下来连高利贷都还没还清呢。齐冀生静下心来，一直琢磨这其中的门道，他总结人才是第一重要的。

齐冀生急得眼都红了，到底谁能撑起大棚呢？他四方笼络着人才，充实着大棚的实力，正筹备西征的时候，江海河一行回来啦。

当年在朝鲜京城，木下审查杂耍节目，小福的《横碟子》、小福和小淘的《倒吃大菜》，他至今记忆犹新。一晃过去了四年，凭小福的聪明和勤奋，他们的技艺应远胜当年。

于是，齐冀生骑上大白马，直奔姜庄。

见到了江海河之后，免不了又是一番寒暄，当齐冀生说明了来意，江海河便欣然接受了。

齐冀生马不停蹄，转眼来到了申庄。

齐冀生风度翩翩，神采不减当年，一进门就大声喊道："哎哟，长高啦，长高啦，长成大小伙子啦！"

小福见来人是齐冀生，急忙让座沏茶倒水。两个人一阵寒暄，齐冀生便说明了来意。

小福犹豫不决，因为他心里还想着花子呢。

齐冀生见小福眉头紧蹙，一副郁郁不快的样子，就想起江海河说的事，便以长辈的口吻说："小福，还想那个日本女娃呀？天各一方，重逢不易。再说日本人是啥啊？那是咱的仇人啊！咱娶不得，也不能娶啊。你不能老这样，自个儿要劝自个儿。"他拍了拍小福的肩头："愁有啥用？不要老关在屋里。走，去瞅瞅俺的大棚。"

哦，中国也有大棚啦？小福心头的那盏灯一亮，建中国自己的大棚，也是小福的理想。不过，那时候，他希望有花子在身边。那样的话，就是爱情和事业兼得了。

这是他真实的想法。

在孟买，在伦敦，在日本，马戏大棚对他的启示，那是显而易见的，他不止一次编织过自己的梦。在日本的日子里，他和花子不止一次谈过将来，其中就有自己的大棚。

小福心理的变化，齐冀生看在眼里，便急忙催促说："走走走，出去散散心，心里就亮堂啦。"

刘氏看小福露出了笑容，也打心眼里高兴，就帮腔说："去吧，去吧，跟你九叔去瞅瞅。"

小福来了精神头。

齐冀生走到院外，解开了马缰绳，自己翻身上马，又招呼小福上来。

小福看看齐冀生，又瞅瞅高头大马，然后绕到马头前，忽然身子高高弹起，在空中翻了一个个儿，人落在了齐冀生的前边。

"好小子！"齐冀生朗声笑道，又拍了一下小福的肩膀。

马蹄扬起一溜尘土，直奔杨校尉庄。

杨校尉庄在申庄正东，离申庄只有八里地。那大白马一撒欢儿，村庄就到了眼前。

小福放眼望去，在树林的缝隙里，可见一座白色圆棚，矗立在庄东头。走近大棚一看，两根大杆支起一座小山，足有五六丈的样子，果然是气派非凡。在大棚的门楣上，一条横幅临风飘摆，红布白字异常醒目——光技马戏武术团，七个仿宋大字熠熠生辉。

齐冀生和小福先后跳下马来。

齐冀生拴好马缰，引小福进了大棚。

棚内宽敞明亮。

场地中心，那是演员表演的舞台，用杏黄色的布围起一道矮墙——"小抱心子"①，把中心场地和马道隔离开。

"小抱心子"的外面，用白色线绳结成的网带，又围起了一道矮墙——"抱心子"，把观众和马道隔离开。"小抱心子"和"抱心子"中间，留有约两米宽的马道；"抱心子"外有三排木凳，那是观众的座席；三排木凳后边到棚围子还有一段距离，这是不卖座的站客席。如果看客多，还可以把棚围子掀起来。因为，棚外有一道布做的外网围子，一人多高，即使掀起棚围子，不买票的观众也看不到演出。这样一来，大棚最多可容纳两千人，而且观众档次分明，座席要花座席的钱，不肯多花钱的就站着。

棚内有香烟、糖果、茶叶和小食品，有钱人坐在凳子上，一边品茗一边欣赏节目，可谓是优哉游哉。

小福在大棚里转了一圈，脸上渐渐有了笑容。齐冀生把小福引进家门，又是让座，又是倒茶，分明是待若上宾。

早先，小福听江海河说过，齐冀生禀性纯朴，心地善良，爱交朋

---

① 小抱心子：马术场地，一般为了安全，都得围起来，被围起来的部分就称为"抱心子"；而在"抱心子"中，一般会将演员表演的场地再围起来，这最核心的部分，就称为"小抱心子"。

友，但凡生意人进门，他既管吃又管住，走时还送盘缠。齐冀生的义气，在吴桥方圆百八十里，那是无人不知、无人不晓。因此，他置办大棚，那是一呼百应，有钱的出钱，没钱的出力。中国第一个马戏大棚的建成，不能不说与齐冀生的人品有关。

齐冀生坐在东侧，小福坐在西侧，中间摆着一张炕桌，炕桌上摆着茶壶，还有两个茶碗。他们边喝边聊，齐冀生掏心掏肺，温暖了小福的心窝窝。

小福虽然年轻，但也是闯荡江湖十几年的人啦。在他身上，已经打上了江湖艺人侠肝义胆的烙印，齐冀生的仗义、坦诚和诚信，都让他产生尊崇之意。因此，未等齐冀生开口，小福就亮明了态度："九叔，如果需要俺帮忙，俺一定竭尽全力。"

"真的?!"齐冀生一扬眉，激动地问道。

"大丈夫说一句算一句。"小福也动了真感情。

"好小子，九叔就喜欢你这样的后生！"齐冀生一下站起来，拍着小福的肩膀说。

当晚，小福在齐冀生家里住了下来。第二天，当小福把这个消息带回申庄时，赵保真、刘氏都露出了笑脸。

小福回来后，觉得该练练功了。

于是，他先活动一下腰腿，接下来，就是"反旗""旱水""卧鱼""推桩子"。练完顶功，又练"小翻""蹿子""团提""燕提"，翻了一气跟头，这才拿起毛巾擦了擦汗。

小福练功，其实是为"跟头会"使劲儿。

齐冀生笼络了不少艺人，艺人跟艺人见面"下朝派"，大家翻翻跟头，试试高低，这是跑江湖的规矩，齐冀生也不能例外。

小福呢，闯荡过三十多个国家，历时十二年之久，可谓是经风历雨呀。如此见过世面的人，要是在"跟头会"上栽了，自己扫了面子不说，那还有什么脸跟着大棚西征呢?

小福暗暗地使上了劲儿。

行走江湖多年，且又天南地北闯荡过，小福懂得了艺术、理想和追求，他希望自己从事的杂耍艺术，不要仅仅停留在表演层面，而是要有一种境界，一种艺术的最高境界。因此，他练基本功，练杂耍，总是有自己的思考——如何精益求精？如何推陈出新？如何融进滑稽？

小福终于从思念、忧伤、颓废中走了出来。

赵保真、刘氏的心里，一块石头终于落了地。阳光普照，赵家人的脸上也灿烂如花。

赵凤池早出晚归，忙着地里的活计。月娥包揽了家务，也是忙得脚打后脑勺。赵保真、刘氏哄哄孙子，晒晒太阳，尽享天伦。小福忙着练功，全身心准备参加“跟头会”。小福没想到，这兵荒马乱的年月，还能有这样一番景象。

赵凤瑞为革命奔忙着，十天八天见不着面儿。偶尔回来一次，也只是三言两语的，劝小福不要闷在家里，劝他要关心国家命运……小福则以为，自己是个练杂耍的，一生只钟爱艺术，不想搅进血腥之中。为此，哥儿俩常常不欢而散。

在“跟头会”那天，大棚里挤满了人。为了目睹名角风采，一些观众不惜脚程，从各庄蜂拥而来。

参加“跟头会”的，有十六七个年轻人，都是齐冀生招募来的，小福当然也在其中。

跟头，是杂耍技艺腰、腿、跟头、顶四功之一。腰、腿、跟头、顶是杂耍的基本功。一个好的杂耍演员，这“四功”是必须掌握的。所以，一个杂耍演员水平高低，不用看他表演的节目，只要看他的基本功就可以了。

跟头，主要包括“提”“踺子”“小翻”等。“提”又有“团提”和“燕提”之分。提，必须是身子弹起来之后在空中翻翻儿。至于键子，就是双腿并拢的侧身翻。小翻呢，指的就是后空翻。

“提”时，身子弹起来，双臂抱着腿，在空中翻个个儿，这就叫“团提”；那么，身子打挺的，就叫“燕提”。

“跟头会”，实质上是擂台赛。既然是擂台赛，参加者就都争先恐后，谁都不想最后一个上台。为什么？“跟头会”，是艺人们用跟头见面，要翻各式各样的跟头，八仙过海，各显神通。跟头的样式，尤其出场和收场，都要新颖并能抓住人心。所以，先表演的就占了先机。后者呢，总不能重复前者吧？重复了，那表演还有什么意义呢？跟着别人的屁股跑，就少有取胜的可能。

齐冀生宣布"跟头会"开始，大家都往前凑，小福当然不例外。

可是，齐冀生心里有数，他一个个点将，点一个表演一个，结果让小福压了台。

压轴出场的，是张朝庄杂耍艺人小方。

小方先是一个"提"，他把身子弹起来，在空中翻两个翻，整整转了三百六十度。接着是"小翻"，一个接一个的。收场时，先来一个"蹅子"，又来了一个"提"。小方在空中又翻了两个翻，最后是一个"团提"下。小方动作行云流水、干净利索，以"小翻蛇腰"贯穿，以"燕子串花"收场，可谓是新颖别致、技压全场。

小方刚刚一收式，掌声、口哨声、尖叫声充斥全场，气氛几乎达到了高潮。显然，这是观众对小方的赞美。

这样一来，小福就被推上了风口浪尖。他的跟头，要是超不过小方，就不会引发热烈的反响，那便意味着失败。更何况，出场和收场的招数已尽，还有什么办法可以有所突破呢？

小福冥思苦想，从头捋到了尾，忽然想到了主体：小方由于重视"起"和"收"的环节，几乎忽略了主体跟头，留下了"两头紧、中间松"的遗憾。那么，又何必摆花架子呢？只要主体部分别具一格，那不就成了吗？

到小福出场了。

小福一个"蹅子"，接着是一个"小翻"。

观众没有任何反响，这意味出场动作很平常。小福为什么这样出场呢？他们还没琢磨明白，小福就龙腾虎跃起来，他两个"小翻"一个"提"，也就是两个后空翻，身子弹起来一次，落地后又一个后空翻，身子再一次弹起来。"小翻"和"提"的速度之快，超过了前面所有的人。就在二十多个"小翻"、十多个"提"之后，观众们哗然，身子纷纷往后躲去，腾出了更大的地方。小福又是二十多个"小翻"，围着中心场地绕了一圈，那速度是越翻越快，观众们欢呼起来，气氛达到了高潮。

江海河看得明白，小福是收不住啦。于是他跑上了场，一下子抱住了小福，这才算收了场。

小福表演的跟头，即两个"小翻"一个"提"，一时间轰动了吴桥地界。为此，艺人们给他起了一个外号——"炮仗带雷子"，就是"小鞭"加"二踢脚"，其气势可想而知。

"跟头会"一结束，人们纷纷向小福点头，眼神中无不露出羡慕和尊崇。小福一一还礼时，无意中看到两个久违的亲人，他的眼泪一下被引出来。

原来，赵保山和赵保有也来了。

小福与赵保山、赵保有的目光相撞，他感激赵保山收其为徒，感谢师父的藤条、木屐和烟袋锅，感谢师父带着他闯荡南洋、印度和伦敦……如果没有师父的"残忍"，哪有眼下他厚实的功底？现在，身上藤条、木屐和烟袋锅的疤痕，早已变成美好的回忆。

小福撇开众人，挤到赵保山面前，深情地叫了一声："师父，小福有礼啦。"说着，他扑通就跪在地上，冲赵保山磕了三个头。赵保山点了点头，不觉老泪纵横，伸手扶起了小福。

小福站起身来，又转向赵保有，深深地鞠一躬："大哈叔好！"

四周一下安静下来，目光都落在师徒身上。

赵保山双手抓住小福，哆哆嗦嗦地说："好孩子，俺的好徒弟，你给师父争了光啦！"

"师父，没有您的管教，就没俺的今天。"小福真诚地说。

"唉——当年，师父没少打你骂你，你不怪师父吧？"赵保山说。

"师父说哪里话？俺感激师父的教诲，小福终生不敢忘怀。"小福搀着赵保山说道。

"不怪就好，不怪就好。"赵保山哆哆嗦嗦的，却满怀深情。

"师父，小亮师兄干啥呢？"小福问道。

"他和小淘出生意去啦！"赵保有兴奋地抢话说。

赵保山点点头，像是回答小福，又像是肯定小福。

是啊，小福是值得肯定的。江湖艺人讲仁义，讲孝顺，讲礼数，讲师道，讲尊严。小福技艺精湛，艺压群雄，对启蒙恩师尊崇有加、关爱有加，其为人立马就突显出来。

周围响起长时间的掌声。

"跟头会"结束以后，齐冀生找到了小福，极力请他加入大棚，并随着大棚一同西征。

小福心里美滋滋的。得到齐冀生的认可，他当然很高兴。可是，这种感觉转瞬即逝：他又想到了花子。

花子在日本等着呢，小福怎能忘记？这毕竟是他的初恋，是一段牵肠挂肚的感情！他甚至想过，如果爹娘过不去这个坎，着实不能接受日本人，他只好旅居日本，和花子厮守终生了。而现在，要是跟着齐冀生西征，这一走就得三年五载，花子又要苦苦守望了。

怎么办？

小福刚刚平复的情绪，一下子又低落下去，脑袋也深深地埋在胸前。

"小福，你咋想的？"

"九叔，对不起，俺另有打算。"

"你不加入大棚啦？"齐冀生有些急了，他还指望小福挑大梁呢。在即将西征这个节骨眼上，他怎能放了小福呢？于是，他灵机一动，计上心来："小福，那天你可说过，只要俺需要，你定竭尽全力。咋说，咱也是个爷们儿，唾口唾沫，那都是钉啊！"

小福真的没想到，他无意中的一句话，成了人家的把柄。但是，君子一言驷马难追，大丈夫说话就得算数。小福一下抬起头来，坚定地盯着齐冀生说："九叔，俺随大棚走一年，等你还清了债，俺就到日本去。"

齐冀生一拍大腿说："好，就这么定啦。"

3

通过"跟头会"的选拔，西征的人选全部确定，齐冀生的马戏团——光技马戏武术团成立啦。

瓣瓣啪啪的鞭炮声，人们脸上的笑容，小福的鼎力支持，都成了齐冀生的兴奋点，他红光满面的，在棚里棚外一个劲儿转，一边组织大家练功，一边做些西征前的准备。

大棚西征，收入到底会怎样，谁的心里都没底。小福的功底深，节目也精彩，大家都指望着他给大棚吸引更多的观众，创造更多的效益。因此，小福成了大棚里的红人，大家都捧着他。

但小福不敢轻狂，更不敢放松自己。航标灯必须时时发光，他一直这样告诫自己。有了众人的陪伴，也有了前行的目标，他不得不殚精竭虑练好把式。一时间，对花子的思念，对爹娘的记挂，也就淡去了。

方圆百里的吴桥，有成百上千的艺人，在外面挑扁担撂地儿。混得稍好一点的，也只是围上个棚圈子，像齐冀生这样的大棚，仅此一家而已。因此，齐冀生得到了大家的尊敬。最为可贵的是，艺人们在齐冀生的大棚里，既能听到熟悉的乡音，又能看到灿烂的笑容，还能从事自己喜欢的事业。

齐冀生杀了一头猪，炖了一大锅猪肉，备了足够的水酒。但凡是明眼人都知道，一呢，这是犒劳大家的辛劳；二呢，这是为西征的将士饯行。

席间，大家推杯换盏、你谦我让，一派和睦气象。

酒过三巡，菜过五味，齐冀生微红着脸色，站起来向众人抱拳道："各位老少爷们儿，今天，冀生略备薄酒，算是表达一份心意。冀生自幼闯荡江湖，辛辛苦苦三十余载。如今，总算支起了大棚，但也折腾尽了全部家业。三年多来，承蒙诸位帮扶，大棚才能支撑下来。但是，债务尚未还清，俺心里不安哪！江湖艺人义气为重，为了还清拖欠，冀生决定率团西征。还望诸位鼎力合作，与大棚共欣共荣。冀生在这儿谢谢大家啦！"

齐冀生打躬作揖，情绪颇为激动。

齐冀生话音刚落，江海河端杯站起来，亮开嗓门真挚地说："各位，九哥一片苦心，兄弟哪有不竭尽全力之理？且不说九哥好酒好肉，即便是不管茶饭，只要九哥吮喝一声，兄弟们也定会齐心协力！来，一同干了这杯酒，也算不枉九哥的一片诚心！"

作为外掌柜的，江海河此番表现，可谓是恰到好处。

外掌柜，顾名思义就是管外事的人，负责大棚外的一切事务。大棚的迁移过程，大棚在哪落地，演出时的保安、文化、税务，到处都有人管，一旦沟通不畅，别说演出了，支棚的地方都没有。江海河能言善辩，左右逢源，这事非他莫属。

既然称之为掌柜，就是大棚的核心人物，说话就有号召力。

江海河喝了这杯酒，擦着嘴冲齐冀生说："九哥，大棚西征，少则三年，多则五载。咱能否银钱满褡，荣归故里，这是难料的事。但大棚的命运，是和在座每一个人的利益息息相关的。俺呢，想借九哥的酒，为大棚出一个主意。以俺之见，大棚功夫拔尖的一两个人，应该起一个艺名。艺人没有艺名，很难成气候，大棚就很难享誉四方。这事，还请九哥多思量。"

"说得好。"

说话的人叫齐冀旺，是齐冀生的亲哥哥，在大棚里当内掌柜，也就是当家理财的。

齐冀旺五十多岁，高挑的个头，古板的面孔，谁见了都惧怕三分。此人老谋深算，总让人脊梁骨发凉。一次开支，他给吴姓"门把"多开了一块钱，吴姓"门把"没吱声。第二次，他又多分了一块钱，吴姓"门把"又没吱声，齐冀旺当众揭了底，随后就把他辞退了。

此后，伙计们见了他都绕着走。

齐冀旺不胜酒力，他挂着紫红的脸，叼着一杆小烟袋，立马接过话茬："是应该这么办！自古艺林多名人，根据《武林旧事》记载，那个叫作'温州子'的摔跤高手，就是大名鼎鼎的韩福。还有'撞倒山''王急快''刘子路''赛关索''嚣三娘''黑四姐'……总共四十五位，哪一位不是以艺名闻名于世、雄霸一方？江掌柜说得对，大棚欲享誉四海，棚内无名人不成，名人无艺名也不成。"

江海河点了点头。

齐冀旺瞅了瞅小福说："俺觉得，应该给小福起个艺名。目前，他是大棚里功夫最好的一个。"

"嗯，应该！"说到小福，江海河立马响应，"小福功底好，技术全面，去过许多国家，眼界宽，理应是大棚里的一根柱子。"

齐冀生说："除了小福，铁蛋也应该有艺名。铁蛋自幼跟随俺学艺，俺知道他的根底——《刀门子》《地圈》《抓大竿》《板凳顶》《马术》……他都拔尖。有他们俩在棚中唱主角，'光技大棚'还有不兴旺之理？"

铁蛋原名齐振洲，是齐冀旺的儿子，齐冀生的侄子，刚刚二十岁。他中等个儿，短粗身材，魁梧彪悍，黑得出奇。所以，人们送了一个绰号——生铁蛋。

棚内核心人物均已表态，那还有什么可说的？大家就纷纷议论开啦，你说叫这个艺名，他说叫那个艺名，一时间纷纷杂杂，好不热闹。

小福生过天花，天花一痒痒，小福就用手挠，在鼻梁骨周围，落下了几颗浅白麻子。小福大名赵凤岐，所以，有人主张叫他"麻子赵"。

江海河觉得这艺名不雅，提出了反对意见；之后，他就琢磨开啦：小福有什么特点呢？嗯，对，小福遇事好激动，他只要一激动，脸上就会充血，浅白麻子就红了。哎——干脆叫"麻子红"吧！

这名字，一下抓住了小福的特点，而且响亮又好记，大家都纷纷叫好。

齐振洲呢，他是演底座的，不管身上多少人，他都像金刚似的，总是岿然不动。所以，大家给他起了一个艺名叫"金大力"。

这顿饯行酒，大家都喝得开心——棚主心若奔腾的江河，那是因为伙计们同舟共济；伙计们浪花朵朵，那是因为棚主有母亲胸怀般的河床。一顿酒，把西征的事定啦，把该起的艺名起啦，把心劲儿调动起来啦！

齐冀生宣布：全体放假，准备行囊，择日出发。

小福回到家，免不了要说说西征的事。没想到这事，就像一块石头，压在了赵保真、刘氏的心坎上。

"小福啊，日本鬼子说杀人就杀人，说吃心肝就吃心肝。这大棚满地皮地乱窜，要是撞上了日本鬼子，你有个三长两短的，娘可就没法活了。"

"娘，俺在日本待了三年，他们为人都很和气的。"

"那是日本。在这儿，他们就是魔鬼。"

"娘，江山易改，本性难移。这人啊，咋能换个地方就变了呢？"

刘氏说不过小福，干脆什么也不说，只是不吃不喝，日夜守候着小福，弄得小福既难过，又无奈。

赵保真坐在炕沿上，只管吧嗒吧嗒地抽烟。

赵凤瑞就不那么好缠了。他听说小福要西征，忍不住发起火来："莫先生常说：'商女不知亡国恨，隔江犹唱后庭花。'你就是不知亡国恨。此刻的中国，已经狼烟遍地，饿殍满野。你不思保家报国，还有心思去西征？就不怕一颗炮弹落下来，有去无回了吗？"

这话说得有些重了，一下子冲了刘氏肺管，这个不懂事的小耗子，竟然敢诅咒小福。刘氏抄起一把笤帚，抬手向赵凤瑞扔去，赵凤瑞吓得一抱头，笤帚落在了脚边。

"有你这样的哥哥吗？当面咒自个儿的弟弟！"

赵凤瑞意识到有点过，就放缓了口气说："小福，你不要去卖艺，参加到革命队伍里来吧，这边太需要人手。对啦，大棚有四五十人吧？你做做工作，把他们都带过来吧！"

小福沉默了片刻，内心激烈地斗争着，亲情、理想、艺术和革命，这些都沉甸甸的。唉——小福叹了一声，还是选择了理想和艺术。因为艺术已经融入他的生命。小福说："二哥，俺还是那句话，俺只做个艺人，不参与任何的斗争。对不起，二哥，俺不能跟你走。"

小福语气非常坚定，赵凤瑞知道劝说无望，也就不再说什么了。

赵保真依然坐在那儿，只是吧嗒吧嗒抽烟。刘氏也坐在炕沿上，默默地生着闷气。小福想，该怎么劝说爹娘呢？

小福百般无奈之际，一个意外的声音，一个令人惊喜的声音，突然在他的耳畔响起："小酱——"

小福正在院里练功，听到这熟悉的呼唤，他一下呆在了那儿。

花子？是花子吗？！

小福以为是幻觉，就晃了晃脑袋，慢慢转向大门口。

那个娇俏的女孩儿，那个魂牵梦萦的人，花子，分明站在那儿。唯一有所改变的，是花子的装束——黑色的长裤，白底蓝花的小褂，肩上背着蓝皮包袱，两根大辫子垂在胸前，脚穿一双黑色圆口布鞋。花子身边，站着一个高个儿男人，也是一身农民打扮。如果不是熟悉花子，谁能看出她是日本人？

花子怎么来到了中国？怎么站在了自己面前？

小福恍恍惚惚地看着花子。

花子早已是眼含泪水，却又欢快地呼唤道："小酱，是俺，俺来啦！"

"花子？花子！"小福终于回过神，大叫一声奔了过去。

"小酱！"花子也扑了过来。

一对恋人紧紧地拥抱在一起。

小福哑着嗓音问："花子，真的是你吗？你咋来了呢？"

花子哽咽着说："是真的，小酱。你走了，俺生了一场大病。病好了，俺就开始绝食了。爸爸看俺痴心，又怕俺丧命，就答应俺来了。你看，俺不是站在你的面前吗？"

花子的这番话，深深感动了小福。原来，花子用情至深，差点送了命。小福抱紧了花子，恨不得把她揉进身体里。

"花子，俺的花子，你受苦了。"

"俺好着呢。"花子从小福怀里钻出来，张着胳膊在原地转了一圈，眼含泪水看着小福，"小酱，你看俺，像不像中国人？"

"像，太像啦！"

花子美滋滋地笑了，她指着门口的男人说："这是山根君，是爸爸的干儿子，特意护送俺来的。"

小福冲山根点点头。

山根也点了点头，嘴角微微扯出一点笑意，显得既生硬又古板，笑容一瞬间就消失了。

花子的到来，犹如一枚炸弹，赵家一下全晕了。

关于花子、日本和小福的婚姻，原本是一个遥远的未知的事。而今，真真切切来到了眼前，赵家真就手足无措了。

比如，小福把花子介绍给刘氏，刘氏真就吓得一哆嗦，差点没把孙子掉在地上。她愣怔地站了半天，忽然转过身，拐着一双小脚，佝偻着腰身进了屋，啪地关上了房门。

比如，赵保真躺在炕头睡觉，被刘氏用力摇醒了，一睁眼竟看到一张灰白的脸，吓得忽的一下坐起来。

刘氏张了张嘴，半天冒出一句话："日本人来啦！"

"啊?!"赵保真一惊，一骨碌爬起来，立马跳到地上，抢过刘氏怀里的孩子，呼喝着刘氏说，"快跑啊，愣着干啥？"

刘氏指着外面说："就在外面呢。"

赵保真血往上涌，急切地说："就是拼了命，俺也得护好孙子，这可是赵家的血脉。"

刘氏说："不是日本人。"

赵保真更晕了："啥？不是日本人？"

刘氏语无伦次："是日本女人，是小福的媳妇。"

赵保真又愣了，他疑惑地看着刘氏。猛然，他把孙子推给刘氏，上炕爬到窗洞前，看到了小福和花子手拉手地站在一起。

赵保真瘫在炕上，捶胸顿足地说："作孽呀，作孽！这可咋办啊？"

刘氏也抹起了眼泪。

小福带花子、山根进屋，只见赵保真绷着脸坐在炕上，刘氏抱着孙子靠墙而立，免不了都有些紧张。紧张归紧张，话总还得说，小福小心翼翼地说："爹、娘，这是花子。"

花子踩着小碎步来到他们面前，鞠躬行礼道："爸爸好，妈妈好。"

赵保真急忙下炕。

刘氏有些慌乱，只是一个劲儿地说："别别别，坐，坐坐。"

赵保真穿上鞋，看了一眼山根，转身向外走去，还边走边说："俺去弄点吃食，俺去弄点吃食。"

面对这样的窘境，他不知如何处理，只好去找莫子镇。

屋子里依然尴尬着，如果这种局面持续下去，会让花子很不舒服。到底该怎么办呢？这时，狗剩儿伸出了小手，使劲儿够着花子。小福一看就乐啦，他伸手接过狗剩儿，转身递给了花子："来，你抱抱他。"

花子顺手接过狗剩儿。

哄小孩，花子也算有点路数。蒲田收养的孤儿，总是大的哄小的，一个带着一个，慢慢就积累了经验。花子接过狗剩儿，一边晃悠着，一边嬉笑着，一下子把狗剩儿哄高兴了。狗剩儿把右手食指伸进嘴里，黑溜溜的眼珠盯着花子，嘴角还挂着笑容。

"真可爱。"花子由衷地说。

狗剩儿笑了笑。

"狗剩儿，会儿歌吗？"花子轻声地问。

"啥是儿歌呀？"狗剩儿稚声稚气地反问。

"就是，嗯，俺说一个吧。"花子一时说不明白，就想举一个例子。

"好。"狗剩儿说。

花子瞅着狗剩儿，像唱歌一样念道：

晚霞中的红蜻蜓呀/请你告诉我/童年时候遇到你/那是哪一天//拿起小篮来到山上/桑树绿如荫/采到桑果放进小篮/难道是梦影//晚霞中的红蜻蜓呀/你在哪里哟/停歇在那竹竿尖上/是那红蜻蜓呀……

花子念完一首，狗剩儿拍着手说："真好听。"

花子笑了笑，又冲狗剩儿说："狗剩儿，你说一个吧。"

"嗯。"狗剩儿点一下头，顺口说起了吴桥的歌谣：

你拍一，俺拍一/小朋友们要把戏//你拍二，俺拍二/噼噼啪啪玩花棍儿//你拍三，俺拍三/咱们大家钻刀圈//你拍四，俺拍四/顶完坛子转碟子//你拍五，俺拍五/合伙演个狮子舞//你拍六，俺拍六/跟头打了一大溜//你拍七，俺拍七/走完钢丝蹬桌椅//你拍八，俺拍八/演完滚杯耍马叉//你拍九，俺拍九/耍了小猴训巴狗//你拍十，俺拍十/关公劈刀马奔驰//你也拍，俺也拍/演杂耍的多起来……

　　狗剩儿说完，花子就夸他棒。

　　花子的一举一动，都被刘氏看在眼里，刘氏一下子被感染了。女人的心总是那么柔软，柔软得像天上的云朵。现在，刘氏就被花子的母性所感染——花子就像一个温和柔情的母亲，正满怀慈爱地哄抱着孩子，谁对此能无动于衷呢？

　　刘氏想，花子这么喜爱孩子，一定和其他日本人不一样。

　　小福说："花子最喜欢孩子啦，好几个弟弟妹妹，都是花子哄大的呢。"

　　听了小福的介绍，看着花子哄孩子，看着她柔柔的目光，刘氏的心彻底融化了：女人和男人不一样，日本人也不该例外吧？女人总是要当母亲的呀！

　　这个典型的农村妇女，心地纯朴得像一块玉。

　　刘氏的心舒展开来，就像一个普通的母亲初次见到儿媳，她的行为自然起来，她开始安排花子、山根的食宿。

　　刘氏和赵凤池的被子相互对调了一下，月娥又向邻居借了两床被子，男女就分东西而居了。

　　至于吃食，是最伤脑筋的事。家里本就拮据，喝粥还供不上嘴呢，这又添了两口人，刘氏自然愁上心头。

　　刘氏挖挲着手琢磨半天，也只能做几碗宫面，来招待刚上门的儿媳，这毕竟是河北的传统面食。

　　赵凤池从地里回来，听说小福媳妇来了，也没敢和花子照面，就和月娥在西屋对付一口。刘氏把宫面端进东屋，让小福陪着花子、山根吃饭。

　　"娘，一起吃吧。"

　　"你们吃，你们吃，俺还有活儿呢。"

　　刘氏说着，又去了灶房。花子看了看小福，又瞅了瞅宫面，转身追到了灶房，冲刘氏一鞠躬说："妈妈，请和花子一起用饭。"

刘氏被搀到饭桌上，花子把碗筷递给刘氏，自己才拿起了碗筷。一口官面放进嘴里，花子便开心地说："妈妈，这叫啥？真好吃。"

刘氏笑眯眯地说："这是官面，也叫贡面，是河北的传统美食。"

饭后，赵保真、赵凤瑞回来了，莫子镇也来了。

莫子镇听说花子来了，感觉问题十分严重。在反日热潮高涨之时，小福的日本媳妇登门了，这个消息若是传出去，还不被老百姓掐死啊！再说了，那个山根是干什么的，谁能说得清楚呢？

莫子镇匆匆赶到赵家，只见刘氏跟花子聊得正欢，小福和山根坐在一旁，不时点头或者微笑。

小福起身和莫子镇打招呼，花子起身给莫子镇行鞠躬礼，赵保真却瞪了刘氏一眼，让刘氏带花子、山根去了西屋。

赵保真坐在炕沿抽烟，莫子镇坐在小福身边。赵凤瑞坐在破凳子上，面对着小福说起了花子。

"小福，你咋打算的？"

"俺先结婚，再带花子去九叔的大棚。"

"你真要结婚？"赵凤瑞忍着火气说，"小福，这段日子，你也应该瞅明白了，日本人就是俺们的死对头。"

"二哥，花子和其他日本人不一样。她善良、温柔、通情达理，会成为赵家的好媳妇。"

"不管咋说，她也是日本人，绝对不能进这个家门！"

"俺也没想让她进门。等俺和九叔的合约满了，就跟她去日本过日子。"

"你……"

赵凤瑞刚要冲小福发火，就被莫子镇制止了。然后，莫子镇温和地问道："小福，你真想好啦？现在，国人对日本人的仇恨，已经达到前所未有的地步。你带个日本女人在身边，会给自己带来多少麻烦？还有，人家大棚会接纳你们吗？"

"大棚不接纳，俺就跟花子去日本。要是接纳，就让大家瞒着她的身份，一年很快会混过去。"

"可是，你想过吗？战争的硝烟四起，国土在沦陷。你随棚演出，到处都能看到日本鬼子欺辱同胞，你该怎么对待这样的事情？"

"这有啥关系？杀人的又不是花子。"

"但是，面对国家的利益，她一定选择日本，而不是你的国家。这你又该如何面对？"莫子镇提高了嗓音，表情也严肃起来，"这样的事情，已经被验证过啦，也给我们带来了毁灭性的灾难。小福，我不想让你再一次去验证！"

"不会的！莫先生，花子不是那样的人。"

"真的？"

"真的，花子本性善良，重感情，不然她也不会来中国。莫先生，你们别再劝俺了，俺非花子不娶！"

小福说完，站起身就走。

莫子镇无奈地摇头。

赵凤瑞握紧了拳头，冲着莫子镇问道："莫先生，咋办？不行，俺就杀了那个女人。"

莫子镇忙摆手："不可莽撞。"

"那也不能让他跳火坑啊！他要娶了这个日本女人，那就是和同胞作对，就是背叛。"

"凤瑞，不可一概而论。"莫子镇微微眯起眼睛，回忆和小福的对话，觉得小福是不会放弃这门婚姻的。现在，唯一能做的，就是避免造成负面影响。于是，莫子镇说："赵叔、凤瑞，从目前来看，他们感情很深，也不可能分开。我想，任何事情都有两个方面，倘若他们真心相爱，花子又温柔善良，贤惠通理，这门婚事也未尝不可。"

"不行！"赵凤瑞坚决反对，"俺不同意他娶日本女人。"

"人性之善恶，与国度无关。爱情无国界。两个志同道合的人，若是能真心相爱，相伴终生，我们怎能做恶人呢？我想……"

"莫先生，你支持这门婚事？"赵凤瑞疑惑地问。

"我想，事已至此，反对也是没用的。"莫子镇点点头，又接着说道，"你看小福的态度，那是很坚定的。如果花子果真善良，那就再好不过了。"

"小福眼光好，花子心善着呢。"刘氏推门进来，接过话说，"你看她哄孩子时的那股子劲儿，她就是一个善良的闺女。"

"你知道个啥？别乱说话！"赵保真呵斥道。

"俺咋不知道？你看她多疼狗剩儿，多懂礼数，又不挑吃不挑住的，还帮俺刷碗扫地呢。"刘氏越说越兴奋，脸上挂满了笑意，"像这样随和的闺女，你就是打着灯笼也找不着。"

赵保真吧嗒吧嗒抽烟，没再理会刘氏的话茬。

"赵婶说的是。"莫子镇微笑着说，"我看，就别僵持了。为了一桩婚事，何必弄得父子不和、兄弟反目呢？该完婚就完婚吧。只是要隐瞒花子的身份，别让花子和亲友见面，也不要随大棚西征，直接去日本生活，也就省去了不必要的麻烦。"

赵凤瑞张了张嘴，又觉得没理由反对，便不再说什么。

赵保真无奈地叹了一声。

面对这个贫寒的家，莫子镇掏出几块大洋，随手放在了炕上："赵叔，结婚是人生大事，马虎不得，就用这点钱买点什么吧。"

"这可不中，这可不中……"赵保真连连推辞。

莫子镇按住赵保真的手，嘱咐他选一个吉日，把他们的婚事办了。赵保真也不再推辞，他捏着手指盘算一下，确定在当月十六日完婚。

4

小福根据莫子镇的嘱咐，准备和齐冀生解除合约。

莫子镇和赵凤瑞走后，赵家就忙活开啦。穷人家的喜事好办，赵保真嘱咐赵凤池，让他带着小福去县城，扯回了一些布匹，给小福、花子做礼服，还有花子的红盖头。赵保真张罗磨米磨面，准备喜宴。花子待在西屋看孩子，很少出来走动，这也是莫子镇的意思。

山根呢，没事就出去转悠转悠。他本就一身农民打扮，又是不爱说话的陌生人，很难引起人们的关注。即便是出于好奇，大家也只是多看几眼而已。开始，山根还能在开饭当口赶回来，后来就早出晚归，不知在忙活什么。对此，花子没什么表示，赵家人也就随他去了。

离结婚还有三天，赵凤瑞和莫子镇赶了回来，而且表情非常严肃。

当时，花子在西屋看孩子，刘氏和月娥在东屋做针线，赵保真坐在凳子上抽旱烟。

"爹，小福呢？"赵凤瑞问。

"和你大哥在磨坊忙着呢。"赵保真瞅了瞅莫子镇，"莫先生，你咋这么早就来了呢？"

莫子镇看看赵凤瑞，压低了嗓音说："姜庄和梁庄，都发生了暗杀事件，两位重要的同志被害了，我们来摸一摸情况。"

"杀人啦？谁干的？"赵保真噌地站起来，刘氏吓得手一抖，针一下扎了手指，便把手指放进嘴里吮着。

"还没有结论。不过，凶手用的是无声手枪。从这一点来判断，应该是有组织、有目的的刺杀行动。"

"为啥啊？"赵保真又追问。

"我判断，他们的目的是要破坏吴桥的共产党地下组织。"

"这些魔鬼！"赵凤瑞一拳砸在炕沿上，"狗日的，专门干些丧尽天良的魔鬼勾当！"

莫子镇点了点头，又冲赵保真说："赵叔，你没事就出去转转，多留意附近村屯的动静。凤瑞，你也别回去了，在家要多留意。这个凶手，我们要尽快挖出来。否则，革命还会遭受更大损失。"

赵保真、赵凤瑞点头应承。

莫子镇和赵家人告辞，免不了又是一番叮咛，在这白色恐怖的日子里，同志之间也多了几分牵挂。

根据莫子镇的吩咐，赵保真到姜庄、梁庄暗访，除了村民人心惶惶外，倒也没发现有价值的线索。

翌日，赵保真、赵凤瑞分别去暗访，赵保真一直到繁星满天才回来，却听到莫子镇遭枪击的消息。原来，莫子镇离开了赵家，沿着小道直奔莫家场，在离申庄五里外的荒地，突然遭到不明身份人员暗算。

"莫先生咋样？"

"是啊，莫先生咋样啊？"

赵保真、刘氏和小福纷纷询问莫子镇伤情，那种焦急的心情溢于言表。

"还好。子弹打中了左胸，但没有伤及心肺。这时，正好一辆马车路过，驾车的人大声呼叫，就把枪匪吓跑啦。"周伟也是革命青年，他受莫子镇的委托，特地前来给赵凤瑞送信，"莫先生分析，凶手专门刺杀共产党人，他让凤瑞千万要小心。而且，一定要注意身边的人。"

"不好，俺二哥还没回来呢。"小福一听就着急了，跑到灶房找了一根棍子，转身向村头赶去。

周伟也不放心，紧随小福而去。

赵凤瑞去的是杨校尉庄，地理方位在申庄东。小福和周伟一口气赶到杨校尉庄，整整把庄子转了一个遍，也没见到赵凤瑞的身影，又急急忙忙赶回了申庄，这一来二去就到了晚上八点。

一直不见赵凤瑞的身影，赵保真和刘氏急得团团转。小福和周伟只好又跑出家门，继续去寻找赵凤瑞。赵凤池则留在家里，负责照顾赵保真和刘氏，还有那个日本女孩儿花子。

农历十四的夜晚，月亮高高悬在空中，照得大地银白一片，百米之遥都清晰可见。小福和周伟趁着月色，急匆匆向村西头走去。

在村西头的大路边，有两个人对面站立。周伟拉了一下小福，两个人定睛一看，原来是赵凤瑞和山根。小福抬腿就要往前走，却又被周伟拉住了，他做了一个包抄的手势，两个人从后侧向山根靠近。五步、四步、三步……在即将靠近山根的一瞬，山根突然举起手枪。

小福哪有时间多想，他猛然上前举起棍子，对着山根的脑袋打去。

山根软绵绵地倒在地上。

赵凤瑞也摔倒在地上。

"小福，是你们？"

"二哥，你咋样？"小福急切地问。

"凤瑞，伤到哪啦？"周伟也急切地问。

"肩膀。"赵凤瑞忍着剧痛说。

小福蹲下身去，发现赵凤瑞左肩黑糊糊一片。他赶紧扶起赵凤瑞，要背上他往家走，却被赵凤瑞一把推开："快，看看山根死没死。"

周伟把山根翻转过来，伸手试了试他的鼻息，发现已经没了呼吸，就冲赵凤瑞点了点头。

一块石头落了地，小福这才转过身，冲赵凤瑞疑惑地问："二哥，这是咋回事啊？"

赵凤瑞用右手捂着左肩说："俺从周庄回来，在这儿遇到山根。俺和他打招呼，他却举起了枪对着俺。"

"那，他……"小福惊得张大嘴巴。

周伟撕下山根的衣襟，为赵凤瑞包扎好伤口。

赵凤瑞喘息着说："山根是日本派来的间谍，专门暗杀共产党人，破坏抗日救亡运动。"

小福一下愣了，山根是间谍，是杀人魔鬼，那么花子呢？

"不，不……"小福有点惊慌失措，他在心里默默地念叨，"花子是好人，她不可能是间谍！"

周伟弯下腰，又冲小福说："快，把二哥抬到俺背上。"

小福忙扶起赵凤瑞，要把他抬到周伟背上，却被赵凤瑞拒绝了。小福和周伟只好扶着他，向家的方向走去。

赵保真、刘氏和赵凤池，坐在油灯下焦急地等着，听到门外的脚步声，赵保真赶紧迎上去，却见赵凤瑞被搀进来，就焦急地问："小耗子，你咋啦？"

"进屋再说。"周伟喘息着说。

赵凤瑞捂着伤口坐下来，周伟说明了事情的经过，就要出门去请苏先生，却被赵凤瑞拦住了："周伟，快去控制住花子。"

"花子是好人，她不是间谍！"小福急忙说道。

赵凤瑞没有理睬小福，嘱咐周伟防止花子伤人。小福也不好再说什么，只好跟着赵凤池、周伟去了西屋。

刘氏瞅着赵凤瑞，急得在地上转圈圈。

赵保真去请苏先生，风风火火地走了。赵凤瑞瞅着赵保真的背影，慢慢地闭上了眼睛。刘氏赶紧扑到炕上，叫赵凤瑞不要睡着。

西屋挡着破窗帘，屋子里一片漆黑，只听到微微的喘息声。赵凤池摸黑走进去，轻轻地叫了一声："月娥——"

月娥没有回音。

赵凤池忙摸出了洋火，嚓的一声划着一根。在微弱的光线里，花子站在炕头上，右手握着一把剪刀，刀尖对着怀里的狗剩儿。

原来，花子一直默默观察着，她看赵家人出出进进，猜测出了什么事，就悄悄准备了防身工具。后来，赵凤瑞被挽了回来，却不见了山根的身影，她猜测事情大概败露了，就用锤子打晕了月娥，抱起狗剩儿作为人质。

"花子，别伤害他！"看花子挟持了狗剩儿，小福失声大叫。

"狗剩儿，你别伤了俺的狗剩儿！"慌乱中，第一根洋火燃尽了，赵凤池的手猛然抖了一下，仅剩的一点洋火杆掉在地上。赵凤池赶紧又划着一根洋火，点燃了灯窝里的洋油灯。

微弱的灯光下，月娥头发散乱地躺在炕上，一把锤子放在她的枕边，像是在讲述一个凄惨的故事。剪刀对着狗剩儿的喉咙，狗剩儿睡在开满鲜花的梦里。

"快放下狗剩儿！"周伟的喊声惊醒了狗剩儿，狗剩儿顿时大哭起来。

"小酱——"花子幽怨地看着小福，发出了轻轻的呼唤。

"你、你，你真是日本的间谍？"

"不！"花子矢口否认，剪刀依然对着狗剩儿。

"你不是间谍，就别伤害孩子。"周伟也轻声地说，"你先把孩子放下，咱有话好好说。"

花子低头看了看狗剩儿。

赵凤池伸出手，接着又收了回来，无奈地反复搓着。

小福缓了缓情绪，走到炕沿跟前，对花子伸出手："花子，别伤狗剩儿，他还是个孩子啊！"

花子又抬起头，面带痛苦地说："你们是不是杀了山根？你们杀了山根，也会杀了俺的。"

"不，俺保证不杀你。"小福深情地说，"俺知道你不是坏人，你是善良的女人，俺会和你结婚，然后带你回日本。"

"山根是忍者，可俺不是啊。"花子幽怨地说。

忍者，是日本特有的一种特殊职业。简单地说，就是古代日本受过特殊机构施以特殊"忍术训练"的特战杀手、特战间谍。至于山根，仅仅是刚刚入门的新手，只因花子执意要来中国，便被蒲田派了过来。

现在，忍者山根去了地狱，面对花子幽怨的眼神，小福的心被揪得一阵阵地疼，不由得放缓了口气说："俺知道。花子，快放下孩子。"

"不，他们会杀了俺。"花子的目光，落在赵凤池和周伟脸上。

"他们不会杀你，只要别伤了孩子。"小福继续安慰花子，"把孩子放下，有话慢慢说。"

花子又低头看了看狗剩儿，狗剩儿已经停止了哭泣，正瞪着一对黑眼珠，望着惊魂未定的花子，露出了甜甜的小酒窝。

花子看了看小福，脸上露出迟疑之色。赵凤池趁机跳上炕，想夺下自己的儿子，这一下激怒了花子，她突然扬起了剪刀。就在这千钧一发之际，周伟抬手就是一枪，花子大叫了一声，剪刀掉在了炕上。

赵凤池一把夺过狗剩儿，狗剩儿又大哭起来。

周伟立马跳到炕上，按住了花子的肩膀，拧过花子一只胳膊，又冲小福大叫道："小福，快拿绳子来！"

小福迟疑了一下，还是找来一根麻绳。

一场危机终于过去了，赵凤池把孩子交给周伟，抱起月娥向东屋跑去。周伟看了看小福，嘱咐小福看好花子，抱着狗剩儿也出了门。

苏先生正在处理伤口，看赵凤池抱着月娥进来，赶紧放下医用镊子，伸手摸摸月娥的脉搏，吩咐刘氏舀一碗凉水。

赵凤池把月娥放在炕上，刘氏端来了一碗凉水，按照苏先生的嘱咐，含了一口凉水喷向月娥，月娥慢慢地睁开了眼睛。

处理完赵凤瑞的伤口，苏先生便起身告辞。

小福蹲在花子身边，为花子包扎伤口。

花子说："小酱，俺没有杀人，俺不是坏人。"

小福一句话也不说。

花子又说："小酱，俺爱你，深深地爱着你。就连俺说话，都学你的样子，你还不相信俺吗？"

小福依旧不说话。

花子接着说："俺们回日本吧，一生一世在一起。"

小福在花子的伤口上缠了一圈圈白布，白布上绽放出朵朵梅花，这让小福的心更加迷惘。花子见小福不吱声，便大哭起来。

周伟扶着赵凤瑞走进西屋，赵凤瑞靠墙坐在炕沿上，周伟在他身后垫上一个枕头。

"小福，你下来，俺要审问她。"赵凤瑞语气平和，却又十分坚定。小福感到一种威慑力，只好站起身下了地。

花子眼巴巴地冲小福说："小酱，你别走。"

小福还是不说话，只是默默地站在那儿。

赵凤瑞眼睛迸着火星，一颗颗射向了花子。他就这么盯了一会儿，才突然冲花子问道："你到底是啥身份？来这儿的目的是啥？你们的计划又是啥？"

花子说："俺是杂耍艺人，是来和小酱结婚的。啥计划？俺不知道。"

周伟把手枪拍到炕上，大声地质问道："你们连杀两个人，伤了两个人，你还说不知道？"

花子一下就愣住了，她瞪大眼睛看着周伟，又求证地瞅着小福，小福却转过身去，只给了她一个背影。花子继而冲赵凤瑞说："俺爱小酱。小酱走了，俺生病了，也绝食了，这才迫使爸爸应允，让俺来中国找小酱。"

"你撒谎！"周伟愤愤地说。

"爸爸虽然答应了，却提出一个条件，"花子嘤嘤地哭着说，"他让俺必须带上忍者山根，并掩护他的刺杀计划。"

小福一下转过身来，直直地盯着花子问："你为啥要答应？"

"因为，俺是大日本的臣民，俺必须效忠天皇，效忠大和民族。"

"你效忠天皇，就甘心被人当枪使？"

"爸爸说，中国人不配拥有这片神奇的土地，不配享有吴桥精湛的杂耍艺术。只有杀了这些带头抗日的人，蒲田大棚才能顺利进入中国，大和民族的杂耍才能发扬光大。小酱，未来的蒲田是俺们的……"

"疯子！简直就是疯子！你效忠天皇，你效忠大和民族，那俺呢？俺就不效忠俺的民族啦？俺，俺，俺杀了你……"小福伸手摸过手枪，把黑洞洞的枪口对准花子。

"不要开枪！"周伟见小福举起手枪，立马抓住小福的手腕向上一推，一颗子弹射向了房顶。

花子瘫坐在炕上。

"为什么？为什么？"小福痛苦地喊道，眼泪不住地往下流，"为了俺的亲人，俺也不能让你再杀人啦！"

周伟夺下小福的手枪，轻轻拍拍小福的肩膀，小福使劲儿一耸肩，把脸转向了一边儿。

赵凤瑞摇了摇头，缓和了一下口气，说："小福，花子已经被控制，俺们不能再杀她。俺得把她交给上级，上级会妥善处置的。"

"走，马上把她送走，别让俺再见到她！"小福说着，转身跑了出去。

赵凤瑞看着小福的背影，深深地叹了一口气，指派周伟和大哥赵凤池，押着花子走进夜色。

小福的心也掉进了黑洞里。

第六章　西征

1

发生了山根暗杀事件，小福的心情灰暗起来，常常会感到如芒在背。在这个世界上，哪还有纯粹的爱情？哪还有纯粹的艺术？想想，还是莫子镇先生说得对：在民族大义面前，自己的事都是小事。花子不就是如此吗？这对小福是极大的刺激！

小福决定西征了。离开申庄，离开这个让他伤心的地方。

一九三六年初夏，光技马戏武术团一行四十人，从杨校尉庄出发，浩浩荡荡向南去吴桥，又从吴桥向西直奔桑园。

河北省的夏天，像是艺人编织的绒毯，舒展在色彩斑斓的旷野上，那是青的靛青，绿的碧绿，黄的金黄，实在是百看不厌。

两驾马车走在前，拉着大棚组合件、行李和道具，齐冀生的妻子、两岁的儿子，“大饼子脸”和女演员坐车，其余人员全部起旱。走热了，他们就脱下衣服搭在肩上，继续向前赶路。

傍晚时分，一行人来到了山东德州。

德州，是河北与山东交界处，离吴桥不过五六十里。从前，齐冀生去济南或徐州撂地儿，曾经在这儿逗留过。德州虽属山东，但因离吴桥很近，经常有杂耍班子来，也就没什么新鲜感了。

齐冀生不想在德州停留，意欲率团直抵石家庄。

这计划遭到众伙计的反对，大家认为此次西征今非昔比，既然到了德州，就应该立棚先尝试一下，或许来个开门红呢。齐冀生不想和伙计争执，特别是外掌柜江海河，于是决定立棚演上两天。再说了，这天时地利与人和，至少占有天时与人和，人心所向的事，怎么能违背呢？

一座圆顶白色大棚立于闹市，棚上插一面猎猎生风的旗子，旗子上写着醒目的白字：光技马戏武术团。

此刻，马戏团正在表演《爬刀山》。

《爬刀山》是个大型节目，也是个令人揪心的节目。高高的刀山竖起来，高度远超过大棚，在棚内无法看表演，观众只能来到棚外，站在空场上去观赏。

空场上人山人海，观众都屏住呼吸，紧张地注视着刀山。

小福——不，现在应该叫麻子红了。他站在刀山下，仰望直刺天穹的刀山，双手紧紧地握成拳头，又紧紧地抿着嘴唇，这给卖口的唐春希带来了十分紧张的情绪。

这是麻子红学艺以来，第一次参演《爬刀山》，而《爬刀山》这个节目，是光技大棚立足江湖的关键。

麻子红深知这次演出的重要，努力放松自己的情绪，把目光转向场外的观众，观众鸦雀无声地站在那儿，静等着他们的拿手好戏。

麻子红深吸了一口气，目光再次转回到刀山上。高高矗立的刀山，确实如狼虫虎豹一样，只要表演者一不留神，就一定是万劫不复。

刀山主体是一根大杆，也有人管它叫老杆。老杆高约五丈，由四五根木杆捆绑而成。距杆顶一丈左右，绑一根丈余的横杆，横杆与老杆呈"十"字形。横杆右半部拴着三个三角吊，横杆尖部拴着一个柳条笸斗，笸斗里放着一挂鞭炮。在第一、二个三角吊中间，拴两根绳子，称为大立绳。在横杆的左半部，拴着第三个三角吊，三角吊旁有一个滑轮，一条大绳从滑轮中穿过。在横杆的两端，各拴好两条流绳①。老杆和横杆的捆绑处，两根扁担担在横杆上，一头夹住大杆，另一头呈"八"字形，用绳子牢牢捆住。一张八仙桌腿朝上，平放在扁担上，用绳子捆住。紧靠大杆的桌子上，竖起一个地圈。横杆与大杆尖部中间，绑着一把罗圈椅，罗圈椅

---

① 流绳：杂技专有名词，意为绳子，类似电线杆的斜拉线。

与桌子中间，拴着两条供人攀缘的小立绳。

要牢牢把大杆竖起来，就得在四角埋好坠子①，坠子上的流绳拉住老杆，老杆就会高高地竖起来，再通过滑轮上的绳子，把十二把大刀拉上去，把把大刀都刀刃朝上，像软梯一样悬了起来。

这是二十世纪三十年代中国第一个马戏大棚的刀山。

麻子红是《爬刀山》的配角，真正"爬刀山"的是师父齐冀生。在光技马戏武术团里，能够"爬刀山"的只有齐冀生。齐冀生八岁学艺，跟着本家哥哥齐冀欣闯荡江湖，学得一身真功夫，他的跟头、旋子、大顶、地圈、刀门子，样样都会博得头彩。但是，最拿手的绝活还是"爬刀山"。

齐冀生在表演《爬刀山》之前，金大力和麻子红先行表演，这些表演是节目的组成部分。

金大力沿大立绳攀缘而上，攀到大立绳的中间，他把双腿摽在绳子上，双手平伸出去，身子往后一仰，来了一个"闪托"②。接着，护托拉开一条大立绳，金大力双腿摽住另一条大立绳，头朝下转了一圈，老杆下的唐春希卖口道："这叫'探海'。"

观众们热烈鼓掌。

金大力继续攀缘，一直攀到了横杆，坐在第一个三角吊上。坐稳后，又抓过第二个三角吊，仰面躺在上面。躺好了，将三角吊朝一个方向旋转，吊子上的绳子拧成了麻花。拧到一定的程度，金大力双手一撒，人随着被拧成麻花的绳子反转起来，转到最快的时候，放开仰枕的三角吊，来了一个"大闪托"。

又是一阵热烈的掌声。

这时，唐春希又敲响了锣，让金大力下来休息，吆喝麻子红出场。

麻子红在刀山下站定，深呼吸稳了稳情绪，拉着大绳噌噌上攀，转眼就坐在第三个三角吊上。第三个三角吊的右边，就是横杆尖部吊着的笆

---

① 坠子：在竖立大杆时，在四个方位各挖一个一米深的坑，以便把流绳套住的短横木埋在坑里，起到固定作用。这短横木，即为坠子。

② 闪托：指演员在演出中，出其不意地给观众造成一个"失误"的假象。

斗。他将身子探出去，俯身去够吊着的笆斗，身体却突然顺着绳子一沉，观众们立刻发出了惊呼声。

麻子红稳住身子，冲观众们招了招手，喧哗的观众静下来。麻子红再次探身去够笆斗，佯装上笆斗里找吃食。他把头探进笆斗的一瞬，用香点燃笆斗里的鞭炮，鞭炮噼里啪啦一响，麻子红吓得一失神，又来了一个"大闪托"。

唐春希卖口道："麻子红捅了马蜂窝。"

观众们哄堂大笑。

麻子红又表演挂脖子，这是惊险的高空动作。麻子红从三角吊上滑下，用后脖颈卡住三角吊的横杆，同时撒开双手，人就吊在了半空中，犹如倒挂的蜻蜓荡来荡去，惊得观众目瞪口呆，半晌才叫起好来。

"好——"

"麻子红，再来一个！"

"麻子红，来一个！麻子红，来一个……"

掌声、叫好声、口哨声，把气氛烘托起来，麻子红完全放松了，他只想把精彩呈现出来，献给热心的观众们。于是，麻子红用力向上纵身，稳稳地坐在三角吊上，腰身担在横杆上，仰面躺在第二个三角吊上。找好平衡又撒开双手，一瞬间收腹下滑，麻子红大头朝下，膝关节卡住三角吊横杆，观众的心一下被提溜起来，都替麻子红捏了一把汗。趁观众惊愕未定之际，麻子红身体猛然下滑，眨眼之间就把身体悬在半空，只有踝关节卡住三角吊横杆。

唐春希喊着："这叫'横担两闪托'。"

麻子红大头朝下冲观众抱了抱拳，心情紧张到极点的观众，这才略微放松了心情，长长地出了一口气。麻子红从立绳上滑下来，站在唐春希身边，两个人一齐向观众抱拳施礼。

一阵热烈的掌声响起来。

辅助表演结束，该齐冀生"爬刀山"啦。

《爬刀山》是压台节目，在棚内无法表演，只好等其他节目演完，观众统统来到棚外，站在空场上观看。《爬刀山》是玩心跳的，自始至终险象环生，表演者稍有不慎，后果将不堪设想，没有真功夫的人，谁敢爬上锋利的刀刃？谁敢赤脚踩在刀刃上？

敢于表演《爬刀山》的人，自古以来少之又少。为此，观众愿一睹风采，也愿为此留到最后。

只见齐冀生光膀子打赤脚，边表演边踩着刀刃往上爬，当爬到中间的时候，唐春希又开始卖口，让齐冀生露一手真功夫，齐冀生把裤衩往下拽了拽，又啪啪地拍了拍肚子，一下趴在了一把大刀上，平衡了身体就撒开双手，做了一个漂亮的"鸭子凫水"。

唐春希卖口道："这叫'旱鸭凫水'。"

观众报以热烈的掌声。

齐冀生继续向上攀缘，离开最后一把大刀，爬到四腿朝天的桌子上，要从地圈中钻过去。不到一平方米的桌子，要完成钻地圈的表演，危险性可想而知。演员稍有不慎，就会从四丈多高的空中摔下来。所以，钻地圈又称"过鬼门关"。

齐冀生过了"鬼门关"。

唐春希又吆喝道："过了'鬼门关'，就快过'南天门'啦。"

南天门，指的是两根扁担的最尖处。

齐冀生踩着扁担，一步步慢慢往前走，渐渐到了扁担顶尖。他站住脚酝酿了片刻，又向前迈出了脚步，却一下子跌落下来，观众们惊愕地张着嘴。齐冀生坐在扁担间的绳子上，双手抓住小立绳，又迅速爬到罗圈椅上。原来，齐冀生又来了一个"幌托"，惊得人们出了一身冷汗。

齐冀生站在罗圈椅上充当"底座"，麻子红顺着小立绳攀缘上去，站在罗圈椅上等待，与齐冀生共同表演"头顶子"。

麻子红刚刚站上去，一阵大风吹过来，他一个趔趄跌下去。齐冀生赶紧伸手去抓，却已经来不及了。

观众惊得大呼小叫，甚至闭上了眼睛。

护托的傅远山站在下面，密切注视着齐冀生和麻子红，他忽见麻子红跌落下来，便不慌不忙地做着接人准备，在麻子红将要落地的一瞬间，傅远山用肩膀一扛，麻子红借势翻了两个空翻，便轻飘飘地落了下来。

又是一个幌托？观众又是起哄、又是掌声、又是欢叫，一时间人声鼎沸。

麻子红安然无恙。

齐冀生出了一身冷汗，看麻子红没摔着，就长出一口气喊道："麻子红，快上来。"

观众沉寂了下来，顿时心生怜悯，都纷纷劝说着：

"别耍啦，今儿风大。"

"够爷们儿，俺们给钱。"

"不行。"齐冀生大声喊道，"俺齐冀生自幼学艺，闯荡江湖几十年，没耍过砸锅的把戏。今天，这活儿失了托，从此就不耍了，那不是正儿八经的艺人。谢谢老少爷们儿捧场，大伙儿的心意俺领啦。"

齐冀生向观众抱拳施礼。

麻子红从惊愕中回过神，几步来到大立绳下，快速攀缘上去，转眼就站到了罗圈椅上。

人们屏住了呼吸，恐怕惊吓到刀山上的人。

齐冀生把麻子红顶到肩上，两个人头对头地顶好，麻子红慢慢倒立，然后又撒开了双手。

"成功啦，成功啦……"人们喊着、叫着、笑着，人群又一次沸腾啦。

麻子红做完规定动作，顺利返回了地面。

齐冀生继续向上攀缘，最终抓住了大杆顶尖。

现在，齐冀生离地面六丈，大杆在微微地摆动，他也随大杆摆动着。

大杆的顶尖上，齐冀生表演"顺风扯旗"，只见他两手握住大杆，身体向一侧撑开，仿佛在高高的旗杆上，挑起一面微微摆动的旗帜。

接着，又表演了"老鳖大晒盖"。齐冀生趴在大杆尖上，伸出胳膊腿，像一个老鳖晒太阳，还一边晒一边转圈儿。

观众又报以热烈的掌声。

在没有保险绳的情况下，齐冀生完成了高难度的表演，为马戏团赢得了观众的盛赞。

齐冀生从顶尖滑到罗圈椅上，又从罗圈椅滑到八仙桌上，再抓住大立绳撂住双腿，张开双臂头朝下滑落地面，以"燕子投井"漂亮地收场。

观众们一边啧啧称赞，一边热烈地鼓掌。

齐冀生从唐春希手中接过铜锣，边敲边开始了收场卖口："谢谢老少爷们儿的捧场。"他拉着尾音，又深深地鞠躬。

一阵紧密的铜锣声后，齐冀生接着卖口道："请请请，散散散，今天的刀山已爬完；请请请，散散散，明天这会儿还表演。"

话音一落，他哐啷一声把铜锣扔在地上，准备卸装休息，观众却噼里啪啦扔铜子儿，这让他感到意外。

齐冀生把铜锣丢在地上，本意并非向观众索钱，人家毕竟买了门票啊！他只是以棚主的身份亮相，一则是向观众致谢；二则是通知大家明儿还演。可是，他把铜锣往地上一扔，观众纷纷向场内丢钱，这也许是对《爬刀山》的认可吧。

伙计们拾起钱来，十个铜子儿一吊，十吊一块大洋，齐冀旺一数，竟收入二十块大洋。

这是意外惊喜呀，光技大棚第一站演出，赢得了观众的认可，这让麻子红心潮澎湃，毕竟这是他从艺以来，在国内的首次棚演。

跟随大棚演出，算不算撂地儿的终结？其实这是无所谓的，毕竟条件的改善，才是最重要的，麻子红看到了光技的希望。

希望，必将擦掉痛苦的记忆。

德州的棚演，是光技大棚西征第一场演出，棚内节目果然叫座。麻子红的表演，金大力的表演，都赢得观众一次次叫好。特别是麻子红"失托"，反倒"因祸得福"，让光技大棚西征第一站，就来了一个开门红，麻子红也因此名声大噪。齐冀生、麻子红和金大力的表演，成了人们津津乐道的事。

在德州的演出为西征奠定了经济基础。来到石家庄后，齐冀生为演员们做了府绸面料的演出服，这在杂耍业内开了先河。

一九三六年春节前，光技大棚来到了山西太原。从河北到山西，是从平原来到了山区，狂卷的风沙，清苦的生活，会给这一群过客带来什么？麻子红不得而知，齐冀生也不得而知。

但这些对齐冀生都不重要。

重要的是，齐冀生正在编织一个梦，一个既温馨又祥和的梦——他合计着怎样过春节，怎样与伙计们分享蛋糕。一个祥和的春节，对远离家乡的流浪者，那是一种温馨和慰藉。从吴桥出来四月有余，伙计们的激情依然不减，齐冀生心中很是宽慰。齐冀生是个开明的棚主，他要好好犒劳犒劳伙计们，也想借这个喜庆的日子，同伙计们一起商量商量大事。

江海河拜过各路权贵，借下了一大块地儿。男演员们齐心协力，很快就把大棚立起来啦。棚内事务自然有人打理，江海河遵从齐冀生的嘱托，到集市采购春节物资。集市上，有艺人写春联、剪窗花、扎灯笼，有商贾卖长治的党参酒、清徐的葡萄酒、平遥的牛肉、太谷的砂子面、晋祠的大米等山西名产，还有熙熙攘攘逛集市的人们。江海河跟着当地人，他这儿瞅瞅那儿看看，对商品的价格和品质有了谱，采购自然就十分顺利。

除夕，一些女演员前来帮厨，"大饼子脸"精心设计，桌上是赤橙黄绿青蓝紫，荤素搭配，色彩搭配，色香味俱全。不到下午两点，江海河带了两个小伙子，放了好一阵鞭炮，年夜饭就开始啦。

齐冀生把盏敬酒："各位兄弟，光技大棚西征数月，大家奔波劳顿，没睡上一个囫囵觉，没吃上一顿可口的饭食，冀生实在是愧对大家。今天，大年三十这顿饭，大家要吃得高兴，要喝得痛快。大家抛家舍业，背井离乡，随光技大棚西征，春节不能和家人团圆，俺这心里实在不是滋味。过去，冀生有对不住大家的，也都别搁在心里，日久天长结成疙瘩，那就不好啦。今儿个，借着这除夕的酒，就把它解了吧。俺作为一棚之主，既要关心大棚生意，也要关心伙计吃饭穿衣。冀生愚钝，有照顾不周之处，恳请大家原谅。今后，俺们日子还长，为大棚生计，为大家过上好日子，还望大家与俺同舟共济。来，共同干了这一杯，俺给大家拜年啦！"

齐冀生双手捧杯，冲大家鞠躬施礼，然后一饮而尽。

"九哥实在是客气啦。"江海河激动得声音发颤，"俺们都是江湖艺人，常年在外闯荡，苦日子过惯了。自从跟上九哥西征，棚是一流的棚，日子是上等的日子。九哥知情达理、菩萨心肠，俺这些做伙计的，还有啥挑剔的？今后，俺们都要以棚为家，和九哥共图大棚生计。"

"江掌柜说得对。"说话的人是闻一文。

闻一文是大棚的"门把"。所谓"门把"，就是把门收票的。别看他没有啥功夫，可主事能力强，什么事让他一张罗，就没有不成的。他常和江海河办理外交事宜，管理大棚既精心又在行。除了几位长辈，他的年纪最大，被称为伙计头儿。

"今后，大家要多想着大棚生计。"闻一文接着说，"九叔押上了全部家业，才置起这座大棚，实在是不易呀。九叔平素对俺们不薄，不管看在啥分上，俺们都要和九叔齐心协力。棚里小辈儿属俺最大，俺要当好大哥，替九叔多多分忧。"

闻一文的话音刚落，齐冀生像有所感悟，急忙接上话茬说："一文啊，九叔看你们兄弟关系不错。你当大哥，兄弟们都能服你。俺想，你们排排顺序，磕头盟誓，拜个把兄弟吧！"

拜把子，又称结义、换帖，雅称义结金兰。这是朋友结为兄弟姐妹的一种形式，源于三国时代的桃园三结义，即刘备、关羽、张飞三人结为生死兄弟的故事，一直被后人推崇并纷纷效仿。结义的都是志趣、性格相近又互相投缘的人，通过一定的形式，结为兄弟姐妹的关系，生活上互相关心、支持、帮助，遇事互相照应。久而久之，就演变成了具有人文色彩的礼仪习俗，逐渐定格为一种社会关系，贯穿着儒家"义"的思想。

此时，齐冀生可是出了个好主意。

齐冀生是大棚的棚主，他不能不把大家的命运和大棚的命运连在一起。这一群后生，都是大棚的主力军，自己虽然苦心经营，也难料哪个插翅而去。没了人手，大棚还如何经营？

齐冀生闯过江湖，结拜过兄弟，他知道艺人以义气为重，拜了把子，虽说是异姓兄弟，感情却胜似亲兄弟。有了八拜之交，一来好相互照应；二来也不容易被拆散。在光技大棚里，只要把这几个台柱子绑在一起，离散的可能性就小了许多。

齐冀生的建议，立即把气氛撩了起来。

伙计们七嘴八舌的，相互报了生辰八字，大小顺序很快排定了，闻一文当众宣布："老大闻一文，老二易一方，老三金大力，老四唐春希，老五汪清泉，老六麻子红。"

该举行结拜仪式啦，江海河书写了金兰谱，从大到小都按了手印。但是，没有祠堂，也没有关公像，怎么办？那就冲着太阳，摆上香案，再行结拜。江海河让大师父杀了一只公鸡，把鸡血滴在六个酒碗里，每个人又刺破了左手中指，把血滴在酒碗里。一切准备完毕，从大到小依次上香，然后闻一文跪在中间，左右分别跪着老二、老三、老四、老五、老六，大家举起酒碗，齐声说道："念闻一文、易一方、金大力、唐春希、汪清泉、麻子红，虽然异姓，既结为兄弟，则同心协力，光大杂耍技艺，振兴光技大棚；上对得起国家，下不扰黎民；不求同年同月同日生，但求同年同月同日死。皇天后土，实鉴此心。背信弃义者，天人共诛之！"

义兄义弟六个人磕了头，齐冀生心中无限欣喜。他怎么能不高兴呢？老大闻一文是门把，也是伙计头儿，能替自己当一半家。老二易一方是卖票的，负责当家理财，是自己的心腹。老三金大力是自己的亲侄儿，拿手的活儿就是演底座，是棚里地面的主要演员。老四唐春希是自己的徒弟，拿手的活儿是走钢丝，是棚内空中的主要演员。老五汪清泉能舞文弄墨，是光技大棚唯一的"笔杆子"。老六麻子红是棚中尖子演员，其作用自不必说。这六个人，有文有武，有管事的，有做活的，他们绑在一起，还愁大棚不红火？

拜把子增添了几分节日气氛，齐冀生瞅了瞅众人，便从座位上站起来，想趁着大家都开心，把合计了很久的事，也是很容易砸锅的问题，当着大家的面说一说，也好听听大家的想法。

大家立刻肃静下来。

齐冀生说的是分红问题。从吴桥出来四个多月，先后在两个城市亮了相，收入还称得上比较理想，可各自到底应该挣几股，至今还没个定数，伙计们在心中合计着，齐冀生也在心中合计着。大家背井离乡干什么？还不是为了赚钱养家吗？可是，棚主一直没开口，伙计们也不便张嘴去问，就都把想法藏在心底。现在，齐冀生提出了这个问题，大家怎能不洗耳恭听呢？

"俺为置大棚典当了家业，如今还欠着一屁股债务。但是，这是俺自个儿的事。大棚的所得是大家伙的，分配一定要合情合理，让大家都心悦诚服。"说到这儿，齐冀生稍稍顿了顿，看了看大家的表情，又平和而认真地说，"俺想，大棚的全部收入，除了大家吃穿用度，余下的钱论股进行分红，俺想问问大家伙中不中？大家伙也都琢磨琢磨，看看自个儿咋拿这个股合适。"

股，即股份，出资者为银股，出力者为身股。按常理说，齐冀生既是银股又是身股，因为他置办了大棚，又是主要演员。其他人呢，就要根据其资历、表现，以及对大棚的贡献，可以顶一厘到一分的身股。

光技大棚设定一分为一股。

"九哥，你就给大家伙分吧。你办事公正，大家伙心里明镜似的，谁还能说出个不字？"江海河插嘴说。

"是啊，你就分吧。"众人也附和着说。

齐冀生笑着摆手说："不不不，还是自个儿要吧，免得大家伙面红耳赤的。大家伙说，是不？"

沉默了一会儿，谁都不肯先开口。

"还是俺先要吧。"齐冀生看看大家，也觉得挺为难的，于是，就自己带了个头，"大棚分两股；道具分两股；一匹马一股，三匹马共三股。俺自个儿要一股，俺媳妇要一股半。俺家呢，一共要九股半。"

大家一听这话，顿时都僵住了。棚主一身绝技，才仅仅要了一股，其他人还有什么好说的？

大家都沉默不语，齐冀生笑了笑又说："依俺说，麻子红两股，金大力一股半，俺哥（齐冀旺）一股。大家伙瞅瞅，这样中不中？中的话，就自个儿掂量着要吧。"

按理说，齐冀生应该要两股，可他却只要了一股。金大力是他亲侄儿，也应该给两股，他却只给了一股半。齐冀生置办了大棚、道具、马匹，也都压低了股份。面对这种情况，大家还能说什么呢？于是，大家七嘴八舌的，要一股的、一股半的、八厘的、五厘的不等。

股份的分配，不一会儿就敲定了。

江海河、闻一文、唐春希、傅远山四人，也都只要了一股，却被齐冀生升到了一股半。

按理说，但凡与利益相关的事，就没有高山流水的劲儿，却被齐冀生搞得顺风顺水，像暖阳当头那么温暖亮堂。

这边要着股给着股，"笔杆子"汪清泉记着股，然后照单予以宣布，大家频频微笑着点头，心中好生愉快。

酒桌上，那气氛和谐又热烈，江海河按捺不住欣喜，起身吊了一下嗓子，像模像样地唱起了河北梆子《大登殿》：

金牌调来银牌宣/王相府来了我王氏宝钏/九龙口用目看/天爷爷/原来是平郎丈夫/头戴王帽/身穿蟒袍/腰系玉带/足蹬朝靴/端端正正/正正端端/打坐在金銮……

这《大登殿》是传统剧目，江海河唱的是王宝钏上殿那一段。他原本是个男子汉，却反串了王宝钏，而且是一腔一调、一举手一投足，都惟妙惟肖，惹得大家前仰后合，笑得眼泪直流。

江海河刚刚收了音，掌声再一次响起，都嚷嚷着再来一段。齐冀旺是个爱听书的主儿，亮开嗓子叫唐春希说一段。唐春希大字不识一个，记性却好得很，小时候听了爹讲的评书，记得是滚瓜烂熟。于是，唐春希借着酒劲儿，讲起了《卖油郎独占花魁》："话说大宋自太祖开基，太宗嗣位，历传真、仁、英、神、哲等，共七代帝王，都则偃武修文，民安国泰。到了徽宗道君皇帝，信任蔡京、高俅、杨戬、朱勔之徒，大兴苑囿，专务游乐，不以朝政为事……"唐春希边讲边扮着相，逗得大家捧腹大笑。

……

应该说，这顿年饭吃得很温馨，它凝聚了光技大棚的力量，为光技大棚抵御风寒，做了一件未雨绸缪的事。齐冀生高兴啊，他摆开了麻将桌，要和江海河、唐春希、傅远山玩个通宵。

天蒙蒙亮，新的一年开始啦。但是，齐冀生没有想到，那时的山西，却是个不养人的地方。

二十世纪三十年代，中国是内忧外患、民不聊生。哪个地方再遇上个"坐地虎"，那可就称得上水深火热了。

就说山西，这是大军阀阎锡山的老窝。自一九一一年起，阎锡山做山西的督军，一做就是二十多年啊！他横征暴敛，搜刮民财，把百姓的骨髓榨干了，就连榆树叶都所剩无几。这样看来，中国的百姓苦，山西的百姓就更苦了，谁还有心思看杂耍呢？

光技大棚在太原没停多久，便拔起大棚南下。榆次，太谷，平遥……每到一地，他们立棚、拔棚，没几天就得折腾一次，伙计们一路起旱，弄得是疲惫不堪。

这一天，光技大棚来到了洪洞，大家不愿意浪费时间，就冲着齐冀生嚷嚷：

"别在这儿扎棚啦。"

"快逃出这鬼地方，离它越远越好。"

……

伙计们嚷嚷也是瞎嚷嚷，齐冀生却有自己的主意。他听说洪洞有一棵大槐树，那是个十分热闹的地儿，说不准能赚到一些银两。

大槐树，位于洪洞城北广济寺左侧。明洪武、永乐年间，屡屡有山西民众移至北平、山东、河南等处。那时候，朝廷在广济寺设局驻员，专门为移民办理凭照、川资等事宜。

移民都是在秋后动身，为的是攒足安家费用。

在萧瑟的秋风中，树叶也纷纷凋落了。在移民拖儿带女上路时，一个个老鸹窝映入眼帘，那将是怎样的景象呢？所以，在黄淮的地面上，广为流传着这样一首歌谣：

问我祖先何处来，

山西洪洞大槐树；

祖先故居叫什么，

大槐树下老鸹窝。

也许，正是这样一种恋乡情结，使得大槐树成为集会地，也成为齐冀生前往的理由：说不准，自己的祖上也是山西移民呢。若是山西移民，到大槐树下祭拜，说不准西征就会畅通无阻。

齐冀生主意已定，大家只好遵从行事。

一行人来到城北，果然见到一棵千年古槐树。那古槐树岿然屹立，给人一种敬畏之感。那树冠茂密，为人们撑起一片绿荫；那树干粗壮，显示着年代的久远。

麻子红等六个"把兄弟"呼啦一下，手拉手围到千年古槐上，竟然没有扣上一圈儿。大家举头望着粗壮的树干，不禁感叹其宏伟壮观。

看到大槐树下人山人海，齐冀生不觉喜上眉梢。

进入山西以后，生意一直不好。今天，赶到了洪洞大槐树下，也许就是立棚住脚、广开财路的好机会。于是，齐冀生停下了脚步，目光从大槐树上，转移到了周围的人群上。

齐冀生看到人群，竟然一下就愣住了。

原来，这一群一群的人，根本不是消闲、赶会的人，反倒是准备逃荒上路的人。上路前，专程到古槐树下焚香磕头，祈求树神保佑，保佑路上逢凶化吉，逃出一条生路来。

齐冀生不禁苦笑着摇摇头，此情此景和大槐树的传说，形成了鲜明而可笑的对比，一个多么有嘲讽意味的事实。

戏班子浩浩荡荡走过来，吸引了大家的眼球，也带来了一丝丝希望，大家纷纷围拢过来，磕头作揖地乞求施舍。

"大爷、大婶，行行好吧，给我一个'馂馍馍'吧——"

"今天我还没吃东西呢，您就可怜可怜我吧！"

乞求的声音越来越大，乞求的人越来越多。

齐冀生感到很窘迫，看着这些衣衫褴褛的人，他心底升起一股同情。他摇摇头叹口气，又冲江海河说："施点粥吧。"

"九哥，俺们的日子也不好过呀。"

"师父，施点吧！你瞅瞅，他们多可怜啊！"麻子红同情地说。

"施吧，施吧！谁有钱有粮，能舍出老脸，去伸手乞讨呢？俺也是穷苦人家出身，这滋味不好受哇！"

光技大棚支起了大锅，足足施了一天的粥。

就这样走走停停，每到一个新地方，都耐着性子支棚，又垂头丧气拆棚。一晃折腾了大半年，还没走出山西地界。

光技大棚一路艰苦跋涉，生意像寒冬腊月的大街，冷清得不能再冷清了。大家频繁起旱，都吃不好、睡不好，人困马乏的，但值得庆幸的是，伙计们没有任何怨言，依然把"团儿"抱得紧紧的。

这时，大家才发现，齐冀生还真有眼光。如果没有"拜把子"这档子事，光技大棚的生意走了背点，有多少人能坚持下去？

一九三六年夏末，光技大棚终于来到了山陕交界的潼关。

走出了山西，就像走出了鬼门关，人们心情豁然开朗。

一天清早，江海河和闻一文出来找地方，顺着一条大街往前走，忽见一个大院人群熙攘，大门上还有一些装饰，便走上前去看个究竟。近前一看，只见大院的门楣上，悬挂着一块用白纸扎的大匾，上面写着四个大字：于今三年。左右柱子上张贴着一副楹联，上联：日落西山还见面；下联：水流东海不回头。

仔细琢磨了一会儿，二人还是不解其意，就探身院内张望，只见戏台上的杨四郎，身穿红龙箭衣，有板有眼地唱道：

苦辣酸甜难分解/泪花眯眼睁不开/养育之恩深似海/三春之晖暖心怀/叫六弟八姐九妹挽定太娘待兄三叩一拜/九叩三拜一叩一叩把娘拜……

这一出秦腔《四郎探母》，把江、闻二人弄得更糊涂啦。

这时正好一个路人经过，江海河忙上前施礼打探："请问老哥，这家人是在唱堂会吗？"

路人摆手道："他家这是'除孝'呢。"

除孝，江海河不懂，闻一文也不懂，又经路人解释，才恍然大悟，并暗暗称道。

原来，老人死后，晚辈要守孝三年，三年期满叫满服，有钱人家要大办，没钱人家也要小办，总得进行一次祭奠，并答谢老亲少友。从这一天开始，才能脱掉孝服，这就是"除孝"。

陕西人自古的风俗，不管做寿、娶亲、小孩百日、满服，都是令人高兴的事，都要请上戏班子唱一回，摆上筵席大喝一顿。江海河听此言，右手摸着下巴想了想，不觉心头一股暖流涌过。

"一文，何不进去瞅瞅？"

"瞅瞅？瞅瞅就瞅瞅。走哎！"

于是，二个人走进了大院。

管事见两个生人进来，急忙迎上前去。江海河抱拳施礼道："外乡艺人特来为满服助兴。"

"啊哈，大吉大利，大吉大利。"管事唤来主人，毕恭毕敬介绍，"江湖朋友前来贺喜，真是百年不遇，百年不遇啊。"

为老人守孝的主人，和江、闻二人寒暄了几句，便把二人领进了正房。屋内置着亡人的灵位，灵位前烛光闪闪、香烟袅袅，左右仍有孝子孝孙守灵。江、闻二人走到灵位前，双双跪地，作揖磕头。礼毕，管事拭凳让座："匠人请坐，匠人请坐。"然后，双手敬烟、敬茶。

落座后，江海河掏出两块大洋奉上，主人百般推辞不掉，不得不伸手接过大洋，并百般地道谢。

主人得知江海河身后一班人马，是闻名天下的光技大棚，自然是喜从心头起，即令家人随闻一文前往相邀。

闻一文和家人匆匆而去，不到一刻钟的工夫，就接回了光技大棚众人。

大宴尚未开始，主人叫厨子做了老潼关肉夹馍，让大家先吃了。这老潼关肉夹馍，是用刚出锅的烧饼夹煮好的冷肉，俗称"热馍夹冷肉"。这是最传统、最爽口的吃法，馍干、脆、酥、香，肉肥而不腻、瘦而不柴，吃起来咸香适口，回味无穷。

既然赴了人家的宴会，就得拿出一些像样节目，何况主人又这么和气。一走进大院，齐冀生就如此合计着。

赴堂会和大棚演出不同。堂会上观众比较少，都在演员近前看表演，看的是你的真功夫，演员稍有一点失托，哪怕仅仅是一点迹象，也会被观众看在眼里。所以，赴堂会必须选择精粹的节目。

戏台上一出《老鼠娶亲》，通过小堂鼓、木鱼、夹板、梆子等乐器的演奏，加上惟妙惟肖、活灵活现、生动有趣的表演，讲述了一对老鼠夫妇，为了把女儿嫁给世界上最伟大的人，去问太阳、问云、问风、问墙，寻找青年才俊的故事。

《老鼠娶亲》本是绛州鼓乐，是山西新绛县传统鼓乐，新绛县距陕西潼关西北二百公里，节目却被主人请了过来，可见主人也是相当富有。

你方唱罢我登场，这回该光技大棚啦。

齐冀生赤脚裸背首先登场，这可是对主人盛情的回敬。毕竟，齐冀生是光技大棚的棚主。

这个节目叫《刀门子》，由齐冀生、唐春希、傅远山和金大力表演。

《刀门子》，对麻子红是小菜一碟。不过，那时候是"三道门"，而现在却是"六道门"，在技巧和难度上，自然要胜过以往很多。即便是这样，那也难不住麻子红。但是，毕竟还有更精彩的节目等着他。

现在，齐冀生等人一一钻过插着四十八把尖刀的六道门，观众们一个个张着嘴巴，全惊呆啦。他们哪见过这阵势呀？

等他们缓过神来，忍不住大叫起来："好活，好活！"

《刀门子》把堂会气氛一下子推向了高潮。

接着，就是《蹬梯子》。

吴双和小婶拉开架势，神采奕奕地上场啦。

吴双年方一十四岁，是光技大棚最小的演员，她身材苗条，玲珑娇美，像一朵刚刚绽放的牡丹花。由于娇小，她一向演"顶尖"。

小婶是齐冀生的妻子，今年刚好三十岁。小婶父亲也是杂耍艺人，齐冀生早年在徐州撂地儿，被小婶父亲一眼看中，小婶父亲拉了把式不算，还把女儿嫁给了齐冀生。又因齐冀生家有妻小，为了称呼上的方便，伙计们便称其为小婶。

小婶从小跟父亲学艺，拿手功夫是"蹬技"。

她能蹬缸、蹬坛子、蹬桌子、蹬小孩、蹬大车轱辘，脚上功夫当属一流。要不然，齐冀生怎么能为她要一股半呢？

小婶躺在椅子上当底座，双脚蹬着一丈多高的梯子，吴双在梯子上演着顶尖，两个人配合得极其默契：吴双身着红色绸缎紧身衣裤，像一只彩蝶在梯子尖上飞舞，灵巧的身姿、娴熟的技巧和不断变化的姿势，让人们看得眼花缭乱，主家和一些客人兴奋不已，纷纷往台上扔铜子儿。

其实，按照赴堂会的规矩，演出结束才会付钱。但是，杂耍和其他剧目有所不同，杂耍技艺一旦牵动了观众的心，就不时会有赏钱扔上来。

按理说，这些钱等演出结束再收不迟，但及时谢过赏钱的观众，才能融洽台上台下的气氛，才能带来更多的赏钱。

江海河深谙其道，边上台象征性地捡钱，边向观众打躬作揖，还拖着长音喊着："谢赏——谢赏——"

之后，到麻子红上场，他表演了两个绝活：一个是《米簸子》；另一个则是《滑稽高车》。这两个绝活，在光技大棚里，只有麻子红会。

所谓《米簸子》，就是把四张八仙桌摞起来，每张桌子高度二尺八寸，四张桌子就是一丈多。麻子红站在最上面，双手端着一个簸箕，簸箕里盛着一少半小米。只见他屏息凝气，把小米高高地颠起。在小米被颠起的一瞬，麻子红腾空而起，又一个后空翻倒提落地。

观众们屏住了呼吸，眼睛一眨都不眨，紧紧地盯着麻子红。麻子红嗖地从空中落地，他牢牢地站住了脚跟，立马伸出手中的簸箕，稳稳地接住落下来的小米。

《米簸子》的难度之大，那是可想而知的。从一丈多高的空中翻下，人既不能被摔着，又要瞅准时机接住小米，而且保证小米一粒不撒，这是一般人做不到的事。这节目的功底在跟头——从一丈多高的空中翻下，如果站不稳脚跟，就会失去接小米的机会。要不，怎么会有那么多人想学《米簸子》，却总是以失败而告终。

小米一下全落到簸箕里，喝彩声、叫好声此起彼伏，堂会的气氛再一次达到了高潮。

高车，即高杆独轮车，在中国是麻子红首创。当年，在孟买印度大马戏团，麻子红看过骑高车，他当时就在心里盘算，自己也要做个独轮车。从日本回国以后，这个想法更加强烈了，他和父亲赵保真商量，结果赵保真卖了一石粮，整整花了十二块大洋，做了这个独一无二的独轮车。

有一次，麻子红和赵保真去赶集，赵保真在前边走，他在后边骑独轮车，惹得乡亲们看稀奇，很多小孩跑着叫着，围着独轮车转圈圈。

麻子红头戴圆顶礼帽，身穿小小的黑燕尾服、肥大的黑裤子，反穿着黑色大皮鞋，拄着文明棍，迈着卓别林的八字步，手提着一辆独轮车，一跛一跛地上得场来，立刻引爆了观众的笑声。难怪呀，观众们哪见过这身打扮？大家哄堂大笑之后，又都觉得惊奇。是啊，一个轱辘的车子，他怎么还能骑呢？

于是，观众目不转睛地盯着麻子红。

麻子红骑在独轮车上，一会儿前、一会儿后，一会儿左、一会儿右，一会儿走、一会儿停、一会儿原地转圈圈。与之相配合的，还有眼睛、嘴巴、面部肌肉和文明棍上的滑稽。

观众们捧腹大笑，笑得前仰后合，笑得眼泪横飞。

堂会圆满礼成，主人命管事付钱。管事端来五十块大洋，这让齐冀生着实一惊，这可是一笔可观的收入哇！一下子扭转了光技大棚的窘境，使大棚终于从颓势中走出来。

几天后，光技大棚起旱，一路继续向西。

江海河得知，陕西有四个富县：临潼、高陵、富平、三原，人称"上四县"。于是，光技大棚直奔临潼，果然生意十分兴隆。

麻子红在棚里吃大股，自觉身上担子重，演出特别卖力气。现在，他除了演几个拿手好戏，还常常跟场表演滑稽。他的滑稽，是在卓别林的滑稽体系中，又糅进了中国元素，滑稽风格清新、活泼、风趣、幽默，给观众带来了轻松惬意的快感。

这样一来，随着光技大棚的迁移，麻子红的大名就传播开来，以至家喻户晓了。当然，光技大棚也因此名气大振。

于是，齐冀生有了一种预感：麻子红必将成为名人，光技大棚的春天即将到来。如今，棚内的管理尤为重要，特别是对麻子红的管理。所以，他果断地为麻子红约法三章：不许会客；不许收礼；不许上街。

为什么呢？用齐冀生的话说，就是"艺人怕跑、怕害、怕学坏"。不让麻子红上街，杜绝了"三怕"不说，那些丢手绢的，那些拉把式的，想使坏也使不上啦。从这层来说，齐冀生是为大棚着想，也是为麻子红的安全负责，麻子红没有理由拒绝"约法"。

接受"约法"容易，做到"三不"很难。一个二十岁的大小伙子，整天关在大棚里，只看到头顶巴掌大的天，那心里是什么滋味？再说了，但凡成了名的角儿，谁不想多看上一眼？如果能与之照个相，就更称心如意啦。

"麻子红，你出来，我和你聊一会儿。"

"麻子红，你演得忒好了，能让我见见吗？"

麻子红的仰慕者，围着大棚转悠着，一声声地呼唤着，江海河不时地驱一驱。对此，起初麻子红不予理睬，也没动过心思。可时间一长，他实在憋闷不住，就真想出去看看。

在高陵县演出时，他就动了这个心思。

麻子红实在被搅得心烦，看看大棚里没人注意，就偷偷钻了出去。在大棚网围子外面，站了一群半大孩子。麻子红隔着外网围子，和他们搭起话："喊俺干啥？俺麻子红来啦。"

"你给我演个滑稽呗？"众人安静下来，有人出面恳求道。

麻子红看这一群人，最大的也没有自己大，个个十分诚恳的样子。麻子红动了恻隐之心，他表演了卓别林的滑稽片段，众人仍然不满足，他就唱了一段晋剧《柜中缘》，还加一些滑稽的扮相，直逗得大家前仰后合。

众人这一笑不要紧，一下子惊动了齐冀生。齐冀生忙跑出来，轰走了这群青少年，又冲麻子红训斥道："你为啥不遵守约法？你给他们要完了，他们还能买票吗？都不买票看杂耍了，俺们去喝西北风啊？"

麻子红第一次冲麻子红发火。

麻子红自知理亏，一句话也没敢说，红着脸跑回了大棚。至此，麻子红再没有犯过类似错误。

2

在临潼、高陵、富平等县的演出，那真是场场爆满。光技大棚迎来了西征以来的黄金时期。

一晃进了农历十一月，光技大棚日夜兼程，风风火火地赶脚程。齐冀生按照当地人的指引，率团去赶三原的"冬至会"。

三原史称"甲邑"，古称"池阳"，位于陕西关中平原中部，因其境内有孟侯原、丰原、白鹿原而得名。

三原的集市在西大街，当地人管赶集叫赶大会，这里的大会常年不断。冬至前后的大会，叫"冬至会"，开市时间最长，也最为热闹。

光技大棚赶到时，二里多长的街面，已经摆满了架子车，车上摆着各种农副产品，赶会的人熙熙攘攘，大着嗓门谈着生意。

江海河在西大街南侧空场，选定了一块地儿扎棚，伙计们不顾一路劳顿，你搬这一块，他忙那一块，齐心协力地立起了大棚。

第二天，光技大棚鸣锣开场啦。

闻一文和易一方分别收票。这时，一个人大摇大摆地往里走，闻一文忙拦住此人问道："先生，票。"

那人扭过头哼了一声，乜斜闻一文一眼说："我看戏，从来不买票。"

闻一文抬眼仔细打量，心中不觉一惊：这人四十多岁，矮小精瘦，鼻梁上架一副黑框眼镜，嘴角衔着雕花楠木烟嘴，两片薄薄的嘴唇，遮不住牙床肉和黄板龅牙，一脸凶恶凌人的样子。光看这个长相和派头，就知不是好惹的主儿。为了避免不必要的麻烦，闻一文张了张嘴又闭上了。

出门在外啊，还是少惹事为妙。

可偏偏有个脾气火暴的易一方，遇什么事都不信邪。他三步两步撵了上去，拽住小个子的衣襟说："不买票，不许进！"

"我的天，不得了啦。"小个子拉着长音，一板一眼地说，"在三原这地方，没见过这么横的。我就不买票，看你能把我怎么样！"

闻一文忙上前打圆场："进进进，大人不记小人过，这伙计不懂规矩，先生别在意，先生别在意。"

"哼！"小个子剜了易一方一眼，弹了弹被抓过的衣襟，摇晃着身子进了大棚。

闻一文转过身来，冲易一方埋怨道："这人身份不明，俺看不是好惹的。拦他一回事小，招来灾祸事大。以后遇事呀，可千万要冷静点。"

易一方还是气呼呼的，他就见不得这耍蛮的主。可是，人在江湖身不由己呀，遇到了这不讲理的人，不让一步又能如何？

谁知小个子并没看戏，他进大棚转了一圈儿，又大摇大摆地出去了。临走还不忘瞪他们俩一眼。

闻一文一看这架势，心里就咚咚敲起鼓来。

没过一袋烟的工夫，果然来了个挎枪的人，还是一身军人装束，见到闻一文和易一方就问："掌柜的是谁？"

闻听有人在问话，江海河立马走过来。原来，他听说了刚才的事，也觉得凶多吉少，就来到门口等候应对。

"俺是外掌柜。"

"你说了算不？"

"老总，您有何吩咐？要么，就请里边看戏。"

"少啰唆，我问你，你到底说了算不？"

"算，算！有事请吩咐。"

"那好。"来人一摆手，"跟我走一趟，县长有请。"

江海河心头一惊，这回可遇到麻烦了。他稳一下心神，琢磨该怎么应对：既然对方是县长，还真不敢怠慢啊！他叮嘱闻一文几句，就随来人去了县府。

闻一文觉得不放心，让易一方也跟了去。

江、易二人被带进一座四合院，只听到哗啦哗啦一阵响，十多个端着长枪的士兵，一齐拉开枪栓推上子弹，黑洞洞的枪口对准了二人，江、易二人不禁倒吸了一口冷气。

一个敞怀的大个子走过来，他摇头晃脑的，看了看江海河，又瞅了瞅易一方，油腔滑调地说道："是你们让县长买票啦？真够厉害的。"

大个子用手指着一间办公室，办公室里摆着一把藤椅，藤椅上坐着一个小分头。易一方顺着手指一看，心里不免咯噔一下。心想，这下可闯下大祸了。

"不敢不敢！"江海河连忙接话，"俺们江湖艺人，借贵方宝地生财，怎敢得罪县长大人呢？"

"哼，说得倒好听。"大个子指指小个子，"你看看，那难道不是县长吗？"

"俺哪知道他是县长？他脑门上又没贴。"易一方不服气地说。

"那我问你，你是干啥的？"大个子冲易一方问道。

"耍把戏的。"

"你的脑门上贴了吗？"

易一方一时语塞，他咽了一口口水，又辩解道："他是县长，咋没见有保驾的？县长咋还自个儿去看戏？"

"哦，这就是你的不是喽。"大个子接过话茬，又提高了嗓门说，"我们县长是开明绅士，一个人出去私访，南口北口东口西口，他哪不能去？你说你是耍把戏的，我还说你是土匪呢。"

"别跟这家伙磨牙啦。"小个子坐在藤椅上，不耐烦地喊了一声。

"怨就怨你有眼无珠，敢在太岁爷头上动土。这事，今儿个不好结啦。你说吧，是认打呢？还是认罚？"

"老总，俺不太明白。"江海河鼻翼上沁出了细汗。

"认罚呢，那就出出钱，一千大洋，给县太爷压惊；认打呢，今儿个就别想活着出去。"

江海河一听这话，冷汗立马沁了出来，连连打躬作揖："老总，开恩啊，求您高抬贵手！俺们艺人沿路乞讨，哪有那么多大洋啊？就是卷了铺盖，也凑不够一千啊！"

"那就别怪我了。"

只见大个子一摆手，一下蹿上来四五个人，都手操一根皮鞭子，对着江、易二人没头没脑地抽。不一会儿，这二人衣服被抽开了，脸像个血葫芦。

江、易二人只能抱着脑袋，哀号着向县长讨饶，可对方却无动于衷，打手们仍然狠命地抽打着。

这时，齐冀生和闻一文赶来了。

江、易二人被带走之后，闻一文知道遇到了麻烦，他连忙找到齐冀生，把事情前前后后叙述一遍。齐冀生觉得事情很严重，必须亲自走上一趟。于是，他和闻一文匆匆赶到这里。

齐冀生看江、易二人成了血人，立马大声叫道："住手，俺是大掌柜，有啥事跟俺说。"

大个子摆摆手，让打手们停下来，油腔滑调地问："你是大掌柜？"

"嗯，俺是大掌柜。老总，天大的事俺一人担，就放了他们吧。"齐冀生恳求道。

"好！"大个子笑道，"看你像个跑腿的，却是个敢闯的犟人。那好，你留下，明儿个不把大洋送来，就他妈别想活着出去！"

大个子又一摆手，打手们呼啦拥过来，连踢带踹地叫骂着，把江海河三人轰出大院，门咣的一声关上了。

江海河三人回到大棚，众人看到这满身血迹，齐冀生又被扣为人质，顿时血往头上涌，麻子红等几个年轻人，抄起家伙就要奔去拼命，但被内掌柜齐冀旺按住了。

伙计们无计可施了，个个急得是团团转，小婶几次前去探视，都被挡在了大门外。怎么办？这可难坏了棚内几位长者。给钱吧，很难凑够数。即便是凑够了钱，今后人吃马喂的怎么办？不给吧，棚主在人家手里，时间长了，难免有什么闪失。

还是救人要紧啊！麻子红嚷嚷着，小婶流着泪恳求，大伙儿围着齐冀旺，都盼着他拿主意。

第二天一大早，内掌柜齐冀旺拍了板，他拿出了全部积蓄，伙计们又拿出各自的份子钱，小婶当了几件首饰，总算凑够了一千块大洋。

这一折腾，光技大棚的兜里，比脸还干净。

齐冀旺带上一千块大洋，哗啦啦地送进县长腰包，齐冀生立马被放了出来。不过，齐冀生也吃了鞭子，好在只是皮外伤，养几天也就没事了。

皮外的伤好痊愈，内心的伤难抚平。

齐冀生是条硬汉，别看大棚亏了血本，可腰杆子却从未弯过。他看到伙计们心情沉重的样子，笑着冲伙计们说："江湖上，哪有一路总是顺风顺水的？遇上了风浪，咬咬牙就闯过去啦。要么，咋叫闯江湖呢？这次亏大啦，但也没啥。陕西这地儿肥着呢，再赚回来也不难嘛。"

齐冀生的一次次劝导，稳定了伙计们的情绪。之后，再没有来敲竹杠的，光技大棚在三原县也出了名，到一九三七年元旦前夕，光技大棚基本恢复了元气，并以辞旧迎新的姿态挺进西安。

西安，历史上有周、秦、汉、隋、唐等十三个朝代在此建都，是世界四大古都之一，曾作为中国政治、经济、文化中心长达一千多年，也是中华文明极为发达的城市之一，是群英荟萃的地方——说书的、唱曲的、演戏的遍地皆是，就是耍把戏的，也并非独此一家。

两霸相争，必有一伤。

因此，谁都不愿意扎堆，倘若真的遇上了，也是没法子的事。江海河转悠了一圈儿，决定在鼓楼南侧立棚。鼓楼东南二百米处是钟楼，在钟楼西侧是一撮毛刘风超的大棚。这样一来，"光技大棚"和"一撮毛大棚"，形成一北一南隔道相望的阵势。

两棚扎在一处，在业内叫对棚。

两棚一对，鹿死谁手，这就要看真功夫啦。

两个杂耍班子，在江湖上都是有名头的。特别是光技大棚，那是中国第一个大棚，在业内早已声名远播。何况，还有个麻子红，那盛誉早已传遍大江南北。因此，刘风超对光技大棚心存忌惮。

然而，倔强的刘风超心有不甘，定要和光技大棚一拼高下。嘿嘿，这下观众可乐坏了。你表演一个精彩节目，我表演一个拿手好戏，还不都是饱了观众的眼福？西安百姓奔走相告，观看节目的人越来越多，那叫好声、喝彩声、加油声不绝于耳，钟楼、鼓楼之间热热闹闹，两家都有较好的收入。

可是，对棚的时间一长，一撮毛大棚的弱势就显现了。一样的节目，无论是形式还是技巧，都无法和光技大棚相比。观众眼尖，谁不想享受更精彩的节目呢？

一撮毛大棚最终门可罗雀。没过几天，刘风超就拔棚了。

"啊，这也忒快了。"听到这个消息，齐冀生还是一愣，"走，瞅瞅去，如果一撮毛愿意，俺们可以合棚啊。"

"不能合棚。"江海河一听就急了，"九哥，在三原俺们亏大了，现在可是赚钱的好机会，干啥和他们合棚呢？"

"咳，你咋糊涂啦？"齐冀生嗔怪道，"对棚虽是江湖规矩，但胜者可以为王，败者不一定为寇。山不转水转，人不亲艺亲。不管啥时候，江湖艺人都应该牢记，巾、皮、彩、卦要互相支援。眼下就是年根，他还能往哪走？"

齐冀生一再强调江湖艺人。那么，江湖艺人指的是什么？其实，就是巾、皮、彩、卦的总称。那巾、皮、彩、卦又是什么？巾，即巾门，是指看相的、算命的、测字的、解梦的、观风水的；皮，即皮门，是指走方郎中，行医卖药的；彩，即彩门，是指变戏法的；卦，即卦门，是指跑马卖解、练杂耍、耍武艺的。

齐冀生行侠仗义，江海河深知拗不过，便随之见过刘风超，表达了合二为一的意愿，刘风超自然是乐意。

两家合棚表演，趋势更加向好。红红火火几个月，甚至是一票难求。这正应了齐冀生的预言，他们不但挽回了三原的损失，伙计们的情绪也随之大振。

一九三七年春节前夕，刘风超要回老家过年，便和兄弟们一一作别，并一再叮嘱齐冀生，若遇到什么难解的事，务必派人前去找他，他必将不遗余力。

刘风超走了以后，光技大棚更红火啦，麻子红名声大噪，观众络绎不绝，大棚在风风光光中，在一个生机盎然的春天，步入西征以来最辉煌的岁月。

然而，天有不测风云，人有旦夕祸福。就在柳暗花明之时，光技大棚却突然迎来一场霜降——齐冀生双目失明了。

齐冀生在三原被扣押，吃了鞭子自不必说，仅那一千块大洋，就足够让他上火的了。被放回来以后，就觉得眼前一片模糊，他却一直没有在意，依然是通宵达旦打麻将，弄得是眼圈发黑，眼皮红肿，直至眼前乌云密布方肯罢休。

这一天，闻一文的媳妇突然来了，死活都要让闻一文跟她回去。闻一文扛不住软磨硬泡，便决意跟着媳妇打道回府。

闻一文是个门把，是把兄弟的老大，更是伙计们的头，是占大股份的，在大棚中举足轻重。他若是走了，势必产生很大影响。齐冀生苦苦挽留，闻一文却去意已决。

齐冀生只好给了闻一文的股份，准备了路上的吃食，将一切都准备得妥妥当当，感动得闻一文泪眼蒙眬。

闻一文说走就走了，一下子慌了伙计们的心，大家都开始悄悄议论回家的事。这话传到齐冀生那儿，他开始担心大棚解体，自己心血将要付之东流。

齐冀生是个硬汉子，但毕竟不是铁打的，一股火冲上眼神经，一下就失明了。

棚主双目失明了，这绝不是小事情，这关系大棚的命运。

几天来，围绕大棚的去留，伙计们议论纷纷，有要继续西征的，还有说就地散伙的。这令人压抑的气氛，让齐冀生着实不好受。

齐冀生躺在病榻上，烟雾笼罩了天空。是啊，江湖艺人眼睛看不见了，这将会带来什么后果，他心里比谁都明白。他除了长吁短叹，还能怎么样呢？他默默地躺着，内心满是空虚和寒冷，他的精神慢慢崩溃了。

就这样结束了吗？他不止一次问自己。不！当然不能。可是，那又能怎么样呢？在以往撂地儿的生涯中，遇到了多少灾难啊，不是都挺过去了吗？但这次太特殊了。今后，"刀门子"不能钻了，"刀山"爬不成了，就是带这个班子，失明后也有诸多不便啊！

齐冀生在极度苦闷中，依然苦苦思索着。

这一天，齐冀生终于走下病床，在小婶的搀扶下，来到了伙计们中间，想当面说说心里话。

见棚主来了，伙计们自然很高兴，都纷纷地围拢过来，七嘴八舌嘘寒问暖。寒暄过后，齐冀生便冲众伙计说："最近，棚里出了一些事，俺害了眼疾不说，一文也走了。大家的心情呢，俺也揣摩清楚了。光技大棚闯荡一年多，多亏大家伙鼎力相助，俺是感激不尽啊！俺的为人，兄弟们心里有数，俺就不多说了。现在，俺瞧不见了，那又咋样？只要同心协力，大棚照样辉煌。一文走了，那是他有难唱的曲儿，俺不怪他。谁要是想散，俺也不拦。要散，俺多给一些盘缠；不散的，就跟俺齐冀生走。生意生意，就是到生的地方去做。只要俺还有一口气，俺就要继续向西、向西……俺想，在西安再演几天，再把钱给大家伙分下去。俺知道，家里的爹娘老子媳妇汉子，都眼巴巴地等着呢。俺呢，也快点把钱寄回去，把置大棚欠的债都还上，无债俺也好一身轻啊！"

齐冀生说到这儿，亮晶晶的泪珠滚了下来。

往事一幕幕闪现，柔软了大家的心。此时，有的闪动着泪花，有的在内心自责，有的仗义起来。

"九哥，你不必担心。"江海河立马表态，"江湖上讲的是义，大家伙既然跟了九哥，哪有不走到底的理？"

"对，师父您放心。"麻子红抢过话茬，"大丈夫说话算话，俺麻子红跟您走到底。"

江海河在棚里的影响，麻子红在棚里的影响，那都是举足轻重的，他们俩都表了态，其他人还能说什么呢？伙计们心知肚明，大棚有江海河、麻子红，就一定不会走下坡路。于是，大家纷纷表态，愿意跟着齐冀生继续西征。

光技大棚的天空，犹如一阵清风吹过，阴霾顿时消散了，随之而来的是蓝天白云，阳光普照。

人心已稳，西行照旧。

在西安度过了正月，光技大棚二月初开始拔棚，继续向西推进。光技大棚征服了宝鸡，又向天水进军了。

这天上午，一场演出刚刚结束，麻子红回到后海，忽听有人唤他乳名——小福！这亲切的呼唤，麻子红是久违了。在棚里，伙计们只叫他麻子红，没人叫他小福。所以，一听到这声呼唤，麻子红不禁惊呆了。

麻子红回头一看，原来是大哥赵凤池。他一下子跳了起来，脸上的麻坑都红了。他三步两步奔过去，哥儿俩紧紧地拥抱在一起。

"大哥，你咋来啦？"麻子红松开赵凤池，上上下下打量着。

赵凤池望着麻子红，嘴角扯动着，眼睛里闪动着泪光，脸上明显挂着一种苦相。

麻子红的心头一惊，难道家里发生了什么事？他来不及多想，就心急火燎地问道："爹娘好吗？"

"好。"

"嫂子和狗剩儿好吗？"

"好，好。"

"二哥好吗？"

"好，好，都好。"

"那就好，那就好。"麻子红长出了一口气。

"可是，莫先生不在了。"赵凤池的眼泪滚了下来。

"莫先生？咋回事？"小福又是一惊，"是山根？"

"不。八月份他去安徽，在路上遇到了刺客。"赵凤池解释说。

麻子红脸上挂满了疑惑：莫子镇去安徽干什么？可是，这又不是一两句话讲得清的，于是他拉着赵凤池回了帐篷，准备听赵凤池细细道来。

原来，麻子红西征之后，莫子镇的枪伤治好了。没多久，赵凤瑞的枪伤也好了，便又投入到革命工作中。"西安事变"后，赵凤瑞跟着莫子镇四处游说，揭发和控诉日军的罪行，领导吴桥各村屯有志之士，建立了统一的抗日组织。为此，日本人对莫子镇和赵凤瑞怀恨在心。

三月，一小队日军由桑园窜至莫家场，妄想捣毁吴桥抗日游击队，并枪杀莫子镇和赵凤瑞。没想到，吴桥早已形成抗日联盟，及时识破了日军企图。在莫子镇的带领下，游击队给予日军迎头痛击，击毙日军五人，生俘一人，日军不得不败退而去。

从此，日军针对莫子镇和赵凤瑞，多次组织了暗杀行动，但由于种种原因搁浅了。为了保证他俩的人身安全，组织命他们转移到安徽，去参加抗日队伍。谁知到达了安徽境内，还是没有逃过这一劫。莫子镇为了保护赵凤瑞，死在了敌人的枪口下。而他，才只有三十七岁呀！

"那二哥呢？"麻子红心有余悸地问。

"他躲过日军追杀，找到了共产党的队伍，成了一名八路军战士。"

"可惜了莫先生，多好的一个人啊！"麻子红叹了口气，也许是一块石头落了地，也许是为莫子镇惋惜，"一想起他为俺操心，俺这心里就……"

"别说你了，爹也伤心地哭了。爹说不管啥时候，都不能忘了莫先生。"

"嗯，俺知道了。"

"小福，你不知道哇，共产党员吴书文，回到家乡一心抗日，就与国民党县党部联合，组织了吴桥县抗敌后援委员会。可没几天，狗日的县长韩永彰，就带着全县军警逃了，一口气逃到了大名。唉……日本鬼子趁机侵入，房子烧了，粮食被抢了，女人被奸杀了，真惨啊……"

"这狗日的小鬼子！这该死的韩永彰！"麻子红愤愤地骂道，又沉默了一会儿说，"二哥，你来这儿，是不是有啥事啊？"

"是娘让俺接你回家。"

"娘想俺啦？"

"是让你回家完婚。"

"完婚？"麻子红心被揪了一下，他又想起了花子，"俺都没订婚，哪谈得上完婚啊？"

"是这么回事。"赵凤池笑着说，"你离开了申庄，仓上村的高兴田家，登门提亲来了，要把爱娣儿许给你，爹娘就给你定下了。"

这事，麻子红哪知道哇？自从花子被送走，他的心就一直漂着。他时刻思念花子，希望花子有所转变，幻想再见到花子……那以后，申庄，就成了他的伤心地。所幸的是，伙计们亲如兄弟，有关心，有赞赏，有爱护，也算是慰藉了。

现在，赵凤池提到高兴田，麻子红心头一惊。棚里有个高兴田，口口声声喊齐冀旺姨父，家就在仓上村。高兴田的姐姐，就叫爱娣儿，比麻子红小一岁，杨柳细腰的大个儿，一张秀气的瓜子脸，留一条过股的大辫子。麻子红曾经有一次到高家，爱娣儿做了打卤面，打卤面又细又筋道，炸酱卤也十分上口，给麻子红留下了深刻印象。

麻子红并不知道，高兴田带他上门，是因为齐冀旺看上了他，想撮合这门亲事。齐冀旺知道花子的事，了解麻子红的心情，才没好意思当面提及。在西征出发之前，齐冀旺就叮嘱家人找机会提亲，把亲事先定下来，等返乡时再完婚。

麻子红前脚刚出发，高家后脚就进了门。

女方主动上门提亲，可把赵保真高兴坏了。一旦这门亲事定下来，拴住了小福的心，小福就不会找日本女人了。于是，赵保真毫不迟疑地应允了，赵家、高家成了儿女亲家。

听了赵凤池的介绍，麻子红半天低头不语。

麻子红见过爱娣儿，她虽不算美女，长相却也标致，而且心灵手巧，看着也明事理。麻子红想想自己也老大不小了，到了成亲的年龄，既然有媒妁之言，又有爹娘之命，就接受这门婚事吧。

"二哥，你是特意来的？"

"是啊。"

"你咋找到这儿的？"

"小福，你不知道？"赵凤池哈哈笑了，"光技大棚可出名了，撂地儿的艺人，都说你们的事，光技大棚走到哪，都会有人把信传回去。"

对此，麻子红一点都不怀疑。

"小福，娘可说了，你咋的也得回去。再说了，这战争越打越激烈，你总在外面跑，娘也不放心啊。"

"二哥，俺得和九叔商量商量。"

齐冀生听说麻子红要走，心中不免倍感失落。麻子红是什么人啊？那可不是闻一文所能比的。闻一文就是个门把，他离开了，至少节目不会受影响，如今麻子红要走，那问题就太严重了。

麻子红可是个跟场演员，他不但能演《板凳顶》《横碟子》《米簸子》《滑稽高车》《水流星》《卓别林滑稽》等非他莫属的高难度节目，而且能替代其他任何一个演员，要不怎么能叫跟场演员呢？

齐冀生和伙计们都记得，麻子红那次救场表演，几乎令所有人震撼，大家对麻子红都由衷敬佩。

那是到天水的第三天，唐春希忽然就病了。他这一病不要紧，《走钢丝》就表演不了了。不演《走钢丝》，在齐冀生那儿，是一道过不去的坎儿。在齐冀生愁眉不展之时，麻子红如乌云中透出来的一缕光，一下照亮了齐冀生的心。

齐冀生半信半疑，但又有什么法子呢？只能是死马当活马医。也许麻子红的功夫好，对技艺一通百通。再说麻子红不是狂人，他既然能说出这个想法，想必早已有十足的把握。

"好，那你就救救场。"

麻子红见齐冀生答应了，进而又要求上高车，这不免让齐冀生大惊："你说啥？"

"九叔，俺想在钢丝上骑高车。"

"胡闹！"齐冀生有点生气，他啪地一拍桌子，"你不要命啦！你这是想砸牌子啊？"

"九叔，俺真的能骑。"麻子红又说。

"你把走钢丝当儿戏啦？"齐冀生怒气未消，"钢丝离地面五尺，高车高五尺，你在一丈高的空中表演，咋为你保托呀？掉下来摔不死你，也能把你摔成个残废！"

"麻子红，"江海河在一旁插嘴说，"你的艺名是响当当的，可别砸了自个儿的牌子，千万不能胡来呀！"

"谁胡来了？俺就是能骑嘛。"麻子红又犟了一句。

"他能骑。"大家的争论，正巧被吴双听见，她便插嘴道，"六哥晚上总自个儿偷着练，俺看过好几次呢。"

吴双出面说话了，那还能有假吗？齐冀生点了点头，江海河竖起大拇指。吴双说得没错，麻子红一直苦练高车，他在平地上练习，也在钢丝上练习，为了练好这门技艺，他简直拼了命。自从分得两股分红以后，他自觉身上担子重了，既然拿钱比别人多，功夫就要比别人强，也免得被人说闲话。

《钢丝高车》是麻子红独创，他已经悄悄练了一年，也不知摔了多少次，但他为自己设了底线：一旦失托，绝不管车，只保安全。所以，每每失手，他不是抓住钢丝顺势一悠，就是在空中来个小翻，再平稳落地。现在，他感觉《钢丝高车》练成了，应该找个机会亮亮相，这才大胆地提了出来。

齐冀生终于点头应允了。

由此，天水将见证中国《钢丝高车》的首演。

天水位于甘肃东南部，自古就是丝绸之路的必经之地，也是兵家必争之地。

天水历史悠久，但毕竟地处大西北，又适逢战事连绵，戏班子轻易不能到这里，老百姓很难看到像样的杂耍，更甭说《钢丝高车》这样的节目了。

麻子红在观众面前亮了相，继而在钢丝上做了基本动作，然后在钢丝上轻轻摆动，接过傅远山递给他的高车。

麻子红要在钢丝上骑高车，这就像大海里的惊涛骇浪，惊得观众们是半张着嘴，甚至都倒吸了一口冷气。

齐冀生坐在场内，两只耳朵适时微动。伙计们也坐在场内，都想开开自己的眼界。但毕竟是一个新节目，又具有如此高的难度，大家不免捏了一把汗。

麻子红站在钢丝上，轻轻地把车提起来，再把车轮放在钢丝上，找了一会儿平衡，便以车轮和脚踏板为基点，向上一跃，连续几个攀缘，身子轻轻那么一悠，人就坐在了高车座上。

麻子红动作干净利落，全场观众惊呆了。

齐冀生听到观众的反应，断定麻子红演出成功，终于露出了欣慰的笑容。

麻子红骑着独轮高车，一会儿在钢丝上前行，一会儿在钢丝上倒退，观众们在惊愕之余，也时不时为其滑稽的表演所逗乐。

按理说，这些高难度动作表演完了，《钢丝高车》的效果达到了，演出就此落下帷幕，已经是一个很好的结果。可是，麻子红有着更高的追求，他要在钢丝高车上表演倒立。

麻子红再次找好了平衡，双手分别撑住脚踏板，用车座托住前胸，身体便慢慢地倒立起来。

场内一下沸腾啦。

自从麻子红演了《钢丝高车》，天水看杂耍的人陡然增多，大棚的收入也持续增高。

看来，光技大棚的荣辱，的确与麻子红息息相关。所以，麻子红一提出返乡，齐冀生像是遇到了强烈地震，那种惊恐难以用语言表述。他在心里苦苦地琢磨着，希望有办法留住麻子红。

赵凤池到天水的那天晚上，齐冀生备了丰盛酒菜，专门为赵凤池接风洗尘。

酒桌上，除了齐冀旺、傅远山和江海河，还有易一方、金大力、唐春希、汪清泉等麻子红的把兄弟，小婶和吴双又亲自下厨，这些都表明了齐冀生的良苦用心。

半年前，麻子红在西安表示，一定要跟大棚走到底。麻子红说话算话，但完婚是人生一件大事，也是合情合理的。齐冀生只希望他晚点回去，哪怕晚个一年半载。

酒宴开始了，大家扯了一会儿题外话，问问家乡的战事，了解一下父老乡亲的情况。人流浪在外，挂记家乡和亲人，那是人之常情啊！赵凤池都一一做了回答。

　　酒过三巡，菜过五味，齐冀生有意扯出了正题。出乎意料的是，他还没开口说话呢，灰蒙蒙的眼里竟先滚落大颗泪珠。

　　"麻子红要回家完婚，这本是理所当然的事。可是，俺觉得眼下麻子红不能走，大棚里没有了麻子红，俺们的生意就没法做了。"齐冀生颤抖着手，抹了一下脸颊上的泪，"俺瞎了半年，按理说，应该领大家伙回家。不知道为啥，俺就想再往西走一程。也许，是今生今世最后一次了。俺们还能走多久？顶多是两个年头。到时候，俺替麻子红操办婚事，帮你立起你自个儿的大棚。老六，听九叔这一次吧，别走了。"

　　齐冀生的眼泪不住地流。

　　酒桌上的气氛跌入低谷，大家都收敛了笑容。一向坚强的齐冀生，现在竟然如此脆弱，大家心里也都不好受。

　　江海河嗔怪道："麻子红，你九叔可够难的了，人到难时帮一把。这时候你要是走了，不等于拆他的台吗？不是师父说你，就凭九叔对你的那份心思，你也不能这个时候走哇！"

　　汪清泉是个文静书生，平时少言寡语的，今天借着酒劲儿说道："九叔可是个真正跑腿的，他通情达理，办事公道，俺们上哪找这样的棚主？老六，你可千万不能走。要走，你就不是江湖上的人。"

　　齐冀旺装了一袋烟，划一根洋火点上，吧嗒抽了一口，吐了一缕烟雾，慢条斯理地说："爱娣儿是俺外甥女，赶明儿个让清泉替俺写一封信，劝劝她再等两年。小福你还不知道，这门姻缘是俺牵的线，俺要管就管到底。回家后，俺也替你们操办婚事。到时候借这个机会，大家伙好好乐和乐和。"

　　大家你一言我一语，半天都没给麻子红说话的机会。

　　酒烫了好几回，菜热了好几回，等到麻子红说话时，只剩下表态的份了。他红着脸颊，慢吞吞地说："俺也没说一准要走。只是，只是觉得对不起人家。爹娘订下了婚约，却让人家在家里等着，也都老大不小的了。"

　　"这好说。"齐冀旺摆了摆手说，"爱娣儿那儿有俺呢。你放心，姨父会把这事办好。"

　　麻子红只好听从大家的意见。

其实，麻子红也不想离开光技大棚。现在，他的技术发挥得很好，表演得也很得心应手，艺术上完成了中西融合，处于向塔尖冲刺的关键阶段。在南洋的三年，奠定了他腰、腿、跟头、顶的深厚功底；在印度、英国、日本的大棚，开阔了他的视野，接受了新鲜元素；在西征途中，他不断归拢、整理、融合，形成了自己的艺术风格，正在向艺术巅峰进军。

至于完婚的事，他怎么能不想呢？男大当婚嘛。但是，他忘不了花子，忘不了她的体贴，忘不了她的温柔。他心里也矛盾着，和花子的缘分已尽，那就找一个能过日子的，也好传宗接代呀！他积攒了六十块大洋，就是准备回家结婚用的，如今爹娘已为他订了婚，也算是遂了他的心愿。

现在，大家一致挽留他，他还能再说走吗？再说走就不是麻子红了。于是，他反倒劝起赵凤池来："大哥，俺说你也别回去了。在棚里干点啥，转年俺们一起回家。"

"是啊，凤池。"齐冀生急忙接话，"一文走了，正好缺个门把，你就留下当门把吧。给你一股咋样？"

大家一想，这倒是个好主意，就纷纷劝说赵凤池，劝他留下来当门把，也省得回家种地了。

就这样，麻子红没有走成，赵凤池也留下来了。齐冀生的心里，一块石头终于落了地。

4

一晃，到了长风送秋雁的季节，在天水续演了二十天后，光技大棚拔起棚来，向着甘肃兰州挺进了。

一九三六年十月，红四方面军两万多人，组成西路军西渡黄河，欲打通河西走廊通道。蒋介石命令马家军对红军作战，马步芳派出马元海，马步青派出马廷祥为前线总指挥，与徐向前率领的西路军，在黄河沿岸、古浪以及永昌城，进行了殊死搏斗。战后，西路军只剩下四百多人。一九三七年五月一日，党中央派出了陈云、滕代远，带着几十辆汽车，满载着服装和慰问品，与西路军残部会师于星星峡，并转送西路军到新疆，这次悲壮的西征宣告结束。

战事刚刚结束不久，兰州形势是否趋稳，能否像在天水一样赚些银两，这些都不得而知。因此就是否进驻兰州，大家都持不同的意见。

齐冀生静静地听着，听大家说不去兰州，一改往日纳谏之风，非坚持己见不可："马匪凶狠残暴怎么了？此行凶多吉少又怎样？这兰州我还去定啦。我不就是个耍把戏的吗，干他马步芳什么事？别说是兰州了，光技大棚不走到新疆，我齐冀生死都不瞑目！"

齐冀生的态度，让大家焦灼不安。

这一天，大家仍在议论去不去的事，却传来一个令人震惊的消息。

原本在是否去兰州的问题上，江海河力挺齐冀生。一直以来，江海河跟随着齐冀生，他了解他、佩服他、尊重他。只要齐冀生说的，他都一一照办。然这次齐冀生执意要去兰州，而且不听伙计们劝告，他自己也打起鼓来：战争年月不同寻常，兰州的情况不明了，万一真有个闪失的话，大棚就要毁于一旦。所以，江海河东一趟西一趟的，到处打听兰州方面的情况，听到这个令人震惊的消息，他也改变了去兰州的主意。

原来，马家军一边和红军打仗，一边在兰州、西宁、张掖、永昌、酒泉、玉门等地强拉民夫，去修柳南（柳园至南敦煌）公路。这条公路修成后，就贯通了甘肃至塔克拉玛干沙漠，成为经喜马拉雅山山口去印度的唯一公路。

一九三七年的中国，红军长征已经胜利到达陕北，革命形势出现了转机，马步青、马步芳虽是土匪出身，却并非草莽，大事上一点不糊涂。尽管疯狂围剿红军西路军，却也料定了自己的末路。一旦老百姓坐了天下，他们能有好下场吗？修成了柳南公路，一旦情况不妙，便可逃之夭夭了。

"九哥，要俺说呀，兰州还是别去了。"

"是啊，老小，海河说的情况，俺们得当心啊，不能被拉了当民夫。"

江海河上前规劝，齐冀旺也劝说弟弟。按理说，齐冀旺的话，齐冀生是言听计从的，可今天真是邪门了，他是谁的话也听不进去。

"俺们常年闯荡，就是拉了民夫，那有啥可怕的？反正有地方吃饭。"

"老小，大家都被拉了民夫，可不是啥轻松的事，那修路是闹着玩的？要是谁有个三长两短的，到那时大棚不就完蛋了吗？"

"是啊，九哥，你可要三思啊！"

"俺就不信，马匪他不是人，他就不看戏了？"

齐冀生几乎愤怒了，这是大家始料不及的。江海河是外掌柜，齐冀旺是内掌柜，都是大棚重要的人物，又是齐冀生的同辈人，却也被齐冀生驳回了。摆在大家面前的只有两条路：要么走，要么散。可是，谁忍心散呢？走吧走吧，大家还是跟着上路了。

进了兰州，江海河首先拜访了马步青。

说实话，江海河这次拱地，可伤了脑筋。去吧，怕遇不测，命就没了。不去吧，你外掌柜不去谁去？去，是必然的，还得带着侠肝义胆，甚至把脑袋别在裤腰带上。

江海河战战兢兢地进了督办办公室。

马步青坐在办公椅上，办公桌上摆放着文件，身后悬挂着蒋介石像，照片左侧是中华民国国旗，照片右侧是国民党党旗。

马步青抬起浓眉大眼，一道冷森森的光射来，冰得江海河浑身发抖，连说话都结巴了："长、长官好。"

的确，传说中杀人不眨眼的马步青，会如何接待他这个"客人"呢？他开始后悔了，后悔没有阻止齐冀生来兰州，更后悔独自来见马步青。倘若这家伙一不高兴，自己的脑袋岂不得搬家？

马步青慢悠悠地站起来，若有所思地说："光技大棚？你们一伙人是耍把戏的？好哇好哇，欢迎欢迎！"

那一刻，浑身发抖的江海河，不敢相信自己的耳朵，不禁抬起头。

江海河何等精明啊，此刻他壮着胆子说："外面都说您待人宽厚，热情豪爽，果不其然啊。"

马步青哈哈大笑，又冲传令兵一摆手："好了，带他下去吧，用心安排这伙人吃住，还有演出事宜。"

"是！"传令兵答应一声，带着江海河出了门。

江海河长出了一口气，又擦了擦额头的冷汗，举头看看天上的太阳，竟有种死里逃生的感觉。

可是，为什么会这样？江海河想不明白。

原来，马家军身处西北，军旅生活如沙漠一样枯燥。为此，曾让被俘西路军女兵表演节目，以活跃官兵的生活气氛。没想到，西路军女兵借机宣传，竟然唱出这样的歌词：

马步芳在西北/阻碍抗日真可恶/压榨人民心狠毒/我们要活捉马步芳/消灭马步芳/建立后方把日抗/收复失地才有望/共产党的好主张……

马步青听了大怒，命令将这些俘虏押赴刑场，立即枪决。

现在，有这个杂耍班子送上门来，马步青怎能不好好利用，调剂士兵枯燥的生活？

江海河拜过了马步青，回大棚如此这般一说，齐冀生十分开心，他甚至有些得意地说："俺就说嘛，闯江湖闯江湖，江湖就得闯嘛。要不，咋知道水深水浅，咋让大棚名扬天下？"

齐冀旺眨了眨眼，冲着齐冀生说："俺说呀，也别高兴得太早。军营里哪有善茬子？都是杀人不眨眼的魔头。一路走来，听了不少马家军的事，那口碑可是不咋地呀！他们奸淫女俘、横征暴敛、残忍暴戾，这要是有一点不顺心，俺们面对的可都是枪口啊。"

大家听了纷纷点头。

于是，齐冀生集合全班人马，约法三章：不得惹怒官兵，不得触犯忌讳，不得接近禁地。随后，齐冀生又强调："进了军营，脑袋就别在裤带上了，谁要是惹了祸，那可不是你自个儿的事，还有这四十几号人呢。"

大家纷纷应允，却也提心吊胆。

一切都准备妥当了。当晚，光技大棚进驻军营，为督办大小军官义演。这场演出，齐冀生是殚精竭虑，精心安排，生怕有所闪失：《刀门子》之险、《钢丝高车》之绝、《米簸子》之妙、《蹬技》之高、《大武术》（即为叠罗汉）之雄伟，把马匪个个看得目瞪口呆。当小婶和吴双表演《双骑马》时，马步青竟然腾一下站起来，嘴巴张得老大，眼睛直勾勾地看着。

马步青没想到，这么柔弱的小女子，玩马玩得这么绝。

小婶出身杂耍世家，她不但"蹬技"出名，"马趟子"更为拿手，在光技大棚里，她和吴双表演《双骑马》时，动作娴熟、体态轻盈，骑马如坐平地，常常博得观众的喝彩。

马步青也不例外，他着实被"马上倒立"惊呆了。在飞奔的马背上，小婶和吴双稳稳倒立，这动作难度之大，是他难以想象的。

马步青瞪着眼睛，盯着大白马狂奔，似乎担心两个女子从马背上跌下来。其实，担心是多余的。大白马继续奔驰，两个女子白衣翩翩，做着各种高难度动作，衣裙被风拂起，犹如仙女下凡一般。

马步青心花怒放。

但是，谁也不知他是因为节目，还是因为马上的人……

观看了《水流星》后，马步青走进场内，拿起道具看看，先摇了摇头，又点了点头。然后，他冲麻子红笑笑，又拍拍他的肩头，还伸出了大拇指。

麻子红表演的《水流星》，是一根彩绳的两端，各系着一个小飞机，小飞机四个翅膀上，各放一个盛着水的碗，当中没有任何机关。

麻子红以翻、滚、蹬、抛、接等动作为基础，表演了"骗马""背花""滚堂"等高难度而复杂的动作。那水碗舞将起来，只见银光闪闪，耳畔呼呼有声。那动作之险、技巧之高，确实扣人心弦。

义演的第二天，光技大棚就在军营演出。为此，马步青下达命令，士兵看戏要给钱，演戏时要留有士兵站岗。

得知这道军令，齐冀生颇为感动。本来，他一意孤行来兰州，就是为了体验西征的成就感。吴桥杂耍有史以来，撂地儿也好，棚围子也好，还没有进驻大西北的呢。

齐冀生还打算，兰州演出结束，就直接奔凉州，走完川藏线。

齐冀生坚信自己的选择。

现在，他的选择再一次被证实：士兵看节目给钱，那意味什么呢？那不就是捡钱嘛。马步青手下多少士兵？既然有军令，谁不想观看呢？

果然，第一场演出就爆满了，士兵人数之多，是他们始料不及的，同时秩序相当好，毕竟是军队嘛。

光技大棚开门红，之后的几天里，士兵按建制轮番观看，齐冀生挣得钵满盆满。

因此，大棚里洋溢着喜气，齐冀生也是满心欢喜，唯有齐冀旺忧心忡忡，他悄悄冲齐冀生说："老小，见好就收吧。"

"为啥？这红红火火的，干啥要收？俺还想去凉州，给马步芳演些日子，这土匪的钱多好挣啊。"

"俺心里不踏实，总觉得是黄鼠狼给鸡拜年——他没安好心呢。"

"马步青图俺啥？人家要钱有钱，要地盘有地盘。俺看你多虑了，他不就是地处偏远，很难看到杂耍罢了。他看《双骑马》时，你看他激动的，一下就站了起来，还使劲儿拍巴掌。"

提到《双骑马》这个节目，齐冀旺心里咯噔一下，一种不祥的感觉涌来。但碍于齐冀生的态度，齐冀旺也不便再说什么，转身安排当晚演出去了。

齐冀旺前脚刚走，赵凤池后脚就进来了。

赵凤池做了门把以后，门口的事都由他处理。这会儿，马步青的副官受命前来，赵凤池便匆忙进来通报。

齐冀生被换到了门口，亲自前往迎接副官。副官将马匹交给卫兵，和齐冀生说笑着进了会客室。

这副官了解演出情况，齐冀生感激督办仁厚，相互寒暄了一会儿，齐冀生便试探着问道："长官，您是有啥事吧？"

闯荡江湖的齐冀生，知道这堂堂的副官，不是被什么风刮来的。

果然，副官甩着白手套，笑呵呵地说道："齐老板，恭喜啊。"

恭喜？齐冀生的心咯噔一下，他预感到事情不妙了。

副官接着说："司令让我做个媒哩，他看吴双长得俊俏，想着把她娶进来，让她当十三姨太哩。"

齐冀生脑袋嗡的一声，他怎么也没有想到，马步青会打这个主意。这真应了齐冀旺的话，黄鼠狼是给鸡拜年啊。马步青快四十了，吴双还是个孩子，还是个十三姨太，这不是把吴双往火坑里推吗？况且，吴双可是台柱子，她虽不及麻子红、金大力，那也是主要演员啊！大棚里的蹬技啊、马术啊、顶尖啊，哪能离了她呢？

齐冀生久久不出声，副官能不明白吗？齐冀生这是不愿意呀！于是，副官提高了声调说："不行？齐老板还不情愿吗？"

此时，一股寒流突然袭来，齐冀生不由得打了一个冷战，他不知该怎么回答。答应吧，那缺德的事他做不来；不答应吧，大棚必将遭遇灭顶之灾。思虑再三，齐冀生说道："长官，容齐某和她本人商量商量，可以吗？"

"当然。不过，齐老板再给传个话，司令过几日就要娶亲哩。"副官道。

这话可真就带了狠劲儿，看似既委婉又柔和，说是让你和吴双商量，其实连日子都定下啦，哪还有挽回的余地？

送走了马步青副官，赵凤池搀齐冀生进屋。刚一进屋，齐冀生便瘫坐在椅子上。这一刻，他的肠子都悔青了，悔不该当初没听劝告，执意要来兰州这鬼地方，果然是羊入虎口了。

齐冀生叹了口气，冲赵凤池说道："凤池，去把内掌柜、外掌柜找来，俺得好好商量商量。"

齐冀旺一听副官来意，便狠狠地一跺脚说："俺就猜到了，义演那天俺就犯嘀咕，马步青他就没安好心。"

齐冀生说："事到了这地步，快想个法子吧。"

齐冀旺摇头说："能有啥法子？面对杀人不眨眼的魔王，你不舍吴双，就得舍大棚和伙计。舍了吴双，还能救下众人的命。"

江海河点头称是，在这个节骨眼上，还能怎么办呢？

齐冀生无计可施，只能是唉声叹气。

这边愁肠百结，那边演兴正浓。

麻子红表演了《倒吃大菜》《刀门子》《砸楼子》和《鸭子跩》。最后两个节目，是他根据国外的节目改编的，还糅进了一些滑稽元素。比如《砸楼子》，他身子倒立，在平稳之后，突然双手抱拳，两肘落地，姿势却不变。而后，他又突然发力，利用两肘弹力，将身子弹起来，再恢复倒立姿势。在弹力动作上，麻子红故意歪了几下身体，做出突然失托的样子，然后再恢复常态，达到先恐后喜的效果。

《鸭子跩》是双手着地倒立，利用双肘支撑身体，保持竖直姿势，重心放在左肘上，身体保持平衡，但身体向右歪，右肘向前移动一步；这时，再把重心移到右肘，左肘向前移动一步。这样反复连续表演，如同鸭子走路，一摇一摆，引人发笑。

麻子红的节目，在高难度的基础上，糅进了滑稽表演，既惊险又神奇，引起了热烈的掌声。

麻子红回到后海，刚刚卸去了装，赵凤池就匆匆走来，冲麻子红一摆脑袋，麻子红连忙跟了出去。

赵凤池只管往前走，一句话也不说，这让麻子红觉得纳闷，看大哥的样子，像是有什么事。

走到了剧院的后面，赵凤池止住了脚步，麻子红也跟着住了脚。

黑影里有人轻声呼唤："小福！"

麻子红心头一阵惊喜，这不是二哥赵凤瑞吗？他猛然跳将过去，压低声音叫了一声："二哥！"

"小福！"赵凤瑞冲过来，张开双臂，哥儿俩紧紧抱在一起。赵凤池呢，像一只抱窝的母鸡，把两个弟弟拥在羽翼下。

麻子红做梦也没想到，哥儿仨在大西北相聚了。而此时，无论是赵凤池、赵凤瑞，还是麻子红，都沉浸在相逢的喜悦里，三人喜极而泣。

赵凤瑞心里有事，拍了拍麻子红，又冲赵凤池说："大哥，俺还有重要的事要说，跟俺来吧。"

赵凤池和麻子红对视一下，又都点了点头。

赵凤瑞在前带路，麻子红和赵凤池紧随其后，他们拐过一个街口，又拐过一个街口，终于来到一幢平房前。赵凤瑞轻轻敲了三下门，房门打开一条缝，一对大眼睛扫一眼来人，便侧身让开一条路。

屋里有一高一矮两个人，都微笑着冲麻子红、赵凤池点了点头。赵凤瑞分别介绍完毕，那位姓林的团长冲麻子红说："呵，大名鼎鼎的麻子红，不错，一表人才，气宇轩昂啊。"

麻子红的麻子红了。

面对这么大的官，赵凤池有些发窘。林团长伸出手来，要和赵凤池握手。赵凤池刚一伸出手，又缩回来在衣襟上擦了擦，这才再一次伸出手去。

大家散坐在马扎上、炕沿上，大眼睛的小个子则出去望风。

赵凤池借机问赵凤瑞："小耗子，你是啥官呀？"

林团长一头雾水地看向赵凤池，赵凤瑞红着脸说："团长，小耗子是俺小名。"赵凤瑞说着，又转向了赵凤池，"大哥，你看你说啥呢！"

林团长哈哈笑了："噢，凤瑞啊，早就是响当当的连长啦。"

赵凤瑞有意截住话茬，冲赵凤池、麻子红说："大哥，小福，俺们专程来兰州，就是来找你们的。"

"二哥，有啥事？说吧。"麻子红说。

"小福，二哥虽没在你身边，但对你们的动向了如指掌。这次，组织上知道大棚进了兰州城，才特意派俺们来的。"麻子红、赵凤池目不转睛地盯着赵凤瑞，"听说，你们在给马步青的军队演专场？"

麻子红点了点，赵凤池嗯了一声。

"小福，西路军的事，你听说了没？西路军失败了，有近万人被俘虏。后来，大部分同志被营救出来了。"

麻子红又点点头。

赵凤瑞叹了一声说："但是，还有一些重要的同志，一直困在马家军里，组织上正在想办法营救，还望小福和大哥搭把手。"

"啥人啊？"麻子红问。

"是红五军报务员宋本亮，他掌握许多重要情报，又会编制电报密码，为避免造成重大损失，组织上一直想营救他。"

"咋个救法？"麻子红又问。

"是啊，俺进不去军营，又能有啥法子？再说了，弄不好会掉脑袋的。"赵凤池说。

"大哥，你甭说了。"麻子红拦住赵凤池说，"二哥办的是正事，是为了老百姓过上好日子。出了花子那件事以后，俺一直觉得愧对二哥。这次，俺说啥也得帮二哥一把。"

"对了，小福，花子也在八路军里。"赵凤瑞突然说。

"花子？"麻子红一愣，盯着赵凤瑞说，"她，她真当八路军啦？"

赵凤瑞点了点头，又冲麻子红说："小福，这事以后再说。俺们先想一个万全之策，既能救出宋本亮，还得保证你们的安全。"

林团长、麻子红、赵凤池和赵凤瑞，一时间都陷入了思考中。

5

麻子红和赵凤池回到大棚，才发现伙计们乱作了一团。

齐冀生坐着吧嗒吧嗒抽着闷烟，江海河、齐冀旺等人，坐在那儿不出声。伙计们散落在周边，三三两两咬着耳朵嘀咕，吴双蹲在一边哭泣，小婶等几个女人在一旁劝慰。

马步青要迎娶吴双，真似乌云压了顶，让大家喘不过气来，但大家又觉得无计可施。

逃吧，这么多的人马，这么多的道具，又在人家地盘上，就算插上翅膀，也逃不出人家的手心啊！吴双一个人走吧，其他人就得受连累。拒绝吧，惹恼了马步青，那可不是闹着玩的，还不一枪一个毙了啊？

大家都觉得走进了死胡同。

齐冀生长吁短叹的，暗自怨恨自己执拗，不该不听人们劝告，把吴双送进了虎口。麻子红也觉得无计可施，大家又嘀咕一阵子，只能各自回去睡觉。

第二天，麻子红去找赵凤瑞，一五一十说了吴双的事，赵凤瑞眼睛突然一放光，这让麻子红感到不解。

赵凤瑞带着麻子红，匆匆来到林团长面前，说自己想将计就计，趁马步青迎娶姨太太，顺手牵羊解救宋本亮。

林团长略加思索后同意了。

赵凤瑞又冲麻子红说："小福，你先回去盯着，有啥新动向，就马上来告诉俺。"

麻子红点点头，转身回了大棚。

林团长拿出一张地图，和赵凤瑞商量具体方案。

大棚里依然混乱不堪，节目也没有心思练了，大家凑在一起嘀嘀咕咕，眼前依然是一团团迷雾。

马步青却是喜上眉梢，他一边吩咐准备婚礼，一边给吴双送聘礼，吴双的房间摆满了绫罗绸缎……

吴双呢，她头不梳脸不洗，只是一个劲儿哭，哭得是昏天黑地。

麻子红不想引起注意，怕惹来不必要的麻烦，就让赵凤池充当信使，往返于赵凤瑞与大棚之间，传递着相关信息。

赵凤瑞要见齐冀生，商量具体的营救方案。

天黑了，麻子红去找齐冀生。齐冀生只是吧嗒吧嗒抽烟，时而伴着一声声叹息。麻子红见状，微微一笑，冲小婶说："小婶，俺有事，想单独和九叔商量。"

小婶微微点头，带着孩子退了出去。

麻子红冲齐冀生嘀咕道："九叔，俺二哥能救吴双和大棚。"

齐冀生低声问："咋救？"

麻子红又嘀咕道："俺二哥想当面和你商量。"

齐冀生颤着音说："快，快请他来呀。"

麻子红小声叮嘱："嗯。不过，这事，不能让别人知道，包括内掌柜和外掌柜。"

齐冀生连连答应："知道，知道。"

天黑了，但月亮还没有爬上来，赵凤瑞和林团长来了，麻子红守在门外，为赵凤瑞等人望风。

第二天，马步青的副官来了，送来了一批演出服，齐冀生谢过之后，提出了一个条件：吴双出嫁之日，军营大摆筵席，尽情欢愉，全班进营扎棚，为吴双助兴添彩。

副官说："这……"

齐冀生一摆手说："吴双是俺养大的，不是亲生胜似亲生。她出嫁做了姨太太，俺这心里实在不落忍，希望马长官为她办一个隆重的婚礼，才能消解俺的愧疚之情。"

副官说："齐老板放心，马督办十分看重吴双姑娘，绝不会是一缸缸茶、一碟碟菜啦，一定会满足你的要求。只是，这个日子……"

齐冀生说："就十天后，那是个好日子。"

之后，光技大棚该演则演，士兵该看则看。十天后大棚进军营，也得到了马步青的批准。这消息，麻子红准时传给了赵凤瑞。十天后，赵凤瑞和林团长一身伙计打扮，混在伙计队伍里进了军营。

当天晚上，军营灯火通明，大摆筵席，军官与士兵一同欢宴，祝贺马步青新婚之喜。

让齐冀生意外的是，青海王马步芳也来了。

马步芳的到来，这才是赵凤瑞计划的关键所在。

齐冀生按照赵凤瑞的叮嘱，让麻子红、金大力等重要演员，拿出了压箱底的拿手好戏。本来，马步芳的玩心就重。这新奇的杂耍，把他深深地吸引了，他觉得刺激又好玩，就冲着马步青说："大哥，你比我享受啊！娶美女，看杂耍，这日子够滋润的。我在西宁无滋无味，连弟兄们也跟着苦巴巴的。"

马步青说："你再不要胡说，谁不知道你娶了不下十个啦？算算，你的女人们，够得上三宫六院了吧？"

马步芳哈哈大笑："女人再多，也不抵你的吴双呀！她貌美不说，还身轻如燕，性情如仙，你可是艳福不浅呀。"

听马步芳这么一说，马步青心里就打鼓，别人不了解马步芳，他可是了解到他骨子里。这个亲亲的弟弟，只要看中了的女人，不管她是什么身份，没有能逃过他的魔掌的。

想到这儿，马步青便说："吴双是蒲柳之姿，怎可和弟弟女人相比？"

马步芳哈哈大笑："大哥，你不用防着我，我对你的女人不感兴趣，我只要带走杂耍班子，回去给兄弟们开开眼。"

马步青连声地说："好啊，好啊。"

马步芳得意地笑了，继续观看杂耍节目。

马步青的心可急着呢，面对似一掐就出水的吴双，早就勒不住心里那根缰绳了。可恨的是，演员们使尽了浑身解数，那节目一个接着一个，特别是麻子红的节目，把观众的眼珠牵得牢牢的，看得马步芳一个劲儿叫好。

这台节目演到半夜，马步芳就看到半夜，马步青自然陪到半夜。

吃酒的官兵也该散了，三三两两地勾肩搭背，哼哼着小曲散着脚，都奔自己的营房而去。

此时，马步青已喝得半醉，摇摇晃晃地回到住处，见门口摆着一张小桌，桌上满是残羹剩饭，两个哨兵醉倒在桌旁。

时值新婚大喜之日，马步青自然没理会，他心思都在吴双身上，就急匆匆推门进了屋。谁知，屋子里空空荡荡，床上被褥叠得整齐，不见一个人影。

"吴双！"马步青一个趔趄，差点没栽在床头，喊声被黑夜淹没了。他又使劲儿地喊着，依然没有人回应，他踉跄着走出屋子，踢了哨兵两脚："起来，滚起来！"

两个哨兵睁开醉眼，看马步青怒目以对，醉意立马消散，赶紧摇晃着站起来。

"人呢？"马步青指着屋里咆哮着。

"在呢，在呢。"哨兵话没说完，便挨了两个耳光。

副官带着卫队跑过来，马步青立马下达命令："全城戒严，搜捕吴双，扣押光技大棚。"

那副官双脚一磕，响亮地回了一声："是！"又发出指令："向右转，跑步走。"

在光技大棚里，齐冀生忧心忡忡，坐在那儿吧嗒吧嗒抽烟，麻子红和赵凤池坐在旁边，都为赵凤瑞捏一把汗。在这戒备森严的军营里，营救行动能不能顺利，大家心里都没有底。

这时，一阵杂乱的脚步声传来，继而冲进来一队士兵，不容分说地就把齐冀生、麻子红捆了起来。

这个行动，间接告诉齐冀生，营救行动有了进展，但他故意冲副官问道："长官，您这是干啥？俺可是督办大人的客人。"

副官伸手给了齐冀生一嘴巴，又大声骂道："小心我要了你的命！来人，给我搜！"

士兵们四散而去，伙计们被押出大棚，转眼间，光技大棚的人都成了阶下囚。

东方露出了鱼肚白，军营里依然乱作一团，马步青一身戎装，气势汹汹地走进大棚，身后跟着一排卫兵。他双眼喷着火，走到齐冀生面前，嗖地拔出了手枪，顶着齐冀生脑门问："你把吴双弄哪去啦？"

齐冀生哆嗦了一下，颤声说："马长官，吴双不是进了您的洞房吗？俺们一直在演出，谁知道她去了啥地方？"

"齐冀生，你敢戏耍老子，老子就送你去见阎王！"马步青一边骂着，一边推上了子弹。

这时，身后传来了马步芳的声音："大哥，你别急啊。"

马步青头也不回地说："步芳，你别管啊，我杀了这些臭卖艺的。"

马步芳打着哈哈地说："大哥，你可不能失言啊。"

马步青一愣："失言？这话咋说啊？"

马步芳又哈哈笑道："不是讲好了吗？我今天带他们上路，去犒劳犒劳我的弟兄们。"

"不行。"马步青胡子都参了起来，"丢了吴双，我一个都不放过。"马步青的手枪，依旧对着齐冀生的脑袋。

马步芳把手按在手枪上，并慢慢往下压："大哥，你咋糊涂啦？吴双在你的洞房里，他们在大棚演节目，你到这儿要吴双，那不是冤枉人吗？"

"不是他们，又能是谁？"

"哈哈……那我就不知道啦。你的军营，你的哨兵，你的卫队，那么多人守着一个女人，你得问问你的手下啊。"

马步芳的话绵里藏针，马步青顿时被噎住了。是啊，在自己的军营里，又有那么多站岗的，这的确是够丢人的。恰在这时，副官跑了进来："报告，西路军的报务员失踪。"

马步芳哈哈大笑，说这事很清楚，一男一女玩失踪，一定是私奔了。

马步青的鼻子都气歪了，弟弟说话夹枪带棒，刚指责他治军不严，又指责他治家不严，连女人都跟人家跑了。

马步芳借着这个茬口，宣布吴双跟报务员失踪，与光技大棚没关系，完全是个人的行为。于是，他命令卫士长，帮助光技大棚拔棚，去西宁慰问弟兄们。

"路上若是有啥闪失，就是追到天涯海角，也要揪出罪魁祸首。"这话，他是说给马步青听的。

马步青只能含恨忍辱，眼睁睁看着大棚上路。

其实，这都是赵凤瑞的计划。

自从西路军失败后，共产党就秘密活动，说服马步芳部的高层，参与营救红军被俘人员。抗日战争爆发了，国共两党再次合作，形势更加向好了，一些事情也变得顺理成章。

原来，马步青迎娶吴双做姨太太，被赵凤瑞和林团长上报后，组织上就派人潜入兰州和西宁，制定了详尽的营救方案，其中包括离间马氏兄弟。于是，马步芳的高层军官，就在马步芳耳边吹风，说光技大棚一直在兰州，为马步青的军营演出，马步青要迎娶大棚里的吴双……本为权势较劲儿的马步芳，顿时心生怨气，怨马步青独享好事，心中没他这个弟弟。

马步芳备下了丰厚的贺礼，名义上是参加马步青的婚礼，实则是要迎接光技大棚进西宁。

赵凤瑞一环扣一环，逐步推进营救计划，趁官兵们大摆筵席，沉醉于喜庆的气氛之中，悄悄地救出宋本亮和吴双。而光技大棚呢，又借用马步芳之手，顺利地逃离虎口，向着西宁进发。

一路上，麻子红的心揪着，为赵凤瑞一直捏了一把汗，期盼能够早日见到他。

到了西宁，光技大棚扎棚在营中，后随马步芳去了凉州。马步芳倒也仗义，命令官兵花钱看戏，不得欺凌杂耍艺人。因此，这一路走来，倒也是红红火火，每股账分了三十块大洋。

一九三八年年初，光技大棚到了乌鲁木齐，受到前所未有的冷遇。

掐指算来，背井离乡两年多，走遍了中国大西北，完成了齐冀生的心愿，伙计们也心生归意。

要说归心似箭，这话一点不假。

一过了"跑马节"，伙计们一路小跑，出了新疆地界，跨过甘肃西部，直接取道东南。到岷县，伙计们才扎棚，演上十天半月，又去宕昌、武都……到了碧口，大棚扎了下来，江海河前去拱地，把大棚立于闹市，一待就是半个月。

这一天，吴双在八路军战士的护卫下，安安全全地回到了大棚，齐冀生悬着的心终于落了地。

死里逃生的吴双，开心得又蹦又跳，抱住小婶撒欢儿。

八路军战士见过齐冀生，又见了麻子红、赵凤池，并转告了赵凤瑞的嘱咐。从此，艺术人生、家国命运、责任担当，就像一粒粒种子，在麻子红心里滋长，在赵凤池心里滋长。

吴双平安而归，大家自然都十分开心，齐冀生决定停演一天，大摆酒席以示庆贺。

桌上，齐冀生宣布："明儿个，就是八月十四，俺们要赶到广元，到那儿去过中秋节。"

一听这话，就有人嚷嚷："明儿个？那有百十里路，一天赶到广元，还不把大家伙累死啊？"

"就是，太远了。"

"再着急回家，也不能拼命啊！"

麻子红点了点头，金大力也点了点头，大家都觉得不可思议。江海河瞅瞅大家，笑着接过话说："九哥考虑大家伙长期起旱，鞋子都走破了很多双，也走得人困马乏的，决定从碧口到广元走水路。俺问了，从碧口到广元，都是白龙江流经地，顺流直下，不到半日就到啦。"

"太好啦，太好啦！"

"谢谢九哥，你真是最贴心的棚主啊。"

"谢谢九叔，九叔最疼我们啦。"

得知这个消息，大家心潮澎湃，一个个笑逐颜开，纷纷向齐冀生敬酒。吃过了饭，江海河立刻赶往码头去租船。

自从来到碧口，大家就住在城隍庙。从外表看去，这城隍庙就是久历风雨的老人，山墙青砖斑驳，苔藓覆盖台阶，门窗油漆失色，庙里香火已绝，亦是无人管理，俨然是一座十足的荒庙。

这城隍庙虽破败了，却成了清静的去处，对鞍马劳顿的艺人，倒是一个上好的住所。在这幽静的城隍庙里，伙计们躺下一觉睡醒就天色大亮了。因此，大家把这儿当成了官殿。

一天下午，齐冀生吩咐拆棚打包，把所有装备整理妥当，再回城隍庙整理各自的行囊，等大家全部躺下，已是夜半时分。

大家很快进入了梦乡。

忽然，一阵哗啦啦的声响，接着又是砰的一声，像连人带瓦从房顶滚落，惊得人们头发竖起来。几个年轻伙计爬起来，壮着胆子到外面一看，房上地下空无一人，门前只有一堆碎瓦片。

大家回到庙里刚要躺下，外面又响起脚步声，就像是光着脚走在雨水里。这声音由远而近，开始像是一个人，细听又像是很多人。让人纳闷的是，大家刚刚进屋，外面根本就没下雨。再说了，城隍庙地处碧口城边，前不挨村后不着店，庙前庙后又没有大路，哪来的行人走路？大家都是神经紧绷，屏声静息，谁都不敢出门去。忽然又传来吧唧吧唧的声音，而且声音越来越大，庙外的三匹马打起了响鼻，蹄子拼命地刨着地。

"不好，有人偷马！"江海河大喊一声，麻子红、唐春希、金大力等，拎起木棒就冲了出去。到外面一看，周围静悄悄的，既没下雨，也没人走路，马也好好地拴在木桩上。

　　大家疑惑地回到庙里，庙台上，摆着一张行军床，还用砖头架起一块门板。麻子红回到行军床上，金大力躺在门板上。过了好一会儿，人们迷迷糊糊刚进入梦乡，金大力妈呀一声滚到地上，抓过一块青砖就往门板底下砸，可定睛一看，门板下并没有人。

　　大家又被惊了起来，都瞪着眼睛看着金大力，不知他为什么一惊一乍的。金大力说有人用棒子捅门板，麻子红下地踅摸一圈，连个人影都没找到。

　　这邪乎事一件接一件，搅得大家一点睡意都没了，就干脆坐起来吧嗒吧嗒抽烟，或凑到一块聊着天。齐冀旺想了想，就嚷着让唐春希讲一段《济公传》，好让济公来驱驱邪气。

　　鸡叫五更，大家终于进入了梦乡。

　　太阳跳出了地平线，江海河从睡梦中醒来，穿好衣裳要去小解，却发现门楣上的褥单不翼而飞，免不了又是一通嚷嚷。大家纷纷爬了起来，几个人又四处踅摸，根本就没有褥单的影子。

　　大家都睡眠不足，情绪随之烦躁起来，甚至有人骂街了：

　　"他娘的，折腾死了。"

　　"这是啥破地方，也他娘的太邪性了。"

　　"一直住得好好的，咋就突然闹上鬼了呢？"

　　这情绪像瘟疫一样，一瞬间传染了每一个人，大家越说越激动，头皮麻酥酥地像过电。这时，金大力嚷嚷起旱，要到船上去吃喝。金大力不比麻子红，却也是台柱子，像领唱的演员，他一嚷嚷，其他人呼啦一下站起来，纷纷背起了行囊要赶路。

　　齐冀生一想也是，这地方太邪乎，还是早点离开为好，就催促着小婶整理行囊。

　　伙计们刚把东西搬上马车，码头就有人来找外掌柜。

　　来人是船上的伙计，他找到江海河说："把头说，因为江上涨水，现在不能开船。让你们就地歇息，等候消息。"

　　那伙计刚一说完，转过身就要离去，却被江海河拉住："喂，船不是昨儿个订好的？咋说不开就不开了呢？"

"上游下大雨，江上在涨水，水大浪急呀，开船太危险。"伙计解释说。

"一夜间就不能开船啦？俺们是不能耽误走路的。"江海河争辩道。

"是把头说的，你要是不服，就去找他说。"那伙计有些不耐烦，说着转身要走。

"不行，今儿个准得走。"

"船是订好的，不开哪行？"

"就是，俺得到广元过节呢。船都订好了，他凭啥不开船？"

一时间，伙计们嚷成了一片，边说边催着赶路程。齐冀生本想劝阻大家，却被伙计们的吵嚷声淹没了。

说话间，解马缰的解马缰，赶车的赶车，起旱的起旱，都风风火火地向码头奔去。到了码头，江海河感到很惊诧，一夜间，河床溢满了，河水轰轰隆隆，泛着粼粼的波光，白浪滔天地流向远方。

船边呼啦啦拥来一群人，船把头顿时冒了汗，急忙走上前阻止道："不要上船，今儿个不能开船。"

金大力三步两步蹿上去，厉声质问船把头："船俺们租了，你为啥不给俺们开船？"

"是啊，为啥不开船？"人们边质问，边往船上拥。

船把头一看这架势，拦是拦不住了，他索性撇开伙计们，前去跟江海河、齐冀生交涉："哥子哟，真的不能开船，我也是没得法子。"

齐冀生哪里知道其中的危险？

碧口水运船，全都是木船，清一色装的是药材，什么当归、党参、大黄……应有尽有，造就了碧口行栈林立、商业繁华的景象，碧口从而被誉为"小上海"。而且，碧口没有客运船，都是在货运基础上，混搭着一些客人，完成客运的目的。但像光技大棚四十多号人，还有马匹、道具等，要是搭上货运船只，再加上这样大的水，那后果将不堪设想！

此时，齐冀生完全站在伙计们一边。他琢磨：按船把头的意思，先后分三批搭船，等全部到了广元，还不得十天半月？因此齐冀生掏出五十块大洋，往桌子上一放，说："我们船钱照付，外加这些酒钱。"

船把头一见钱，竟然提高了嗓门儿："大脑壳没得用场，你们外乡人晓得个啥子？这龟儿子河道……"他不敢说不吉利的话，便转了话题，"不是不帮你哥子的忙，没得法子哟！"

这时，有人把马也牵到船上，阻止已经不奏效了，船把头便退一步说："这样子，人可以住在船上，先把马牵下去，等水退了就开船。哥子哟，千万要跟伙计们说说，实在是没得法子。"

船把头哭丧着脸，让江海河感到为难，他就想跟伙计们商量。可是，伙计们三五成群地围在一起，摆上了白酒、鸭蛋、核桃饼、臭豆腐，竟然开喝了。他的心头一热，鼻子一酸，眼泪流了下来。是啊，伙计们离家数年，归心似箭，昨夜在城隍庙里折腾一宿，这心情是可以理解的。

江海河正在犹豫，又有人吵吵起来："咋还不开船？"

"开船吧，快开船。"

大家喝着、喊着，还有愣头青要去解缆绳，撤跳板。

江海河无奈地摇摇头。到了这个份上，掌柜的说话也未必好使，谁还能有办法呢？齐冀生摸到船把头跟前，用恳求的语气说："老大，开吧。俺们江湖艺人福大命大，不会出事的。"

"是啊，开吧。伙计们也不听话，没办法。"江海河附和着说。

"莫吵了吧，包在我身上，你就应了吧。"在一旁抽水烟的甲长说。

甲长，是白龙江的特殊舵手。白龙江水狂流急，航道千变万化，光靠船舵不能应付，就在船头加个长艄，有十几米长短，并从船头伸出去，形同关老爷的大刀片，中间有一个活动支点。一般来讲，一艘木船配备八个水手，手扶木柄分立在艄两旁。

而甲长呢，就站在水手中间，面向前方观察水势，根据水势发出指令：用右手向左挥动，水手竭力向左扳艄，船就掉头；甲长用左手向右挥动，水手向右扳，船亦掉头；甲长大力挥手，水手用力扳；甲长微微挥手，水手微微地扳；甲长挥几下，水手扳几下；甲长不动，水手也不动。由此可见，在惊涛骇浪中，全船的生命财产，都捏在甲长的手心里。

所以，甲长发了话，船把头也无奈。可是，这个甲长是个大烟鬼，现在正等着钱用，见到五十块大洋，他就两眼发亮！这些，船把头又怎能知道？何况，镇上就两个甲长，他也得罪不起呀！船把头只好答应开船。

船悠悠地开进江道，大家心情也平静下来，伙计们吆五喝六地划着拳。

天儿上了船以后，感觉十分新鲜，索性耍了起来。他一会儿学麻子红，跩着鸭子步，还边跩边做扮相；一会儿学唐春希，挺着个大肚子，边讲边打手势；一会儿又学齐冀旺，倒抄两手左顾右盼，来来回回迈着方步，逗得一船人笑声不断。

天儿，是齐冀生的小儿子，今年六岁，是小婶所生。

齐冀生四十多岁得子，自然视为宝贝疙瘩。伙计们也都喜欢他，谁逮着谁逗他玩。

这时，甲长也不时扭头看看天儿，又呵呵赔上几声笑，然后目视前方，指点着水手乘风破浪，那神情颇为专注。

转过了曲江口，江面开阔起来，大木船更加平稳，甲长长吁一口气，便坐在了舱盖上，慢悠悠装上一袋烟抽了起来。

不一会儿，天上下起了小雨。

甲长又站起身来，收起了水烟袋，观察前方的水势，不时地挥一挥手，继续指挥木船前行。

前方，就是一座江心岛，水道分左右两条，左面的水道宽阔，右面的水道狭窄。而且，右岸有一块巨石，像鸡冠探向江面，故被称为鸡冠石。这鸡冠石，水小时露在外面，是一块岸上石；水大时藏在水里，就是一块水下礁。从前，这里屡屡发生船祸，这必然引起甲长的重视，于是指挥木船走左边水道。

木船渐渐接近江心岛，船头斜向了左水道。

忽然，甲长发现鸡冠石上，站着两个身披蓑衣、头戴草帽的人，正拼命向木船招手，又隐隐约约喊着什么。

"他们喊啥子？"甲长问。

"不晓得。"水手回答。

"算了，不理他。"甲长说。

木船继续向左靠去。

"是搭船的吧？"听着他们的对话，齐冀生心生慈念，便冲甲长说："让他们搭吧，都是出门的人。"

也许是心地柔软，也许是判断错误，甲长竟鬼使神差，指挥水手把船头右转，木船进入了右水道。

"注意鸡冠石。靠左侧走，离右岸远点。"甲长边挥手边喊。

右水道相对狭窄，水流十分湍急，木船一进入右水道，就像箭一样朝下游射去。这时，甲长使劲儿向左挥手，木船却像失去控制，继续靠右向前驶去，仿佛被强大的水流裹挟着。

甲长纳闷，这木船怎么就转不过来呢？

这还得从五十块大洋说起。

齐冀生的五十块大洋，明晃晃地放在那儿，都被甲长一个人独吞啦，水手们看着生气呀！有几个水手憋着劲儿，就不怎么听从指挥了。你越是使劲儿地挥手，我就越是小点劲儿扳，这哪是甲长能明白的？

甲长大惊失色，一个箭步跨过去，想控制住舵把，可是一切都晚了！

只听甲长大叫一声，伙计们都一愣神儿，还没等反应过来，只听咔嚓一声巨响，船头撞在了鸡冠石上。

厄运终于降临了。

随着船身的剧烈震动，船上的人几乎全部跌落，船把头一边扑向船头，一边失魂落魄地大喊，要求大家不要惊慌。

大家清醒过来，看到船把头扑向船头，也呼啦一下跟了过去。伙计们已经意识到，船头一定会撞出个大洞。在这性命攸关的时刻，只有立马堵住这个漏洞，大家才有生还的可能……

可是，木船损坏程度之大，是大家万万没有料到的。几个人刚刚扑到船头，船头竟然在瞬间沉没了，几个人纷纷落进水里。紧接着，船尾也高高翘起来，船身严重倾斜着，人、物、牲畜，噼里啪啦相继滚进江水里。

船上的人乱作一团，人们失声叫喊着、呼唤着，那声音撕心裂肺。

"天儿，天儿，你在哪？"齐冀生呼天抢地，四处摸索，大声地叫着儿子的名字。

刚才还在玩耍的天儿，现在已不知身处何方。

站在船尾的麻子红，看到了大哥赵凤池，正和唐春希等人搂在一起，就拼命冲他大喊："大哥，大哥，你们别抓在一起！"

听到麻子红的呼唤，赵凤池冲麻子红喊："小福，小福！"那声音还没落，身子便沉入了水中。

此刻，人的悲号声、哀叫声，马的嘶鸣声，物的击水声响成一片。

木船剧烈地一跳，又打了一下横，便顺流而下了。可是，一会儿工夫，这艘承载船工、药材和光技大棚全班人马的木船，在离岸两丈多远的水面上沉没了，永远地沉没了！

白龙江水奔涌着、咆哮着、翻卷着浪花，继续向前流淌。

人、物、牲畜，在水上漂着。

随着时间的推移，凄惨的呼救声越来越弱，水面上的漂浮物七零八落，犹如浪卷残叶、顺流而下……

船毁、货沉、人亡，转眼之间，一切化为乌有，只有山风和江涛，发出呜咽的悲鸣，像是为无辜的逝者吟唱的挽歌。

第七章　磨难

1

中国第一个马戏大棚——光技马戏武术团覆灭了。

这支创建于一九三一年，演遍了大半个中国，在千万观众心中享有极高美誉的艺术团体，一瞬间被茫茫的白龙江吞噬了。

那一天，是一九三八年农历八月十五。

麻子红落水的一刹那，猛然抓住了行李卷儿。难道，这是他有意而为吗？未必。在生死关头，他哪有时间想这些？那么，就是潜意识的作用了。那行李卷儿包裹的，可是他的心血和希望——给娘买的皮袄和红花，积攒的一百多块大洋——麻子红二十二岁了，爱娣儿也苦苦等了三年，有了这些大洋，回家就可以操办婚事了。

麻子红抱着行李卷儿，想起了童年时的玩伴。那时，申庄前的沙河湾里，就是他和小伙伴的乐园。夏天，清凉凉的沙河水，流到了沙河湾里，水深处能没过成年人。为了纳凉，他和小伙伴们一起，在浅水区里练习游泳，什么狗刨啦、仰泳啦、蛙泳啦，都多多少少会一点。特别是仰泳，麻子红故意往上挺身子，那小鸡鸡就像一根竹笋，一下一下钻出水面。如今，虽已过去多年，但他依然能在白龙江里扑腾几下，竟然也像模像样的。

慢慢地，行李卷儿被水浸透了，拽着麻子红往下沉。麻子红拼命地挣扎，接连喝了几口江水，体力几乎消耗殆尽，再也无力顾及行李卷儿，只好撒手由它去了。麻子红游哇，游哇……突然，一面皮鼓漂了过来，他猛力刨了几下江水，终于抓住了皮鼓环，任江水推着他向下漂去。

转眼漂了四十多里，在一个江道转弯处，麻子红被卷进了漩涡，好在他紧紧抓住鼓环，才没有被卷入水底。麻子红死死抓住鼓环，不停地在漩涡里打转，打转……他恍恍惚惚的、昏昏沉沉的，有气无力地喊道："龙王爷，搭救俺……龙王爷，搭救俺……"

不知转了多长时间，也不知喊了多长时间，他渐渐地喊不动了，仿佛一片被炙烤过的树叶，一下失去了往日的生机。忽然，有啪啪的击水声传来，麻子红睁开眼睛一看，原来是一根竹竿伸过来，一下，两下，三下……他突然意识到，这是一根救命的竹竿啊！当竹竿第四次伸过来，他一把抓住了竹竿，嘴里依然嘟囔着："龙王爷，搭救俺……龙王爷，搭救俺……"

"你呀，死不了喽，上岸啦。"一个粗犷的声音传来，"把手撒开吧，我背你回家去。"

麻子红死死攥着竹竿，就像一摊烂泥瘫在那儿。

麻子红醒来的时候，发现自己躺在土炕上，身边坐着一位老妇人，正在往自己嘴里喂水。老妇人看他醒过来，不觉惊喜地说："醒啦，醒啦，可醒啦。"

麻子红失神地看着老妇人。

听到老妇人惊喜的话语，一身农民装束正蹲在噼啪作响的火盆前的两个人，提溜着带有潮气的衣裳，，嘻嘻哈哈走了过来。

麻子红满脸的疑惑，愣怔地看着一男一女。

老妇人乐呵呵地说："这是我儿子和闺女。你呀，就是被我儿子救上岸的。他把你背回来的时候，你浑身上下都凉透了。他给你换上了干爽的衣裳，把你放在这热炕头上，又喂了你一些姜水，你就昏昏沉沉地睡了。嗬，这下好啦，总算醒过来喽。"

麻子红吃力地坐起来，细心打量着这三个人。

老妇人五十多岁，慈眉善目，满脸堆着和气；男的三十多岁，中等个儿，一脸憨相；女的十五六岁，大眼睛，红脸蛋，有点羞涩的样子。

麻子红环视着这间屋子，起脊的房子一定是草房，空空荡荡的屋子里，没有任何摆设，土炕上连炕席都没有，他身下铺的是一片柴草，盖的是一条补丁摞补丁的被子。屋地中间放着一个火盆，干柴噼噼啪啪地燃烧着……

看着看着，麻子红鼻子一酸，眼里溢出泪水。他颤着声音说："谢谢你们的救命之恩。"

"哎，这就外道啦。"老妇人笑呵呵地说，"救人一命，胜造七级浮屠。这事搁谁，都得搭把手。"

当晚，麻子红就在这儿住下了。

第二天一早，麻子红从仅存的三块大洋中，拿出两块送给老妇人，谢过一家人的救命之恩，就一个人上路了。

麻子红迈着沉重的脚步，情绪低落地走到白龙江边，望着滔滔奔流的江水，一时间陷入了沉思：这一江秋水，难道就有那么大的胃口，一下子吞噬了大棚的伙计们？不！我不信。既然我能活下来，别人就有可能活下来。那么，我应该怎么办呢？对，逆流而上，说不准能找到大棚的伙计们。

麻子红站在江边儿，想采摘一束鲜花，无奈已是中秋时节，百花已经凋谢。怎样寄托哀思呢？唉！纸钱买不起，鲜花采不到，他只好默立江边，为棚主，为大哥，为师父和"大饼子脸"，也为兄弟姐妹们，祈祷几句吧！假若你们真走了，愿你们一路走好，来世我们还做师徒，还做兄弟……

麻子红沿江边走着，一口气走了三十多里，眼看要到白马庙了，这时看到前方树林里有一群人。会是谁呢？麻子红不知道。但他期待奇迹的发生，就甩开膀子加快了步伐。渐渐地，他看到了枣红马、白龙马和甘草黄，这三匹马不正是大棚的吗？麻子红心里一阵激动，眼泪不住地往下流。这说明那群人，一定是大棚的伙计们。

见麻子红从下游跑来，众人顿时一阵惊愕。瞬间，又纷纷围拢上来，都想知道他是怎么逃生的。

众人了解了麻子红的情况，麻子红也想了解众人的情况。

原来，在木船倾覆之后，众人纷纷落入江里，在惊恐与慌乱之中，齐冀旺抱住了马脖子，一个马夫拽住了马尾巴，另一个马夫随即效仿；张德胜和赵庆林懂水性，经过一番艰难的拼搏，终于爬上了白龙江岸；李桂兰抱住一块木板，一枝花抓住了行军床，也都摆脱了死神的纠缠。

大家上岸后，浑身都湿漉漉的，想找一处地方避避风，就都聚集到了树林里。死里逃生的人们，不约而同地聚拢在一起，自然是一种意外的惊喜，仿佛身处梦境里。

麻子红定了定神，打量着眼前的人们。

齐冀旺自然不必说，那是齐冀生的亲哥，光技大棚的内掌柜，大棚里最年长的一位；从另一个层面来说，他是金大力的父亲，爱娣儿的姨父；金大力和麻子红是磕头兄弟，爱娣儿是麻子红的未婚妻。所以，见齐冀旺还活着，麻子红是打心眼里高兴。

张德胜是齐冀生的徒弟，十六岁，中等个儿，瓜子儿脸，和吴双是搭档，他演"底座"，吴双演"顶尖"，拿手活儿是《水流星》。

赵庆林，三十多岁，矮胖身材，学过一点"小操翻"，后来也丢了手艺，在大棚里当力工、做门把。这人秉性纯朴、安分随和、实实在在，很有人缘。

李桂兰是买卖人，随着大棚做生意。在大棚里看演出，有钱的人摆谱，总得喝点茶水、吃点小食品，这就成全了她。但她得跟着大棚，大棚走到哪，她就跟到哪。大棚的生意兴隆，她的买卖也兴隆。

一枝花原本是个妓女，唐春希在岷县逛窑子，两个人竟然看对眼了，唐春希就为她赎了身，她成了唐春希的媳妇。

两个马夫自不必说了。

麻子红打量一会儿，渐渐感到有些疑惑，大家怎么耷拉着脸呢？他突然看到了一只木箱，那不是齐冀生的钱匣子吗？莫非……麻子红不敢往下想。

这时，赵庆林红着脸，冲着麻子红说："要不，让麻子红评评理。"

赵庆林这么一说，张德胜就接过话茬，叙述了事情的原委。

昨天，赵庆林、张德胜上岸后，正面对江水庆幸时，见水面漂着一只木箱，不觉又是一阵惊喜，这不是齐冀生的钱匣子吗？于是，二人双双下水，冒死把木箱打捞上来，打开箱子一看，竟然是两个金戒指，还有二百多块大洋。

箱子主人没了，箱子该归谁呢？当然是拾主啊！赵庆林这么认为，张德胜也这么认为。

其他人呢？觉得都是落难之人，现在已是身无分文，就算打捞箱子有功，凭大家同甘共苦一场，也该把钱分给大家，总不能让大家挨饿吧？

可齐冀旺认为，这箱子是齐冀生的财产，是弟弟辛辛苦苦攒下的血汗，不能随随便便分掉，应该归齐家人所有。

就为此事，大家争得脸红脖子粗。

此刻，大家的表情依然僵硬，齐冀旺坐在小木箱上，吧嗒吧嗒闷头抽烟，表情冷漠到了极点。赵庆林倚在一棵大榆树上，脸色通红……

按常理说，麻子红应该支持齐冀旺，不说齐冀旺很宠爱他，也不说他们是亲戚，单说这钱是齐冀生的，就算齐冀生不在了，那也应该归齐冀旺。更何况，齐冀旺拿到这笔钱，还能亏待他麻子红吗？

可是，麻子红没这么做，他看着侥幸逃生的人们，泪水再一次溢出眼眶。

麻子红逆流而上，愿望是找到亲人。即使赵凤池、江海河、齐冀生……这些最爱自己的人，真的永别了，能找到其他人也好哇！现在，找到了齐冀旺，找到了赵庆林、张德胜，找到了李桂兰、一枝花，还有那两个马夫，这不也是令人高兴的事吗？

再说，这儿哪有外人呢？赵庆林老实巴交，深得齐冀生的喜爱；张德胜是齐冀生的徒弟，小婶像对儿子一样对他；一枝花虽说刚来不久，毕竟是自己磕头兄弟的女人；李桂兰随大棚多年，大棚生意能够兴隆，她也是功不可没；两个马夫更不必说，精心喂养三匹马，西征路上辛辛苦苦。

面对这场生死劫，面对大棚的伙计们，假若齐冀生还活着，相信他一定会为了大家，分享自己这些辛苦钱。大难之时拉大家一把，是齐冀生的秉性；相反，见死不救，吃独食，那绝不是齐冀生的为人。

于是，麻子红力主分钱，救大家于水火。

齐冀旺虽百般不依，终拗不过麻子红，就每人分得五块，余下的都归齐冀旺。

一场争执就这样平息了。

正要开箱分钱时，一个嘶哑的声音，带着浓重的四川口音，从树林那边传来："你们都是干啥子的？"

大家举目一望，见一国民党军官打马奔来。

来人是碧口驻军一个营长，他听说白马庙翻了船，光技大棚整个翻到江里，想借机发点洋财。没想到运气还真不错，分钱的场面让他撞上了。他看着白花花的大洋，眼睛眯成了一条缝儿，边下马边质问道："你们是干啥子的，这钱是哪个的？"

"俺们是光技马戏武术团，钱是俺们自个儿的。"齐冀旺回道。

"啊，看你们瓜眉瓜眼的，果真是你们啊。"那营长笑了笑，用马鞭拍着手掌说，"你们不是翻船了吗？"

"是啊，都是死里逃生。"赵庆林回答。

"死里逃生，哦，好啊好啊。"营长绕着钱箱子转圈儿，眼睛盯着白花花的大洋，"大难不死，必有后福。这匣子落水了吧？"

他边说话边弯腰，从箱子里拿出两个金戒指，看了看，相互撞击一下，又放在耳朵边听了听，脸上露出得意的笑容。

"落了。"赵庆林说。

"怎么上来的？"

"俺俩捞上来的。"赵庆林指着张德胜说。

"我看一下。"营长伸手拨弄大洋，又诡秘地一笑说，"凡捞上来的东西，那都是要归公的，这可是规矩呀。"

"哎呀长官，这可是救命钱啊，你行行好，就算积德行善了。"齐冀旺一下子抱起钱匣子。

麻子红脸上的麻子红了，他冲着营长大声地说："长官，这办事，可得凭良心，俺们都是落难的人，你卡俺们的脖子，就不怕五雷轰顶啊？"

"好嘛，你小子凶得很哈。"营长转过了身，目光咄咄逼人。可他一端详麻子红，语气突然缓和了，"哦，你是演滑稽的麻子红？"

麻子红点了点头。

营长惊叫道："你没死？老天爷开眼了哈。"

不知是因为动了恻隐之心，还是麻子红态度强硬，或者看自己不是众人对手，营长竟然露出了笑容："我看在麻子红的面上，这钱就不用交了。不过，这两个金戒指……"

他又摆弄起金戒指，翻来覆去地看，嬉皮笑脸地瞅瞅众人，把金戒指放入了衣兜，飞身上马扬长而去。

大家很生气，但面对兵痞，又能怎么样？

分完了大洋，八个人分成三路，各奔前程了。

一枝花意欲投亲，独自一人走了。

齐冀旺的钱最多，决定买一台轧面机，自封为掌柜的，李桂兰和两个马夫愿意当伙计，这伙人就做小买卖去了。

剩下的就是麻子红、赵庆林和张德胜了。

麻子红不想回家，大哥淹死了，自己又身无分文，不知如何向爹娘交代，更不知如何操办婚礼。他想再闯荡一阵子，挣足了钱再回家。

赵庆林和张德胜也想挣点钱。

既然这样，就不如合在一处，凭借身上功夫，再闯出一方天地。

三人把钱凑起来，置了点简单道具，又返回了碧口，重新开始撂地儿。

齐冀旺也回了碧口，买了一台轧面机，又找人代写书信，将光技大棚如何沉没，自己如何死里逃生，又如何买轧面机，待挣到钱后返乡的事和想法，一一向家人倾诉，却只字未提他人状况，更未提齐冀生的钱匣子。

半个月后，齐冀旺的书信到家了。于是，吴桥震动了，全县都在流传光技大棚沉没的消息。

消息传来传去，就传到了申庄。

赵保真、刘氏听到这个噩耗，当场双双昏死过去。之后，赵保真、刘氏整日以泪洗面、昏昏沉沉。想想也是，"光技大棚"除了麻子红，还有老大赵凤池。大棚被白龙江吞噬了，也吞噬了两个儿子。两个儿子呀！他们的天真的塌了。

赵保真、刘氏身体逐渐衰弱下来。特别是赵保真，他整日怏怏不食、昏昏欲睡。不久，他便瘦成了干柴棒，不出一个月，就撒手人寰了。

赵保真之死，对于赵家来说，简直是屋漏偏逢连阴雨。为此，刘氏哭瞎了眼睛。月娥虽失去了丈夫，但那个柔弱的肩膀，还有那颗滴血的心，义无反顾地挑起了伺候婆婆、抚养狗剩儿的重担。

这一天，突然来了一个女孩儿，她一身素衣，挎着一个包袱，面带一抹羞涩地进了屋。月娥把她带着见刘氏那一刻，她竟然扑通一声跪下，又羞怯地叫了一声："娘——"

"你是？"刘氏撑起身子，疑惑地问道。

"娘，俺是小福未过门的媳妇爱娣儿。"

爱娣儿？一个未过门的媳妇，自己寻到了夫家，那就是夫家的人了。刘氏怎能不知这个风俗？一个黄花大姑娘，那不是毁了一生嘛。想到这儿，刘氏哭出了声，为赵凤池，为小福，也为这个孝顺的儿媳。

"闺女，你咋来啦？回去吧，俺不能毁了你呀！"刘氏放声哭起来。

月娥想搀扶起爱娣儿，爱娣儿说啥都不起来。狗剩儿看看月娥，又瞅瞅爱娣儿，也瘪着小嘴想哭。刘氏哭着哭着就咳嗽起来，月娥赶紧上前给刘氏捶背。

爱娣儿跪在地上，一把鼻涕一把泪地说："娘，俺知道小福的事了。俺既然许配给了小福，就是小福的人。现在，小福走了，俺陪娘过一辈子。"

刘氏哭得上气不接下气，她无力支撑孱弱的身子，就把头顶在枕头上哭。爱娣儿赶紧站起来，给刘氏倒了一碗水，和月娥一同扶起刘氏，说："娘，您老别哭了，身子要紧。"

刘氏终于忍住哭声，抓住爱娣儿的手说："爱娣儿呀，小福不在了，俺可不能坑了你。你先守着也行，等事情消停下来，再找一家，别苦了自个儿这一辈子。"

爱娣儿说:"娘,俺不怕苦。俺是小福的人,不会再嫁人了。就是嫁,也找不到好人家。要是嫁个瞎子瘸子,还不如替小福伺候您呢。"

这话,也算是爱娣儿的肺腑之言了。

女子未嫁,就死了未婚夫,那是扫帚星,是命犯克星。这样的女子,谁还敢娶她呢?

刘氏的心被揪了一下,又哭了起来:"俺可怜的小福啊,你可坑苦了爱娣儿这孩子了!"

爱娣儿说:"娘,俺不怕苦,只要您好好的,俺守着您,伺候您,俺也就有了奔头。"

爱娣儿这一番话,算是说到了刘氏的心坎上。刘氏心疼爱娣儿,就想着要好好活下来。因此,她开始进食了,身体也慢慢恢复过来。

爱娣儿不但救了刘氏,也救了月娥。月娥心想,爱娣儿没过门,就失去了未婚夫,现在除了这个家,她什么都没有。而自己,不还有狗剩儿吗?那是她的希望啊!

所以,她慢慢走出悲伤,和婆婆、弟媳相互扶持,带着狗剩儿过日子。

2

闻一文离开光技大棚,一直在陕西境内转悠,拴了一挂胶轮大车,走街串巷地拉脚,干上了车把式的行当。但终因没多大油水,又卖掉了胶轮大车,加入了王宜林的河南武术团,当上了武术团的门把。

一天,河南武术团在汉中演出,人们三三两两地进了门,有人议论光技大棚沉船的事,这让闻一文十分震惊,也感到十分痛心。接连几天,他都在打听相关消息,当听说麻子红流落碧口,就决定前去碧口探望。闻一文把想法和掌柜一说,掌柜王宜林高兴至极,并催促他快快上路。

其实,闻一文一直心存内疚,大掌柜正在害眼病,伙计们心情郁闷,他作为把兄弟的老大,当时实在是不应该独自离去。怎奈,架不住女人再三撺掇,还是咬着牙离开了大棚。一年多来,他一直感到对不起齐冀生，对不起自己的磕头兄弟，也对不起光技大棚的伙计们。也许，这就是他急于去碧口，要去探望麻子红的根本原因。

至于王宜林，他支持闻一文去找麻子红，除了体谅兄弟情谊之外，也还有他自己的想法。王宜林，三十多岁，大脑袋，厚嘴唇，胖墩墩的身子，为人老实忠厚，话也不多。当然，老实归老实，生意归生意。王宜林的河南武术团，演员无名，节目不硬，生意很不景气。若不是夫人会蹬技，再加上那一点姿色，武术团早垮了。麻子红是杂耍名角，在甘陕一带家喻户晓。若能把他请进来，武术团必定会有出头之日。

闻一文带着嘱托上路了。

麻子红、赵庆林、张德胜三人，离开了白马庙，又回到了碧口，被一位蔡姓郎中收留，住在蔡家小木楼上，白天出去撂地儿，晚上在楼上休息。

连着几天，撂地儿都没有多少收入。思来想去，麻子红才恍然大悟。光技大棚在碧口扎棚半月，男男女女、老老少少都看过了演出，还是在节目、道具齐全的情况下。可是，现在清耍清练，谁还愿意看呢？即使有几个丢钱的，那也是出于可怜而已，毕竟他们是劫后余生的幸存者。

撂地儿不成，那怎么办？想来想去，还是无计可施。最后，蔡先生出了个主意，他竟然拿出祖传秘方，让他们打场子去卖钱。

自古秘方不得外传，而蔡先生仗义疏财，不但外传了秘方，还让他们去治疗疑难杂症，自己却分文不取，实在是大好人一个。可是，蔡先生忽略了心理因素，在传统观念里，哪有拿秘方叫卖的？但凡上街叫卖的，一定是狗皮膏药。所以，看客不但不买，反而嗤之以鼻，枉费了蔡先生一片苦心。

蔡先生又找了一所学校，让麻子红去教武术课，每天有五吊钱的酬金。麻子红倒是有了收入，可赵庆林、张德胜依然愁眉不展。正在三人闷闷不乐之时，闻一文急匆匆来到了碧口。

闻一文的到访，让麻子红很惊诧。哥儿俩免不了互诉衷肠，都为光技大棚的惨局感到痛心不已。哥儿俩伤感了一阵子，才一起回到小木楼，去见赵庆林和张德胜。

第二天，谢过了蔡先生，四人便直奔汉中。

王宜林见到麻子红、赵庆林、张德胜三人，心情自然是万分激动，当即摆上酒席，为他们接风洗尘。席间，王宜林频频敬酒，劝麻子红、赵庆林、张德胜多喝几杯，以解旅途之辛劳。同时，还表达了欢迎之意，对麻子红多有恭维。

自木船沉没之后，麻子红一直动荡着，今天总算安稳下来，且有大哥闻一文相伴，心里便多了几分踏实，这顿酒自然喝得格外开心。

河南武术团的场地，就是一圈棚围子。棚围子，就是用布将场地圈起来。这种无棚盖、无板位的棚围子，在二十世纪三十年代比比皆是。这样的马戏棚围子，如果再没有动人的节目，生意肯定不好。尤其在陕西地界，有过光技大棚的演出，其他大棚不遭受冷落才怪呢。

在碧口，麻子红了解了团里境况，就目前的情况来判断，它很难有红火的一天。但他感激大哥亲自来接，也感谢王宜林的盛情相邀。既然他在白龙江死里逃生，总得干上一番事业才行，于是就想借河南武术团的平台，演绎精彩艺术人生，意欲振兴河南武术团。

麻子红做的第一件事，就是对棚围子进行改造。

河南武术团的棚围子，和许多棚围子一样，在布局上很不合理，场地中心立着一根老杆，歇场的演员围在老杆下，凸显了它的随意性，既遮挡了观众的视线，又分散了观众的注意力。

麻子红建议搭建后海。搭建后海也极其简单，用布在场内围上一角，留两个出入的便门就成了。这样，歇场演员归拢到后海，场内便秩序井然了。

麻子红、赵庆林、张德胜的加入，给这个团带来了生机，也扭转了全体演员低落的情绪。王宜林是看在眼里，喜在心上。每当麻子红等人上场，他都亲自在后海沏好茶水，等他们演出结束时饮用。

但是，事情并非都遂人愿。

麻子红虽然很努力，自己也频频上场演出，但终因原有节目功底差，道具又极其简陋，低迷的境况并未得到改善，演员们刚燃起的热情，像被泼上冷水的火苗，一下子又熄灭了。

新年过后，麻子红一直闷闷不乐、怅然若失，什么都提不起他的兴趣。麻子红的情绪变化，早被闻一文看在眼里。当然，闻一文心里明白，麻子红的情绪被压抑着，他原本想大干一场，可这霜打的柿子，再红还能红几天？麻子红尽心尽力，但毕竟不能演独角戏吧？

闻一文想劝麻子红，团里的生意虽萧条，但也不要过分苦闷，今后的日子还长着呢，大家一起再想想办法。

可是，没等他说话，麻子红却开口了："大哥，俺不想干了。"

闻一文愣了一下，顿了顿问道："那，你想干啥去？"

"俺想自个儿立大棚。"麻子红果断地说。

"你立大棚？"这下不但是闻一文愣了，就连赵庆林和张德胜，也都被惊得瞠目结舌。

"你开玩笑吧？"赵庆林疑惑地问。

"你不是发烧了吧？"张德胜伸手摸摸麻子红前额。

赵庆林摇了摇头，他觉得这玩笑开大了。赵庆林清楚，麻子红那一百块大洋，全部扔进了白龙江。现在的积蓄，除了分得的几块大洋，还有撂地儿挣的一点钱，充其量也就十几块大洋。这么点钱还想置大棚，那不是玩笑是什么？

闻一文却认定，麻子红没有开玩笑。

麻子红虽没什么钱，但他雄心未泯。不错，置办大棚，是麻子红心底的一棵毛竹，一旦时机成熟，就会在春阳里疯长。

闻一文觉得，麻子红要是离去，也是无可非议的。治理河南武术团，他已经尽了心，作为江湖艺人，也算仁至义尽。那么，该走就走吧。至于置办大棚，他必须鼓足勇气，再闯出一方天地才行。

有一点，闻一文放心不下，麻子红的情况，与他的目标相距甚远。真正要置办大棚，那将付出何等代价啊。于是，他忧心忡忡地问："你想咋办？"

"再置办一点道具，先出去撂地儿，或到园子里加演。"麻子红说。

"听大哥一句劝。"闻一文语重心长地说，"置办大棚，大哥不反对。但那不是一天两天的事，得需要时间啊。大哥替你凑点盘缠，你先回家瞅瞅，翻船的消息传到家乡，家里人还不惦记……"

闻一文这话在理，但凡落魄的时候，最惦记你的是家人，安抚好了家人，才能安抚自己。

可麻子红不这么想，没等闻一文说完，他就涨红着脸说："俺还有啥脸回家去？哥哥淹死了，俺身上分文没有，回去让人家笑话俺？"

"这么大的一场灾难，一船人几乎都淹死了，你还能活着回去，家里人和乡亲们只会高兴，谁还能埋怨你、笑话你？"闻一文想劝说麻子红，于是从另一个角度说道，"再说了，爱娣儿等你多年，你该回去把婚事办喽。"

"俺不回去。不立起大棚，俺决不回去！"麻子红执拗地说，"她愿意等，那就等着。不愿意等，就嫁人好了。"

麻子红钻进了牛角尖。

也难怪，麻子红自小撂地儿卖艺，除了与观众通过艺术沟通，和外界就没什么交往，一切都听从师父的安排。长大了，麻子红成了当红艺人，大家都捧他吹他敬他，就形成了他执拗的个性。

当然，麻子红不知道爹已过世，也不知道爱娣儿寻夫，更不知道娘和大嫂的煎熬。否则，他一定会回家看看，去安抚亲人的伤痛。

闻一文见劝说无效，便不再作声了。半晌，他又问赵庆林和张德胜："你们俩咋办？"

赵庆林和张德胜语塞了。

本来麻子红是他们心中的依托。麻子红突然变卦，他们一点心理准备都没有，自然就显得茫然了。赵庆林的功夫扔了，张德胜年纪尚小，现在麻子红雄心勃勃，总不能给他添累赘吧？

麻子红心里跟明镜似的，就直截了当地说："能走都跟俺走。大哥，不知你是咋打算的？要不，你也跟俺走吧？"

闻一文摇摇头说："俺带着个女人，麻烦的事多，就不拖累你了。俺琢磨着，找点别的营生，咋也混口饭吃。"

麻子红点点头，人各有志，自不必强求。

王宜林得知麻子红的决定，也深知武术团难以维持，就欣然接受麻子红的离去，当即宣布解散河南武术团。

王宜林遣散了伙计，典卖了所有的家当，带着家眷另谋生计去了。

麻子红三人联手，买了一匹马和一些小道具，再度出去撂地儿。一天，三个人在汉中饮马池撂地儿，遇到一位杨姓老艺人，带着两个小孩撂地儿。麻子红经历过对棚，知道争嘴容易伤和气，况且对方既有老又有小，就主动上前和老艺人沟通，商量合棚的相关事宜，老艺人那是满口应允。

于是，杂耍班子三口变成六口，形成老中少三辈的格局，杂耍节目既丰富又顺手，生意自然就兴隆起来。

在饮马池演了一阵子，杨老艺人坚持南进四川，麻子红一时拿不定主意，就坐在那儿沉默不语。赵庆林瞅了瞅麻子红，又瞅了瞅杨老艺人，主动提出和张德胜同进四川，麻子红可以暂时留下来，什么时候想去再跟过来。麻子红一时不明就里，便暗暗琢磨起来。突然，他反应过来，原来赵庆林是在暗中帮他呢。

的确，赵庆林用心良苦。都跟着杨老艺人走了，麻子红就如释重负，完全没有了累赘，对以后的发展有利。假若麻子红混不下去了，还可以去追赶他们，留有一条后路可走。对此，麻子红自然十分感激。

麻子红挑着担子，一路起旱回到汉中，又置了独轮车和钢丝，精心整理了其他道具，然后找到山西梆子剧团，要求在团里加演。山西梆子剧团，从山西一路南下，直至汉中演出。对于麻子红，团里大都知晓，甚至看过他演出。

当年，地方戏也不很景气，麻子红要是加盟，定会带来生机，老板自然高兴。于是老板决定，每张票加卖五个铜子儿，而且全都给麻子红。

老板对麻子红不薄，麻子红心里感激，表演就十分卖力。每场演出戏前、戏中、戏末三个时间点，麻子红分别上场，表演拿手的节目，往往是十几个节目交替演出，三五天都不重样。

山西梆子剧团的生意渐渐兴隆起来。

这一天，麻子红刚刚走下台来，老板就微笑着告诉他，说后台有熟人在等着他。麻子红一愣，心想，我在汉中人地两生，会有什么熟人呢？他回到后台，果然见一个人等在那里。

来人三十来岁，大高个儿，长脸，大眼睛，皮肤白净、柔润细腻，剑眉鹰鼻，明眸皓齿，身着黑色礼服呢大衣，外翻水獭衣领，肩披黑色哔叽斗篷，头戴黑色呢礼帽，脚蹬黑色尖头皮鞋，真是英俊洒脱，仪表堂堂。

麻子红端详此人，一时陷入了迷茫。

来人见麻子红一脸茫然，哈哈地笑着说："我昨天看了你的演出，如果我没有认错，你就是蒲田曲马团的小酱。"

麻子红又是一愣，思维立马追踪蒲田，搜寻每一个旧识。当目光落在对方瘪瘪的衣袖上，他蓦地想起一个人来，于是便大声叫道："你是万能脚？！"

"正是，正是。"万能脚又是哈哈一笑。

"你一向可好？"麻子红左手在上，冲万能脚一抱拳。

"好，好。"万能脚也点头还礼。

万能脚，原名金刚山，是朝鲜元山乡下人。不知哪一辈基因出了问题，万能脚上下三辈人，都是先天性手臂残缺，他和父亲一样，无双臂，二女儿金惠子也无双手。

金刚山自幼以脚代手，脚趾奇长，功能超人，因此得绰号万能脚。后来，他拜师学艺，入了杂耍之门，取其脚之长处，学了蹬技。

一九三四年，麻子红跟着师父江海河、师哥马小淘闯荡日本，在蒲田大棚时，就结识了万能脚。

寒暄过后，麻子红倒茶让座，二人便追忆往事。

原来，在一九三五年年末，万能脚离开蒲田曲马团，从日本回到朝鲜，在元山乡下住了一阵子，然后来到了中国，到处表演脚技和蹬技。

眼下，万能脚正在汉中一家电影院加演，听说山西梆子剧团来了杂耍的，十分擅长表演各类滑稽节目。万能脚根据演员的长相、年龄，还有表演的滑稽节目名称，认定那人就是蒲田曲马团的小酱。但他又有些疑惑，这个演员艺名麻子红，跟小酱是什么关系？他决定前去看个究竟。毕竟光技大棚覆灭了，人在难处理当鼎力相助。何况，在日本蒲田曲马团，小酱曾救过自己的命呢。万能脚于是买票进场，便有了刚才的一幕。

麻子红和万能脚聊着，聊着……慢慢就说到了沉船，乌云一下罩住天空，这令万能脚既忧伤又感叹。

"唉——真惨啊！除了你，还剩下谁了呀？"

"还有七个，都各奔东西了。"

"现在，你想咋办？"

"俺想自个儿干，攒了钱置大棚。"

"你？那得猴年马月啊？"

"慢慢攒吧。"

"跟我一起干吧，我帮你干一阵子。"万能脚认真地说，"正好，四川华蓥舞台和我订了二十天的合同。过几天，咱们一同去四川。"

"那太谢谢了。"

"咳，还谢谢我？我应该谢你，你是我的救命恩人。"

"啥救命恩人？"

麻子红为之一愣，万能脚便摘下礼帽，用帽檐指着右额角说："看看这块疤痕，你就想起来了吧？"

麻子红点了点头。

当时，万能脚在蒲田曲马团颇有名气，脚技和蹬技表演堪称一绝。但万能脚并未满足于此，很想在马术上搞点名堂。恰逢麻子红正在练"马上蹦布"，蒲田就让他跟麻子红练马术。

一次，万能脚双腿夹住马腰，马缰绳套在自己脖子上，那马狂奔如飞，煞是骁勇。转眼间，马跑到转弯处，他一下被甩了下来，马缰绳由脖后转到脖前，正好套住了脖颈。马在继续狂奔，万能脚被死死拖在马后，一场不幸的事就要发生了。这场面幸亏被麻子红看见了，他冲上前去拦住了奔马，万能脚被救下来时，已经是气若游丝了。

回忆起这段往事，麻子红赧然一笑："不值得一提的事，这么多年了，你还挂在心上。"

"咋不值得一提？没有你的搭救，我能活到今天？"万能脚说着，转移了话题，"大难不死，必有后福。我就应了这句话。现在，我混得不错。如今你是落难之人，我也该拉你一把。"

麻子红也很感慨，看到万能脚，他不禁想起了花子。当年，若不是她误入迷途，掩护山根刺杀共产党人，他们或许早已结婚生子了。

万能脚也聊到了花子。

对此，麻子红沉默了一下，想想多年不见了，万能脚背后是什么，他是无法弄清楚的，还是谨慎一点为好。于是，他敷衍地说道："病死了，来到中国不久就死了。"

麻子红的声音是低沉的，心情恰似秋后的残叶。

万能脚自是唏嘘一番，又突然说起蒲田："哎，小酱，蒲田也在中国。"

麻子红心头一颤："他？在中国？"

"是啊，就在你的家乡吴桥呢。"万能脚沉思了一下，又接着说，"那人就是杂耍疯子。他说世界杂耍技艺，要数吴桥历史最悠久，节目也最精彩。因此，他想在吴桥住几年，潜心研究吴桥杂耍，让杂耍技艺发扬光大……"

是啊，蒲田说得一点不假，吴桥杂耍源远流长，传说始于黄帝时代。

据说在黄帝时代，天下战事突起，黄帝带兵在冀州（今河北、山东等地）一带与蚩尤相斗。有一次，黄帝要组织一次战斗，以图彻底打败蚩尤。在战斗开始之前，黄帝做了周密的部署，并派人到另一部落传令。

可是，传令者突遇暴风雪，一下迷失了方向，一连走了好几天，也没找到那个部落。看来，使命已无法完成，回去是必死无疑，索性远走高飞吧。一天，他来到吴桥的一个村庄，饥饿难挨，想要点吃食。可是，怎么好意思张口呢？他寻思着，哎，有了，干脆在庄户门前打拳，一打拳，人们出来了，就可以……

不，不行。那太容易暴露身份了，万一让黄帝派出的人抓住，那还是一个死啊！他思索着，思索着……有了，翻跟头吧！于是，他空着肚子，一连气地翻跟头，果然引来了观者，问其为什么在这儿耍，他说几天没吃饭了。观者便为其赠送了吃食。

传令者面对美食，心里顿时大悦。之后，他便以此为生，吃不上饭的人，也纷纷效仿，逐渐形成了杂耍行当。

万能脚自说自话着，麻子红心里却暗潮汹涌：蒲田去吴桥，会不会像山根一样，也是为了刺杀共产党？这个该死的蒲田！唉！莫子镇牺牲了，二哥赵凤瑞参加了八路军，他还能盯住谁不放呢？

3

其实，赵凤瑞又回到了沧州，在东光、吴桥一带打游击。那么，赵凤瑞为什么又回了家乡？这还得从乡绅张国基说起。

莫子镇、赵凤瑞离开吴桥以后，吴桥地主、乡绅张国基，就联合各村的自卫队，成立了吴桥县守望队。之后，他又兼并一些民团，使守望队迅速壮大，一下超过了两千人。这事，引起了国民党的关注，力主改编守望队。于是，就有了冀察战区第二路军，张国基成了司令，扛上两颗金豆豆——被授予中将军衔，奉命驻扎吴桥的彭庄、老鸹张、牟家庵、枣王庄一带。

开始，二路军还真做了一些好事：站岗放哨、保护民众、对日作战、经济封锁……这一系列的行动，把日本鬼子气得哇哇叫，随即进行疯狂报复——一九三八年一月，龟野大佐率日军两个中队，突然袭击吴桥县城，九月六日拂晓，日军骚扰梁家集，杀害群众数十人，焚毁民房百余间……

吴桥抗日形势日趋严峻，引起了八路军高度重视，准备派员与二路军协同作战。那么，派谁呢？还得是赵凤瑞呀。赵凤瑞在吴桥多年，具有天时、地利与人和的条件，是八路军代表的不二人选。

赵凤瑞奉命回到了家乡。

当时，在东光县驻扎的日军的藤井联队，要在灯明寺镇修据点。可是，选址距二路军驻地太近，担心施工中遭到打击，就决定打掉枣王庄的中国驻军。藤井留下山本中队留守，率三个中队包围枣王庄，并展开了猛烈的进攻。张国基眼看撑不住了，就向东光中共运河支队求援。

运河支队长肖华决定围点打援，便派出了赵凤瑞，带兵包围了灯明寺镇，又在灯明寺镇与枣王庄之间，设下了一个伏击圈，单等藤井带队回援。

一时间，灯明寺镇枪声大作，这让藤井大吃一惊，意识到山本身处险境，立刻带部队回援山本，却在半夜时分遭到伏击，卡车被手榴弹炸毁，回援的部队损失若干，迟迟不能回援山本。待到黎明回到灯明寺镇，八路军已经撤出战斗，山本中队死伤六十多人，基本丧失了战斗力，建筑材料也焚毁殆尽。

灯明寺镇的一场战斗，八路军解了张国基之围，又小胜目空一切的日军，真可谓一石二鸟，藤井气得直跺脚，发誓一定要消灭二路军。

十一月，藤井大佐率日军两个大队，夜半时分从东光县出发，悄悄向二路军驻地摸去。

那一天，东方刚刚抹上鱼肚白，人们还都在睡梦中，枣王庄忽然响起了枪炮声。二路军官兵匆匆爬起来，结果是官找不到兵，兵也见不到官，没办法组织有效的反击，日军很快攻占了村庄。

日军像疯了一样，接连攻克几个营地，那是见人就杀戮，见妇女就奸淫，见房屋就焚烧，见粮食就抢掠。村村庄庄屯屯，火光冲天，烟雾弥漫，哭天喊地，尸横遍野，怎一个惨字了得。

为此，赵凤瑞再一次增援张国基，终于保住了二路军大部。

战斗打得如此惨烈，二路军损失如此惨重，这让赵凤瑞有了疑惑，藤井怎么摸得那么准？难道日军得到了情报？

赵凤瑞向肖华一汇报，肖华眼前顿时一亮：对呀，为什么日军连连得手？要是没有谍报的支持，那是不可能实现的。肖华命令赵凤瑞，带上一支小分队，潜入吴桥一带，对日伪特务机关、日本民间团体和党的地下组织，逐一进行排查和鉴别。

赵凤瑞一行乔装打扮，秘密潜入吴桥境内。

经过几天的暗访，赵凤瑞把目标圈定了蒲田曲马团。蒲田曲马团进入吴桥后，团长蒲田就以拜访杂耍世家为名，常常挎着相机四处游走，经常出入二路军驻地。随着调查的深入，赵凤瑞心头不觉一惊，原来蒲田是花子的干爹。这说明，山根就是蒲田指派的。山根被处决了，蒲田便亲自出马，以杂耍艺术为掩护，暗中搜集抗日组织的情报。

推测是推测，还不等于事实。怎么办？赵凤瑞决定密捕蒲田。

一天夜里，赵凤瑞带着两个战士，潜入蒲田曲马团大棚，经过一番打斗之后，在制服身穿和服的蒲田时，却惊动了蒲田的女儿真子，还有管家山口。两个战士无奈，只好用短刀结束了他们的性命。

蒲田被押解到运河支队，经过一番艰苦的审讯，确认了蒲田的犯罪事实，经过运河支队批准，蒲田被就地正法。

至此，蒲田曲马团全面瘫痪，不得不拔棚返回日本。

清除了日军的间谍，二路军也得以恢复，赵凤瑞作为八路军代表，继续推动两军的合作。

一九三九年八月，松山中队突袭刘金庄，八路军和二路军密切配合，一举歼灭松山中队四十余人，击毙松山中队长，缴获一批轻重武器。剩余日军垂死挣扎，使用了催泪毒瓦斯，还有窒息毒瓦斯，才得以突围溃逃。

是年十月，龟野大佐率千余日军，携带小钢炮、重机枪，对吴桥县城发起进攻，妄图一举攻克吴桥县城，消灭吴桥境内的抗日武装。赵凤瑞再次与二路军联手，和日军展开了激烈战斗。这期间，赵凤瑞又联络"红枪会"，对日军形成了内外夹击之势，并采取各个击破的战术，捣毁日军迫击炮阵地，打掉了日军轻重机枪，歼灭了日军有生力量，取得了吴桥保卫战的胜利。

没想到的是，国民党河北省党部派中统特务进入二路军，并担任了二路军的要职，从此二路军与八路军分道扬镳。

肖华决定"围点打援"，命赵凤瑞攻打灯明寺镇，为张国基部解了围，张国基感激涕零，一再向肖华表示："如不好好打鬼子，不拿出个样子来，枉读半生诗书，空怀满腹文章。"

然而，八路军主力一撤离，张国基便原形毕露。他倚仗张荫梧的庇护，跟着这个反共顽固派的"摩擦专家"，猖狂蚕食抗日根据地，叫嚣

"宁亡于日，勿亡于共""日可以不抗，共不可不打"。他在吴桥、东光、南皮、宁津等地横征暴敛，强索粮款，毒打抗日民众。

一天，一个八路军侦察员，为剿灭张国基部，来到吴桥申庄侦察，正赶上张国基部搜查，到处抓捕八路军侦察员。侦察员在紧急关头，无意中躲进麻子红家。就在这个时候，几个官兵闯了进来，刘氏举着和面的双手，从锅台旁转过身来，一脚门里一脚门外，正好挡住了房门，神情镇定地冲敌人说："俺家没有八路。不信你们就搜。"刘氏神色泰然自若，敌人料定屋里没人，放了一阵空枪就走了。

这期间，周贯五和边区党委以抗日大局为重，一边收集张国基部的情报，一边进行调停和劝导，提醒张国基不忘前誓，不许再进犯抗日根据地。

然而，张国基贼性难改，他指示手下毒打、扣押东光县开明绅士；绑架前去交涉的东光县抗日区长姜书奎等同志；活埋抗日地下交通站站长；暗中投靠日寇，要联手消灭八路军。

周贯五仁至义尽了。

于是，各县大队、区中队马上出动，破坏铁路，袭击县城，牵制日寇，兵分四路掩护主力部队作战：一路进逼彭庄；一路包剿老鸹张；一路包围牟家庵；一路攻打许连九村。

一九四〇年十一月二十日黄昏，这四路人马，共四千余人，同时向作战目标进发，并于夜间十一点发起攻击。

战斗整整打了三天，张国基部死伤八百多人，被俘一千多人，缴获了大批武器弹药，张国基则被处以枪决。

十二月四日，在宁、乐边界的杨盘镇曹寨村，周贯五召开祝捷大会，表彰一批立功官兵，并演出了《三打祝家庄》，人们在喜气洋洋的气氛中，迎来了崭新的一年。

4

麻子红离开了汉中，跟着万能脚来到成都。

华蓥舞台的老板，为演出可是没少费心。演出的海报，宣传的广告，张贴于大街小巷。广告上，万能脚的大脚丫、麻子红的小丑形象，吸引了大批观众，买票的人蜂拥而至。

看到如此火爆的场面，麻子红十分感慨。他想起光技大棚，想起白龙江惊魂的一幕，想起一路的流离失所、风餐露宿……唉，在人生跌入低谷之时，万能脚伸出了援手，他怎能不感激呢？

可是，众多观众热捧的场面，是来自他自己，还是来自万能脚？麻子红无法确定。

在华蓥舞台上的首演，万能脚的精彩表现，让麻子红大饱眼福。

其实，万能脚没有自己的戏班子，只是凭借他的脚技和蹬技，在别人的戏班子里加演。一个人撑起了一台戏。

不过，他和其他加演演员不同。

万能脚带着老丈人和四个女人，这五个人在舞台上的阵仗，是他演出时的独特风景。万能脚每每登台演出，四个女人分立两旁，老丈人则站立其后，这在业内叫作"站台"。

四川人哪见过这阵仗？

万能脚身着黑色西装，肩披黑色斗篷，脚穿黑色布鞋，头戴黑色礼帽。四个女人清一色旗袍，老丈人则是长衫马褂。

六人在台上一站定，场下即刻鸦雀无声。接着，万能脚一晃头，礼帽就甩向身后，落在老丈人手上。

场内一片哗然。

万能脚身子一晃，只听呼啦一声，斗篷飞向身后，又落在老丈人手上。

场内沸腾啦。

万能脚开始遛场了，场内静得能听到心跳声。遛场，就是在表演之前，给观众耍一些小把戏。遛场的目的有两个：其一，在高难度动作表演之前，做上一些小动作，以便活动一下筋骨，为完成高难度动作做好铺垫；其二，有些遛场动作，在于向观众传递信息，高难度的动作还在后边，请耐心地看下去。

眨眼间，万能脚脱掉鞋子，向前跨出一步，站在台中央的地毯上。

万能脚遛场的内容，全部是脚技表演。

一个女人取来一个方凳，放在万能脚的身前，另一个女人端来一盆清水，放在身前的方凳上。两个女人分立两旁，一个拿着毛巾，一个端着皂盒。万能脚左腿独立，右脚代手，先把右脚抬起，甩打两下，展示腿的柔软度。然后，又把大脚丫举至胸前，玩弄一下五个脚趾。观众这才看清，他的五个脚趾又粗又壮，分分合合非常自如。说它像脚吧，是以脚掌而论；说它像手吧，是以脚趾而论。

他亮完了脚相，便把脚伸进水盆，蘸水，出盆，举起，洗脸。右脚在脸上抹了一把，又蘸一次水，出盆再抹，然后去抓肥皂。用脚趾把肥皂抓翻几个个儿，再把肥皂放入皂盒，右脚又去抹脸，擦完肥皂，再蘸水，再抹脸，最后取毛巾，擦净，右脚落地。

场内爆发雷鸣般的掌声。

这第一个遛场表演，万能脚从抬起右脚，再到右脚落在地上，这时间可不算短，但他却以金鸡独立的方式，完成诸多复杂动作，达到腿脚不颤不抖、身子不倾不斜、腿骨柔软如柳、身体稳健似雕的效果，实在令人叹服。

接下来是用脚刮胡子和梳头发，而且都是站立表演。

这回该坐着表演了。

一个女人把水盆端走，又搬来一张矮矮的方桌。万能脚坐在方凳上，又把双脚放在方桌上，一个女人端来一个托盘，托盘里放着针、线、白布和绣花撑子。

万能脚左脚趾抓针，右脚大脚趾和二脚趾捏线，先用牙咬一下线头，双脚都高高举起，目视，穿针，一次成功。针线穿好了，放在桌子上，双脚又将绣花撑子撑开，取过布展平绷好。然后，左脚抓住绣花撑，右脚持针，飞针走线，绣花撑翻转，动作干净利落。

一会儿，一朵五瓣花绽放开来。

场内，口哨声、欢呼声和掌声交织在一起。

绣完花，一个女人又取来彩纸和剪刀。万能脚左脚抓纸，右脚使用剪刀，眨眼间，一幅干枝梅剪纸展现在眼前。

最后，女人们取来文房四宝，万能脚双脚铺平宣纸，随后右脚握笔，只见起笔，未见落笔，"松、竹、梅"三个遒劲饱满的楷体大字一挥而就。

一个女人展示了书法"岁寒三友"。

万能脚站起身来，向观众频频施礼，场内再一次沸腾啦。

接下来表演蹬伞、蹬瓶、蹬缸。蹬技有蹬重活、轻活之分，蹬瓶、蹬缸、蹬桌子，这为蹬重活。蹬伞、蹬扇等，这为蹬轻活。

蹬重活容易，蹬轻活难。

万能脚蹬的伞，是普通的油纸伞。只见他仰卧在长凳上，举起双脚，将纸伞开启，先是单脚转伞。他五个脚趾娴熟地抚动伞把，伞立刻旋转起来，速度飞快，旋转自如。接着又双脚翻伞，只见伞在他的双脚上，一正一倒，如风摆荷叶，轻柔优美。

表演了一阵子，万能脚关了伞，一脚把伞踢开，一个女人接住。

掌声一阵接一阵，万能脚的表演镇场了，也让麻子红开了眼界。

当晚，麻子红表演了滑稽高车。上场前，麻子红颇为紧张，一是自翻船以来就没演过，手生了；二是原来的车子翻到了江里，这车子是在汉中新做的，麻子红还不熟悉。

尽管如此，麻子红的滑稽高车，仍然凭借厚实的功底、娴熟的技艺和引人入胜的滑稽，博得了观众的喝彩。

演出圆满结束了，老板送来六块大洋，麻子红全推给万能脚。

万能脚爽朗地说："这钱全归你。我说了，要帮你一阵子，咱江湖人说话算话。"

"你得养家糊口，总得留一点呀！"麻子红说。

"不要，不要，我现在不缺这个。"万能脚瞅瞅麻子红，"你现在可是个穷光蛋，连演出服装都没有。"

麻子红苦笑一下，看着自己身上的银色西装，脸一下红到了脖子根。

就在演出之前，万能脚问他穿什么，麻子红指着身上，说是对襟便服。万能脚摇摇头，又指了指衣柜，他才选了这身行头。

这么说来，麻子红的确是穷光蛋。

因此，麻子红也不再推辞。在华蓥演出二十多天，麻子红进账一百多块，心情顿时轻松下来。他制作了几套服装，买了一块手表，添置了几件道具，其余的全部积攒起来。

结束华蓥舞台的演出后，麻子红和万能脚同行，经内江进入流井，一九四一年到重庆，先在德胜舞台加演，后进驻花鼓戏剧团。

麻子红很富有了，也具备了置大棚的能力。

于是，麻子红想告别万能脚，要一路向家乡靠拢。麻子红真该回家了，一晃出来这么多年，特别是白龙江沉船，爹娘要是听说了，那还不得急个半死？再说了，回吴桥要经过万县，万县有中国魔术团，其魔术节目影响很大，他想顺路去看看，开阔一下视野，学一点魔术技巧。

万能脚则不想分开，这与哥儿俩的感情有关，更与默契合作有关。自从哥儿俩合作以来，可以说场场爆满，收入也日益攀升，比单打独斗强多啦。为此，万能脚就劝说麻子红："小酱，咱俩越演越出名，这钱越挣越多，为什么要分开呢？就这样走下去吧，咱俩一定会是最富有的人。"

麻子红摇头说："俺也不想分手，可俺确实得回家。光技大棚出事后，俺一直没脸回去，害怕见到爹娘啊！现在，俺有钱了，就恨不得一下子飞回去。"

麻子红望向远方，思绪像放飞的风筝，随风飘得很远很高。他想爹娘、想大嫂、想狗剩儿，他们还好吗？他想二哥，他革命革得怎么样了？他想爱娣儿，她还在等候吗？他还想……唉！怎么瞎想呢？人家现在是八路军了。

满满的心事，满满的牵挂，麻子红待不下去了。家，像牵风筝的手，一抷一抷地拽着他呢。

万能脚实在没辙了，只好放麻子红离去。

5

麻子红身着一套黑西装，脚蹬一双黑皮鞋，头戴一顶黑礼帽，左臂搭一件黑风衣，右手拎一个白皮箱，真是阔阔绰绰、风度翩翩，款款地从远处走来。身后跟着一个掮客，身穿红色马甲，扛着一个大包裹，拎着一辆独轮车紧随其后。

朝天门码头上，乘客、水手、掮客、脚夫来来往往，拥挤不堪。港口的江面上，布满了客船、货船、渔舟、舢板，帆樯林立，涛声悦耳。嘉陵江和长江汇合处，红浪翻滚，奔腾向前……

麻子红挤到售票窗口前，看着熙熙攘攘的人群，又看了看手表，不禁蹙着眉头，像是担心着什么。

"先生，你干啥子去？"说话间，走过来两个青年，都是二十岁左右，其中一人搭话道。

"去万县。"麻子红说。

"哎哟，那票子可是不好买。"另一个青年摇摇头说。

"是啊。"麻子红也摇摇头，"看样子要误船了。"

一个青年从兜里掏出一张票，递到麻子红面前说："我这儿有一张。"

"是去万县的吗？"麻子红眼睛一亮。

"是的呀。"

麻子红未加思索，取过票，付了钱，说声谢谢，转身奔向检票口。

走过一段很长的路，又下了一个大陡坡，这才来到了检票口。终于排到了麻子红，他自然掏出船票，伸手递给检票员。

"这是啥子船票？"麻子红一下被拦住。

"咋啦？俺是刚买的。"麻子红实话实说。

"这是废票。"检票员撕掉客票，随手扔进垃圾箱。

"先生，对不起！可是，俺有急事要赶船。"麻子红急中生智，就冲检票员说，"俺是艺人，今晚要在万县中国魔术团演出，耽误不得呀！"

检票员打量着麻子红，觉得他不像逃票的赖皮，又看到掮客扛着独轮车，料定他是个耍杂耍的，就冲麻子红说道："那就上去吧，在甲板上站着。"

"谢谢，谢谢！"麻子红一再道谢。

上了船，麻子红在甲板上找个地方，放下了皮包，打发了掮客，就趴在船舷的围栏上，看着滔滔的江水发呆。

麻子红想起买票的事，觉得非常懊悔。他不是心疼票钱，那点钱对麻子红来说不算什么。他懊悔的是，一个二十六岁的人，闯荡江湖近二十年，怎么做事还这么没谱，轻易就让人骗了。

他看着天空的飞鸟，感觉它是那样孤独。

麻子红收回了目光，揣摩着卖假票的人，怎么就盯上了自己？反复琢磨了一会儿，他还是没有想明白，就暗暗叮嘱自己，可不能再出事了。

他下意识地看着皮箱，心情不觉紧张起来。这里除了几套新衣服，就是积攒起来的大洋，这是自己两年的心血。而且，这不仅仅是现大洋，还是他多年的愿望。他要置办起马戏大棚，干一番自己热衷的事业。

吃一堑，长一智。一个人出门在外，要学得精明一点。这年头，害人之心不可有，防人之心不可无哇！想到这儿，他回转身，目光向四周搜寻，想看看周围的环境。这一看，他禁不住打了一个寒战。

麻子红看到了卖假票的，他们两个尾随上了船，站在不远处，瞅着他在和几个人说话。

麻子红的汗毛孔张开了，热乎的细汗沁出皮肤。

稍稍镇定了一下，麻子红穿上风衣，立起风衣的衣领，又把皮箱、包裹和独轮车拢在一起。心想，只要我站在这儿不动，你还敢明火执仗地行抢吗？果真是那样，我麻子红也不是好惹的。杂耍艺人虽不是武林中人，却也有一套腰腿跟头功夫，倘若使出了浑身解数，也能让他们掉进江里喂王八。

麻子红苦苦地站了一天，没吃，没喝，也没上厕所。下午四点多钟，轮船终于抵达万县码头。

掮客跑上船来揽活，麻子红唤来一位，扛起包裹和独轮车，自己拎起白色皮箱，悬着的心才算落了地。

万县，是长江北岸重要港口，沿江而建，依山傍水，风景秀丽。

麻子红尾随掮客，爬上了百级台阶，选了一家旅馆住下，简单吃了碗面，就去找中国魔术团。几经路人指点，七拐八折，终于到了中国魔术团演出地——二马路大剧场。

走到近前，麻子红冲门把一抱拳："辛苦，辛苦啦。"

这是一句艺人的行话，门把一听，知道是江湖同行，便笑脸相迎："兄弟辛苦，远道而来，不知找哪位？"

麻子红说："俺找大掌柜。"

门把引着麻子红走向后海。

此时，节目已经开演，场内乐声绕梁，灯光闪烁耀眼，一位红衣少女在表演踩钢丝。

门把走到一人面前，弯腰附耳低声说道："掌柜的，这位小兄弟找你。"

掌柜的从藤椅中站起，抱拳施礼地说道："俺跟头蔓儿（姓张），名玉宝，是大掌柜的。"

麻子红仔细打量，这人四十岁左右，大高个儿，长脸膛，宽额头，浓眉毛，留分头，蓄短须，目光炯炯有神，身着米色西装，白色衬衣，扎黑色领带。麻子红感到，这人既英俊健美，又谦和礼让。

麻子红也自报家门："俺灯笼蔓儿（姓赵），名凤岐，想来园子里，和大掌柜联络联络。"

张玉宝让了座，又坐在藤椅上，手里端着茶壶说："兄弟，有话直说，不必客气，你找俺有啥事？"

麻子红点点头说："早慕贵团大名，今儿个又途经这儿，一来是想看看贵团魔术，二来想借宝地加演几个节目。"麻子红顿了顿，看了看张玉宝，又用商量的口吻说，"嗯，每张票加五个铜子儿，不知您意下如何？"

张玉宝面露难色，又摇了摇头说："唉，不太好办哪，票子本不好卖，上座仅六七成，这再一加钱……"

麻子红说："掌柜的，把广告做大一点，您看行吗？"

张玉宝还是摇头，犹豫了一会儿说："请问兄弟，你演啥子节目？"

麻子红笑了笑，没有正面回答，只冲张玉宝说："这样吧，请掌柜的先看看功夫，加演的事再议吧。"

张玉宝面露笑容，点了点头说："那好吧，你先准备一下，一会儿你就上场。"

张玉宝，河南清丰县人士，自幼跟父亲学杂耍，最拿手的是"踩大绳"。后来，老爷子改学了魔术，张玉宝也跟着学魔术。张玉宝兄弟六人，他行五。兄弟六人都跟老爷子学艺，只有张玉宝学有所成，其他都半途而废了。"七七事变"前，张家定居武汉，经营杂耍、魔术和动物园。老爷子过世以后，张老太太主持一家生计。"七七事变"，日寇铁蹄危及武汉，张老太太率全家四代人，特购买了一条大木船，从武汉顺长江南下，先后在长沙、宜昌落脚，一九四〇年到达万县。在万县，张玉宝和四哥张玉玺联合，开办了一家动物园。张玉宝不想荒废技艺，就以魔术、杂耍为主，创建了中国魔术团，自任大掌柜。

张玉宝为人忠厚耿直，宽宏待人，江湖义气浓重，膝下收养义子义女多人，平素视如己出。他对同行施仁政，你来，我收留；你走，好打发。从来都是好聚好散。如今兵荒马乱，百业萧条，生意难做。按理说，他愿意接受赵凤岐，但要加五个铜子儿，又不能不加考虑。赵凤岐是何许人也？功夫究竟如何？这些都不得而知。所以，看赵凤岐先演一场，也并非不近人情。

不一会儿，张玉宝安排妥当，就通知麻子红说："兄弟，该你上场了，你演个啥？"

"先演《板凳顶》吧。"麻子红回道。

"嗯，咋报幕？有艺名吗？"张玉宝又问。

"有，麻子红。"麻子红平淡地说。

"麻子红？！"张玉宝大吃一惊，眼睛瞪得老大，半晌才反应过来，略带歉疚地说，"久仰，久仰！失礼，失礼！"

麻子红一抱拳："都是同行，不必客气。"

张玉宝也抱拳："兄弟光临鄙团，张某深感荣幸。要俺说，你不必先演啦。"

"不，不。"麻子红赶紧接话，"既然定了，不妨演一回。"

"那——委屈你啦。"张玉宝带着歉意地说。

麻子红一溜小翻上场。这小翻的速度均匀，高矮适度，节奏明快，动作十分娴熟。他围场地绕上一圈，看准了台心，一个高提把身子弹起来，随后一个燕子翻身落地。

这个漂亮的亮相，立时震惊四座，掌声哗哗地响起来。

中国魔术团扎营万县，这近两年的时间，观众把节目都看得乏乏的，今天突然冒出个麻子红，而且功夫还这样了得，怎能不引起观众的兴趣？

麻子红站在台心，向观众抱拳施礼。

这时，有人把一张八仙桌、四条板凳和若干块木砖抬到台心，麻子红要表演《板凳顶》啦。

顶功，是杂耍基本功。是通过姿态各异的倒立，展示顶功的扎实、平衡的技巧。杂耍演员水平的高低，要看功夫，而功夫的关键是顶功，这就是麻子红要演《板凳顶》的道理。

麻子红跳上八仙桌，在一条平放的板凳上，表演了"旱水""卧鱼""单手吊顶""拐子顶""分拐子顶"。这些动作，是双手抓住板凳、身子完全悬空，一口气交替完成。

表演时，麻子红时而将双腿缓缓提起，稳稳地在板凳上倒立，那动作轻盈柔美；时而将身体落成水平，用腕力将水平的身体悬空转动，那动作刚建雄劲；时而将双手压住的木砖突然撤开，身体猛然下落，那动作优美惊险。

麻子红分别在两条、三条和四条板凳上表演。

一条板凳放在桌面上，另一条反着放上去，反放的板凳面的一头，搭在正放的板凳面上。麻子红双手抓住板凳腿，拿顶；然后下来，再把两条板凳同时竖起来，麻子红站在中间，抓住板凳一头，再拿顶。这两个动作的主要看点是演员的平衡技巧。

最后，麻子红在四条板凳上表演。

这四条板凳怎么搭呢？麻子红着实费了一番心思。他把下面的板凳正放，中间的板凳反放，而且和下面的呈"十"字形。上边的两条板凳，分别用各自的两条腿，和中间反放的四条腿相对。把八条腿对准了，麻子红的两只手，就分别压在上面两条板凳的一头，表演了一个"双飞燕"，这个飞燕凌空的动作，那是既优美又惊险。

更令人感叹的是，麻子红穿着滑稽服装，边做动作边做滑稽扮相，表演显得轻松自如、妙趣横生。本来是十分惊险的动作，经他这么一演绎，不仅让观众欣赏到高难度动作，还让观众在紧张刺激中笑得开怀。

观众完全沉浸在其中，麻子红已经谢过了幕，观众才爆发出热烈的掌声。

麻子红脸颊流着汗，款款地走向了后海。这时，张玉宝夫妇，还有几个女孩子，呼啦一下围上来，一边帮麻子红擦汗、更衣，一边由衷地说着恭维的话。

演出结束，张玉宝诚恳地说："兄弟累了，吃夜宵去。"

"不去了。"麻子红推辞道。

"哎，别客气了。俺老婆也去，咱们一定得吃点。"张玉宝坚持着说。

"去吧，这么晚了，哪有不吃夜宵的道理？"张夫人劝道。

恭敬不如从命，何况他们这么盛情。麻子红在众人簇拥下，一同走出剧场，有人在前带路，有人帮忙拎东西。

席间，大家推杯问盏，好不快活。不过，麻子红一直不明白，这张玉宝到底是哪里人呢？他说话带有各种口音，让麻子红分辨不清。

于是，麻子红问："大掌柜，您老家是哪的？"

张玉宝疑惑地问："咋啦？"

张夫人看看麻子红，又瞅瞅张玉宝，忽然哈哈地笑着说："他呀，总想入乡随俗，却常常露馅儿。其实，他是河南清丰的。"

吃完了抄手和点心，麻子红要回旅馆休息，大家把他送到门口，才和他一一道别。只有一位青年男子，拎着皮箱随他进了旅馆。

进屋后，二人天南地北地扯，麻子红见他没有去意，就让他在床上睡下，自己在地上铺了行李，睡了。

麻子红在船上站了一天，晚上又卖着力气演出，躺下后就响起了鼾声。

第二天，天才刚刚放亮，麻子红仍在熟睡中，蒙眬中听到有人喊他，就睁眼朝床上看看，那被子叠得整整齐齐。他又转头看看屋门，只见屋门开了一条小缝，那青年男子笑着说："我先走了，等一会儿，你也过去嘛。"

麻子红睡意尚浓，含糊地应答一句，就又昏昏地睡了。又过了一个时辰，麻子红方才醒来，他伸了伸懒腰，坐起身要穿衣服，衣服却不见了！他的目光移到墙角，头嗡的一下：墙角的皮箱也不见了！那可是他的全部心血呀！麻子红起身四处寻找，哪还有皮箱的影子？他又掀起了枕头，枕头下的手表也没有了。他又看了看床下，床下是几件破衣服。麻子红想起来了，这是那个青年男子的。他一切都明白了，盗贼在他屋里睡了一夜。

麻子红转念一想，不能啊，张玉宝不会派个贼呀？他穿上破衣服，怀着侥幸心理，匆匆向大剧场走去。见到了张玉宝，他急切地问道："大掌柜，你昨晚派的那个人，咋把俺的东西拿走啦？"

张玉宝一愣，忙说："俺没派过人啊！"

麻子红急切地说："帮俺拎皮箱的，不是你的人吗？"

张玉宝疑惑地说："唉，哪是俺的人啊？俺还以为是你带来的呢。"

麻子红急了："大掌柜，江湖艺人可得讲义气，明明是俺一个人来的，咋能说俺带着个人呢？"

张玉宝见麻子红不悦，忙赔着笑脸说："兄弟别急，事情都能弄清楚。"他思忖了片刻，又问麻子红，"那人啥口音？"

"四川口音。"

"这就不对了，俺的人全是河南清丰口音。看来，这贼早盯上你了。"

不知是谁插了一句，麻子红一下子愣住了。

麻子红忽地想起来，在来万县的船上，卖假票的年轻人，不是一直在盯着他吗？这贼一定是他们的同伙。他的心猛地沉下去，自己跑江湖这么多年，练就了一身的本事，咋就没练出洞察力呢？

"唉——都怪俺太粗心了，这下可全完了，俺多年的心血啊！"麻子红急得直跺脚。

到了这个关口，张玉宝也无奈，只能劝麻子红："兄弟，别上火，钱是人挣的，多有多花，少有少花。你看，这不还有俺嘛！"

麻子红哭丧着脸说："大掌柜，可不是这么回事。这么多年，俺一直想置一个大棚，那是俺的理想啊！还有，自光技大棚沉没后，俺一直没脸回家见爹娘，一晃又过了两年，俺本想带这点钱回家呢。"

"别再想了，丢就丢了，丢了再挣。俺一不吃军粮，二不拿国饷，但却不缺钱。俺这就派人带你上街买衣服。"张玉宝拍拍麻子红的肩膀，又差人去叫张红英，"凭兄弟这身功夫，还愁挣不上大钱？"

事已至此，麻子红还能说什么呢？他唯有感激，感激张玉宝的慷慨。

一个女孩儿走进来，张玉宝冲麻子红说："这是俺女儿红英，一会儿让她陪你上街去逛逛，多买几套衣裳，再买一些日用品。"

张红英给麻子红施过礼，慢步走到张玉宝身边，站在那儿瞧着麻子红笑。

麻子红略一打量，这正是踩钢丝的少女，年方十五六，高挑的个头，瓜子儿脸，体态轻盈，两条短辫搭在肩头，身穿粉色碎花圆领罩衫，显得落落大方。

麻子红苦笑一下，他笑自己的狼狈。现实多么会开玩笑，这玩笑又那么揪心——昨天还是西装革履，今天就衣衫褴褛了。但又有什么办法呢？眼下也顾不得那么多，什么面子不面子，谁让自己不谙世事呢？

一上午，张红英陪着麻子红，又是说又是笑的，逛了一家又一家，先后买了西服、皮鞋、衬衣、领带、礼帽，张红英态度坚决，麻子红也不好推辞，就连颜色、款式，都是张红英说了算，还一口气选了好几套。

看着张红英笑得无拘无束，着实可爱，麻子红的失意、沮丧，一下子云消雾散了。

麻子红笑了，张红英也高兴，她哥哥长哥哥短地叫："哥，你就别走了，俺爸不会亏待你的。"

张红英说话也是南腔北调，麻子红忍不住哈哈大笑，冲着张红英说："还往哪走？俺现在是个穷光蛋，身上分文没有，要走都没有盘缠。"

"哥，那你就留下来吧，俺这儿生意不错。"张红英忽闪着大眼睛，看得麻子红直脸红。

"好，那就先留下来，看看再说吧。"

"哥，这太好了。你的功夫非同一般，你留下来，俺爸一定会很高兴的。"张红英咯咯地笑。

"你爸真的高兴？"麻子红试探地问。

"哥，他一定高兴。俺爸愿意联络四方名流，凡是有功夫的人，他都喜欢结交。"沉默了片刻，张红英又说，"俺爸心地好，对俺们这些人，就像对待亲生的一样。"

"咋，你是养女？"麻子红惊愕地问。

"哥，俺五岁时，就被亲爹卖了。是俺爸用二十块大洋买了我。"张红英又笑了，"其实，俺们姊妹六人，都是爸爸的养女。大哥张进禄，弟弟张小小，也都是爸爸领养的。"

麻子红很有感触，觉得这滔滔不绝的小姑娘，是个乐观善良的姑娘，也和自己很贴心，就打开了话匣子："你钢丝踩得不错，是你爸爸教的？"

"不是，俺爸不会踩钢丝。"张红英依然笑着说，"钢丝是俺大嫂教的，俺大嫂叫唐莲琴，艺名叫小多多。"

"你几岁学的踩钢丝？"

"八岁，都踩了七年啦。"张红英看着麻子红，突然话头一转，"哥，你会踩钢丝吗？"

麻子红点了点头。

张红英又是呵呵一笑："哥，你一定比俺踩得好，以后可得教教俺。"

麻子红又点了点头。

麻子红和张红英逛了一上午，买了服装和一些生活用品。回到驻地，张红英催他去换衣服。麻子红穿上新西装，又恢复了光彩。

吃过饭，张玉宝建议麻子红去动物园逛逛，麻子红笑着应下来。

动物园设在万县公园，园子不大，有刺猬、猴子、狍子、蟒、蛇等。品种虽说不太全，但有些动物比较少见，自然就能招徕看客，动物园的生意也算兴隆。

对于麻子红来说，张氏一家亲和热情，使他内心十分感动，他主动提出上场演出。一连三天，麻子红使出全身功夫。他频频上场，不但演大节目，也演串场滑稽。由于麻子红的加盟，剧场上座率大增，场内常常是座无虚席。

张玉宝实在归实在，倒也是个精明的人。麻子红演完了《板凳顶》，他就知道麻子红非同一般。虽然自己是干魔术的，但早年也学过几天杂耍，何况杂耍与魔术又不分家。一个好的杂耍演员，都要有一手好顶功。而像麻子红顶功那么高的人，实在是凤毛麟角，为数寥寥。他演的《板凳顶》，就是一手真功夫，而其中的单手吊顶，更是绝活。

这样一个好演员，又主动送上门来，就得想方设法把他留下。可巧，天遂人意啊，麻子红眼下落了难，自己如此慷慨地拉他一把，他怎能不感激搭救之恩？果然，麻子红不谈报酬，拼命地演了起来，着实是个地道的江湖汉子。

张玉宝还有他的打算，既然麻子红留了下来，何不让他教教这些孩子？如果孩子们得到麻子红真传，那功夫一定会有长足进步。张玉宝和很多艺人一样，身边养了十几个孩子；张玉宝和其他艺人不同的是，他像对亲生儿女一样对这些孩子。他教他们练功，让他们学会本领，关心他们的成长，而并非是把他们当摇钱树。

张玉宝请来麻子红，说了自己的想法，麻子红点头应承。

其实，麻子红留在团里，早被孩子们围上了，大家还把麻子红当成大哥。麻子红早晨练功，他们就在周围看着，还像模像样地模仿。麻子红看到动作有误，就上前指正一下。小多多的女儿张丽君，取了个艺名小茜茜，一个五岁的小女孩，已开始练顶功啦。

如此看来，就算没有张玉宝的请求，麻子红也会指导他们。不过，张玉宝既然张了口，麻子红还真想提个要求，就冲张玉宝说道："教可以，但你得答应俺一个条件。"

"什么条件？"张玉宝问。

"练不好的话，得允许俺打。"麻子红认真地说，"凡是好功夫，那可都是打出来的。"

"当然，当然。你别看我对他们好，但绝对不溺爱。严师出高徒嘛！打骂都随你，你尽管教就是。"

张红英听了这一番对话，不禁吐了吐舌头。张红英天生聪慧，思维敏捷，一点就通，不可能挨巴掌。

数月以后，张玉宝想去重庆，就问麻子红是否有熟人。中国魔术团在万县两年了，也该挪挪地方啦。麻子红告诉张玉宝，重庆有个叫万能脚的，是杂耍业内少有的人才，可以找他联络联络。

张玉宝听了十分高兴。

没想到，中国魔术团还没起程呢，就有人找到中国魔术团，说是要见老友麻子红。

麻子红一见这人，不禁大吃一惊，这还是万能脚吗？

万能脚脸色憔悴，本来细腻的皮肤，像蒙上了一层灰垢，眼窝深深陷下去，眼睛呆滞无光，头发蓬蓬乱乱，胡子像割了的韭菜，浅色西服显得很脏，一颗衣扣不知所踪。身边的两个小女孩，伫立在万能脚身旁，小脸上挂着泪珠儿。

见到麻子红，万能脚身子一软，颤声喊道："兄弟……"话音未落，他就瘫软在了地上。

麻子红慌忙走上前，弯腰扶起万能脚："你这是咋啦？咋成了这样子？"

万能脚哽咽着说不出话来。

两个小姑娘悲悲切切地齐声叫道："叔叔——"然后扑向麻子红。

这是万能脚的两个女儿，大的叫金英子，今年七岁。小的叫金惠子，今年五岁。麻子红和万能脚在一起时，两个孩子和麻子红很熟，分别了几个月，依然像见了亲人一般。

麻子红扶万能脚坐下，又搂过两个孩子。一边劝她们不要哭，一边问："你爸爸咋啦？妈妈呢？"

金英子抽噎着说："妈妈全跑了。"

麻子红一下子明白了。不过，他一点也不惊讶，他了解万能脚。过去，万能脚只要出门，家眷、仆人一大帮，很有气势。今天，身边只有两个女儿，又是穷困潦倒的样子，肯定是出了大事。

作为江湖艺人，万能脚有义气的一面，也有不好的一面。他性格暴躁，虐待老婆和仆人。他爱喝酒，而且每喝必醉，稍有不顺，非打即骂。他没有双臂，就用脚丫子打嘴巴，脚丫子抽人又准又狠，大家像伴着凶猛的狮子生活，整天提心吊胆地过日子。

因此，麻子红暗自揣摩，她们一定是不堪忍受，纷纷离他而去的。

万能脚休息一会儿，稍稍有了点精神，不无痛苦地说："两个女人，偷了我的全部钱财，消失得无影无踪。其他人一看无生路，也都各奔了东西，撇下我和两个孩子。"

果然不出所料。

面对万能脚的遭遇，麻子红一句话没说。他想到自己的遭遇，想到他们曾携手并肩，同甘共苦，共欣共荣。现在，可以说是同病相怜。麻子红带着万能脚，前去见了张玉宝，介绍了万能脚的近况。张玉宝唏嘘一番，对万能脚深表同情，然后收留了他。

万能脚能上张玉宝的船，麻子红自然跟着高兴。

麻子红多次谈起万能脚，张玉宝对万能脚的印象，是他的排场和技艺都很了得，对万能脚也是仰慕许久。在万能脚到来的第二天，张玉宝特意挂出了宣传牌，宣传牌是麻子红设计的，他参考了华蓥舞台的广告思路，一双大脚占据了半个画面，引起了观众极大的好奇心，当晚就一票难求。

杂耍和魔术节目过后，万能脚开始表演。

万能脚仍然以洗脸遛场。

只见万能脚金鸡独立，伸出右脚蘸水洗脸，只是左腿抖动个不停，还没有站足两分钟呢，一下子就摔倒在地。

遛场失了托,这可是大忌,观众一下哄起来,扔瓜子皮的、鼓倒掌的、吹口哨的比比皆是,场上陷入极度混乱。

难怪,中国魔术团在万县待久了,观众看厌了他们的节目,好不容易来了个万能脚,却是一个这样不堪的角色,他们怎么能不失望呢?

救场如救火呀!

麻子红立即上演了《滑稽高车》,张红英又上演了《钢丝技艺》,那惊险而幽默的表演,总算把观众安抚了下来。

从此,万能脚一蹶不振,他既不思练功,又不思演戏,让麻子红很无奈,只好找金英子询问,方知万能脚染上了烟瘾,一天不抽就浑身乏力。

麻子红多次试图规劝,万能脚却低头不语,甚至哈欠一个连一个……他之前还背着麻子红抽,这下看麻子红知道了,也就不必遮掩了,当面端起烟枪,画起惨淡的水墨画。一天,万能脚烟瘾大作,在甲板上晃晃悠悠,想走进舱里抽几口,可就那么一个趔趄,不慎跌进了江水里,幸亏大家搭救及时,他才幸免于难。可他还是受到了惊吓,又在江水里着了凉,拉开了肚子,没几天就上了黄泉路。

这下,就只剩下金英子、金惠子了,她们还那么小,还没有生存能力。唉!真够可怜的。幸好张玉宝把她们收为义女,她们才得以无忧地生活。

6

一九四三年,作为国民政府陪都的重庆,逃难的人不断地拥进来,把一座美丽、恬静、温和的山城弄得面目全非。不过,这毕竟是抗战的大后方,从表面看,依然不失热闹、繁华、安定的景象。

中国魔术团抵达重庆,张玉宝亲自挑选落脚点,确定国泰影院和太阳沟,分别为动物园和戏台地址。于是,大伙儿围动物园的围动物园,搭建戏台的搭建戏台,很快完成了准备工作,就等着开张营业啦。

麻子红第二次来到重庆,不免有些伤感。毕竟,他和万能脚在德胜舞台、花鼓戏剧团联合加演过，而且时间长达一年多。但值得庆幸的是，重庆的观众非常熟悉麻子红。

此刻来渝，麻子红的心情有所变化。先是因祸变成了穷光蛋，跟随万能脚进四川，在华鎣舞台、德胜舞台和花鼓戏剧团加演，只是借舞台一角赚钱而已。此次前来，则是在万县被骗一空，是张玉宝心善，救他于水火之中，他是满怀报恩之心，踏上了山城这块土地。

在中国魔术团里，麻子红尽心尽力，那可是有目共睹。怎奈万县是个小地方，英雄亦无用武之地。现在到了重庆，为了中国魔术团的声誉，他可要大显身手啦。

麻子红二十六岁，血气方刚的年龄，靠自己的好功夫，演什么都很上手。当时，团里缺乏相应道具，走到哪借到哪，麻子红借啥是啥，拿过来就用。

这天，麻子红表演《椅子顶》，十几把椅子都是借的，椅子大小不一，椅腿长短不齐。这种情况，一般演员绝不敢表演。可麻子红依然如故，照样叠起椅子来表演。椅子叠加至八把时，离地面有两丈多高，麻子红要做"反旱水"，忽然哗啦一声响，椅子全部塌落下来，麻子红猝不及防，头朝下摔了下来，他的脸被蹭破了皮。

场内骚动起来，大喊大叫的、吹着口哨的、鼓倒掌的，乱成一团。

几位伙计跑上台，要把麻子红搀下去。

张玉宝也匆忙上台，一边嘱咐处理伤口，一边抱腕施礼致歉，保证让大家重新欣赏《椅子顶》。

杂耍表演失了托，那是常有的事，但失托必须重演，没有就此退场的，这是杂耍的规矩。

张玉宝见麻子红从高处摔下来，脸皮也蹭掉一大块，又怕他的筋骨受伤，忙劝麻子红回后海。麻子红哪肯听劝告，别说是失托要重演，就凭台下一片喊声，他也要扳回这一局。

麻子红伸手挡住张玉宝，冲观众抱拳作揖道："俺失了托，着实对不住。为了感谢大家捧场，俺今儿个给大家重演。"

说完，他回过身来，却发现椅子垫桌已被抬了下去，他顿时怒从心头起，脸呼的一下就红了。可他又无法冲后海发火，只好无可奈何地摇头，再一次向观众抱拳说："请大家多多包涵，俺表演一点小活儿。"

麻子红打起了小翻。

麻子红心中有火，小翻打起来飞快，他侧身向观众，原地翻后空翻，只见台心一个圆圈嗖嗖地转，根本分不清头和脚。

场内立刻安静下来。

小翻速度越来越快，大约打了三十多个，麻子红一个"高提"，身子高高地弹起，在空中完成了"团提"，又稳稳地落在台心。按说小翻也该收场了，可在双脚落地的一瞬，只听到哐啷一声，麻子红在台上消失了。

场内举座震惊，都愣怔着，替麻子红捏一把汗。麻子红去了哪？有说是"五行遁术"的，也有说是隐身法的，一时间议论声四起。

面对意外事故，张玉宝愣住了，众伙计也愣住了。他们愣怔了片刻，突然如梦初醒，呼啦一下拥到台心。

张玉宝的中国魔术团，有一部分节目是魔术，张玉宝就是魔术演员。

魔术，就是魔术师以迅速、敏捷的技巧，辅以特殊装置，通过虚中有实、实中有虚、虚实结合的手法，让观众只知其然，不知其所以然。

表演魔术有六法，即"采、手、药、丝、搬、功"六字法。暗伏机关者为"采法"，秘有传诀者为"手法"，全凭药力者为"药法"，牵丝拽丝者为"丝法"，于身上或毯下落活者为"搬运法"，专赖手技没有秘诀者为"功夫法"。

张玉宝的魔术《大变活人》，就是把一个方箱子推上台来，表演者把箱子门打开，里里外外前后左右，都要让观众看个遍，证明箱子里没有人，这是表演中的"术"，是实的；关上箱子的门，只听一声枪响，再打开箱子门，箱子里就蹲了个人，这是表演中的"魔"，是虚的。这人如何进得了箱子？当然要靠魔术六字法的"采法"——暗伏机关。

张玉宝每次装台，在台上都要留个暗门，演《大变活人》的时候，当表演者让观众看完了空箱，关上了箱门，那"入门子"的人，就速从暗门进入箱子。而平时，暗门就用木闩插上，以便完成其他节目。

今天，麻子红是一股疾劲儿，"提"得过高，下落速度过快，双脚又正好砸在暗门上，暗门一下被砸坏，人就掉了下去。

麻子红摔得晕头转向，一时不知到了什么地方。

张玉宝知道麻子红掉进了暗门，心想，可别把麻子红摔坏了，就和伙计不约而同地拥向暗门。

观众见有人拥到台心，心中就明白了一半儿，知道麻子红掉到了台下。张玉宝急忙从暗门下去，看麻子红已清醒过来，知道自己掉进了台下，正在摸索着往上爬呢。

"伤了没？"张玉宝急切地问。

"没事。"麻子红满不在乎。

借暗门透来的一缕光，张宝玉见麻子红满身是灰尘，脸上的伤口流着血，又因小翻流出的汗水，再被灰尘那么一涂抹，成了大花脸。

不知为什么，看张玉宝等拥到台心，场内却安静下来，观众不吵不嚷，众人屏息静气，专注着台上的变化。当麻子红灰头土脸地从暗门中爬出来时，场内竟爆发了热烈的掌声，还伴随"麻子红、麻子红"的欢呼声。

看来，观众的眼睛是亮的，也有衡量演技的标准。表演《椅子顶》失托，小翻后的"失踪"，都不能归咎于麻子红，倒是展示了他高超的技艺。想想，没有真功夫的演员，敢借了道具就上节目？不！所以，这掌声，这呼喊声，正是对麻子红胆识过人、功夫超群的肯定。

麻子红回到后海，立刻被围了起来。大家七手八脚的，有替他脱衣服的，有去打热水的，有问长问短的。等麻子红洗了脸、换了衣服，张红英拿出纱布，蘸着红药水给他擦伤口，她轻轻地擦，轻轻地抹，边擦边看麻子红表情，生怕手重了，让麻子红难以忍受。

心有灵犀一点通，大家看了看麻子红，又瞅了瞅张红英，就陆陆续续离开后海，有的是要上场演出，有的是找了个借口，只留下麻子红和张红英。

"疼吗？"张红英细声细语。

"不疼。"麻子红笑了笑。

"改改你的愣劲儿，你看这多吓人啊！"张红英嗔怪地说。

麻子红没说话，只是侧过脸去，躲开她热辣辣的目光。

张红英擦完伤口，边收拾东西边说："以后，你要学会疼自个儿，摔坏了是一辈子的事。"

麻子红依然不说话。

"咋不吱声呢？"张红英伸出手指，点了点麻子红的额头，"你呀，真是上台似猛虎，下台像绵羊。"

张红英气哼哼地走了，麻子红望着她发呆。

张红英自从陪麻子红上街后，就和麻子红熟络起来，还总是哥长哥短地叫。接下来，张玉宝让麻子红上船住，正巧和张红英对舱，见面的机会也就多了起来。

张红英活泼又开朗，有时钻进麻子红舱里，看见麻子红在睡大觉，就找个毛茸茸的东西，去捅一下他的鼻子，要么挠挠脚心，或者是拎拎耳朵，直到麻子红睁开眼，她就咯咯地笑起来，然后和麻子红聊天。

张红英给麻子红洗衣服。开始是拣脏衣服洗，后来就从他身上扒。一次，她给麻子红洗衣服，正好被养母武绪岚看见，武绪岚故意嗔怪地说："哎呀，红英，我那么多脏衣服你不洗，倒是给麻子红洗得起劲儿。"张红英脸一红，低下头不予理睬，手中照样搓洗着。武绪岚了然一笑，转身去找张玉宝，把那一幕绘声绘色一讲，张玉宝心领神会地笑了。

人们感触最深的，就是早晨练功的时候，麻子红拿着一根柳条，倒背双手，看谁懈怠啦，姿势错啦，抡起柳条就抽。十几个孩子，有谁没挨过打呢？算算也只有张红英。

张玉宝观察了一段时间，觉得这层窗户纸也该捅破了。那么，由谁来捅呢？想想，还是自己最合适。这天早上，张红英练习走钢丝，麻子红在一旁指点着，张玉宝站在一旁看。

走钢丝，是难度较高的杂耍节目，向来以巧、难、险著称。张红英自从进了张家，就开始学这门技艺，一晃已有十年光景。

张红英的功夫，原本是小多多教的。麻子红来了，张红英主动向他请教，师父也就换成了麻子红。当时，张红英走硬钢丝的水平，已经是远近闻名了，诸如"坐凳""上梯""劈叉""踩圈""舞剑"等，都是那么娴熟。在场上，她身着紧身红绸裤褂，像一只红蝴蝶，在半空中翩翩起舞，光彩照人。

张红英是个要强的姑娘，见麻子红在软钢丝上骑高车，就琢磨自己能不能在软钢丝上表演。为此，她不止一次央求麻子红："哥，你教我走软钢丝吧。"

这几天，麻子红一直教张红英走软钢丝。她渐渐能表演扭秧歌、舞红绸、舞剑等动作，而且动作越来越娴熟。

眼下，麻子红正吆喝着："大摆，大摆！转身，转身！"张红英随之变换着姿势，动作轻盈飘逸。

麻子红教得认真，张红英学得踏实，张玉宝喜在心上。

"爸。"张红英见到张玉宝，不觉叫了一声，便从钢丝上跳下来，边擦汗边走过去。

"练得好啊，孩子，爸都看见啦。"张玉宝笑了笑说。

"是哥教得好。"张红英瞅瞅麻子红，满脸挂着幸福的笑容。

"难为你啦，你教这些孩子，那真是没话说，费了不少心思。"张玉宝点点头，冲麻子红笑着说。

"这不算啥事。"麻子红平和地说。

张玉宝拍拍麻子红的肩膀，不无感慨地说："我年纪大了，你们好好干。将来，中国魔术团的门面，就得由你们支撑了。我的这份家业，也都得交给你们来继承。"

麻子红听到这话，心竟然沉了一下。他想起一个人来，那个人也说过这样的话，那就是蒲田曲马团的蒲田。

麻子红默默不语。

张红英羞怯地低下了头。

张玉宝又说："我知道你们俩要好，爸高兴啊！等过阵子，我就张罗给你们办喜事。"

麻子红抬起头来，凝视着张玉宝的眼神，确实流露着真诚，这让他再次想到了蒲田。

"爸，你别说了。"张红英很难为情，红着脸跑开了。

麻子红尴尬地笑了笑。

张玉宝又拍拍麻子红肩膀，似乎有点动情地说："加把劲儿，好好带这些孩子，这个团以后就靠你啦。"

麻子红若有所思地点了点头。

张玉宝的家人、伙计，全部在船上生活，除了晨练和晚上演出，几乎都待在这条船上。大家对麻子红和张红英，以及对张玉宝的一些心思，几乎都心知肚明。

张红英虽羞答答地走了，但麻子红心里跟明镜似的，他知道张红英非常爱他，但他需要自己先想清楚。

7

转眼间，麻子红来中国魔术团一年了。在经济上，张玉宝没亏待麻子红，这一点麻子红无可挑剔。但是，这段时间以来，麻子红越来越抑郁，这种不快和抑郁，来源于对张玉宝的猜忌。

麻子红已经二十七岁了，也的确过了结婚年龄。当年和花子真心相爱，但终究未成眷属，还差点枪杀了花子，使他承受了巨大的压力，心里无形中罩上了阴影。由花子联想到张红英，他总觉得在这段感情上，张玉宝和蒲田一样，只是利用自己而已。要么，为什么迟迟不办婚事呢？张玉宝有自己的目的，张红英会不会也有自己的目的？麻子红一直胡思乱想，心里一直被感情折磨，就连张红英都不敢接近了。

这一天，天上飘着小雨，既像雾又像烟。吃过早饭，麻子红懒懒地躺在船舱里，头上蒙着件衣服，长吁短叹地想心事。张红英钻进舱来，一边咯咯地笑着，一边挠着麻子红的脚心："哥，刚吃完饭就睡呀？"

麻子红抽回脚，翻了一下身子，没和张红英搭话。

张红英拽下他头上的衣服，看到他苍白的面孔，立马收敛了灿烂的笑容说："哥，你咋啦？病啦？"

麻子红缄默不语。

张红英想摸摸麻子红的头，却被麻子红用胳膊挡住，然后他忽地一下坐起来说："是病啦，俺得了相思病！"

"哎呀，你瞎说啥呀？！"张红英用拳头捶着麻子红的肩头。

"俺问你，"麻子红黑着脸说，"你说你爹开明，他开明个屁！长着一张哄人的嘴巴，想拿俺当摇钱树是咋的？"

张红英是丈二和尚，一时摸不着头脑，可看了看麻子红，又是一本正经，分明是动了真气，就涨红了脸说："你别急嘛，爸爸不是哄咱们，他一定会给咱们办婚事。"

"不急，不急，话都说了快一年啦。"麻子红依然十分激动，"俺看他是拿一块骨头喂几条狗……"

"别说啦。"张红英立马打断麻子红的话，"你连我都骂了，我这是成了啥人啦？"

张红英嘟着小嘴，眼泪唰唰掉下来，转身跨出船舱，一连几天不理睬麻子红。

麻子红陷入了沼泽，越使劲儿拔脚，那脚陷得就越深。在他的脑子里，骗子、无情、利用、可耻，犹如一只只罪恶的手，把他撕得七零八落，他完全成了赚钱的工具。至于爱情、义气、无私、豁达、慷慨，全都是光鲜亮丽的外衣，都是毯子下面的"落活"……

麻子红哀哀怨怨，一直解不开心结。

这时，赵庆林忽然来了。赵庆林的到来，犹如一条隐形的绳索，或者像一个扳道工，把麻子红拽上了另一条道。

赵庆林和麻子红汉中一别，恍惚间四年就过去了。今天兄弟得以相见，心中自然是感慨万千，畅叙离情。

在汉中与麻子红分手以后，赵庆林、张德胜跟杨老艺人，一口气走遍了大半个四川。后来，在什邡巧遇赵福强、韩凤武，就随之投奔了王朝臣，一起加入了河南武术团。

提到赵福强和韩凤武，麻子红想起了汉中饮马池。

当时的饮马池，是个十分热闹的去处，相当于北平的天桥、天津的

"三不管"，都是艺人谋生的场所。麻子红曾在饮马池撂地儿，前后遇见过几伙杂耍同行，赵福强和韩凤武就是其一。

赵福强三十多岁，身材粗壮，性格温和。他功夫好，尤其跟头，比一般撂地儿艺人略高一筹，《板凳顶》和《地圈》也不错。

韩凤武十五六岁，中等个头，方脸，身子稍胖，她性格开朗，爱说爱笑，会跟头、大顶和小吊。

赵福强和韩凤武是河南同乡，表兄妹，都是自幼学艺，二人搭档数年，在汉中饮马池，曾和麻子红合在一起撂地儿。麻子红记得，赵福强开过玩笑，要把韩凤武许配给他。麻子红打着哈哈，说家里定了一门亲事，这话题就错开了。

麻子红为婚事闷闷不乐，听赵庆林提起韩凤武，就产生了一个想法，随即问道："韩凤武结婚了吧？"

"没呢。"赵庆林转过话头，冲麻子红询问道，"老六，你咋样？是不是娶了媳妇啦？"

麻子红摇了摇头。

赵庆林略显惊讶："这么多年，你还是光棍一条？你是和自个儿过不去，还是和谁过不去呀？"

"唉——"麻子红神情沮丧，长长地叹了一声，和盘托出了心中的苦闷。

赵庆林愤愤不平地说："他这是说大话，使小钱，巧使唤咱兄弟呢。这不明摆着嘛，就是拿兄弟当傻子。去问问他，不办事，俺们就走人。"

这话，让麻子红又想起了花子。

他怨花子不谙世事。但值得欣喜的是，花子参加了八路军。可是，八路军能和艺人成婚吗？麻子红摇了摇头，又深深叹了口气。他把思路拉回来，眼下是要避免再被利用。

此时，若是遇到了别人，至情至理地劝导，这疙瘩也就解开了。可偏偏遇到了赵庆林，他不但没有劝解，反而还火上浇油。

麻子红又摇摇头，怨恨归怨恨，但凡是江湖艺人，就得守江湖规矩："不行，那太不仗义了，人家又没说不办。这样吧，你回去透透口风，看韩凤武愿意跟俺成亲不。如果愿意，你再来一趟。那时，俺再和张玉宝摊牌，不办事情俺就走，就怪不着俺不义气了。"

"这也好。"赵庆林点头答应。

其实，赵庆林不去劝导麻子红，自然有他的私心。此次前来重庆拜访旧友，那是受了王朝臣之托，请麻子红加入河南武术团。

很久前，王朝臣就知道麻子红，在西北一带，麻子红的名气如雷贯耳。麻子红功夫过人不说，尤其是其表演的滑稽，令他一直心怀仰慕之情。赵庆林、张德胜入团之后，他对麻子红的了解更为深入，就更想结交麻子红啦。

河南武术团人不多，杂耍节目也不吸引人，为了维持全员生计，只能演一些文明戏。王朝臣心中盘算，若能把麻子红请来，一边上演文明戏，一边上演杂耍节目，生意肯定会红火。因此，王朝臣叮嘱赵庆林，想方设法找到麻子红。

不久前，王朝臣得知麻子红在重庆，立刻委托赵庆林跑一趟，一来叙叙兄弟之情，二来探探麻子红的底细。

真是无巧不成书。

赵庆林到来的时候，正赶上麻子红闹情绪，对张玉宝产生怀疑，这让赵庆林暗喜。他在重庆住了一夜，乐颠颠赶回了什邡。

再说那韩凤武，已经二十岁了。男大当婚，女大当嫁。韩凤武不着急，大家却跟着着急。这两年，团里一直帮她张罗，却没有遇到合适人选。大家为这事正发愁，赵庆林带来麻子红的口信，韩凤武心里像揣着小兔子，"怦怦怦"地跳个不停。

麻子红是谁呀，那是当红艺人，和她还一起撂过地儿。他不仅仅表堂堂，人品也上乘。嫁了他，一生就无忧啦。

不知是因为矜持，还是为了慎重，韩凤武只是羞涩一笑，说去找表哥赵福强商量。

赵福强加入武术团不久，就做了王家的乘龙快婿。王朝臣没儿子，女婿就是半个主人。赵福强为武术团的发展，着实也操了不少心。这次，老丈人力邀麻子红，他也是极力支持。如今，麻子红要娶韩凤武，赵福强满口答应，他满心欢喜。

因此，王朝臣和赵福强一碰头，都觉得这事宜早不宜迟，立刻指派赵庆林二进山城。

这些天，麻子红郁郁寡欢，整天不说一句话。晨练时，动辄教训人，或抡起巴掌打人。孩子们猜不透他的心思，只能含泪忍受着，也越加刻苦训练。张红英心知肚明，主动找话和他搭讪，想哄麻子红开心。可麻子红铁了心，无论张红英怎么做，他从不正眼看她。

从表面上看，麻子红冷落张红英，可他的内心却很矛盾。他知道张红英对他好，有时他也会懊恼。张玉宝用嘴哄他，但张红英可是真心的。张玉宝不张罗办事，张红英有什么办法？她是养女，是用钱买来的，总不能无所顾忌吧？

可是，麻子红就是忍不住，一次次伤害着张红英。麻子红心里很痛苦，张红英心里也很痛苦。他想卸去感情的重负，可一想要离开张红英，那颗心又被揪扯得疼痛难忍。

麻子红在痛苦不堪之中，盼着赵庆林早日归来。

赵庆林终于回来了，他的第一句就是："老六，去找张掌柜摊牌吧，他要是还没个痛快话，俺们马上就走。"

赵庆林这么一说，麻子红心里一惊。

本来，麻子红就后悔让他去办这件事。自己和韩凤武只是一面之缘，对她的脾气秉性一无所知，又是这么多年没见，怎么能草率订下终身呢？可是，张红英就不同了，两个人朝夕相处，感情甚笃，一如天上比翼鸟，又恰似地上连理枝。这样的感情，怎么能草率地放弃呢？

麻子红的确后悔了。

麻子红想来想去，一时拿不定主意，就想找张红英谈谈。于是，他敲响了张红英的舱门。

张红英打开了门，见是麻子红，立马咯咯地笑了。她亲昵地挽住他的胳膊，抚平衣角，又咯咯地笑着说："哥，你阴多久啦？也该晴天啦。"

"俺……"麻子红欲言又止。

"你咋啦?"张红英问。

"俺要走啦。"麻子红低沉着嗓音说。

"去,别唬俺。"张红英咯咯地笑着。

"谁唬你啦?"麻子红拿出韩凤武的照片,怯怯地拿给张红英看,"俺去和她成亲。"

张红英跌坐在床上,脸色唰地变得煞白。半晌,她一把抢过照片,瞪大眼睛看了半天,眼泪不住地流下来,张红英指着麻子红:"你——你——"说着就要把照片撕碎,麻子红一把抢了过来。

"你咋能这样?"张红英甩出一句话,用力咬住嘴唇,恨恨地瞪了麻子红一眼,转身跑出了船舱。

张红英找到张玉宝,含着泪水冲他说:"爸爸,麻子红要走。"

"啥?"张玉宝惊得瞠目结舌,"为啥呀?这好好的,为啥要走?"

张玉宝是细心的人。按理说,麻子红情绪的变化,他早就应该发现了。可他实在是太忙,整天忙得像一个陀螺,转起来就没完没了。魔术团的管理、上场演魔术、动物园的管理……他陷在事务中,很少关注到其他事。

平心而论,张玉宝不但同意这门婚事,而且还高高兴兴地撮合,他也真心实意地承诺过,只是觉得张红英年纪还小,等上两年再结婚不迟,但他却忽略了麻子红的年龄。

麻子红要离开魔术团,他以为是别的什么原因,让麻子红觉得不顺心。于是,急匆匆地去找麻子红。

见到麻子红,张玉宝就说:"麻子红,俺啥地方对不住你?你这样走,俺心里可不安啊!"

张玉宝苛责的问话,让麻子红到嘴边的话又咽了回去。

麻子红骑虎难下了,本以为是张玉宝的错,却被张玉宝反咬一口,心里有点不是滋味。是啊,有什么地方对不住我?若是对得住我,我麻子红能张罗走人吗?

麻子红本想一吐为快，可转念又一想，多个朋友多条路，何必得罪他呢？事情到了这个地步，摊牌还有什么用？想到这儿，麻子红平静下来，心平气和地说道："俺去成亲。"

"你别搪塞俺，对俺有意见就直说。"张玉宝拍拍胸脯，又冲麻子红说，"咱们江湖艺人，可不能让人说不仗义。"

麻子红无法解释什么，就掏出韩凤武的照片，递给了张玉宝说："俺就是要去成亲。"

张玉宝看着照片，情绪激动起来："咋的，红英拴不住你啦？这女人比俺家红英强？"

麻子红缄默不语。

事情已经无法改变，只能朝着既定方向发展。麻子红情绪陷入低谷。张红英更是愁云密布、眼含泪水，遇到麻子红，就别过脸去，不打招呼，也不说话。麻子红离开的前一天，张红英又钻进麻子红舱里，她坐在一角，埋下头，咬着嘴唇，眼里闪着泪花。

麻子红在整理行装，见张红英走进来，就停下手上的活计，和张红英面对面坐着。

赵庆林知趣地躲了出去。

"哥——"半晌，张红英终于唤了一声，"你真的要走吗？"说着，她抬起水汪汪的眼睛，深情地望着麻子红。

"嗯，还是走了好。"麻子红回答，声音很低沉。

"你应该留下来。"张红英柔声柔气，像微风吹拂的柳丝。

麻子红沉默不语。

"就算为了俺，还是留下来吧？"张红英继续说。

麻子红依然沉默不语，张红英忍不住哭起来，麻子红痛苦地低下头。麻子红内心十分纠结，是他的多疑和草率，才把事情弄得不可收拾，如今想反悔已经来不及了。难道说自己因为赌气，才让赵庆林去传信？还是说赵庆林赶路太辛苦，不好意思拒绝？唉！大丈夫说话算话，怎么好意思出尔反尔？

麻子红咬了咬牙，离开了中国魔术团。

走下大木船时，一船人出来送行。麻子红不敢正视，只是低头往前走。到了不得不分手时，他终于鼓起勇气，回头看着送行的人，挥着手和他们告别。

张红英站在人群里，微笑着挥了挥手臂，麻子红没想到这场景，一瞬间像一把刀插进心脏，让他感到疼痛难忍。

麻子红流下了泪水，蹒跚着走向远方……

8

韩凤武要和麻子红结婚啦。

韩凤武心里高兴，大家也跟着开心，脸上都挂着笑容。特别是赵福强和岳父王朝臣，商量着如何给他们办喜事。王朝臣觉得，既然新郎新娘都认识，彼此也稍有了解，又是麻子红主动提亲，那就没有必要拖延，不如早早地做准备，等赵庆林把人接来，就立马举行结婚典礼。

对此，赵福强深表赞同。无论从哪个方面讲，这都是个好主意。王朝臣惦记麻子红，也不是一天两天了。如今，麻子红真的来了，自己作为主人，总得盛情一番。那么，接风和婚宴一起办，麻子红一定受感动。况且，麻子红和韩凤武结婚了，大家就是亲戚关系了，麻子红一定会尽心尽力，精心操持武术团事务。

王朝臣越想越兴奋，当即安排典礼事宜，只等麻子红一到，立马举行隆重的结婚典礼。

王朝臣慷慨解囊，购置了结婚的用品。

新房是武术团后的小屋子，原来是团里的化装间。屋子不大，但布置得倒很得体，红绿绸被褥各一床，红男绿女，搭配得当。鸳鸯枕头一对，棕床一张，上面悬挂粉色绸幔，八仙桌上铺着桌毯，一对红烛置于桌上。正面墙上悬挂着一块水银大镜，两边张贴红纸金字楹联，上联写：天有情结良缘今日佳婚配；下联写：地有意成眷属明日好夫妻。

新婚所需备得妥妥当当，只等新郎新娘拜天地啦。

麻子红到来的时候，武术团上下喜气洋洋、欢声笑语，什邡的天空，蓝得像水洗一样，鸟儿唱着喜歌，在头顶上飞过，到处洋溢着欢乐的气氛。

麻子红心里很别扭。成亲的事，明明是自己提出来的，可他一直闷闷不乐，就像有块石头压在心上。他怎么也想不明白，他和韩凤武之间，怎么就没有和花子的感觉，也没有跟张红英的感觉？

一路上就这么过来了。到什邡见到了韩凤武，他心里依然是一潭死水，没有一点幸福的感觉。看到精心布置的新房，他反倒生出一阵酸楚。唉！怎么就走到了这一步？麻子红一遍遍问自己。

在王朝臣、赵福强翁婿的陪同下，麻子红像检阅士兵一样，检阅了婚房的一切用品。

赵福强问："咋样，新房还满意吧？哦，对啦，你看看还缺啥？"

麻子红点点头，又摇摇头："嗯，没啥。"

赵福强说："那就选个日子吧。"

王朝臣说："是啊，宜早不宜迟。"

麻子红心里难受，可表面还得过得去，就咧嘴笑了一下，又轻轻点下头。

于是，王朝臣掐指一算，选了一个良辰吉日，赵福强表示赞同。麻子红也没意见，事情就这么定下了。

按照传统习俗，新人在成亲时，要行三拜大礼：一拜天地，二拜高堂，夫妻对拜。可麻子红远离父母，韩凤武从小失去双亲，这该如何是好呢？王朝臣仔细一合计，哎，有了。赵福强是韩凤武的表兄，借用长兄如父也不为过，就让他代表韩凤武的家长；赵庆林和麻子红同乡，又在一起撂地儿多年，而且年长于麻子红，就让他代表麻子红的家长。

这一天，阳光也知趣地灿烂着，但灿烂得麻子红更加焦虑。

在大知客的主持下，赵庆林、赵福强走上来，分别坐在太师椅上。新郎携新娘跨过火盆，来到了众人面前，行过了三拜大礼，便开始推杯换盏。

婚礼简单又热闹。说简单，是麻子红没穿袍褂，韩凤武没坐花轿，两个人衣着朴素，干干净净。说热闹，是婚礼请了乐队，洋鼓洋号吹吹打打，大家热闹了一整天。

这一天，是一九四四年六月十八日，农历甲申年闰四月二十八，麻子红二十八岁，韩凤武二十岁。

婚后，麻子红、韩凤武生活是平静的、互敬的、和睦的，但不是热烈的、浪漫的、幸福的。麻子红只是负起了责任，一个丈夫对妻子的责任。至于麻子红的一些规定动作，韩凤武心里是有数的，虽缺少关爱、抚慰和甜蜜，但她从来都不计较。在他们看来，人生路上横着一道道坎，结婚就是其中一个。现在，两个人一起迈了过去，也就如释重负了。

麻子红草率地完婚，爱娣儿却守着牌位，尽没过门儿媳的孝道，整天围着刘氏里里外外地忙。

爱娣儿成了刘氏的精神支柱，她也把爱娣儿当成女儿。自从赵保真离世后，"唯一"的儿子赵凤瑞杳无音信，导致刘氏精神受到打击，身体也越来越弱了，甚至出现了认知障碍、记忆障碍、精神障碍和异常行为，她不知道狗剩儿是谁，也不知道有三个儿子，唯一记忆深刻的是爱娣儿，无论做什么或者在哪里，总是念叨爱娣儿的名字。

爱娣儿勤劳、善良、贤惠，对刘氏无微不至，对大嫂月娥实心实意，对侄儿狗剩儿视如己出。如此一来，"三个寡妇"守着狗剩儿，艰难地熬着日子。

爱娣儿这个没过门的"寡妇"，成了这个家里的精神支柱。

爱娣儿来到赵家的时候，大家都以为是一时的选择，待世人忘了眼前的一切，她会再选个好人家嫁喽。可是，后来发生的事，使得大家对她另眼相看。

赵凤池魂游白龙江，麻子红"喂了鱼虾"，赵保真也因此命丧黄泉，赵凤瑞又不知在何方。就这样一个家庭，日子还怎么过呢？为此，那爱娣儿娘心痛如刀绞，甚至哭得昏天黑地，非要把爱娣儿接回娘家。

爱娣儿娘这么一哭闹，爱娣儿哥受不了啦，亲自登上赵家门，要把爱娣儿接回娘家。爱娣儿说什么都不肯，非得在赵家伺候婆婆，爱娣儿哥见爱娣儿态度坚决，只能悻悻地回了姜庄。

这让申庄人看到了爱娣儿的品德，对爱娣儿就越发尊重了。

日子随着清凌凌的河水流着，爱娣儿在岁月的长河中，伴着刘氏、月娥和狗剩儿，也伴着心酸、煎熬和泪水，奋力地划着人生的小舟。好在申庄有不少的赵姓人，总会伸出一双双温暖的手，才使这个家闯过了风风雨雨。

9

　　日子一天天地流淌着，时局也越来越困难了。

　　一九四二年元旦，日军对吴桥进行扫荡，在县内设立十二个据点，搭建了二十个炮楼。日军的防御体系完善后，就疯狂地抓捕抗日志士，并逮捕张家圈村民六十人，多名抗日领导人惨遭杀害，抗日组织不得不转入地下。

　　一九四三年五月，八路军敌后工作队在南姜庄开展工作，因伪村长告密而被日伪军包围，工作队在突围中有五人被俘。

　　那天，爱娣儿天不亮就爬了起来。

　　她要抱柴火做饭，要缝补浆洗，要侍弄田地，每天都有一堆的活计在等着她去做。因此，爱娣儿习惯早起晚睡。

　　爱娣儿穿好衣服，推开房门走出去，迎着星星，直奔柴火垛而去。

　　这柴火垛像小山一样，是申庄赵姓男丁合着捡拾来的。那一刻，刘氏瞪着无光的眼睛，咧着掉光了牙齿的嘴巴，由衷地笑了。她感谢族人们的帮助，也感谢族人们对爱娣儿的认可。

　　爱娣儿走到柴火垛旁，听有人低声求救。爱娣儿吓得转身就跑，那人却说是赵凤瑞的战友。

　　爱娣儿一下子站住了。

　　赵凤瑞是八路军，他是赵凤瑞的战友，就一定是八路军，八路军是老百姓的队伍，爱娣儿怎能不施救呢？

　　爱娣儿壮着胆子走过去，看草垛边躺着一个人，穿着一身灰色的军装，一条腿却是黑乎乎的。

　　"你是谁？"

"俺叫肖守平，是赵凤瑞的战友。"

"你咋知道俺家？"

"俺就在这一带活动，一直和赵凤瑞同志在一起。"

"哦——"爱娣儿不知道肖守平是吴桥地区抗日领导人，但她知道，二哥的战友都是好人。于是，她问："俺二哥呢？"

"他们突围了。"

"哦——"爱娣儿想了想又说，"你伤到哪了？"

"小腿。"

"那进屋吧。"

"不，就在这儿。日本鬼子马上就来，你要快点。"

这时，爱娣儿才知道，那黑乎乎的，一定是血浸湿了裤管。于是，她赶紧跑进屋去，找了块白布，拿了一把剪刀，舀了半瓢面粉，冲了一碗盐水，这才回到草垛边。

爱娣儿咔嚓咔嚓剪开裤腿，用盐水清洗了伤口，又擦了擦那把剪刀，把白布卷塞进肖守平嘴里，然后用剪刀剜出子弹头。肖守平脸色愈加苍白，使劲儿咬着白布，忍受着剧烈的疼痛。子弹头被剜出来了，爱娣儿又在伤口上揸了一把面粉，用白布包好伤口。

"俺先把你藏起来，等日本鬼子走了，俺再去给你找药。"爱娣儿边说边在柴火垛里掏洞。

"谢谢！给你添麻烦了。"肖守平冲爱娣儿说。

肖守平爬进了洞里，爱娣儿堵好了洞口，处理了院内外的血迹，才抱着柴火进屋做饭。

不出肖守平所料，日本鬼子果然来了。

爱娣儿听到村头的枪声，赶紧蹭了一把锅底灰，左一把右一把抹在脸上，又跑到西屋抹在月娥脸上，试图迷惑日本鬼子，防止受到鬼子的欺凌。

日本鬼子挨家挨户搜查，连八路军的人影都没找到。气得鬼子乒乒乓乓乱砸一通，然后都走了。

爱娣儿、月娥搀肖守平进屋，月娥端上一碗面条，爱娣儿去请苏先生。

苏先生背着个药箱，跟着爱娣儿进了东屋，拆下缠绕的白布，给肖守平重新清洗伤口，重新掊上了创伤药，重新用纱布包扎好，又留下了一包药丸，背着药箱走了。

爱娣儿送走了苏先生，突然又想起了赵凤瑞，就冲着肖守平问道："那个肖同志，俺二哥就在吴桥转悠，他咋不回家瞅瞅呢？"

肖守平赧然一笑："这都怪俺。这两年，抗日形势异常紧张，俺们常常昼伏夜出，袭击日伪军据点，打击日伪军的嚣张气焰。真都顾不上回家瞅瞅爹娘。再说了，凤瑞已经当上了十六团团长，俺们也得保护抗日家属，就给他改了名字，现在赵团长叫赵前进。"

"唉——忠孝不能两全，也怪不得小耗子。"刘氏突然接话说。

"肖同志，你知道花子的消息吗？"月娥突然问。

"花子？你咋认识她？"肖守平一愣，又疑惑地反问。

月娥就坐在那儿，像是走进了回忆里，把花子和麻子红的相识、相恋，麻子红如何离开日本，花子怎样来到申庄，山根如何暗杀共产党人……都一五一十地叙述了一遍。

"唉——要不是出现山根的事，花子早就是赵家儿媳了！"最后，月娥十分惋惜地说。

"要是有缘的话，现在也不晚啊。"肖守平笑了笑说，"经过反战教育，花子成了日人反战同盟会会员，现在是八路军十六团战地护士。"

月娥一下子愣住了。

花子不是山根的帮凶吗？怎么成了反战人士呢？原来，花子被送到山西，在杉本一夫的影响下，认识到战争的罪恶，主动要求加入八路军，又来到了吴桥的十六团，做了一名战地护士。

杉本一夫，是华北日本士兵觉醒联盟的创始人。

一九三九年一月二日，山西省武乡县王家峪村，在八路军元旦集会上，三名日本俘虏杉本一夫、小林武夫、冈田义雄走上舞台，当场宣布参加八路军。他们是在八路军俘虏政策感召下，产生的第一批日本八路。

这一年十一月，杉本一夫在山西省辽县（现为左权县）麻田镇，创建了华北日本士兵觉醒联盟，这是中国战场日本俘虏转变后，成立的第一个日本人反战组织。此后，反战组织陆续建立，遍及敌后抗日战场。其中，日共中央代表野坂参三领导的在华日人反战同盟延安支部，成了日人反战组织在华的总部。

反战组织经过了华北日本士兵觉醒联盟——在华日人反战同盟——日本人民解放联盟的演变，共建立了两个地方协议会、四个地区协议会、二十个同盟支部，盟员达到千余人。

这些，月娥这样的乡下女人又怎么能知道呢？她愣怔了一会儿，随即又盼望见到花子，盼望见到赵凤瑞。花子已经改好了，是不是可以走进赵家，和麻子红结为秦晋之好？至于赵凤瑞，也该回来看看娘了。

肖守平在赵家一直住了五天，还没等伤口完全愈合呢，他就迫不及待地赶回了部队。

这时，日伪军围绕县城挖掘封锁沟，设碉堡，严禁人员随意进出，造成了抗日队伍给养的匮乏，爱娣儿就动员村民募捐，再交给肖守平派来的战士。从此，在爱娣儿和月娥的心中，都升起了一轮暖暖的朝阳。

10

麻子红自从和韩凤武结婚后，全部精力都放在了河南武术团上。

王朝臣的河南武术团、王宜林的河南武术团，其实没有什么区别，都是徒有虚名。那时，一些文艺团体，稍稍会点杂耍的，都要叫武术团，还偏偏冠以河南二字，似乎只有这样冠名，才能证明与少林寺的关联。所以，河南武术团比比皆是。

王朝臣的河南武术团，并没有多少杂耍节目，前半场演点文明戏，后半场演点杂耍，勉强凑成一台戏。

麻子红来到河南武术团，给这个团带来了生机，但终因总体节目惨淡，境况一直没有大的改观。

鉴于这种情况，麻子红又萌生了置大棚的念头。这念头，曾经多少次撩拨着他的心。光技大棚覆灭以后，麻子红闯荡五六年了。这期间，他加入过几个杂耍团体，但都无法和光技大棚媲美。这也更坚定了他自己置大棚的决心。

对此，韩凤武表示支持。于是，夫妻俩省吃俭用，把收入全存起来，利用赶集的机会，买了一些白布和线绳，头顶着月亮、星星，抽时间缝围子、织网子。

时间不知不觉地流逝，转眼韩凤武怀胎十月，一个男孩儿呱呱坠地了。

麻子红给儿子取名赵泉涛。

小泉涛长得胖乎乎、粉嫩嫩的，甚是惹人喜爱，乐得麻子红合不拢嘴，不管多忙，都要抽时间逗逗儿子，亲亲胖乎乎的小手，捏捏挺挺的小鼻子，或哼上一段梆子腔。小泉涛刚过满月，麻子红就给他抻胳膊撂腿儿，要把他培养成杂耍高手。

韩凤武在一旁看着，一家人其乐融融。

都结婚一年多了，麻子红不冷不热的，对此韩凤武感到失落，但她知道麻子红心里有家。麻子红起早贪黑打围子、织网子，那是为了什么？还不是为了这个家吗？韩凤武想，麻子红心里有家，就等于心里有她。现在，麻子红又这么喜欢儿子，韩凤武心满意足了。

麻子红忙着置大棚，韩凤武忙着小日子。可谁能料到，武术团上演《火烧红莲寺》，却演成了"火烧武术团"。

这《火烧红莲寺》演的是一位小姐被歪嘴和尚抢到寺里，和尚意欲对小姐图谋不轨。人们闻讯，便闯进寺里救出小姐，又一把火烧掉了寺庙。

这剧情简单得不能再简单了，只是制造火烧红莲寺的效果，却是十分原始的，也就是真的用火烧掉布景。

可是，这回洋油倒多了，布景刚刚被点着，火势就迅速蔓延开来，观众以为是剧情发展，又拍巴掌又叫好。可台上演员乱了阵脚，火苗呼呼蹿上天棚，旋即向四周蔓延，待到舞台大幕呼呼地烧，观众们方知出了意外，顷刻间就乱成了一团。

王朝臣几步蹿到前台，冲演员大声疾呼："大伙儿别慌，快救火！快救火！"

听到王朝臣的叫喊声，大家伙从惊慌中清醒过来，这才手忙脚乱地开始灭火。可是，处在慌乱中的人们，早已忘记了洋油桶还放在危险的地方，只听砰的一声巨响，舞台变成了一片火海。

大火噼噼啪啪地燃烧，浓烟呛得人喘不过气来，人们被爆炸声吓得魂不附体，开始四散逃命。

麻子红回到自己的小屋，见韩凤武正忙着收拾东西，小泉涛在她的臂弯里哇哇大哭，一切都像是理不清的乱麻。

韩凤武见麻子红进来，战战兢兢地说："可不好了，咱们可怎么办呀？"

"赶紧逃吧。"麻子红催促韩凤武，韩凤武却大包小裹的，急得麻子红厉声叫道，"东西不要了，人要紧，快点包孩子！"

韩凤武一副木然的样子，麻子红一把抢过小泉涛，三下两下把孩子包好，一只手抱着孩子，一只手拉起韩凤武就走。

麻子红一脚踹开了门，浓烟滚滚扑面而来，呛得他睁不开眼睛，他又慌忙退了回来。

"哎呀，可怎么办呀？"韩凤武叫了一声。

"别慌。"麻子红把孩子塞给韩凤武，"你抱着泉涛，俺去探探路。"

麻子红冲出门外，瞬间又返回来，呛得满眼是泪。

路被火舌封锁了。

韩凤武瑟缩成了一团，把小泉涛紧紧抱在怀里，带着哭腔冲麻子红说："这下完了，这下可完了！"

"别胡说。"麻子红一脚踹开后窗，"快，从这儿爬下去。"

麻子红知道，这窗子离地面有两丈高，跳下去是会摔伤的。于是，他用变魔术用的百丈绸，让韩凤武先带着小泉涛滑到地面，自己这才从窗户跳下去。

剧场房顶上大火冲天，噼噼啪啪的燃烧声，让人感到一阵阵恐惧。

"抓住王朝臣！"

"抓住麻子红！"

"可别让他们跑喽！"

在一片嘈杂的叫喊声中，隐约传来的只言片语，让麻子红感到紧张万分，在恐怖感袭上心头的瞬间，他双腿不自觉地颤抖起来。

离开了剧场，翻过了栅栏，穿过了街道，他们进入了胡同。

小胡同里黑黢黢的，伸手不见五指。麻子红稳了稳情绪，感觉心里踏实了一点，就摸索着向前走去。突然，一道手电光照来，麻子红赶紧伸手，挡住了眼前强烈的光线。

"谁？"麻子红问道。

"我是警察，你们是干啥子的？"麻子红一阵晕眩，差点瘫在地上。那警察走过来，惊讶地问道："麻子红，真的是你？你们咋还没逃出去？四面城门都关掉啦。"

麻子红有点蒙了："你……你……"

"我是警察，奉命缉捕你们。不过，你们不用怕，你们绝不是纵火犯。我是不会抓你们的。"

"老总，多谢啦！"麻子红不知所措，"日后，一定报答您的大恩大德。"

"哎，啥子老总，我才十八岁，叫我小兄弟吧。"小警察说，"我得救你们出去，城里藏不住人。"

"是啊，小兄弟，救人救到底，送佛送到西。"韩凤武插嘴说。

"别慌，让我想想。"小警察拍拍脑袋，"对啦，得先换换衣服，你们这身是出不去的。"

借着警察的手电光，麻子红这才发现，原来他们还没有卸装呢，不觉又紧张起来："这可咋办？黑灯瞎火的，俺上哪弄衣裳去？"

"着啥子急嘛。"小警察劝慰道，"先到我家去吧，慢慢想办法，左边不远就是。"

小警察家有四口人，有母亲，有兄嫂，看上去都是老实人。

麻子红进了屋，警察娘吃了一惊。小警察说明了情况，警察娘和兄嫂就忙活开了，警察娘忙着找衣服，警察嫂子打来一盆水，让麻子红夫妇卸装，警察哥哥哄着小泉涛。

卸了装，换了衣服，办法就来了。

城东南二里地的马家沟，是小警察的二叔家。为了稳妥起见，警察娘让大儿子送麻子红、韩凤武出城，到那儿暂避一时。又吩咐小警察回队里探消息，看看事情进展情况。

麻子红心中十分感动，原本就是素昧平生，他们凭什么舍身搭救呢？其实这都不重要，重要的是遇到了好人。麻子红行拱手大礼，再三向警察娘致谢。

警察娘嗔怪地说："干啥子客气？你们实在不易，看着怪可怜的，啥子救命大恩哪，就是搭把手的事，你们快快上路吧。"

麻子红出门时，小警察还安慰说："有我哥带路，保证没啥子问题。"

第二天午后，小警察来到马家沟，带来了一罐抄手，那是警察娘包的。

麻子红见了小警察，急忙问道："咋样了？俺是不是得吃官司？"

"园子烧没了。"小警察打开罐子，送到韩凤武跟前，"俺娘做的，你快吃吧，一会儿就不成个儿了。"

韩凤武听说园子烧没了，眼泪一下子流了下来。家烧了，什么都没有了，以后的日子可怎么过？

"你们的家在园子里？"小警察惊愕地问。

麻子红点了点头。

二叔、二婶都是菩萨心肠，见麻子红夫妇心情沉重，就都过来劝慰。

"人没伤着，那就是万幸。那些家当，以后再置嘛。"

"遇事想开点，天不绝人，办法总是有的。"

"城里回不去了，王朝臣和你被列为祸首，可一个也没抓到，听说王朝臣连夜去了成都。"小警察说。

"其他人呢？"麻子红问。

"昨晚关了一夜，火不是他们放的，早晨就都释放了。"小警察又说。

麻子红点了点头，不再说话了。

"不嫌弃的话，就在我家避一避吧。"二叔又宽慰道，"你想啥子时候走，就啥子时候走。"

"不！太麻烦你们了。江湖艺人，靠卖艺糊口，俺总得去撂地儿。你们的大恩大德，容俺以后报答。"麻子红连忙说。

"快别说见外话。走也好，那就多带点干粮。"二婶见麻子红态度坚决，就冲麻子红说道，"管他啥子东西，都多带上一些，免得路上遭罪。"

二婶拿出两块钱纸票，塞给韩凤武说："拿着吧，带上这点钱，要紧的时候，也能派上用场。"

一场大火，吞噬了麻子红的全部财产，他又一无所有了。

按理说，这灾难对闯江湖的人来说，似乎也算不了什么。麻子红大灾大难都过来了，还在乎这点坎坷吗？可麻子红不比从前，如今他有妻儿，他看不得妻子怅然若失，听不得儿子哇哇哭闹。他的心碎了。

若不是小警察一家出手相救，他连逃跑的力气都没了。麻子红从心底感谢小警察一家，这倒不仅仅是因为他们搭救了他，还因为他们给了他站起来的勇气。

麻子红再行拱手大礼，韩凤武则行了鞠躬礼，再三谢过了小警察一家，又谢过了二叔和二婶，他们眼含热泪离开了马家沟，抱着儿子直奔成都而去。

终于到了成都，麻子红拖着疲惫的身子，走在成都的街道上。他很累，很想找个地方歇歇。可是，到哪去？去找谁？他们没有目的。多年前，麻子红曾和万能脚去过华蓥舞台，可那时是只身一人，无牵无挂。现在，这拖家带口的，身边一个道具都没有，还能去华蓥舞台吗？他仔细想想，成都一个熟人都没有，即便是有熟人，他现在这个落魄的样子，又怎么能去找人家？

11

麻子红和韩凤武就这样盲目地走着，走着……

突然，一个小茶馆吸引了麻子红的目光，他顿觉饥肠辘辘、口渴难耐，就冲韩凤武说："喝口茶吧。"

小茶馆很简陋，一间屋子大小，门脸黑黢黢的，光线十分暗淡，屋里四张条桌，整齐地摆在那儿。

麻子红走到一张桌前，接过小泉涛，让韩凤武坐下来休息。这时，掌柜走过来问："先生，是喝龙井，还是香片？"

麻子红苦笑一下："来花茶吧。"

韩凤武拿出半个锅饼，掰了一半递给麻子红，就着一杯花茶吃起来。他们吃饼喝茶，长吁短叹，这引起了别的客人的注意。

"你们不是本地人？"一个问。

"嗯，是从什邡来的。"

"走亲戚？"

"不是。"麻子红摇摇头说，"俺是落难的江湖艺人。"

"想咋办？"

"卖艺谋生。"

"会啥子功夫？"

"耍把戏。"

"得先找店住下。"另一个接话说，"总得有个落脚的地儿。"

"唉——"麻子红长叹一声，"身上只有两块钱纸票，住不起店哪！"

"有手艺不怕没钱，成都这地方养艺人。"客人像安慰，又像是提醒，"去青羊宫赶花会吧，过几天就是正日子。"

"那也得先找地方住下。"另一个客人说，"有啦，这茶馆后边，不就有一座空房子吗？"

麻子红眼睛一亮。

"那是过去镖客们住的。"一个打盹的客人也睁开了眼睛，"不过，得找邮政局孟局长说说。"

麻子红咽下最后一块饼，欠起身子，十分客气地冲打盹人说："大伯，您老认识孟局长？求您老给说句话吧。"

"认识，我们是邻居。"打盹人说，"先住下，看你们怪可怜的，回头我和孟局长说。"

走过一条很长的甬道，一座土地庙式的旧屋矗立在麻子红的面前。

这屋子好久没人住了，墙皮斑斑驳驳的，墙角、房顶挂着蜘蛛网。周围没有民房，屋子显得既孤零又冷清。

尽管如此，麻子红也心满意足了。

人是安顿下来了，麻子红的心情总算好了一点。可吃饭怎么解决？三张嘴总不能喝西北风吧？麻子红紧蹙着眉头。

"不是有花会吗，在啥宫来着？"韩凤武说。

"是青羊宫。"

青羊宫，是典型的中国古代庙宇建筑，规模宏大，有三道山门，进门便是一片长方形空坝。走过这片空坝，就是第二道山门了。进了门，又是一片长方形空坝。经过一条石子甬道，便进入第三道山门。进了门，就是头殿。头殿两侧有便门，进去也是一片空坝。这空坝面积很大，很宽敞。空坝北侧是正殿，殿正面左右各摆放一具青铜铸羊，有真羊大小，形态各异，青羊宫也由此得名。

青羊宫早年是庙宇，有佛像，有和尚，常年香烟袅袅，木鱼声声。到了二十世纪四十年代，进香的人少了，便成了赶庙会的场所。

农历二月十五，是花会的正日子。正日子前后三天，总体历时一个月，是最热闹的时光。每每这时，青羊宫里的几片空坝，以及除了正殿、配殿、游廊、水榭、八卦亭以外的一切空场，都是人们摆摊做生意的地方。

麻子红走进青羊宫。

此时，虽没到花会的正日子，但赶会的人已经很可观了。

那熙熙攘攘的人群，簇拥着向宫里走去，空坝上各式各样的地摊，摆着不同种类的杂货，吃的、穿的、用的，应有尽有。人们在地摊前，臂挽着篮子，手牵着小孩。主顾们粗声大嗓，吆吆喝喝，吵吵嚷嚷。

见此情景，麻子红心潮澎湃，转过头往回走，去跟韩凤武商量，得赶紧出来撂地儿。

麻子红回到土地庙，见一陌生人坐在那儿，正和韩凤武说话呢。

见麻子红回来了，韩凤武忙介绍说："这就是孟局长。"

"啊，幸会，幸会。"孟局长朝麻子红一拱手。

　　"多谢孟局长关照。"麻子红急忙还礼。

　　孟局长五十多岁，小个子，小脑袋，小眼睛，小瘪脸。他一边寒暄，一边打量着麻子红。

　　孟局长转悠两圈，转身向外走去，边走边冲麻子红说："你就长住吧，这屋子空着也是空着。"

　　"谢谢孟局长！"麻子红送孟局长出门，"日后，一定去府上拜访，重重酬谢才是。"

　　"啥子酬谢，不必，不必。"

　　孟局长摆摆手走了。

　　麻子红看着孟局长背影，觉得有什么地方不对劲儿，可又弄不清哪有问题。韩凤武也觉着不是滋味，就冲麻子红唠叨了几句，麻子红沉默半晌才说："眼下，也顾不了那么多，这屋子不能久住，关键是快点赚些钱。"

　　这天晚上，麻子红急得直转圈，明天就要去青羊宫撂地儿，可身边一件道具都没有，这地儿到底该怎么个撂法？就算是清耍清练，也得有几样小道具吧？

　　麻子红脸上愁云密布。

　　在汉中饮马池的时候，麻子红、韩凤武合伙撂地儿，那时韩凤武功夫好，翻跟头、大顶和小吊，都是抓人眼球的节目。而现在，她一般都不上场了，在王朝臣的武术团里，也只是演演文明戏，功夫就荒废了，人也有点发胖。

　　按理说，麻子红不该让韩凤武重操旧业，可麻子红一个人撂地儿，毕竟过于单薄，就连"馈把"都会成问题。于是，麻子红和韩凤武商定，明天一家三口，一起去闯青羊宫。

　　第二天一早，麻子红、韩凤武早早起来，去茶馆喝完茶，吃了点锅饼，就直奔青羊宫。

　　时间还早，赶会的人稀稀拉拉的。空坝上的摊床，也只有寥寥几个。麻子红瞅准一块地方，就站住了脚跟准备撂地儿。没有锣，他只能亮开嗓子，说了几句落难的艰辛、乞求众人施舍的卖口。

在场的让出一块空地，外围的逐渐围拢过来。

说耍就耍，麻子红上场就来了个小翻。地方小，翻不开，麻子红就在原地翻。这小翻的气势，像开场锣似的，一下子把观众镇住了。

接下来是表演顶功，"五爪顶""八字顶""拳头顶"依次亮相，最后用"头顶子"馈把。

麻子红在那儿顶着，韩凤武抱着孩子转圈儿，重复麻子红开场的卖口，乞求观众施舍落难的艺人。

或许是麻子红与别的艺人不一样，或许是抱着孩子太可怜，观众还真的纷纷伸出了手，多多少少丢几个铜子儿。

韩凤武"馈把"结束，麻子红站起了身子，拱手谢过了四方，便拿起一张纸票，到货郎摊买了白手绢，到茶水摊把手绢浸湿，再给观众表演"归中"。这"归中"纯属绝活，麻子红双脚踩在手绢上，两个脚印清晰可见，一个"高提"身子弹起来，在空中耍一个后空翻落地，双脚又踩在原来的脚印上。

观众立即沸腾起来。

乘兴，麻子红表演《滑稽抽烟》。只见他又拿起一张纸票，买了一包香烟和洋火，"嚓——"他划着一根洋火，点燃了一支香烟，悠闲地吐着烟圈，然后将香烟折断，扔掉其中的一半，仅剩下个烟头。麻子红又抽几口，烟头就不见了。突然，烟头从嘴中吐出来，一眨眼又不见了。这一截小小的烟头，一会儿吞进嘴里，一会儿又吐出来；一会儿从头顶拍进去，一会儿又从嘴里吐出来；一会儿从右耳塞进去，一会儿再从左耳掏出来……

一时间，观众瞠目结舌。

汗水顺着他的脸颊往下流，接连表演几个节目，麻子红显然有点累了。

韩凤武把孩子塞给麻子红，一下子翻到了场心，依旧抱拳拜过四方，那动作简单而利落。其神采飞扬的面部表情，不亚于当嘟嘟的开场锣。

韩凤武依次表演了"吊顶""反旗""旱水""卧鱼"……不一会

儿，她就气喘吁吁地走下场，毕竟荒废了一段时间，有点力不从心了。

面对一个产后的母亲，观众给予了足够的同情，很多人又给他们丢了铜子儿。

庭院里的人越来越多，场地也越挤越小，空坝里打不开场子，麻子红只得停止撂地儿。

在青羊宫撂地儿，虽然只有几个节目，时间也比较短暂，但是收入挺可观，麻子红也在青羊宫火了起来。

几天来，麻子红坚守着青羊宫，渐渐走出了灾难的阴影。他感谢青羊宫热情满满的观众，感谢小警察一家的恩德，也庆幸选择了成都这块地方。

成都民风淳朴，非常适合撂地儿。

从春节开始的灯会，到二月青羊宫花会，再到八月新都桂花会——一连串的民俗活动，满足了成都人民观灯赏花、观看川剧、欣赏杂耍、买卖交易、品尝正宗川菜和著名成都小吃的意愿。因此，青羊宫一直人流如织，熙熙攘攘、热闹非凡。

青羊宫是道教宫观，每年春节前后开始，直至正月十五元宵节，人们点起彩灯万盏，以示祝贺，燃灯放焰，喜猜灯谜，共吃元宵，合家团聚，同庆佳节，其乐融融。

唐人的《放灯日记》中，有唐明皇在天宝十五年安史之乱时逃到成都，与道家大法师叶清善上街观灯的记载。"初唐四杰"之一的卢照邻有《观灯诗》云："锦里开芳宴，兰缸艳早年。缛彩遥分地，繁光远缀天。接汉疑星落，依楼似月悬。别有千金笑，来映九枝前。"可见当年成都灯会的盛景。

接下来就是花会。

成都花会，始于唐、宋，相沿至今，已有一千多年的历史。花会的地址，一直在成都西门外的青羊宫。传说道教始祖李老君的生日，就是农历二月十五，故唐代以来，民间在此举办一年一度的庙会。又因成都的二月正是天气晴和、春意宜人、百花盛开的时节，故又传农历二月十五是百花的生日。因此，每年二月在这里举办花会，成都也自古以来就被称为花城。

所以，麻子红在青羊宫撂地儿场场爆满，那也是自然而然的事。

韩凤武借撂地儿之余，利用"馈把"来的钱，买了几件生活必需品。麻子红则添置了几件道具。靠清耍清练"馈把"的钱，毕竟还是小钱。真要想赚到更多的钱，就必须搭席棚开场子。

这一天，麻子红早早收了场，和韩凤武一起上街，买了竹席、棕绳和白蜡杆子。刚刚回到土地庙，孟局长就敲响了房门，身后跟着两个小女孩。

麻子红先是一愣，旋即脸上堆着笑，边施礼边让座："稀客，稀客，局长大人今日咋就得闲啦？"

孟局长笑容可掬，一拱手冲麻子红说："你这生意，一向可好啊？"

麻子红忙说："托福，托福！请坐，请坐！"

孟局长落座，瞅瞅麻子红："干啥子客气呀？我可是菩萨心肠，就喜欢帮人做事情。"

麻子红说："心里话，真的是心里话。"

孟局长又笑笑，指着两个女孩说："这两个女娃子，都是无家可归的孤儿，捡来后就养在家里。我仰慕先生功夫，送给你学手艺，你就收作徒弟吧。"

麻子红没有表态，只是认真端详着，又走到女孩面前，挨个儿捏捏胳膊，又逐一扳扳腿。这两个女孩长得瘦瘦的，长腿，短身子。他端详了一会儿，拉着其中的一个问："你几岁了？"

"九岁。"

"叫啥名字？"

"兰香。"

"你呢？"麻子红转过脸，冲另一个女孩问。

"十一岁，叫淑珍。"

麻子红站起身来，冲孟局长点点头："看在局长的情分上，俺就破例收下这两个徒弟。"

孟局长呵呵一乐，眼珠骨碌碌地转，忙吆喝两个女孩："兰香、淑珍，还不拜见师父？"

两个女孩扑通一声跪下，齐齐地叫道："师父在上，请受徒儿一拜。"说着就冲麻子红磕头。

麻子红忙扶起两个女孩儿，又冲孟局长说："不过，这孩子俺不托底，有局长做保证，俺才敢收留。俺只教功夫、教做人。日后，如果学坏喽，或有个三长两短，你可别怪罪俺。"

"不不不，不能。"孟局长接过话，"这两个女娃子，都规矩得很，规矩得很，我知道根底。"

"那好，就留下吧。"

孟局长起身告辞，麻子红夫妇相送。送走了孟局长，韩凤武埋怨麻子红："你咋这么糊涂呢？俺们都吃穿无着，你又收了两个徒弟，这不是火上浇油吗？"

"妇人之见。孟局长亲自送来了，俺咋好意思不收？"麻子红顿了顿说，"再说，俺现在正缺人手呢，这两个孩子坯子不错，日后都能训练出来。"

"我觉着，他不像好人，怕上他的当。"韩凤武心里依然不踏实。

"俺看心眼挺好的，还能收养孤儿呢。"麻子红瞅着韩凤武，又信心满满地说，"再说了，兰香、淑珍还是小孩子，谁养活随谁，说不准还能和俺们培养出感情呢。"

韩凤武回了屋，见兰香、淑珍陪着小泉涛，顿时生出恻隐之心，她瞅着麻子红笑了。

麻子红一直准备着席棚子，从演节目的小道具，到搭建席棚子的物品，该准备的也都备齐了。

农历二月十四的晚上，青羊宫附近的少城公园，搭起了麻子红的席棚子，这满足了他的一个简单心愿。

为让兰香、淑珍上场，麻子红临时抱佛脚，教兰香简单的跟头、"馈把"的卖口，教淑珍简易的小魔术。

麻子红的席棚一开张，生意就十分兴隆。一连好几天，他们没吃好，没喝好，也没休息好，光顾着挣钱了。

一天傍晚，麻子红见观众陆续疏了，就想休息一下，像模像样地吃上一顿，慰劳一下两个徒弟——自从收了兰香和淑珍，一直是粗茶淡饭，麻子红觉着于心不忍。

这两个丫头的确懂事，能吃苦，会干活，学得快，不挑剔，确实是一对好帮手。那么，索性吃上一顿好饭，让孩子们高兴高兴。

于是，他让大家收了摊。

他们从城西通惠门外回来，选了一家正宗川菜馆，美美地饱餐了一顿，一行人回到土地庙时，银白的月光已经洒满大地。

麻子红酒酣耳热，早早就睡了。韩凤武、兰香、淑珍和小泉涛耍了一阵，也都相继躺下了。

睡梦中，突然传来哐哐的砸门声，麻子红一骨碌爬起来，酒顿时从汗毛孔溜走了。

半夜三更的来砸门，准不是什么好事。麻子红壮着胆，踉踉跄跄地走到门前问："谁呀？半夜三更的有啥事？"

"开门，快开门。"外面吼叫着，屋门咣咣作响。

韩凤武抱起惊哭的小泉涛，颤巍巍地点燃窗台上的洋蜡，兰香和淑珍则蜷缩在炕角，吓得牙齿咯嘣嘣作响。

麻子红打开房门，呼啦拥进四个汉子，手里握着斧头棍棒。一个凸颧骨、尖下巴的歹徒叫道："借钱不伤人。是给钱，还是给命？"

麻子红镇定下来，不就是抢钱的吗？大不了给钱了事，他转身披上衣服，又借昏暗的烛光，挨个端详四个歹徒。他瞅着瞅着突然想，这土地庙位置偏僻，周围很少有过往的人，大家一般都不知道这儿，是哪个指使的呢？他蓦地想到孟局长，顿时后悔没早些另寻驻地。

现在面对歹徒，到底该怎么办？他暗暗思索对策，硬拼是不可能的，一个对四个，歹徒手中又都有凶器，万一伤着韩凤武，或者是孩子们，那就得不偿失了。跟歹徒周旋拖延时间？那也不会有人搭救，毕竟这周围没有民房。这也不行，那也不妥。可是，让他们轻易给抢了，心里又百般不甘，这也未免太窝囊了点，总得知道是什么来头吧！

"是孟局长派你们来的吧？"

"啥子局长？"凸颧骨眼珠诡秘地一转，接着又高声喊道，"少啰唆，到底给不给钱？"

"就是，快给钱！"

"不给钱，就宰了你们！"

"你们知道，俺穷艺人，赚点钱不易。"麻子红不情愿掏钱。

"撒谎！"两个歹徒蹿过来，扭住麻子红双臂，把斧头架在他脖子上。

"是给钱，还是给命？"凸颧骨又冷冷一笑。

"大爷们，手下留情！"韩凤武忙央求，"我给钱，给钱就是了。"

"别杀他。"兰香和淑珍脸色煞白，也颤抖着声音央求，"快放了师父，快放了师父。"

韩凤武哆嗦着，一把扯过包袱怯怯地说："拿去吧，都在这儿。"

凸颧骨拿起包袱，掂了又掂，觉得沉甸甸的，既有纸票窸窣声，又有铜钱磕碰声。他脸上掠过一丝笑意，冲同伙一摆手，歹徒松开了麻子红。

"你们不能这么干！"麻子红叫道，"俺大小五张嘴，总不能喝西北风吧？要是这么拿走了，那也太过分了吧？"

凸颧骨嘿嘿一笑，又阴阳怪气地说："吃饭有啥难的？明天锣声一响，吃汤圆管饱啊！哈哈……"

凸颧骨一摆头，几个人脚底抹油，说话间就要溜走。

麻子红上前一步，一只手拦住他们，一只手抓住包袱："你们不能把事情干绝了，总得给俺们留一条生路吧！".

"少啰唆！"凸颧骨使劲儿一甩手，乜斜了麻子红一眼，"当初，你们不也是光带着嘴，住进这间屋子的吗？"

四个歹徒夺门而出，消失在黑黢黢的夜里。

麻子红愣怔地站在那儿，琢磨着劫匪的话语，确信指使他们来的人，一定是孟局长。

天一亮，麻子红找到孟局长，一见面就愤愤地说："姓孟的，俺借一句四川方言，你就是个锤子！"

孟局长眼珠一转："啥子？兄弟，这话可怎么说的？"

麻子红眼里冒着火，冲孟局长怒声说："鼻子上插根葱，你就装象吧！"

对此，孟局长遮遮掩掩、闪烁其词，鼻翼沁出细汗。那鼻尖上的汗，已经出卖了主人。

"房子俺不住了，对你的'大恩大德'，俺也算报答过了。尽管俺还是一无所有，但俺的志气你抢不去。"麻子红冷冷地说。

"这……"孟局长十分尴尬。

麻子红转身就走，头也不回地说："那两个娃子，俺也不要了，你这个锤子，赶紧领回去！"

"这、这……"孟局长瞠目结舌。

麻子红回到土地庙，在看到兰香和淑珍的一瞬，火气一下蹿上脑门，便把对孟局长的怨恨发泄在她俩身上："走吧走吧，你们走吧！俺让姓孟的接你们，俺不再认你们做徒弟！"

两个小女孩一愣。

淑珍稍大一点，显得更懂事，扑通一声跪下说："师父，我想跟着你。师父、师娘待我好，我回去就得挨打受气。"淑珍嘤嘤地哭起来，"我不是他捡的，是他十块大洋买的。让我伺候他的傻儿子，他儿子死了，这才把我送到这儿。"

兰香也跪在地上，一边抽泣一边说："师父，别撵我走，我不回去，我舍不得小泉涛。"

韩凤武疑惑地问："当家的，你这是咋啦？"

麻子红气愤不已又忧心忡忡："姓孟的不安好心，是他指使人抢了钱。孩子也是他送来的，谁知还会发生啥事。"

"师父，他没让我干啥子。"淑珍委屈地说，"我不会替他干坏事，请师父相信我吧。"

"算了，当家的，别难为她们了。"韩凤武扶起兰香和淑珍，"起来吧。只要你们别干坏事，别做对不起师父的事就行。"

"谢谢师娘。"两个孩子站了起来。

麻子红变卖了席棚，决意要离开成都，摆脱孟局长的魔掌。

第二天，麻子红、韩凤武带着兰香、淑珍起旱了。从成都出发，一路南下，先到了内江，又折向东直奔重庆。

12

一年前，麻子红决意离开重庆，离开了张玉宝，离开了魔术团，离开了张红英，他一直觉得这是他人生做的最蠢的决定。

往事不堪回首，懊恼于事无补。现在，麻子红有家小，有徒弟，总不能漂来漂去，没个落脚之处。于是他想了又想，还是决定硬着头皮去见张玉宝，看望一下张红英，希望能帮他摆脱困境。

麻子红安顿好家小，又买了十斤羊肉，直奔邹容路而去。

中国魔术团的生意，已不像从前那样红火了。魔术团的演出日程，只根据邀请方要求，上门演演堂会而已。至于张玉宝，只醉心于动物园。麻子红离开后，他扩大经营规模，增添了许多动物，动物园成了他的支柱产业。

见到麻子红的瞬间，张玉宝又惊又喜："麻子红，你果真回来啦。江湖艺人有聚有散，但聚得合情，散得合理。成年闯荡在外，哪有不见之理？"

张玉宝边说边让座，武绪岚接过羊肉，不无埋怨地说："到这儿，那不跟到家一样？干啥子要买东西？这不是俺说你，你也太见外啦。"

麻子红笑笑说："一点心意，一点心意。"

听说麻子红回来了，张红英心神荡漾，急匆匆地跑来。她羞涩地站在门口，低头抚弄着辫梢，不时瞟一眼麻子红，目光中不失哀怨，更不失热情和关怀。

"傻丫头，没看你哥回来啦？还愣着干啥子，也不知招呼一声。"张玉宝笑着冲张红英说。

"哥，你啥子时候回来的？"张红英蚊子似的哼着。

"嗯，刚到。"麻子红低声应着。

"嫂子……也回来啦？"张红英羞涩地问。

"来了。"麻子红淡淡地说。

"那，咋不带家来呢？"问话中，透出几分埋怨。

是啊，既然到家了，为什么住在外面？张玉宝不满，武绪岚嗔怪，而麻子红只是笑，说下次一定带来。

交谈中，大家免不了说到麻子红的近况，张玉宝对此深表同情。张红英更是急不可耐，立马冲张玉宝说："爸，帮俺哥一把吧，他多可怜啊！"

天高高不过义字，地厚厚不过情字。

张玉宝立马说道："傻丫头，啥子时候用你提醒啦？你不说，俺就不帮你哥啦？"

张红英脸像火燎似的，眼泪在眼眶直打转，站在一旁不言语了，只听爸爸和麻子红商量对策。

张玉宝决意帮忙，但怎么个帮法？

张玉宝正琢磨着，麻子红先开了口："俺想在七星岗同乡会小园子演出，但俺一个人撑不起一台戏，能不能出几个人捧捧场，帮俺渡过眼前的关口？"

"行，这有啥子不行的？"张玉宝非常爽快，"俺去，还有红英、晓慧、晓萍、晓珍。她们的功夫是你教的，现在你遇到了难处，她们理应前去帮忙。"

麻子红心情十分激动，连连拱手道谢。

"再说谢就远啦，又都不是外人。"

"就是，别这么见外，帮你是理所当然的事。"

张玉宝、武绪岚嗔怪麻子红，张红英瞄一眼麻子红，麻子红瞅瞅张玉宝、看看武绪岚、瞧瞧张红英，感激地点了点头。

"在山城，你那点困难算得了啥子？咱们的人一起出马，啥子问题都不在话下。对了，红英，去把小宝子找来。"

张红英哎了一声，转身跑了出去。

"小宝子搞了一个啥子怪人团，很吸引人的。"张玉宝继续说，"让小宝子带上怪人团，也一起去帮你。"

小宝子，名叫张杰山，是张玉宝的二哥张玉金的儿子。麻子红在中国魔术团时，张杰山就演小丑，麻子红还教过他滑稽。

几天后，由麻子红主办、张玉宝协办的杂耍节目，在七星岗同乡会的小园子开演啦。

麻子红的表演，就像麻辣火锅，在山城人人喜欢。而且一年多不见，如今他再度现身山城，更是吸引来了大批观众。

这是首场演出。

麻子红首先亮相，拱手向观众致意，表演完铺场节目后，怪人团就上场了。

怪人团里的演员，麻子红只认识一个——张小小。张小小是张玉宝买来的侏儒，在中国魔术团演小丑，取了个艺名叫小矮人。

小矮人高不过一米，上身长下身短，身穿黑色中山装，脚蹬黑色皮鞋，擦过发蜡的背头黝黑锃亮。他表情十分严肃，侧脸向着观众，迈着三寸小方步，噔噔噔地走到台上。

小矮人身后是大个子，大个子有二米三四，长得肩宽膀阔、五大三粗、浓眉大眼，穿着一套米色西装和白衬衫，系着蓝领带，也跟着上了场。

这两个人，一个高大威猛，一个短小精悍。他们一上场，就点燃了场上观众的情绪。

怪人表演，其实无所谓表演什么，怪人本身的噱头，足以满足观众的好奇心，如果添点佐料，就会更出彩。

小矮人和大个子表演了《点烟》，类似于法国表演大师德布洛的哑剧。

两个人走上台心，面向观众站好。大个子右手伸进衣兜，掏出一盒香烟，用手指弹弹烟盒，从中抽出一支来，有点傲慢地叼在嘴上，拍一下小矮人的头，示意小矮人为他点烟。

小矮人把手伸进衣兜，从中掏出一盒洋火，又虔诚地看着大个子，准备为他点燃香烟。

大个子耸耸肩膀、挺挺肚子、咳嗽两声，从嘴上拿下香烟，看着小矮人想了想，又把烟叼在嘴角，举目向天空看去。

小矮人围着大个子转，他转了一圈又一圈，可半晌也没转出个头绪。他很无奈地摇摇头，拉一下大个子衣襟，示意大个子低下头。

大个子挺直腰板，低下了头。小矮人向上蹦了蹦，可还是够不着。小矮人又摆手，示意大个子再低头，大个子再一次低头，小矮人踮起脚，可还是差一点点。小矮人再次摆手，大个子无动于衷。

小矮人面向观众，摊开两只手，做无可奈何状。

忽然，小矮人想起了什么，就使劲儿向后台招手，后台跑出两个人，那个头比小矮人还小，年龄也就七八岁的样子，还一前一后抬着折梯。一个抹着一张花脸，穿一身镶白边的花裤褂；一个着白上衣蓝裤子，一副呆呆傻傻的样子。他们把折梯竖起来，一左一右扶着折梯。

小矮人登上折梯第二级，要给大个子点烟，抬起手却没够着。又登上第四级，依旧没够着。他索性又攀两下，一屁股坐上第六级，刚好和大个子比肩。大个子也不再刁难，这才顺利地点上烟。

这《点烟》，实在称不上是什么节目，如果由正常人来表演，恐怕没有人愿意看。但这高的超高、矮的极矮，在台上反复折腾，还真折腾出了效果，观众情绪也随之高涨。

接下来，张玉宝表演了魔术，张红英表演了《踩钢丝》，张晓慧表演了《小顶》，张晓萍表演了《踩球》，张晓珍表演了《椅子顶》。

最后，麻子红表演《扛竿》。

令人称奇的是，演员先爬上竿顶，麻子红再发竿①，竿一发上肩膀，瞬间即能找好平衡。这找平衡时间之短，活动范围之小，堪称一绝。

竿上的演员叫小茜茜，是张玉宝的大孙女。在中国魔术团时，麻子红教小茜茜练顶功，什么拐子顶、飞砖顶、对手顶，都是她的拿手好戏。那时，麻子红试图把小茜茜的顶功，搬到竹竿顶上去做，可惜只是练上一练，还没等搬上舞台，麻子红就离开了。没承想，师徒俩一年多未见，首次表演就顺风顺水。

---

① 发竿：杂技术语，意为举竿。

小茜茜放弃了"顺风扯旗""老鳖大晒盖""横担一根梁"等动作，她表演的是顶功，只有两个动作：其一，人爬到竿顶，双手握竿，两腿劈叉，倒立——动作悠然自若；其二，人爬到竿头，表演"头顶子"——动作稳如泰山。整个动作十分惊险，自然博得观众一片喝彩声。

小茜茜爬竿如雏燕凌空，轻盈矫健；下竿动作惊险，堪称一绝。只见她双脚绕竿，头部朝下，两手展开，急速下滑，在即将落地之时，却能瞬间停住。

麻子红和小茜茜配合默契，《扛竿》表演十分成功。

演出结束后，麻子红在天津饭店定了桌，招待张玉宝他们，饭后又叫车送他们回了家。

一连演了二十多天，生意一直兴隆不衰，麻子红又恢复了元气。

这天一早，麻子红又来到张玉宝家，进门就对张玉宝说："今天，歇一天吧。大家伙够辛苦的，俺已经告诉园子不卖票了。"

"也好。"张玉宝边吩咐准备酒菜，边冲麻子红说，"你今儿个啥子事都别干，回来这么多天，咱俩还没好好唠唠呢。"

"行啊。"麻子红爽快地应着。

席间，两个人推杯换盏，一会儿事业，一会儿友情，一会儿杂耍，聊得十分投机。

"麻子红，你今后有啥子打算？是跟我一块干呢，还是想自个儿干？"

"俺想自个儿干，俺还想置大棚。"麻子红稍加思索，又不加掩饰地说，"俺不信了，这辈子俺就置不起大棚来！"

"要得，你有这番雄心就好。"张玉宝点点头，探过身子低声问，"这些天挣的钱够不够置大棚的？"

"够，足够啦。"麻子红微笑着说，"俺哪，终于可以实现愿望啦。"

"我看，你就在重庆置大棚。"张玉宝呷了一口酒说，"大棚立起来，我这边的人你随便挑，想要谁都行。"他放下酒杯，不无感慨地说，"你晓得，我老喽，光动物园就够操心的。团里啥子事都不想顾了，真希望你立起棚来，今后重庆的天下，就是咱爷儿俩的。"

麻子红心情很激动。

麻子红感谢张玉宝，感谢他困境中伸出援手，感谢他鼎力支持自己立棚。麻子红也很后悔，后悔错怪了张玉宝，想借酒劲儿解释解释，可张红英就在身边，他话到了嘴边又咽了回去，不想刺激张红英。

从张玉宝的家出来，麻子红逛了一会儿街，回到客栈已是傍晚时分。他推门进屋，却见韩凤武哭成了泪人，不禁疑惑地问道："你这是咋啦？"

"可不好了，当家的，兰香和淑珍不见了。"韩凤武边哭边说，"该找的地方都找了，哪里都没有她们的影子。"

"上哪去啦？"

"可能跑了。"

"唉，俺当出了多大的事。"麻子红松了一口气，"跑就跑了吧，她们既然不愿待，就由她们去好啦，还哭成这个样子。"

"钱，钱……"韩凤武哭得更厉害了，"她们把钱卷跑了！"

"啊！"麻子红的脑袋轰的一声，差点炸裂了，"你人呢，你到底干啥去啦？"

"楼下……楼下喊我打了几圈麻将……"

"哎呀，你可毁了俺了！"没等韩凤武说完，只听啪的一声，麻子红一巴掌打在韩凤武脸上，随即一屁股跌坐在床上，顿时变成一摊烂泥。

麻子红一下子病倒了，躺在床上望着房顶，他百思不得其解：兰香和淑珍果真能干出这档子事？

演出挣的钱，都塞进了两只枕头，全是蒋介石的纸票。这种事，他们从没背着兰香和淑珍。自从上次撵她们走，她们双双跪在脚下，述说了自己的身世，麻子红就认定她们和姓孟的不一样，还把她们当成了亲人。如今这事摆在眼前，他真的糊涂了。

直到两年后，麻子红定居在贵州，才知道被盗的真相。一次，一个四川来的老熟人，述说了事情的原委。原来，孟局长是成都有名的地痞，他发现麻子红是挣大钱的角，就一直琢磨怎么算计他，除指使手下打家劫舍外，送兰香和淑珍拜师，也是阴谋的一部分。后来，麻子红离开成都时，他又派人尾随其后。

事发那天，麻子红不在家，韩凤武又去打麻将，孟局长派的两个人闯进包房，拿刀逼问兰香和淑珍，钱到底藏哪里了。两个孩子扛不住恐吓，无奈之下泄露了机密。钱是拿到手了，那两个人怕留下麻烦，就逼着她们跟回去。两个孩子不肯依从，他们恶狠狠地说："你们都傻了吧，麻子红丢了钱，你们也说不清，哪能脱了干系？"

兰香和淑珍没办法，只好再度跳进火坑。这都是后话。

麻子红的梦想又破灭了，他陷入痛苦之中。尽管还没理出头绪，但麻子红也揣摩出了个大概，这事九成又是那姓孟的捣的鬼。

麻子红想换个环境，调整一下情绪。离开重庆的那天，张玉宝全家来送行，还送了足够的盘缠。大家心里十分酸楚，就默默地走，走了一程又一程。

末了，还是张红英打破了僵局，她柔声柔气地说："哥、嫂子，你们可要保重啊。"

一句话，说得麻子红眼泪直流。是啊，麻子红的心酸，不是谁都能理解的。这一去，不知是冰天雪地，还是艳阳高照？

第八章 转机

1

离开重庆，到底要去哪呢？

麻子红茫然了。多年的奔波、艰辛和努力，就如竹篮打水，只剩下打击、磨难和空空如也的钱袋。值得庆幸的，就是麻子红那日益见长的声望。可是，声望能当钱花吗？自从被洗劫一空后，麻子红便不理韩凤武了。韩凤武自知理亏，内心十分愧疚，也就沉默不语了。此时，看麻子红两眼迷茫，她战战兢兢地说："当家的，回家吧。回老家吴桥，泉涛还没见过爷爷奶奶呢。"

不提吴桥还好，韩凤武一提吴桥，麻子红就火冒三丈。他想家，想家里的亲人们，想挣足了钱回去，帮爹娘修房子，给爹娘添几件新衣，给狗剩儿买糖果、糕点……可是，钱呢？每每有了钱，都会遭遇不测。这次，他本打算回家，除了置办大棚，还想对爹娘尽尽孝心。

可愿望又落空了。

现在说回老家吴桥，那不是拿尖刀戳他心窝子吗？麻子红气得嗷嗷大叫："回家，回家，俺有啥脸面回家？这么多年了，俺还是两手空空，你让俺咋去面对爹娘啊？"

麻子红很少发脾气，他和韩凤武淡淡相处，从来没吵过架。这回冲韩凤武一吼，吓得韩凤武赶紧闭嘴，默默跟在麻子红身后。

麻子红默默地走着，也默默地想着过去。

想到江湖艺人，以路为家、以戏为田，其性格在逆境中锻炼，其意志在厄运中铸成。对江湖艺人来说，顺境不见得比逆境好，厄运不见得比好运糟。颠沛流离的生活，特殊的经历，使其蕴藏着一股巨大的能量——百折不挠。麻子红不相信，命运会一直如此折磨他。这不，苦难的遭遇，几回把他推入绝境，但他都能咬牙挺过来。想到这儿，麻子红擦干眼泪，又精神抖擞地上路了。

他们一路南行，到达贵州桐梓。在桐梓住上几日，他们又继续向南，直达遵义市区。在遵义，麻子红结交了汽车司机李光，又搭他的车来到了贵阳。

这是一九四六年五月。

麻子红是怎么结识李光的呢？又怎么搭车来到了贵阳？

原来，麻子红一到遵义，就和韩凤武去撂地儿，却发现遵义这地方，远不如成都和重庆，根本拢不上人来。每每到了"馈把"时，观众就疏去了。

遵义这地儿穷啊，人穷必然节俭，这与同情心无关。

一天，麻子红正和韩凤武悻悻地收摊。忙活了一天，他们也没"馈"上几文钱来，麻子红怎么能不懊恼呢？围观的人已经散尽，麻子红收拾完道具，发现不远处停了一辆货车，司机正倚着车打量着他。麻子红仔细看了司机一眼，发现并不相识。于是，他扛上东西就要走，司机这时走过来说："你是麻子红，我认识你。"

麻子红心里一惊："你是？"

"啊，我是贵阳烧锅①的司机，叫李光。我经常到重庆、成都拉货，我在重庆看过你的演出。"司机伸出大拇指，又笑着冲麻子红说，"你麻子红的名声，那可是如雷贯耳啊！"

"有啥名声，只是落难之人。"麻子红苦笑了一下。

麻子红的沮丧，韩凤武的愁容，撂地儿的窘境，李光尽收眼底。于是他试探地问道："你们怎么到这儿来了？这地方的人呆着呢。还是到贵阳去吧，那儿的生意好得很。"

---

① 烧锅：指酿酒的作坊。

其实，从重庆一路起旱，麻子红就想往远走，离四川越远越好。现在他们既然南下了，就一定得到贵阳转转。李光一说贵阳不错，麻子红来了精神："贵阳的生意真的好做？"

"嗯，好做，比遵义强得多。"李光一本正经地说，"你们要想去，就搭我的车吧，正好顺路。"

麻子红将信将疑，他何尝不想搭车呢？但一朝被蛇咬，十年怕井绳。眼前的李光这般善良，是不是似孟局长的假善良？

"去就上车吧，孩子这么小，真够难的了。"李光又说。

麻子红眼前不断重叠着孟局长的影像。

看着麻子红疑惑的样子，李光笑了笑说："你们不想搭车，那我可走啦？"

李光转身钻进驾驶室。

韩凤武拉一下麻子红的衣襟，笑着说："当家的，搭吧，我们啥都没有，还怕他图财害命啊？"

麻子红心想也是，他看李光挺面善，和姓孟的不一样，于是撵上一步："李兄弟，俺们搭车，谢谢你啊。"

李光呵呵一笑，一摆头："好，上车吧。"

一路上，李光谈天说地，扯东道西，倒是有几分逗哏的天赋。一天下来，欢声笑语，像一阵春风吹过心头，麻子红的疑云散去了。

麻子红见李光人不错，慢慢也开始敞开心扉了。

李光问："麻子红，你在重庆那么出名，收入也好，怎么来了遵义？"

麻子红叹了一声说："在四川结识了一个恶人，他想尽办法算计俺，实在是待不下去了。"

听了孟局长的所作所为，李光愤愤不平地说："真可恶，艺人本就不容易，他真是丧尽天良。"

麻子红点了点头，庆幸遇到了知音。于是，两个人越聊越热乎，几乎是无话不说。他们聊杂耍，聊魔术，也聊动物园。聊起动物园，李光突然问："哎，你怎么不养点动物？那可是一本万利啊！"

麻子红心里一动。是啊，怎么不弄点动物养养呢？张玉宝的动物园，看上去多气派呀，才几年时间，他不就是靠动物园发的财吗？

在重庆时，麻子红也曾想过办动物园。但那时，他更想置办一个马戏大棚，开办动物园的想法，就一闪而过了。如今，李光提醒了他，他开了窍，嗯，是应该办个动物园。

二十多年江湖生涯，一路上曲曲折折、坎坎坷坷，被水淹过、被火烧过、被人骗过、被人抢过、被人偷过……唉——闯世界太难了。如今，自己已是三十岁的人，有了妻小，也该过过安稳的日子了。

置办起大棚，再开办个动物园，这下生活不就安稳下来了吗？麻子红想着想着，眼前就蹦跳着金丝猴、华南虎、金钱豹……不经意间，他的脸上浮现出少见的笑容。

车子剧烈地一颠，麻子红陡然一惊，思绪回到了现实。他苦笑了一下，在心里讥讽自己：就你这个穷光蛋，还能办起动物园？

麻子红黯然神伤，李光却滔滔不绝："麻子红，贵阳有一家人，养了一只小老虎，可招人喜欢啦。"

麻子红眼睛一亮，急忙追问李光："你见过小老虎？"

李光说："没见过，听说是云南运来的。"

麻子红认真起来："李光，你对贵阳熟，求你打听一下，问人家卖不卖。"

"你想买？"

"嗯，想买，真的想买。"

"那好，我帮这个忙。"李光点了点头，"有消息，我上哪找你？"

"等俺住下了，俺去找你吧。"

"嗯，你到烧锅来找我，我最近不出远门。"

"行啊，行啊。"

车进了贵阳城，麻子红谢过李光，就和韩凤武下车，去寻找住的地方。

翌日，麻子红和苟子欣签订协议，在贵阳川剧院加演杂耍。苟子欣是贵阳川剧院老板，也是著名的川剧演员，能唱红脸、黑脸、白脸，而他最拿手的是关公戏。他五十多岁，中等个头，身子挺胖，为人随和。麻子红找到苟子欣，也进行了功夫展示，苟子欣看后大喜，决定让麻子红加演，每张票价给麻子红分五分钱。

贵阳乃是繁华都市，每当傍晚日落时分，川剧院、京剧院周围人群熙攘，乐声缭绕，人们夜晚纳凉，久久不肯散去。剧院的生意一向很好，麻子红每场演出下来，都能分得五六块大洋。

麻子红一直惦记小老虎，几天以后，他决定去烧锅找李光。

李光见了麻子红，便热情招呼，很是亲热。唯一让麻子红失望的，就是还没有小老虎的下落。麻子红心里着急，先后三次登门拜访，得到的却是同样的答案。

那天，李光闯到川剧院，不无兴奋地说："小老虎有下落了，去看看不？"

麻子红一阵惊喜："咋不去？俺都急坏了。"

"那就走吧。"李光引麻子红出门，"我开车送你。"

"谢谢李兄弟。"麻子红感激地说。

麻子红匆匆来到杂货铺，买了点心和两瓶白酒。他想，去看老虎，人家卖与不卖，拿点东西总好张嘴说话。李光见麻子红买礼物，只是笑了笑，也没有多说什么。

汽车开了好一会儿，像是到了贵阳城郊，在一座简陋的房舍前停下。麻子红跳下汽车，向院子里张望着。房子是破旧了一些，院子里却很宽敞，而且打扫得干干净净。篱笆墙内种着翠绿的菖蒲，角落里整整齐齐地堆放着木柴。

李光在前引路，刚走进院子，就朝屋里喊："娘，来客啦。"

"娘？这是你家？"麻子红一愣，"不是领俺去看小老虎吗？"

"是啊，小老虎就是我家的呀。"

"你耍的啥把戏呀？"麻子红困惑不解，"咋不早说呢，都急死俺了。"

"早说有什么用，老虎你又买不去。"李光满脸挂着无奈的表情，"老太太不同意卖，今天你也只能看一眼。"

进了屋，麻子红拿出点心和白酒，李光这才介绍说："娘，这是我朋友，你就让他看一眼吧。"

李光娘说："啥？你说哪样？"

李光说："娘，看一眼，就看一眼。"

李光娘端详着麻子红，说："只许看，可不许抢走哟！这玩意儿是很少见的，我可舍不得。"

他们随李光娘来到后院，李光才把真相告诉麻子红。

原来，在遵义来贵阳的车上，李光和麻子红闲聊，无意中说到小老虎，见麻子红穷追不舍，就没敢实话实说。他清楚，这小老虎是娘的营生，任凭是谁都不会卖。李光家就母子二人，两个人相依为命，他怎敢伤了娘的心？更何况，他经常出车在外，只剩娘孤零零一人，娘逗逗小老虎，也可打发寂寞时光。

怎奈，麻子红一再追寻，李光也的确想卖，他怕老虎将来伤人。可是，几次说起这事，老太太一直不允。而麻子红买虎心切，自己做不了主，又不能一直拖着麻子红，才决定带他来看看。心想，知道老太太的决心，麻子红也就死了心了。

麻子红知道了真相，心中不免感到遗憾。

看到小老虎的一瞬，麻子红眼前一亮。嘿，这漂亮的斑纹，这虎头虎脑的样子，这活泼可爱的劲儿……麻子红俯下身去，拍拍它的头顶，拉拉他的前爪，观赏好一阵子，才恋恋不舍地离开。

慢慢地，麻子红就淡忘了。人家不卖，他又能如何？

一天，李光又来到川剧院，且是身戴着重孝。麻子红一看，料定是老人病故了，便前去安慰了一番，不免又问起小老虎。

其实，李光正是为此事而来。老人过世，小老虎无人喂养，他只能找麻子红把小老虎抱走。

麻子红再次来到李家，跪在李光娘灵位前，上香、磕头、烧纸钱，以示对老人家的哀悼之情。

而后，麻子红谈起小老虎的价格，李光怎么肯要钱呢？他只求麻子红精心饲养，以慰老人在天之灵。

　　麻子红哪能白要呢？从遵义到贵阳，从精神到物质，可以说，李光对他关心备至，这情分已经够深啦。

　　麻子红捧着一百块大洋，算是感谢李光的恩德。可李光哪里肯要？免不了你推我让，最终李光还是拧不过麻子红。

　　麻子红返回川剧院，求了苟子欣的内弟，到木材厂买了木材，赶做了一个大笼子，又叫上几个人帮忙，借用了李光的汽车，把小老虎拉了回来。

　　在川、京两剧院的连接处，是一段半截子胡同，虎笼就安放在胡同里，外面罩一块布帘子，麻子红每天买五六斤牛肉，作为小老虎的吃食。

　　小老虎成了麻子红的安慰。要办起动物园来，这就是良好开端。

　　那么，下一步该怎么办？

　　这些天，麻子红寝食难安，心里全是动物——黑熊、大象、猴子、孔雀……在铁栅栏围起来的动物园里，飞禽走兽们在蓝天下嬉戏，讲述着一个个美丽的童话……麻子红憧憬着，想象着，一直处在亢奋中。是啊，他远离家乡，在外闯荡这么多年，历尽了艰辛、沧桑、漂泊之苦，总算有了一点财产，这只小老虎，就是很好的证明。

　　麻子红感到很充实，却也有些许不安。开办动物园，是一项生疏的营生，他虽看过张玉宝的动物园，但那只是看看而已。至于动物的饲养，动物的管理，动物园的经营，他都得从头学起。

　　可是，只有一只小老虎，能算是动物园吗？当然不算！眼下，重要的是多弄些动物。动物多了，动物园自然就办起来啦。可上哪去弄动物呢？

　　末了，还是苟子欣帮了忙。苟子欣建议贴海报，这样大家就会口口相传，一传二、二传三，不就有人找上门了吗？总比自己东跑西颠强。

　　麻子红觉得这主意不错，当即找人写了海报。

　　这天，一张海报贴在川剧院门前，人们以为剧院要上演新剧目，纷纷凑上前观看，看到的却是一张收购动物的海报：

　　艺人麻子红，今起收购动物。或飞禽，或走兽，或家养，或野生，均在收购之列。家养者为一般，野生者为佳品，凡属于奇、怪、稀者为上等。有意出卖者，或携动物前来，或邀买主上门，当面验货，公平议价。洽谈处：川剧院。

买主：麻子红

民国三十五年六月

　　贵阳川剧院周围，还真是热闹非凡：看戏的、闲逛的、购物的、过路的……熙熙攘攘，车水马龙，大家见了海报，都凑过来看几眼。虽说麻子红呆气，也不知道多抄写几张贴遍贵阳，但几天下来，也引起了一定的关注度。

　　一位中年妇女，挎着篮子送来一只变色鸡，说是在山里捉来的。麻子红左看右看，认为是佳品，八块大洋成交。

　　一位猎人送来一只猴子，麻子红喜不自禁，用十五块大洋买下来。

　　这两样动物买下来，麻子红就张罗租地儿。动物园不能设在川剧院，得有一个独立空间。毕竟在川剧院加演两个多月，麻子红也积攒了三四百块大洋，办这些事还是绰绰有余。

　　终于，麻子红看中了一间房子，那是民众教育馆所在地，经过与房主反复磋商，最终达成了租赁协议。

　　民众教育馆外有道墙，借着这道墙，麻子红在其他三面埋好木杆，再用白布搭起布围子，留出供人出入的便门，简易动物园就建成了。

　　麻子红辞去了川剧院加演的活儿，把小老虎、猴子、变色鸡，都安顿在简易动物园里。几天后，又有人送来了蛇、蟒、豹崽等，其中不乏怪诞之物：猪，本属常见家畜，可偏偏在肩膀长出一条腿；牛，亦属一般之物，也偏偏在脖子两侧各生出一条腿；鱼，头上长出硬硬的犄角。这五腿猪、六腿牛、带角鱼，观赏价值一定很高，麻子红一一重金买下。

　　麻子红看着这些小动物，一阵阵喜悦涌上心头，竟哼起了梆子腔。他庆幸自己没有颓废，甚至连自己都不敢相信，离开重庆还不到两个月，在贵阳这个陌生的地方竟站稳了脚跟。眼下动物虽然不多，但品种也算齐全，有山上跑的，有地上爬的，有树上跳的，有水里游的。现在，他废寝忘食地忙碌着——装笼的、装罐的、装瓶的，经过一番精心安排，麻子红的动物园鸣锣开张啦。

麻子红求人写了海报，在园外竖起了广告牌。广告牌上画着园内的动物，用以招揽游客。虎、豹和变色鸡，谁都想去看一看。猪、牛、鱼，虽是人们常见之物，可谁见过多余的腿和角？没见过，就想看个稀罕，那便掏五分钱，买上一张门票，也好饱饱眼福。

动物园一开张，看客络绎不绝。没过多久，麻子红的动物园在贵阳城便家喻户晓啦。

麻子红一下爆了冷门。动物园生意十分兴隆。连月来，看客只增不减，大洋哗哗地进账。麻子红夫妇喜不自胜，但也有了新的问题——人手不够，韩凤武早已忙得叫苦不迭了。

韩凤武幼年随表哥卖艺，一直奔波于大江南北，从未学过什么活计。结婚以后，笨笨拙拙学着做一点，却也是照葫芦画瓢，根本不是理家好手。动物园开园以后，她负责卖门票，整天绑在板凳上，轻易不敢挪个窝。此外，她还得抽时间烧饭、哄孩子、理家务、做针线，感觉腰都快折了。

麻子红也是如此，动物的饲料，要采购、要加工，还要精心喂养；晚上，还要三番五次地起夜，照看动物们。另外，他还得跑警察局、税务局，但凡涉及的部门，都得伤脑筋去周旋。否则，你挣钱多了，人家不眼红吗？

韩凤武支撑不住了，渐渐发胖的身子，使她变得越来越笨拙。一到了晚上，她便躺在床上哼哼唧唧，连小泉涛也懒得管。

这天晚上，韩凤武终于忍不住了，冲麻子红嚷嚷道："当家的，你快雇个工人吧，也能帮我一把，我都快累死了。"

麻子红也想雇个帮手，可心里总是不托底。上哪雇？雇谁？不知根底，谁还敢雇用？弄不好又被算计了。麻子红被骗怕了，于是说："不知根底的，可不敢带家来。"

"我瞅着，前街杂货铺后院那家闺女就不错。"韩凤武见麻子红有意，顿时添了几许精神，坐起来说，"那闺女里里外外，啥活计都能干，身上补丁摞补丁，家里生活肯定不咋地。"

"还不知道人家愿意不。"

"我抽空去探寻探寻。"

雇工的事，韩凤武特别上心。第二天，她恰巧去杂货铺，在路上正好遇到那个姑娘端着盆子出来倒脏水。韩凤武忙上前问："妹子，你是谁家的？"

"老陈家。"这姑娘指指身后的房子，"你要搞哪样？"

"哦，就是聊聊。妹子，今年多大啦？"

"二十。"

"在哪做工？"

"在'三中'烟厂。"

"妹子，姐姐想跟你商量个事。"韩凤武跨前一步，拉着姑娘的手亲昵地说，"我是后街动物园麻子红屋里的，我家动物园人手不够，想雇个工，姐姐看你不错，想请你去帮工，姐姐不会亏待你的。"

"我有工作。"这姑娘截断话头，转身想走。

"烟厂给你多少钱？"韩凤武赶紧问了一句。

"二十。"

"姐姐给你五十，行不？"

"这事，我可做不了主，得跟奶奶商量。"姑娘急匆匆地进了屋。

这姑娘名叫陈贤芬，小名叫盼娣，从小失去父母，全靠奶奶养活一大家子人。陈贤芬上面有个姐姐，小名叫顺娣，在贵阳简师读书，下面有三个妹妹，年纪尚幼。陈贤芬的叔叔早亡，婶子改嫁，扔下三个男孩儿，也都寄养在奶奶家，加起来一共九张嘴，只有陈贤芬一人赚钱，家境贫困不堪、难以维持。

陈贤芬回到屋里，暗暗在心里琢磨，这个家里缺什么？不就是缺钱吗？那是五十块大洋啊！干一个月，顶烟厂两个半月。可是，在动物园干什么？能够干长久吗？万一干不长，又辞了烟厂工作，以后该怎么办？还是烟厂稳妥。思来想去，她拿定了主意，这事就没跟奶奶说。

谁知韩凤武不甘心，在当天晚饭后，又到陈贤芬家拜访："妹子，姐姐串门来啦。"

陈贤芬在洗碗，黑黢黢的没看清来人，就端起了洋油灯，借着昏暗的亮光，看清是白天的胖女人，开门让进屋来，并冲屋里喊道："奶奶，来客啦。"

韩凤武拎着大包裹，趔趔趄趄地进了屋，屋里同样昏昏暗暗，在一豆亮光的四周，围着几个脑袋，其中有一个干巴的老太太。看来，她就是这个家的主心骨。韩凤武把包裹往床上一放，亲热地冲老人家说："奶奶，俺孝敬您来啦。"

陈奶奶一下愣住了，这人并不认识，从哪谈起孝敬？况且，还拿来那么多东西。这时，陈贤芬走了进来，把韩凤武求她的事，从头至尾说了一遍，陈奶奶听完，一句话都没说。

陈奶奶性格有些古板，晚年丧子扯碎了她的心，现在和隔辈人过日子，万事都多一个心眼儿，她不想让孩子出现什么不测，得对得起死去的儿子。

见陈奶奶不吭声，韩凤武忙打开包裹，将那块七八斤的牛肉摊在陈奶奶面前。然后，她亲热地说："奶奶，俺知道您家苦，买了点肉来看您，帮工的事能去就去，不能去也不勉强。俺看妹子人不错，这才来求她的。您家境这么贫寒，妹子过去多给些钱，也好帮您养养家。俺们生意人心肠软，不会做对不起人的事情。"

听了韩凤武这番话，陈奶奶有了笑模样，但这事来得突然，她无法当下做出决定。于是，陈奶奶说："回去等信吧，容我们商量商量。"

韩凤武亲昵地冲陈贤芬说；"妹子，好好和奶奶商量，姐姐不会亏待你。"

韩凤武离开以后，陈奶奶就和陈贤芬商量。陈奶奶觉得挣钱多，希望陈贤芬去动物园。陈贤芬怕干不长远，一时还拿不定主意。

第二天，顺娣回来了，陈贤芬跟顺娣说了此事，顺娣一听急了："什么人的话你们都敢相信？那是什么人家？江湖卖艺的！江湖人流动性大，你看他今天在这儿，明天不知去哪。说不定哪一天，你就被拐走啦。"

陈贤芬说："我又不是小孩子，哪能拐走就拐走呢？"

陈奶奶也说："就是，钱给得挺多，那真是捡便宜啦，就怕是不稳定，不然是挺好的人家。"

"算了算了，干不长怎么办？他们走了，咱们喝西北风啊？"顺娣说得很果断，陈贤芬和陈奶奶不吱声了。家里就三个议事的人，商量了两天也没结果，韩凤武哪里等得起呢？第三天晚上她又登门了。

韩凤武拎着二十斤白面，又说是孝敬陈奶奶的。

对陈贤芬这个家来说，肉和面是难得的食物，即便是逢年过节，也未必能吃得上。陈奶奶见韩凤武来了，而且每次都不空手，就客客气气地让座，态度有了明显变化。

"贤芬，你还是去吧，这位大姐挺好。"陈奶奶当着韩凤武的面说。

"还是跟姐姐商量商量，然后再定吧。"奶奶表了态，陈贤芬拿不定主意，就故意推托地说。

"还商量啥？这个家奶奶说了算。"陈奶奶口气强硬起来。

"这样吧，妹子。"韩凤武见有门儿，又怕陈贤芬和奶奶犟嘴，便采取了缓冲的方式说："你去烟厂告个假，先到动物园干几天，觉得行就继续干，不行再回烟厂。"

"就这样定啦，明天让她去你那儿。"陈奶奶冲韩凤武说。

陈贤芬低下头不再言语。

第二天，陈贤芬去了动物园。韩凤武让陈贤芬卖票，她腾出了身子去干其他活计。陈贤芬是贫苦人家子女，干这点活儿不算什么，比在烟厂轻松多啦。

晚上收了摊子，韩凤武塞给陈贤芬两块大洋，陈贤芬把钱攥在手心里，心里暗暗一合计，竟扑哧一声笑出来。嘿，真带劲儿，这样下来，每月就是六十块大洋。陈贤芬乐颠颠地跑回家，把钱交给了奶奶。

星期六，顺娣又回来了，见陈贤芬去了动物园，就跟奶奶吵了起来："奶奶，人家小恩小惠就堵了你的嘴。你这是贪小便宜，将来要吃大亏。"

陈奶奶说："你懂个啥？那当家的心眼好，还实在，贤芬委屈不着。"

顺娣气呼呼地说："你不了解人家根底，就把贤芬送出去了，将来有她受的。"

陈奶奶说："你就知道多嘴多舌，这事就这么着啦。"

陈贤芬也说："姐，这工作轻松，挣得也挺多，我愿意去动物园。"

顺娣非常失落，气哼哼地跑回了学校。陈贤芬却暗中得意，庆幸自己遇上了好人，就去烟厂辞了工作，一心一意去动物园帮工。

2

一晃，半年就过去了，动物品种一再增加，动物园越来越红火，麻子红赚得钵满盆盈——他在贵阳城发财啦。

麻子红不再奔波了，日子也越发安逸了。可他总觉得缺点什么，精神也越加苦闷，常常一个人独坐，默默地想心事。

陈贤芬来了以后，韩凤武轻松多了，整天乐呵呵的，麻子红该高兴才是，可他就是觉得烦得慌。

直到有一天，他感觉胳膊腿发紧，这才突然大吃一惊：有多少天没练功啦？从小养成的习惯，怎么给停了呢？

他感到一阵心悸，血直往头上涌，他心中痛骂自己：麻子红啊麻子红，你个糊涂蛋！你七岁开始撂地儿，受的罪都忘啦？还有你的杂耍，就这么搁在一边啦？你置大棚的夙愿，真的就丢掉啦？

这么一骂不要紧，他精神反而一振，苦闷了这么多天，似乎找到了病根儿。

麻子红意识到：世道在变，人也在变，可信念不应该变。

他又开始练功了。自己练功之余，也逼着韩凤武练，韩凤武不敢顶撞，就推托过些日子再练。麻子红生气地说："你再懒散下去，再过几年，啥活都拿不起来啦！"

韩凤武嘟囔道："拿不起来就拿不起来，这不是有动物园吗？你还要出去撂地儿咋的？"

麻子红恨铁不成钢地说："别忘了你是杂耍艺人，艺人失去了本领，和废人没啥区别，谁知道以后吃哪碗饭？"

韩凤武不再吱声，却总是拖来拖去，一直没有跟着练。

麻子红练了几天，感觉神清气爽，精神头又回来了。

韩凤武不是不想练吗，于是他就把目光盯在了小泉涛身上。小泉涛两岁了，正是蹒跚学步的年龄，喜欢做稀奇古怪的动作，逗得麻子红哈哈大笑。麻子红偶尔拉过小泉涛，不是捏捏他的胳膊，就是扳扳他的腿，孩子还没怎么样呢，韩凤武就在一旁大喊大叫，麻子红的兴致一扫而光。

功夫是捡起来了，大棚的事也得办，那可是他的理想啊！麻子红默默地想，等大棚置办起来，就带着妻儿回吴桥，也在家乡风光风光！

有了这个念头，他开始思乡了：亲人们都还好吗？麻子红不敢细想，更不敢把亲人具象化。毕竟在外闯荡这么多年，谁知会发生什么呢？只要一想到这个问题，麻子红就心如刀割。

麻子红思乡心切，韩凤武却只顾享受生活。

韩凤武从小习武，跟表哥闯荡江湖，历尽了千辛万苦，尝尽了人间冷暖。现在动物园红火了，生活也像春天的毛竹，在一节一节地拔高。而她却一点都不想再吃苦了，也越来越懒散了，懒散得不想练功，不想操持家务了。

陈贤芬开始只是卖票，后又主动干其他活计。陈贤芬是个感恩的人，感念韩凤武对奶奶的关心，感念对她本人的照顾，就抽空做饭菜、看孩子、洗衣服、搞卫生。最初，韩凤武还不好意思，慢慢就习以为常了。

这日子让韩凤武很舒坦，但她也担心，担心哪一天陈贤芬会离去，她又变得劳累不堪。为了留住陈贤芬，她打起了歪主意。

在接下来的日子里，韩凤武隔三岔五就去陈贤芬家，而且每次去都不空手，总是带点肉蛋菜之类。这么多的食材，一旦经过陈奶奶的手，就变成了美味佳肴。

一来二去，陈奶奶对韩凤武像对亲孙女似的，弟弟妹妹也都喜欢她。

所以，韩凤武每每进门，陈奶奶都会说："哎呀，她大姐，你总这样接济我们，我这老太婆该咋感谢你呀？"有时候，她还拍着韩凤武的手背说，"你是菩萨心肠，是大好人啊！"

这时，韩凤武就接上话茬说："奶奶，您可别说见外话。要不是您让贤芬过来帮工，说不定早把我累死了。我得感谢您老人家。我也是苦出身，穷人都是菩萨心肠。"

长此以往，顺娣也转变了看法，认为韩凤武心眼好。

这天稍晚，韩凤武又到陈贤芬家，陈贤芬去灶房洗碗，韩凤武问陈奶奶："奶奶，贤芬有婆家了吗？"

陈奶奶难为情地说："没有。这个穷家，都张嘴等着吃饭，谁愿意找个拖累？再说了，全家就她一个人挣钱，顺娣一时半会儿指不上，我还没给她张罗呢。"

"贤芬不小了，这事耽误不得，大了不好找婆家。"

"谁说不是呢？不过，贤芬要是嫁了，这一家老老小小，不饿死才怪呢。唉……"

"奶奶，我给贤芬找个婆家吧！"韩凤武用渐进式的方法，把谈话一步步引向深入，"这个家庭殷实，还能帮着您养家。"

陈奶奶眼睛一亮，愁容立刻消失了，皱纹也舒展开来，她往前挪挪身子，贴近韩凤武耳朵问："是哪家？知根知底不？"

韩凤武没有直接回应，反而冲陈奶奶说："奶奶，您可不要埋怨我，我可是一片好心啊。"

"你甭担心，奶奶不怨你。"陈奶奶催促着，"快说，是谁家？"

"是……"韩凤武有点怯了，"是——我家。"

"是你家？！"陈奶奶惊得张大嘴。

"是呀！奶奶，是我家。"韩凤武的声调立马亲热起来，"我想，让贤芬做我妹子。贤芬人好，我喜欢她，我不会给她亏吃。"

陈奶奶愣怔着，半天没有言语。

韩凤武说："奶奶，贤芬听您的话，您愿意，她就没挑。贤芬喜欢动物园的工作，也喜欢我们一家人。贤芬过了门，她的工钱都给您，她又带走一张嘴。以后，啥你家我家的，缺钱就到我家取。奶奶，您做个主吧。"

陈奶奶迟疑着："这个主，奶奶可不好做哟。"

韩凤武见状，又进一步说："奶奶，可不能耽误贤芬呀，她可不小啦。"

陈奶奶忧心忡忡："那倒也是。可我不能让她去做小，我得对得起她死去的爹娘啊。"

"奶奶，啥做大做小的？其实，就是亲姐妹一起过日子。我家着实需要人手，您家真需要钱，这合在一起过日子，多好哇！"

陈奶奶顿了顿，半晌才说："我得跟贤芬合计一下，看她是啥意思，你等着回话吧。"

"奶奶，"韩凤武边下地边说，"我可是为你们好哇！"

第二天，陈贤芬来到动物园，一见到韩凤武，就把头低下，眼含羞涩、面颊绯红、眼圈泛黑。

韩凤武心里没了底，不知事情进展如何。

陈贤芬只管默默卖票，也不管其他的活计，一碰到韩凤武的目光，她立马垂下头来。一直到晚上收工，陈贤芬也没说一句话，匆匆地回了家。

第三天，陈贤芬又是一天没话，而且早早就回家了。韩凤武沉不住气了，她提着东西又去了陈贤芬家。

陈贤芬在灶房忙活着，见韩凤武走了进来，就像没看见似的，只管忙着自己的活计。韩凤武看着陈贤芬笑笑，自己开门进了里屋，盘腿坐在陈奶奶身边，直截了当地问道："奶奶，那件事咋样啊？"

"唉——"陈奶奶长叹一声，"这孩子太腼腆，一说要找婆家，就用手堵我的嘴，不让我往下说。"

"奶奶，那您说没说呀？"韩凤武急于问个究竟，"您可急死我了。"

"说啦。"陈奶奶又叹了一声，"她说她舍不得奶奶，说她走了，这个穷掉底的家咋办？说着说着，她还哭上了鼻子。"

"您说谁家了吗？"韩凤武刨根问底儿，"您要是说了，她起码不反感，您说是吧，奶奶？"

"说啦，说啦。"陈奶奶叹了一声，"提起你家，她倒是没说啥。"

韩凤武一块石头落了地，亲亲热热地说："奶奶，这事，还是快点定下为好。这些天，我吃也吃不好，睡也睡不着，总是惦记妹子的事。您看我，都瘦了不是？"

韩凤武扭动着胖身子，特意地展示给陈奶奶看，陈奶奶差点没笑出声："就你这一身的囊囊膪，还敢说自己瘦了呢！"

陈奶奶边说边冲外屋喊，让陈贤芬进屋说话。

陈贤芬磨蹭半天，这才走进了里屋，冲床上的韩凤武，蚊子似的哼一声："姐姐来啦？"

韩凤武拉过陈贤芬，让她坐在身边："我说贤芬呀，你快给姐姐回个话，那件事你咋想的，你到底愿意不愿意？"

陈贤芬又不说话了，只管低头摆弄辫梢。

"贤芬呀，可不是姐姐说你，男大当婚，女大当嫁，哪有到了岁数不婚不嫁的？你都二十了，可不能等着当老闺女。"

陈贤芬依然低头不语。

"我觉得呀，咱姐妹投缘，我才找你的。过了门，我让你当家，一切都由你说了算，我可是诚心诚意。贤芬，你就给姐姐回个话。"

陈贤芬终于挤出一句话："我听奶奶的。"

陈奶奶说："这可不是过家家，一辈子的事，你要想想清楚。你愿意，就答应你姐姐。不愿意，奶奶也不勉强。"

韩凤武这回有谱了，摇着陈贤芬的手说："快说句准话，姐姐都急死了。你到底乐不乐意？你害羞，咱就摇头不算点头算，行不？"

陈贤芬终于点了一下头，韩凤武这才眉飞色舞地下了床。

临走，韩凤武又嘱咐陈贤芬说："说定的事，可不能反悔啊。"

陈贤芬点点头，陈奶奶也点点头。

韩凤武乐颠颠往家走，一边走一边琢磨，费了九牛二虎之力，才说服了陈贤芬。麻子红呢？他要是不同意，又该怎么办？她想，这事死活都得成，要不然她就别想图清闲。

最近，动物园又进来几种动物，园子就显得过于狭小，麻子红便到园外去转悠，想把布围子向外扩一扩。可他转悠来转悠去，也没看准怎么来扩，于是他站在那儿痴痴地想。

韩凤武看麻子红发呆，走过来想弄个究竟，却见陈贤芬端着盆出来，就笑嘻嘻地冲麻子红说："你看贤芬这人咋样？"

麻子红不解其意，反问韩凤武道："啥咋样？不是干得挺好的吗？"

韩凤武撞了一下麻子红："俺是说她的长相。"

麻子红一听就愣了。陈贤芬来了半年多，麻子红还没认真瞧过，只是觉得陈贤芬实实在在。现在，麻子红才认真打量她——高挑的身材，微圆的脸形，红润的面颊，妩媚的眼睛，两条大辫子垂在胸前，一身褪色的粗布裤褂，在她的身上显得很合体，神态透出腼腆和稚气。

"嗯，长得不错。"麻子红说。

"俺可喜欢她了，可总有点提心吊胆，生怕她干不长。"韩凤武担心地说。

"你好好待她，多给她点钱，那不就行啦？"麻子红说道。

"这还用你提醒！"韩凤武白了麻子红一眼，"俺是想，能不能把贤芬长久留在家里。"

"净瞎扯，那不可能。"

"俺说能。"

"你说，咋个留法？"

"你娶她做小呗。"

"胡说八道！"麻子红瞪了韩凤武一眼，呵斥道，"俺咋能娶俩老婆？"

"咋不能？隔壁茶馆老胡头，人家咋娶了小呢？一个捅老虎灶的，都能娶俩老婆，你咋就不能呢？"

"去去去，别他妈没事拿俺寻开心！"麻子红骂了句，一甩手走了。

韩凤武碰了一鼻子灰，呆愣愣地站在那儿，好半天都没动地儿。

这事办不成怎么行？韩凤武心里这么想着，就急急忙忙往屋里走，想着晚上再吹吹枕边风。

晚上，韩凤武洗漱完毕，钻进被窝，就开始吹枕边风。

"当家的，俺说的那件事，你就答应了吧。贤芬是个好闺女，她能帮我干好多事。没准哪天她走了，身边没了帮手，我可就活不成了。"

麻子红生气地说："你就是懒，你也闯过江湖，咋就一点不想吃苦？看你胖得像头猪，连个跟头都翻不了，只能滚地圈啦。"

"哎呀当家的，你可别生气。其实，我都是为了这个家。我整天想办好动物园，为了这个，俺不怕委屈，才想给你娶个小。"

"俺们还总开动物园，在贵阳住一辈子？"麻子红缓口气又说，"开这个动物园，是生活逼的。有了钱，俺还想置大棚。再过一年半载，俺买一辆汽车，把动物拉回吴桥。然后俺就立大棚，在大棚里驯动物，像木下马戏团那样。"

韩凤武一时被噎住了，不知说什么好。

"以后你还得练功。正经事都干不过来，还有闲心打麻将？上次要不是你打麻将，家里也不会让人偷。你记住，要是再毁了俺，可别怪俺不客气！"

麻子红说完，转身就睡，不一会儿，起了鼾声。

韩凤武枕边风没吹成，又碰了一鼻子灰，这一宿她翻来覆去，一点觉儿都没睡成。

第二天陈贤芬没上工，韩凤武觉得不对劲儿，就匆匆跑到陈贤芬家，看陈贤芬正躺在床上，而且浑身冷得发抖，满是鸡皮疙瘩，还头痛面红、恶心呕吐、全身酸痛，陈奶奶急得直转圈儿。韩凤武二话没说，赶紧去请医生。

一刻钟的工夫，一位老中医拿着出诊箱来了。他在望闻问切之后，说病人得的是疟疾，又拿出一个针包，进行针灸。然后，又嘱咐韩凤武弄些青蒿来，特别是当下三月的青蒿，要榨成汁给陈贤芬喝。

韩凤武送走老中医，便去采了一捆青蒿，顺便又买了几盒罐头，一切都安顿好以后，这才匆匆返回动物园。

韩凤武见麻子红在卖票，故意大声地嚷嚷道："当家的，这回可好，人家陈贤芬不干啦，我看你今后可咋办。人家可是黄花大闺女，不是找不到婆家。人家愿意和咱过日子，你却老是不肯回个话，让人家闺女的脸往哪搁？"

韩凤武这一顿数落，一下子把麻子红弄蒙了，还没等他反应过来，韩凤武扭过头就走了。

"你上哪去？"麻子红想把韩凤武叫回来，"你来卖票，俺还有事呢。"

"我不好受，浑身疼。"韩凤武继续走着，又回头喊一句，"这好人都让你当啦，你还是自个儿卖吧。"

在平时，韩凤武要是敢这么说话，麻子红肯定会狠狠呵斥一番。可今天，不知是怎么了，麻子红竟然没反应，独自一人卖了一天票。

晚饭时，韩凤武换了一副面孔，给麻子红买了白酒，又多做了几样菜，一边斟酒一边说："当家的，累了吧？多喝几盅，就解乏啦。"

麻子红一声不吭，接过酒盅一饮而尽。

"俺知道你心眼儿好。"韩凤武瞄着麻子红说，"陈贤芬这孩子真可怜，长这么大啦，没遇上过这种事，羞得都不想活了。人家黄花大闺女，又不缺胳膊少腿儿，为啥偏要给你当小老婆？还不是看上咱家好？咱可都是苦出身，得学会同情人。你要是娶了她，就算是成全了她，你就听俺一回劝吧。"

麻子红还是不吭声，只是一盅盅地喝着酒。

韩凤武心里一阵欣喜，又进一步一步说："说娶小的，有点不好听，咱就不说娶小的。咱选个好日子，接家来就行啦。赶明儿个，我得去劝劝陈贤芬，我就说你同意啦，要不人家寻了短见，咱可就成了罪人了。"

韩凤武絮絮叨叨的，麻子红一盅盅地喝。一晚上，麻子红没说一句话，却也没表示反对，韩凤武心里有了数。

接下来，韩凤武主动卖票了。

陈贤芬害了一场大病，人也消瘦了许多。麻子红却总是觉得，是自己的拒绝造成的，对陈贤芬多了几分歉疚，也就默许了这件事。

韩凤武买了两套外衣、一件毛衣、一双布鞋，又做了一套被褥，草草地把陈贤芬接了过来，这喜事算办完了。

顺娣知道了这事，又和陈奶奶大闹一场："怪不得她又来串门，又是送东西的，原来是黄鼠狼给鸡拜年。可是，奶奶你也太糊涂了，就眼瞅着让盼娣往火坑里跳？！"

陈奶奶说："乱说，她老大不小啦，还能在家待一辈子？难得遇到好人家，又肯替盼娣养家。要是遇到个坑蒙拐骗的人，那可怎么是好？"

陈奶奶如此一说，顺娣只能闭嘴了。这个沉重的家呀，可把陈贤芬拖累苦了。顺娣独自大哭一场，也只能接受事实了。

陈贤芬过了门以后，韩凤武当起了大奶奶。整天什么活都不干，全部活计都压给了陈贤芬。陈贤芬是卖票、洗衣、做饭、买米、买菜、买柴……忙得不可开交，累得腰酸腿疼，到了晚上上床，那跟上刑似的。

陈贤芬更打怵的是，自己都二十岁了，胳膊腿全长成了，她还得跟着练基本功。麻子红要把陈贤芬训练出来，即使不是一流的杂耍演员，起码要掌握一些基本功。

麻子红冲陈贤芬说："身怀技艺走遍天下，你就不愁没有饭吃。"

陈贤芬哪敢拒绝呀？就跟麻子红练起来，这一开头不要紧，麻子红的狠劲儿就上来了。

麻子红传承师父赵保山的教法：非骂即打。不骂不打不出真功夫，这是挂在师父嘴边的一句话。你看他平时挺温和，练起功来却像凶煞，麻子红一声呵斥，陈贤芬骨头都软了。

陈贤芬无可奈何，只好照着去做：下腰、拿顶、劈腿、小翻……这一天折腾下来，连胳膊腿儿都不知道在哪了。

陈贤芬一时理解不了，但迫于麻子红的威严，只能坚持继续练功。

是啊，她哪里知道麻子红的雄心？麻子红不仅想置个大棚，还想让自己的家庭，成为中国杂耍世家。

唯一能宽慰陈贤芬的，是麻子红忙于动物园，韩凤武只想当大奶奶，自己虽多操劳一些，但花钱从来不受限，能更好地照顾娘家，她也就心满意足了。

给麻子红做小老婆，不就是为了这个吗？

直至怀孕，陈贤芬才完全解放了。至少，她可以不练功了，也不用再做一些杂务了。

十月怀胎，瓜熟蒂落。小泉涛四岁的时候，他同父异母的妹妹——小秀华来到了人间，这给麻子红带来莫大的慰藉。

麻子红天天围着小秀华转，除了常见的拨浪鼓外，还托人从北平买回了风筝，泥捏的人物鸟兽玩具、猴戏玩具，还有走马灯、风车、气球、弹弓……也不管小秀华能不能玩耍，反正是买了个齐全。

麻子红十分喜爱小秀华，自然也更偏爱陈贤芬一些。陈贤芬从此感到生活暖融融的。

但是，无论麻子红怎么喜爱小秀华，他也绝不会对其放任自流，对陈贤芬本人也是如此。因此，在小秀华刚刚满月时，他就让陈贤芬恢复练功，还给小秀华扳扳胳膊、捏捏腿儿，做一些常规的基础训练。

3

一九四九年十一月，也就是小秀华出生没几天，麻子红在院子里练功，韩凤武也是不得已跟着练，四岁的小泉涛已学会了倒立、小翻等基本动作。这一家人，在麻子红的督促下，除了动物园的管理，时间都用在了练功夫上。

"麻子红——麻子红——"麻子红正练得起劲儿，随着一声声的呼唤，邻居张五哥出现在门口，"有人找你，说是吴桥的。"

吴桥？麻子红一愣，瞬间回过味来，抬腿就往出跑。

张五哥一闪身，一个男子出现在眼前：那人满身灰尘，头发胡子都老长，一副邋遢的模样。

"麻子红，就是他。"张五哥指着那男人说，"那，我就回去啦。"

麻子红点了点头，眼睛却一直盯着来人。来人也直盯着麻子红，他的胡子抖动着，两眼满含泪水，忽然叫了一声："小福——"

"二姐夫——"麻子红几乎同时喊了出来。

"小福——"二姐夫带着哭腔问，"你真的活着呀？唉——俺说啥呢，这不就活在眼前吗！"

麻子红叫了一声，然后一下子呆愣住了：他的思维停滞了，他的语言丧失了。他只是盯着二姐夫，生怕一眨眼，这活生生的景象就被风吹散了。

二姐夫瞅瞅麻子红，又低头看看自己，不觉脸红了："路太远了，俺都成叫花子了。"

麻子红的泪流了下来，张开双臂扑向二姐夫，两个人紧紧抱在一起。

"小福，终于找到你了，终于找到你啦！"

"家里咋样？咱爹、咱娘都好吗？"

"爹过世了。"二姐夫鼻子一酸，眼泪流了下来，"娘老了，身子有病。听说你还活着，娘哭了三天三夜，一个劲儿喊你的名字，谁劝都不听……"

"爹！娘！"麻子红伏在二姐夫肩上恸哭起来，"爹、娘，儿子对不住你们……"

见麻子红悲痛不已，二姐夫也哭成了泪人。

过了好一阵子，麻子红又问："大姐、二姐、二哥，他们都好吗？"

"她俩都好。只是你二哥，去年年底死了，死在淮海前线。"二姐夫边说边流泪。

麻子红更是泪如泉涌，半天说不出一句话。

"小福，你别哭了。俺又渴又饿，快弄点儿吃的喝的吧。"

麻子红一听，心里这个愧啊。二姐夫千山万水，遭了多少罪才来到这里，他却忘了端茶倒水。

麻子红赶紧请二姐夫进屋，又招呼韩凤武和陈贤芬见过二姐夫。韩凤武、陈贤芬一一走进来，见过了二姐夫以后，就准备饭菜去了。

二姐夫看着这两个女人，满腹狐疑地问麻子红："她们是……"

"媳妇。"麻子红简单地回答。

"这可咋好，还娶了俩。"二姐夫嘟囔了一句。

"二姐夫，你说啥？"麻子红倒了一杯凉开水，边递给二姐夫边问。

"没啥。"二姐夫咕咚咕咚的，一气喝光了，又冲麻子红说，"再来一碗，这小杯子不过瘾。"

二姐夫又喝了一大碗，这才抹一下嘴巴说："哎，真解渴。"

麻子红坐下来，冲二姐夫问道："二姐夫，你咋知道俺在这儿？"

二姐夫说："来这边撂地儿的人，听说你开了动物园，说你名气大着呢。听到这个信儿，娘就受不了啦，非让俺来瞅瞅，看你是不是还活着。"

麻子红泪光闪闪："娘和谁过呢？"

二姐夫说："跟你大嫂呗。咱娘命真苦啊！三个儿子死了俩，她又最疼你，你咋就不回家呢？小福啊，不是二姐夫数落你，那鬼一年还见两面呢，你说你可倒好，咋不知道给家写封信？娘的眼睛都哭瞎了，你知道不？"

麻子红忽地站起来，一边转悠一边说："俺回家，俺回家，俺现在就回！娘啊，儿子真对不住你呀！"

麻子红稍稍稳下来，二姐夫又说："是该回家了。娘跟俺说，这回绑也得把你绑回去，不回去就让俺往死里揍你。"

麻子红坚决地说："回家，回家！不管遇到啥事，俺立马就回家。"

二姐夫向门外瞅瞅，压低了声音说："小福，回是回，有件事俺得说。"

麻子红说："啥事？"

二姐夫说："爱娣儿在咱家呢。"

麻子红一笑："她去咱家干啥？"

二姐夫说："守着你，伺候娘啊。"

麻子红又忽地站起来，在地上一个劲儿转圈儿。

二姐夫把沉船以后，家中接到了他的死讯，爹一口气没上来，带着遗憾走了；娘哭瞎了眼，躺在床上大病不起；大嫂卧病在床，滴水不进；爱娣儿夹着包到赵家，守着牌位伺候娘，让娘燃起生的希望……都一一说给麻子红。

麻子红泪流满面，双手抓着头发说："二姐夫，俺对不起娘，对不起家，也对不起爱娣儿。爱娣儿咋就这么傻呀！"

二姐夫说："要不是爱娣儿傻，这个家可能早就散了。"

麻子红说："二姐夫，俺得对得起爱娣儿，俺让她做老大，凤武和贤芬都做小的。"

二姐夫说："她不会同意的。"

麻子红说："为啥？"

二姐夫就讲起了爱娣儿抢救八路军伤员，讲爱娣儿为八路军筹集粮草，讲爱娣儿当妇女救国会副会长。他讲着讲着，就讲到了吴桥的抗日。

一九四三年九月，吴桥县和东光县合并，成立了东吴县之后，为了抵抗邪恶势力，县成立了锄奸委员会。来年二月，日伪军在东门外，杀害抗日群众八人。惨案发生以后，为了震慑日伪军，八路军十六团一营，一举攻克梁集据点，活捉日伪军中队长刘东钧等二十多人。东吴县大队夜袭连镇警察所，打死打伤日伪军十七人。

这次战斗，极大地鼓舞了八路军的士气。东吴县随即开展大小战斗十余场，有效地打击了日伪军的有生力量。这期间，爱娣儿组织妇女们，为部队送吃送喝，保障了部队的给养。后来，妇女抗日救国会成立，爱娣儿被推选为副会长。与此同时，她没有放弃对刘氏无微不至的照顾。

一九四六年一月一日，吴桥县恢复原建制，刘干任中共吴桥县委书记，吴桥回到了人民的手中。在中共吴桥县委的领导下，吴桥县民兵除参加解放德州战斗外，还积极支援前线。这一年，八路军改编为中国人民解放军，赵凤瑞所在部队随即参加了解放战争。

二姐夫从爱娣儿讲到娘，从家庭讲到了吴桥，从抗日讲到了解放战争。麻子红听着听着，就想起了花子，花子现在怎么样啦？可是他无法问出口，默默地听二姐夫讲。

日本人无条件投降了，赵凤瑞才回家去看娘。不过，跟他一块回去的，还有麻子红日思夜想的花子。赵凤瑞回家看望娘亲，是因为就要奔赴前线。花子去看望刘氏，是心中还想着她的小酱。可是，当听到光技大棚沉船、爱娣儿来到赵家守着"亡夫"，她的心中五味杂陈，不免流下了心酸的泪水。

一九四六年六月，花子随反战同盟成员，回到了阔别已久的蒲田。

二姐夫讲到这儿，麻子红十分感慨。一个原本善良的日本女孩，因为一场战争而错过了美好姻缘；一个传统的东方女性，因为一次沉船事故而守着牌位，尽着一个儿媳的孝道。在他的心里，无论是对花子，还是对爱娣儿，他都充满感激，也有深深的自责。

这一夜，麻子红和二姐夫，把吴桥和山西、陕西、青海、四川、贵州……都拼在一个版图上，完善了二姐夫的记忆，也填补了麻子红的空白。麻子红和二姐夫聊着聊着，不知不觉天都亮了。

吃过早饭，他们开始商量回吴桥的事。

麻子红知道，二姐夫出来寻找自己，娘是掰着手指数日子。所以，他建议二姐夫赶快往回返，也好让娘先不要着急。韩凤武则认为，她现在又有孕在身带着小泉涛跟回去，对娘是更大的安慰。

麻子红感谢她的好意，但也感到十分为难。家里还有一个爱娣儿，韩凤武贸然回去好吗？可再一想，丑媳妇难免见公婆，自己就要回申庄了，爱娣儿和韩凤武、陈贤芬早晚得见面，早晚得在一起生活，那该回就让她回吧。

为此，麻子红把当年的事，一五一十给韩凤武说了个明白，韩凤武听得泪水涟涟，也被爱娣儿的故事所感动，信誓旦旦地冲麻子红说："你不用担心，贤芬俺当亲妹妹看，爱娣儿也一样。"

麻子红严肃地说："不行，爱娣儿在先，你在后，你得叫她姐姐。"

韩凤武说："好吧好吧，啥姐姐妹妹的，还不是一起搭伴过日子？有钱的日子咋都好过，只要不受苦，一家人乐呵呵的，做啥俺都愿意。"

第三天，麻子红、陈贤芬打点完行装，送二姐夫和韩凤武他们先行上路了。

送走了二姐夫一行，麻子红急忙出了门，张罗买汽车和雇司机。此刻，他恨不得长出翅膀，一下子飞到娘的身边。

这几天，麻子红像害了一场病，一闭眼就是三间土坯房，娘躺在炕上痛不欲生，一声声地呼喊着小福。

麻子红不自觉地流着泪。

麻子红东跑西颠，一连几天过去了，也没买到汽车，他的心像猫抓似的。这时，孙大爷来了，他是川剧院的更夫，对麻子红不错，还照看过小老虎。孙大爷说有汽车卖，麻子红立马跟了去。

一台"嘎斯"车，干干净净摆在那儿，这让麻子红很兴奋。为检验汽车性能，卖家还特意在院里开了开给他看。

汽车卖二百五十块大洋，麻子红没还价，就把车买了下来。

交了钱，麻子红又请求道："大哥，兄弟想雇你开一趟车。"

"跑哪里？"

"河北吴桥。"

"河北？不行，路太远，我不去。"

"路远，俺多给钱行不？"

"不行。我只卖车，你另雇他人吧。"

麻子红见卖家不肯，就匆匆去雇司机。雇谁呢？正在犯难，蓦然间，他想起了李光，于是，就急忙奔烧锅而去。

折腾了大半天，李光才帮着雇了一位司机。第二天，麻子红和司机早早去提车。他们发动汽车，刚要挂挡开走，忽然蹿出几个人来，厉声喝道："喂，干什么的，咋随便开车呢？"

麻子红一愣，顺口抢白道："随便开车？开谁的车啦？这是俺的车。"

一年长者嘿嘿一笑："你的？不是个骗子，就是个傻子，这简直是笑话！"

"咋不是俺的车？是俺昨天花二百五十块大洋买的。"麻子红有点焦躁，"不是俺的车，俺哪里来的车钥匙？"

"是啊，你咋有车钥匙？"几个人面面相觑，那位年长者又问，"既然是你买的车，那你的执照呢？"

"啥执照？"

"就是汽车行驶证。"

"他没给呀。"

"这就不对啦。卖车不给执照，那不成了黑车？"

一个人从兜里掏出一张硬纸，展开来给麻子红看："你看，这是执照，这车是我们前天买的。"

"喏，这是车钥匙。"那人把钥匙托在手里。

两把钥匙一比，一模一样。

年长者拍拍麻子红的肩说："小伙子，你受骗啦。一个闺女许俩婆家，这事让你摊上啦。"

麻子红非常懊恼，那么多钱，就是打一个水漂，还能听一个响吧？

双方争执了一会儿，还是纠缠不下。

看来只有公断了。于是，警察局介入其中。

原来，卖家和更夫是一对骗子。麻子红风风火火买车，消息自然传进了更夫的耳朵。更夫和卖家是老相识，也知道这车已经卖出，只是没有提走而已。但麻子红有钱哪，为什么不宰他一把呢？两个人这么一串通，麻子红再一次被骗了。

警察局立马逮捕了更夫，更夫对诈骗供认不讳，随即交出了所得赃款，只是卖家携款潜逃了。

汽车给了第一买主，麻子红丢了二百五十块大洋。

二百五十块大洋，可不是个小数目。汽车一时买不成，那只好卖动物啦。卖了动物凑足了钱，也好再做下一步打算。那么，怎么卖呢？是卖上一部分，还是全都卖呢？麻子红一时拿不定主意。

正当犹豫不定之时，李光突然闯进家门，见面就冲麻子红说："不好啦，外面说你是共产党。现在形势这么乱，特务、残匪满城都是，还要悬赏你的脑袋，你还是快些躲躲吧。"

麻子红一听，立刻惊呆了。

麻子红想，俺赵家有共产党——二哥赵凤瑞、守寡的爱娣儿。自己嘛，帮共产党做过事，那倒是千真万确，可俺还不够资格啊！外面咋就传开啦？他一时想不清楚，但还是感到震惊。

此时，中华人民共和国已经成立，可云、贵、黔、藏还没有解放，国民党残余势力活动猖獗。

陈贤芬催麻子红躲起来，可城里到处都那么乱，哪还有藏身之处呢？麻子红感到十分焦虑。

麻子红在屋里转着圈，一时冷静不下来。

正在无计可施的时候，李光再一次推门进来，说又听到了新的消息，而且是越来越神了。现在，麻子红变成了地下党，利用动物园作为掩护，而且潜伏了许多年。

麻子红苦笑着说："俺巴不得是共产党呢，那就像二哥一样，也当一回大英雄。不过，李光兄弟，对俺你是知根知底，还是你把俺拉来的呢。"

"是啊，我也奇怪，你怎么一下成了地下党了。"

麻子红又苦笑了一下。

"是不是有人想害我们呀？"陈贤芬冲李光说，"我们也没得罪谁呀。"

"反正这事有点来头。"李光冲麻子红说，"不管外面怎么说，咱们还是避避风头，等解放军入城就好了。"

"上哪呢？"麻子红问。

"有啦。"李光眼睛一亮说，"我拉你去泥抹工会，那是咱穷哥们儿的天下。"

泥抹工会是贵阳解放前夕，穷苦工人成立的一个秘密组织。这些日子，工会的工友们正在准备迎接解放军入城。

麻子红来到了泥抹工会，一下子被工友们围住了，大家七嘴八舌地问："麻子红，听说你是地下党？"

"真的吗？看不出来呀。"

"地下党？让你看出来，还是地下党吗？"

大家围着麻子红嚷嚷着，麻子红红头涨脸地说："俺倒想是地下党，可俺真不是地下党，不知是谁给俺造的谣。"

一个年纪稍大、满脸胡子的工友走过来，李光介绍此人叫朱贵有，是泥抹工会的头头。

朱贵有一本正经地说："你不是地下党，工会可不敢收留你，我们可都是无产阶级。"

面对如此严肃的谈话，麻子红感到非常尴尬，他没听出来朱贵有的弦外之音依然十分认真地说："俺真不是地下党，听说有人要算计俺，就想到这儿避一避。"

"避一避？"朱贵有乜斜着麻子红说，"泥抹工会，是工人的组织，是清一色的无产阶级。不是无产阶级的，不能到我们工会来。"

"俺也是穷苦艺人呀。"麻子红脸涨得更红。

"穷苦艺人？贵阳城谁不知道你麻子红啊？你有动物园，还张罗着买汽车呢，你能算无产阶级吗？"朱贵有揶揄地说道。

麻子红如梦方醒，这朱贵有在划线呢，要将他排除在工会之外，他的脸一下子又白了，转过身来就往外走。

李光一把拉住麻子红，打圆场地冲朱贵有说："朱大哥，你不能这样对麻子红。他的确是穷苦艺人，他们夫妻带着孩子，在遵义的街头卖艺，是我亲眼所见的，我看着他们可怜，才把他们拉到贵阳，来了后，他们也是以卖艺为生。他们省吃俭用，一个个铜子儿地攒，才置起了这个动物园。他和那些人不一样，是和咱穷哥们儿一条心的。"

"是啊，麻子红人不错。"

"江湖艺人讲义气。"

"留下吧，外面有人要害他，出去多危险。"

朱贵有见李光说情，工友也为麻子红说话，态度便缓和下来："好吧，看在大家的情分上，就把你留下来。不过，你是不是咱穷哥们儿，要看你在工会的表现。"

麻子红终于留在了泥抹工会。

麻子红有些不解，自己背井离乡，在外面闯荡江湖，多年凄风苦雨，历尽百般艰辛，过着非人的生活，却遭遇如此对待。可转念一想，自己有动物园，有了钱，说你不是无产阶级，又有什么想不通的？对，你不是看表现吗？那就用实际行动，证明自己是穷人的哥们儿，过去是，现在是，将来永远是。

后来，麻子红才知道事情的缘由，原来反动势力想瓦解工会，几次派探子佯装工人钻进来，最终都被工会识破了。在这种情况下，工会领导人提高警惕，对麻子红百般盘问，那也是出于安全考虑。

麻子红积极工作，得到了工友的喜爱。

这天，朱贵有来到他跟前，很客气地说："麻子红，工会有点困难，你看能不能帮忙解决一下？"

"朱大哥，有啥事，你尽管说。"麻子红爽快地说。

"那好。"朱贵有拍拍麻子红的肩头，"解放军明早八点进城，工友们要全体出城迎接，工会想给每人糊一杆彩旗，可眼下工会没有钱……"

"俺明白了，朱大哥。"麻子红爽快地接过话茬说，"俺马上回家取钱，你再派几位工友，一同把彩纸买回来。"

看麻子红慷慨解囊，朱贵有呵呵一笑道："一点不假，麻子红是咱穷人的哥们儿。"

朱贵有派了几位工友，一来是保护麻子红，二来顺便把纸买回来。

第二天拂晓，李光把工友们一车车拉到城外，到达油榨街时，天才刚刚放亮，远方朦朦胧胧，什么都看不清。

朱贵有说："为了工友的安全，大家先隐蔽一下，防止反动武装袭击。留下一两个眼线就行了。"

朱贵有的话音刚落，人们呼啦一下四散开，各自找地儿隐蔽起来，只有朱贵有、麻子红留在原地。

"谁跟我到前边去看看？"

"俺去。"麻子红说。

"还有谁去？"朱贵有冲四周喊道，听了听没有人回答，就搂着麻子红的肩膀说，"走吧，麻子红，咱俩去看看。"

向前走了一段路，他们来到一个土岗上，借着天光远眺。时值晚秋，稻田黄澄澄一片，旷野十分寂静。

忽然，枪声从对面响起，子弹尖厉的声音划过晨曦，吓得麻子红一哆嗦，他意识到他们遭遇了反动武装。多年闯荡江湖的生活，练就了他躲避危险的能力，麻子红一下滚倒在地。待麻子红回过神来，朱贵有仍呆呆站在那儿，麻子红一个提身，趁势把朱贵有压在身下。

一连串的枪声响起来，寂静的旷野变成了战场。枪声持续了十多分钟，周围又重新归于寂静。

这时，稻田里跳出几个人来，直接奔向前边的壕沟。

麻子红惊喜地说："朱大哥，他们都穿着军装呢。"

朱贵有贴着地皮趴着，一点点地抬起头来，眯着眼睛看了半天，这才兴奋地喊起来："是解放军，你看他们的军装！"

就在这时，稻田里又站起两个人，朝着他们这儿走来。

朱贵有、麻子红也迎上去。

朱贵有搭话："解放军同志，欢迎你们进城。"

一位解放军说："你们是组织派来的？"

"是。"朱贵有兴奋地说，"来的全是工会会员。"

"好哇，谢谢同志们！"

"应该的。"朱贵有心有余悸地说："同志，刚才是什么人？多亏了麻子红相救，要不我差点就送了命。"

"是几个敌特分子想制造紧张气氛，好在都被消灭啦。"一位解放军掏出一张纸说，"这是宣传口号，你们谁带头喊一喊？"

朱贵有接过口号，他看了看麻子红，麻子红的脸涨得通红。

"同志，我们不识字。"朱贵有腼腆地说。

"长官，俺来喊吧，你先念一遍，俺就记住啦。"麻子红接话说。

"好，小兄弟，口号就由你来喊。不过，你不能叫我长官，应该叫同志。"

"同志！"麻子红重复着。

解放军看着他笑了，还拍了拍他的肩膀，麻子红感到很亲切。

贵阳城人声嘈杂，人们从四面八方拥来，夹道欢迎解放军。解放军迈着整齐的步伐，雄赳赳地走在马路上，工友们挥舞着小旗，走在解放军队伍前面，麻子红走在队伍最前面，边挥舞小旗边喊着口号：

"欢迎解放军解放贵阳城！"

"解放军不杀人、不放火，保护老百姓的利益！"

"解放军和穷苦人是一家！"

随着麻子红的喊声，工友们举起小旗也跟着喊。

围观的人群中，有人认识麻子红，便不无惊讶地说："这不是麻子红吗？"

还有的说："原来，他真是地下党。"

麻子红忙活了一天，他时而呼喊口号，时而扭着秧歌，从东门到南门，从南门到西门，从西门到北门。他一直很兴奋，像有用不完的劲儿。

晚上，麻子红回到家，兴奋地对陈贤芬说："俺像二哥、爱娣儿一样，也参加革命啦！"

"二哥是干啥的？谁是爱娣儿？"陈贤芬疑惑地问。

"他们都是共产党。二哥小时候就革命啦，还一直让俺参加革命呢。"麻子红骄傲地说，他想到二哥的牺牲，神情又黯淡下来，"二哥离开人世了，俺要是早跟他革命，或许能护住他呢。现在，爱娣儿也参加革命了……"

麻子红说着说着，不觉叹息一声，眼前出现了一幕幕往事：二哥苦口婆心地劝说，可他依然要走杂耍之路，又走得如此艰辛；二哥呢，却孤单单地离开了人世，爱娣儿也苦苦守着他的灵牌……

陈贤芬还想问什么，麻子红扬了扬手，转身睡觉，却久久不能入睡。

4

第二天，麻子红早早地起来，想伸伸胳膊腿儿，却发现两名解放军持枪在院外来回走动。

这到底是怎么回事？麻子红不知就里，心里一阵阵发毛，战战兢兢走到门口，脸上挂着僵硬的笑，说："解放军好。"

解放军战士微微一笑，依然迈着坚定的步伐，来来回回地巡逻着。

麻子红摸不着底细，越发地紧张了。麻子红想问个明白，却默默地退回屋里。

麻子红越想越难过，不免唉声叹气起来。

陈贤芬问："你咋啦？"

麻子红把头摆了摆，示意她去外面看看，陈贤芬疑惑地推开门，却看到解放军把守着大门，吓得赶紧退了回来："这是咋回事？"

麻子红摇摇头，心想：有人说俺是地下党，想方设法要暗害俺，俺躲进了泥抹工会。现在贵阳解放了，坏人逃跑了，俺不再害怕啦。可解放军干啥把俺看起来？再说，解放军入城，俺欢迎了，俺喊了口号，俺也扭了秧歌，俺也对得起解放军呀。

麻子红沮丧地垂着头，感慨这一路走来，沟沟坎坎跌跌撞撞，往事不堪回首。

终于，麻子红坐不住了，他腾地站了起来，又暗自思忖着，脑袋掉了碗大个疤，有什么可怕的呢？走，跟他们理论理论，俺可不受这窝囊气。

麻子红走向门口，大义凛然的样子。

陈贤芬一看这架势，急忙扑了过去，拉住麻子红的衣袖，说什么也不让他出这个门。

麻子红犟劲儿一上来，陈贤芬哪能拦得住？他用力一甩胳膊，陈贤芬一个趔趄倒向一边。麻子红几步冲到门口，指着一位解放军说："俺一个苦命艺人，遭遇的苦难比你们多。俺二哥也是解放军，在淮海前线死了。俺媳妇是共产党，还是妇救会的干部。俺救过红军的报务员，杀过日本间谍山根。俺还欢迎解放军入城，救过泥抹工会的工友，你说俺哪错啦？凭啥就把俺看起来？"

这是麻子红有生以来，说得最长、最有胆量、最理直气壮的话语。说完，他长长地出了一口气。

麻子红话音刚落，就有人呵呵笑起来。

麻子红循声望去，见一位解放军军官走来，又仔细一看，原来是昨天见到的两个干部之一。麻子红一下子像抓住了救命稻草，他赶紧冲那人招手："首长，首长，你快来给俺评评理。"

首长笑着问："麻子红，谁不讲理啦？让我给你评什么理？"

麻子红脸红脖子粗地说："俺昨天欢迎解放军没？俺救工友没？俺没有犯啥错吧？"

首长认真地点了点头。

麻子红指着两个战士说："那咋把俺当坏人，还派人看着俺？"

首长笑得前仰后合，握住麻子红的手说："麻子红，我真得谢谢你，你昨天表现得很好。我受贵阳公安局局长之托，前来转告你一个消息。"

麻子红认真地问："啥消息？"

首长呵呵一笑说："你不是叫赵凤岐吗？"

麻子红点点头："嗯，俺是赵凤岐。"

"这就对啦。"首长解释说，"贵阳市公安局局长也叫赵凤岐，解放前受上级组织委派，一直在贵阳做地下工作。前些天，特务声称要谋杀他，城内把这事传开了，有人就以为是你呢。昨天，你欢迎解放军入城，一定会引起敌特分子的注意。赵局长担心误伤了你，才派我们来保护你的。"

"哦——"麻子红眼圈一下湿润了，他喃喃地说，"原来是这样，原来是这样啊！"

首长又说："我们了解了你的身世，你是受了很多苦的艺人，也是卓有成就的艺术家，我党有责任保护你呀！"

多么暖心窝子的言语呀！麻子红不知说什么好，内心的悲苦也溢出来，从七岁开始撂地儿，什么境地都遭遇过，可谁对他说过这样贴心的话？

麻子红一把抓住首长的手说："俺二哥说得对，还是共产党好，还是革命队伍好！"

首长呵呵地笑道："麻子红，现在是新政府啦，你有什么需要，尽管说出来，能解决的我们会尽量解决。"

这话提醒了麻子红。是啊，俺的困难，就是回不了吴桥。可是，这话咋能说出口呢？麻子红正犹豫着，李光开车来了。

"麻子红，回家的事怎么样啦？"李光下车便问，却见首长在呢，就不好意思地说道，"不好意思，打搅啦。"

"回家？是怎么回事？"首长接过话茬问。

麻子红挠挠头，没好意思吱声。

李光看了看麻子红，又扭头瞅了瞅首长，就把麻子红的事儿，一五一十说了出来。首长听说他十几年没回家，二哥刚刚牺牲不久，想买车又被骗了的事，心中陡然升起一种情绪，那情绪是对英雄的敬意，是对麻子红一家的同情，是对人民的一种爱。

于是，首长边思索边说："好，我帮你联系一下，你就听信吧。"

首长走了，两个战士仍在巡逻，麻子红忙着喂动物，心情也轻松了起来。

下午三点，李光又跑来了，说公安局局长赵凤岐召见了他，让他出车跑一趟长途。

李光两眼直冒光，伸手捶了麻子红一拳说："麻子红，你知道公安局让我去哪里吗？"

麻子红摇了摇头。

李光得意地说："吴桥——申庄！哈哈……赵凤岐让我送赵凤岐回老家，麻子红，你说多有意思？"

这消息太令人振奋了，这要是在前几年，是连想都不敢想的事。

麻子红心里明白，这是首长帮的忙，也是为了他的安全。可是，新政府刚刚建立，百废待兴啊，他一介草民，怎敢惊动政府呢？但事实就在眼前，麻子红实在太感激了。

麻子红终于可以回家啦。

二姐夫一行离开后，家里的东西该打包打包，该捆的捆，各种动物都在笼子里，也无须做什么准备。

唯一需要处理的，就是陈贤芬娘家的事。

陈贤芬嫁给了麻子红，家里什么事都不愁。眼下，麻子红回老家，陈贤芬得跟着，娘家就会失去依靠，这事该怎么办？麻子红费了不少脑筋，他先征求陈贤芬的意见，可陈贤芬又有什么办法？她只能红着眼圈说："我嫁鸡随鸡，嫁狗随狗，你走到哪，我跟到哪。"

这话说得坚定，可话音刚一落，她就泣不成声了。

陈贤芬能不牵肠挂肚吗？一家子老老少少的，还得依靠她吃饭呢。过去住在前后院，只要把钱和吃食带回家，一切问题就迎刃而解了。可现在，她要跟麻子红回吴桥，这一家老少怎么活呀？

麻子红思前想后，觉得该请奶奶拿主意。

一走进陈奶奶家，麻子红心里像针扎似的，特别是看到枯槁的奶奶，麻子红就想起了娘亲。是啊，这一家老的老小的小，离开陈贤芬可怎么办呀？

麻子红张不开嘴了，陈贤芬含着眼泪，说了回吴桥的事。陈奶奶一听这话，顿时呼天喊地起来，弟弟妹妹帮腔似的跟着哭。

麻子红看不下去了，抹着眼泪说："放心，俺不能看着一家老小挨饿。你看这样行不？俺把动物留下一些，让奶奶继续开动物园，也能挣一口饱饭。"

陈贤芬的心终于放下了，有了这个动物园，全家就有了依靠。

陈奶奶也不那么悲伤了。

当晚，麻子红清点着动物，选一些好侍弄的留下，又把各种动物的习性，一一交代给顺娣，顺娣一一记在本子上。

第二天，李光早早把车开来，大家七手八脚装好车，麻子红打开车门，陈贤芬抱着小秀华，含泪和奶奶、姐妹、弟弟们告别。

汽车启动了，麻子红望着渐渐远去的贵阳，心里生出无限感慨——

漂泊他乡这么多年，家就像一条无形的绳索，时刻牵着他那颗忐忑的心。

也因有家这份牵挂在心，流浪的人们就不会寂寞，因为根就在他们的心里。

第九章　新生

1

满载着麻子红急切的心情，卡车从贵阳一路向北偏东行驶着，在进入河北吴桥的那一刻，麻子红心潮澎湃起来——郁郁葱葱的农田里，到处是张张笑脸；划破苍穹的号子，振奋了建筑工友的精神；迎风飘扬的五星红旗，把本已千疮百孔的小城，衬托得生机勃勃。

申庄，申庄也一定是这般景象吧！娘也一定会绽放灿烂的笑容，站在小院的门口，等着这个不孝的儿子归来。麻子红想着想着，车就开进了申庄，开到了赵家小院的门口。

那座老屋，就像饱经沧桑的老人，左边挑着月亮，右边挑着太阳，迎接着这个游子归来——麻子红终于到家了。他脸颊挂满思念的泪水，挂满幸福的泪水，挂满愧疚的泪水，终于回到了母亲的怀抱。

这时，屋子里传来一阵歌谣声：

柴归垛，粮归仓/手牵巴狗走四乡/走四乡，四乡走/江湖道上交朋友/一把筷子撒出去/吃喝穿戴不发愁……

麻子红听着听着，就破涕为笑了：这歌谣，想必是狗剩儿教的吧？要么小泉涛也不会呀！

嘀！嘀嘀！汽车喇叭叫着，像是传递情报的电波。

韩凤武从屋里走出来。身后，爱娣儿、月娥搀着刘氏，颤巍巍地走出来。最后是狗剩儿和小泉涛。

刘氏穿着一身黑衣裤，银发散发着光芒，她一只手向前探寻着，一声声呼唤她仅剩的儿子："小福，小福，俺的儿呀，你可回来啦！"

麻子红几步跨过去，扑通一声跪下来，颤颤地叫了一声："娘！不孝儿子小福回来了……"

刘氏颤抖着双手，顺着麻子红的头往下摸，当双手抓住麻子红的手，就用力要拉起麻子红："俺的小福啊，你可受苦了！"

麻子红扑到刘氏怀里，满怀愧疚地说："娘，小福不孝，对不起您。您是打是骂，俺都随您。"

刘氏抱着麻子红，边拍打麻子红后背，边流着泪说："回来就好，回来就好！只是苦了爱娣儿，你可不能丧良心啊！"

麻子红抬眼注视着爱娣儿。

当年，那个梳着两条大辫子的爱娣儿，那个一说话就脸红的爱娣儿，怎么变成了齐耳短发、落落大方、经风历雨的姑娘了？哦，对了，爱娣儿不是参加革命了吗？革命者和家庭妇女就是不一样！至于哪不一样，麻子红一时说不清楚。不过，他的内心是波澜起伏的——爱娣儿苦守着灵牌，照顾着自己的娘亲，为这个风雨飘摇的家，吃了多少苦，挨了多少累呀！

麻子红心里满是感激，很想对爱娣儿说点什么，可爱娣儿却移走了目光，像是有意躲避什么。唉——算了，来日方长，慢慢再报答她的恩情吧！

大家簇拥着刘氏进了屋，韩凤武抢先介绍了陈贤芬，陈贤芬冲刘氏行跪拜大礼后，韩凤武拉着陈贤芬冲爱娣儿说："以后，咱姐儿仨好好相处，一起照顾当家的。"

陈贤芬怯怯地叫了声姐姐，爱娣儿只是笑而不答。

刘氏盘腿坐在炕上，立马接过话茬说："小福啊，光技大棚沉江那会儿，要是没有爱娣儿，这个家早就散啦。"

月娥也说："他老叔，你可不能亏了爱娣儿呀！"

无论谁说什么，爱娣儿只是低垂眼帘，默默不语。

麻子红瞅着爱娣儿激动地说："谢谢你照顾娘和嫂子。以后，这个家由你管，凤武和贤芬都尊你为姐姐。"

爱娣儿咬着嘴唇，又摇了摇头。这时，一阵哈哈声传来，伴随着拐棍蹾地声，一个年过半百的老人，大大咧咧地走进来："哈哈……小福啊，你还活着呀？这真是老天开眼啊！"

麻子红眼前一亮，惊喜地叫了声："大哈叔！"

赵保有依然那么爱笑，大大咧咧的性格一点没变，只是外形有点老态龙钟，少了当年的威武。赵保有凑到麻子红身边，上上下下地打量着他，眼里含着混浊的泪水说："活着就好，活着就好啊！唉，可惜了光技大棚，可惜了老九和海河，可惜那一棚子的人了！"

赵保有提起这个话头，气氛立马凝重起来，想起逝去的辉煌和伙伴，众人不免唏嘘不已。接着，麻子红借这个话头，把这一路的坎坷、一路的风景、一路的辛酸和遭遇，像竹筒倒豆子——干脆利索、不藏不掖地倒了个干净，惹得大家哭一阵儿笑一阵儿。特别是开了动物园以后，他们的生活是吃甘蔗上楼梯——一步比一步高，一步比一步甜。说着说着，说到了师父赵保山，大家都说没赵保山这个严师，就没有麻子红的今天。

提起赵保山，赵保有不觉长叹一声。

麻子红从这一声长叹中，似乎听出了什么，立马冲赵保有问道："大哈叔，俺师父咋样？"

赵保有又长叹一声："唉——早走了。这一晃啊，都十个年头啦。"

听到师父赵保山辞世，麻子红心里更加难过，他起身来到供桌前，韩凤武和陈贤芬紧随其后。摆上了香蕉和苹果，麻子红便率先跪下，韩凤武跪在左边稍后，陈贤芬跪在右边稍后。麻子红左手拈香，按照从左向右的顺序，插上了三根香，说道："礼请祖先前来广受香烟。"接着冲牌位磕了三个响头，给爹爹赵保真，给师父赵保山，也给光技大棚的遇难者。

翌日，麻子红的大姐、二姐携家人，一大早就赶了过来。邻里乡亲也纷纷前来问候。亲人相见，自然是喜极而泣。乡亲见面，也是问长问短。最终，大家都为麻子红庆幸，庆幸他大难不死、必有后福；庆幸他几番遭受劫难，又几番又走出险境；庆幸他满载声望荣归故里。

这一天，人们聚聚散散、分分合合，完全沉浸在重逢的欢乐中。

夕阳红了大地的时候，两个姐姐携家人离去了，邻里乡亲也都纷纷告别，李光则去了吴桥县城，要好好感受一下吴桥杂耍，并与麻子红相约申庄。因为，吴桥一别，他们今生是否还能相见，还真是个未知数。

赵家终于安静下来。

麻子红坐在炕沿上，刘氏坐在炕头上，母子俩手拉着手，一直说着贴心窝的话。

刘氏说："小福啊，别怪娘啰唆，爱娣儿可是个好闺女，你可不能丧良心哪！"

麻子红说："娘，您老就放心吧。"

刘氏说："今儿个，你都有了三房，加上大嫂、狗剩儿和俺这个老不死的，这屋子就住不下了，你看是不是得盖新房啦？"

麻子红说："娘，咱盖，明天俺就张罗，盖青砖到顶的新房，让您亮亮堂堂、宽宽敞敞地过日子。"

刘氏连声说："好啊好啊，咱赵家有盼头啦。"

麻子红又说："娘，咱盖大房子，娘自个儿住一间，大嫂和狗剩儿一间，爱娣儿一间，凤武和小泉涛一间，贤芬和小秀华一间，俺也自个儿一间。咱再盖两栋厢房当作动物园，还要置办个大棚，这个家就齐整啦。"

刘氏说："干这些事，那钱够吗？"

麻子红说："娘，这都是俺的心愿，这回总算能实现啦。"

可麻子红只想到了报恩，却没想到韩凤武、陈贤芬给爱娣儿带来的伤害。爱娣儿是共产党员，她怎么能和别人共享一个丈夫？

所以，在麻子红计划盖房时，爱娣儿表示不用考虑她。刘氏感到不解，她边摆手边说："爱娣儿，别乱说话，你跟俺受了不少苦，也该享点福啦。"

爱娣儿摇摇头说："娘，俺是党员，是妇女干部，俺不能违法呀！"

刘氏说："这男人娶个三妻四妾的，那是天经地义，啥法能管得着？"

爱娣儿又说："娘，新中国成立了，有了《婚姻法》，实行一夫一妻制。现在，凤岐回来了，又有了妻室，俺咋能赖在这儿呢？"

听爱娣儿这么一说，刘氏急得直搓手："这话咋说的，爱娣儿，俺不能亏待你呀！"

月娥在一旁直点头，她多想把爱娣儿留下呀！

麻子红说："爱娣儿，是俺亏欠你的，容俺慢慢还吧。"

韩凤武说："姐姐，你别走啦，我和贤芬都听你的，这还不成吗？"

爱娣儿摇头说："不行。《婚姻法》五月一日就要实施了，俺必须带头执行。再说了，现在妇女解放了，不再是男人的附属品，婚姻也要独立自主。"

爱娣儿有些激动，脸涨得通红。

麻子红看着爱娣儿，不由得点了点头。

爱娣儿又转向麻子红说："凤岐，俺的私事说完了，也该说说公事。你也知道，俺是负责妇女工作的。现在，形势你也该清楚，一夫多妻肯定不行，你总得做出最终的选择。俺是退了，那还有凤武、贤芬呢，谁去谁留，总得有个说法呀？除了这事，俺还得说一句，在这个节骨眼上，你还想办动物园、盖房和置大棚，还想着去闯荡？你真该收收心，在家陪陪娘。再说，俺也不想让你脱离无产阶级。"

爱娣儿的话，就像一记记重锤，敲在麻子红心鼓上。此时，麻子红又想起了泥抹工会，想起了工友们说的话。虽然他对新政府不了解，但爱娣儿的话和泥抹工会如出一辙，这不能不引起他的重视。作为江湖艺人，他也是穷苦出身，是靠卖艺养家糊口，和地主、资本家不沾边儿，应该是共产党的保护对象啊。

麻子红内心发紧，也无心劝说爱娣儿，就催促大家休息。他要好好想一想，想一想自己的走向。

月娥、爱娣儿、陈贤芬和小秀华去了西屋，麻子红、刘氏、韩凤武和小泉涛就在东屋睡下。

夜色笼罩了苍茫大地，也笼罩了刘氏的心。她怎么也想不明白，男人娶个三妻四妾的，这为什么不行？她像烙饼似的，翻来覆去睡不着，就冲麻子红唠叨："小福，别的俺不管，反正你得把爱娣儿留下。"

麻子红嗯了一声，陷入了沉思，他思考着过去、现在和未来。

第二天一早，爱娣儿起来收拾东西，这让一家人感到不安。刘氏坐在炕上抹眼泪，麻子红坐在那儿阴着脸，月娥急得直转圈，陈贤芬无奈地摇摇头，只有韩凤武凑到爱娣儿跟前，试探着问道："姐姐，你真的要走？"

爱娣儿点了点头。

韩凤武又问："咱姐儿仨都是先进门的，那法律也能管得着？"

爱娣儿说："这是规矩，谁也破不了。不光是俺，就是你和贤芬，也该琢磨琢磨了。"

韩凤武一听这话，心里咯噔一下，脸色立马就变了。爱娣儿自己要离开，这事怎么都好说。陈贤芬呢，是自己死缠烂打才弄进家门的，又那么贤惠，麻子红不可能舍弃她。之后，就是和尚头上的虱子——明摆着。离开这个家的，只能是自己。她怎么能甘心呢？但是，不甘心又能怎样？对，那就把小泉涛丢给麻子红，看他到时候怎么办！想到这儿，她四处张望一下，未见小泉涛的身影，就挺着肚子出了屋。

毕竟，小泉涛是自己身上掉下来的肉哇！

看韩凤武出了门，陈贤芬也想起了女儿，她去找小秀华了。

屋里只剩下刘氏、麻子红和爱娣儿，刘氏就哭出声来，那哭声悲悲切切："小福，做人不能昧了良心。要是没有爱娣儿，俺和你大嫂、狗剩儿还能活到今儿个？"

麻子红站起来，冲爱娣儿信誓旦旦地说："爱娣儿，俺不能对不起你。你说啥就是啥，俺休了凤武和贤芬。"

爱娣儿一下愣住了，她没想到麻子红会这样说。

刘氏说："小福啊，这就对了。你瞅瞅那个韩凤武，哪能比得上爱娣儿？"

爱娣儿表情严肃地说："不，俺去意已决。至于凤武和贤芬，你留谁不留谁，那是你的选择。"

麻子红说："爱娣儿，请给俺一次机会，让俺好好报答你。"

刘氏说："是啊，爱娣儿，俺舍不得你。"

爱娣儿说："不。娘，您要是舍不得俺，俺就做您的干女儿，您看咋样？"

爱娣儿口气坚决，刘氏感到无奈，止住了哭声，连连点头说："唉！强扭的瓜不甜。爱娣儿，你就是俺的亲闺女。"

爱娣儿扑通一声跪下，冲刘氏磕头说："娘，您就是俺的亲娘。"

刘氏说："好好好，小福，快扶你妹妹起来。"

麻子红站起身来，爱娣儿却冲他摇摇头。早饭后，爱娣儿背着包起身了，麻子红默默地相送，韩凤武拉着她的手说："爱娣儿，咱无缘一起伺候当家的，但这儿是你的家，你要常回来呀！"

爱娣儿抿嘴笑了笑，冲韩凤武点了点头。

陈贤芬叹了口气，冲爱娣儿关切地问："姐姐，你在哪落脚呢？"

爱娣儿抿一下嘴说："放心，妇救会有宿舍。"

刘氏说："爱娣儿呀，你要常回来呀。"

爱娣儿眼睛一红，深深地给刘氏鞠了一躬："娘，俺会常回来看您的。"

爱娣儿背着包走了，也带走了麻子红的心。但麻子红不明白，那是一种什么感觉，是眷恋？是愧疚？还是其他什么？

2

麻子红扶着刘氏刚想进屋，院外便传来了呼喊声："小福！小福！"

麻子红一回身，见两个高个儿男子如松柏般挺拔，如阳光般灿烂，迈着如飞虎般的健步走进院子。麻子红心中狂喜，叫了一声："师兄！"

来人正是小淘和小亮。

小淘用胳膊一拐小亮说："咋样，俺说能认出来吧。"

小亮哼了一声："你啥都对，行了吧？"

小淘一摆头，额前那缕头发就甩到头顶，又向麻子红伸出双手，麻子红也伸出手去，两双手紧紧地握在一起。小淘打量着麻子红说："小福，壮实啦，英俊啦，成大人啦。"

小亮则伸出右拳，捣一下麻子红说："小福啊，听说光技大棚沉了，都以为你不在人世了，俺和师兄大醉一场，整整痛哭了大半宿。"

麻子红眼里溢出了泪水，他握住小淘的手哽咽着："还好，俺们都活着，都活着就好。"

小淘抽出手来，把麻子红揽进怀，小亮也凑了上来，三个人拥抱在一起。

哥儿仨感慨了一番后，一同走进屋来，讲起了各自的经历。

原来，麻子红跟着光技大棚西征，小淘和小亮依旧背着道具，继续四处撂地儿的生活，怎奈两个人不会卖口，其收入也只能勉强糊口。后来，两个人厌倦了奔波，就回到家中务农，过着食不果腹的日子。再后来，受到进步青年的影响，他们也参与了抗日活动。解放后，吴桥县政府筹建文化馆，两个人被吸纳进去，此时，正在为筹建工作而奔波。

说起过往，那心酸、艰辛、屈辱，那不懈、抗争、坚持，让麻子红、小淘和小亮泪光闪闪，又为当下的新生活而庆幸。

说到当下，小淘神情郑重地问："小福，今后有啥打算？"

麻子红说："置办大棚，闯荡天下。"

小淘、小亮不约而同地点点头，又摇摇头。

麻子红又说："师兄，你知道俺的理想，就是拥有自个儿的大棚，带着大棚闯荡天下，让全国、全世界都知道吴桥杂耍。"

小淘说："小福，俺俩今天来，就是要和你商量这个事。"

小亮说："小福，置办大棚，也不是不可以，但你得到县里登记注册。可俺想，你闯荡这么多年了，就不想在家陪陪老娘？再说了，现在是新政府，共产党把艺人当艺术家来对待，你就不想跟着共产党干？"

麻子红说："其实，俺也在犹豫。泥抹工会、爱娣儿，他们都怕俺脱离了无产阶级。俺自个儿的钱，置办个大棚，咋就脱离了无产阶级？"

小淘说："小福，你误会了。国家提倡公私合营，你的财产，可以交给国家的艺术团体，但给你股账，按股账给你分红。"

小亮说："对，现在正在对艺人进行登记，然后进行整合，统一命名艺术团体。就算你置办大棚，也是吴桥县某某马戏团。"

麻子红哦了一声，心中顿感轻松起来，心想：就说嘛，都是穷苦出身，靠自己的技艺赚钱，怎么就脱离了无产阶级？

看麻子红听得认真，小淘又说："师弟，俺们这次来，是想邀请你加入吴桥县文化馆，不知你是咋想的？"

麻子红说："俺行吗？"

小淘点头说："咋不行？新中国刚刚成立，百废待兴，各行各业都在抓人才。你凄风苦雨的，饱尝了苦难，也积累了丰富的经验，县文化馆需要你。"

小亮说："你进了文化馆，挣着国家工资，就是国家的人啦。"

小淘说："是啊，咱师兄弟一起研究和推广，把吴桥杂耍发扬光大，这和你的理想相辅相成啊。"

小亮说："你成了国家的人，你的动物也可以入股，这岂不两全其美？"

这番交流，激起了麻子红心底的波澜，他略微沉思一下说："师兄，让俺好好想一想，明天给你们答复。"

小淘说："好。不过俺劝你，千万别做错误的决定啊。"

小亮也说："小福，你要向二哥和爱娣儿学习，做对国家有用的人。"

提到爱娣儿，小淘想起了一件事，他抬眼看看门外，附在麻子红耳边说："小福，俺得提醒你，你有三房女人，这可不行啊！自古以来，只有地主老财才有三妻四妾。这件事，你要好好琢磨琢磨。"

小淘、爱娣儿都说这件事，这让麻子红意识到了问题的严重性。他想，这事，真该好好想想。

这一夜，麻子红又似在烙饼。他翻过来是韩凤武，翻过去是陈贤芬；再翻过来是大棚，再翻过去是文化馆。他翻来覆去的，在韩凤武和陈贤芬、文化馆和大棚之间反复权衡着，直到晓星即将消失在东方地平线时，他才做出最终的决定——加入吴桥县文化馆。

小淘和小亮得知消息，都兴奋得跳了起来，甚至还挥舞了一下拳头。小淘带着麻子红，来到文化局局长办公室，见了热情开明的安局长。安局长握着他的手说："麻子红，名扬四海呀！"

麻子红激动地说："安局长，过奖过奖。"

安局长又说："实事求是嘛。你可是吴桥著名的艺术家呀！不过，这些年你受苦啦。现在，新中国成立啦，有共产党的关怀，你就好好干吧，要为吴桥人增光添彩呀！"

麻子红点点头说："俺一定好好表演，为家乡争光。"

安局长摇摇头说："麻子红，你不仅要演好，还要教好。要培养更多更好的艺术人才，为新中国的杂耍事业做贡献。"

麻子红郑重地说："局长，请放心，俺一定当好老师，教好孩子们。"

从吴桥县文化局出来，麻子红一直很兴奋。从七岁开始闯荡江湖，他饱受白眼和歧视，尝尽了苦难和流离之痛。从艺多年，他第一次感受到了被尊重。他感激小淘和小亮，感激他们把自己引上了一条新的路途。

麻子红觉得，天是那么高那么蓝，地是那么阔那么美。一时间，他对未来充满了向往，向往美好的生活，更向往新的人生。他笑容灿烂，走进了家门，便看到爱娣儿坐在刘氏身边。

爱娣儿站起身来，冲麻子红说道："哥，这么兴奋，有啥好事？"

麻子红笑着说："俺到文化馆工作了。"

爱娣儿点点头说："哥，俺有事和你商量，你看……"

麻子红似乎心有灵犀，让韩凤武和陈贤芬回避，然后冲爱娣儿笑着说："妹妹，是不是她们的事？俺正想找你商量呢。"

爱娣儿说："哥，俺这回是受组织委派，来和你谈这个事的。"

麻子红说："俺昨晚就想好了，但想听听你和娘的意见。"

刘氏说："就小秀华他娘了，她懂事、勤快，又贤惠。可是，俺还是想，爱娣儿最合适。"

麻子红说："娘，别再提这个茬了，她已经是俺妹妹了。"

刘氏说："咋说，她也守过你的灵牌。"

麻子红说："娘，恩情俺记着，别的不要提了。"

刘氏撇了撇嘴，不再说话了。

月娥说："俺同意娘的意见。可小福，婚事是你自个儿的事，过日子也是你自个儿过，你可要选个遂心的。"

爱娣儿说："哥，这个主意还得自个儿拿。"

麻子红说："俺也想好了，就按娘的意思办。"

就这样，麻子红选择了陈贤芬。

既然选择了陈贤芬，麻子红就得跟韩凤武摊牌。韩凤武被叫进屋来，麻子红说了自己的决定，尽管她已经料到了这个结果，可还是大哭起来："麻子红，当年要娶我的是你，现在要休我的也是你，你这是往绝路上逼我呀！"

麻子红说："凤武，这是没办法的事。国家不兴这个，你有啥条件，就提出来，俺尽可能满足你。"

韩凤武说："我没啥条件，我也不离开这个家。"

麻子红说："你必须离开。要不，你在这儿算个啥？"

韩凤武说："我做丫鬟，伺候小泉涛和娘。"

麻子红说："那可不行。那是剥削，俺不能当地主老财，俺不能脱离无产阶级。这个家不能留你，就这样定啦。明天，让李光拉你回重庆。"

麻子红不想纠缠下去，站起身走了出去，留下韩凤武趴在炕上大哭。

爱娣儿拉着韩凤武的手，把她搀扶到了西屋，又劝说了好一阵子。

中午，陈贤芬把饭菜端上桌，看韩凤武一直没露面，就到西屋去请韩凤武吃饭。一进屋，一股血腥味扑面而来，陈贤芬顿时一愣，几步来到韩凤武身边，看到炕上有一摊血迹。

陈贤芬壮着胆子叫道："姐姐，你醒醒！你醒醒啊！"韩凤武没有应声，陈贤芬转身就往出跑，她边跑边大叫："来人哪，姐姐自杀啦！来人哪，韩凤武自杀啦……"

听到喊声，麻子红、月娥、爱娣儿咚咚咚地跑出来，小泉涛边喊着妈妈，边跑向西屋，却被爱娣儿一把抱住。

麻子红冲进西屋，一下子跳到炕上，把韩凤武抱起来。韩凤武脸色惨白，左手腕淌着血，右手的剪刀当啷掉下来。

陈贤芬转着圈说："这咋说的，咋就出人命了呢？"

月娥呜呜地哭起来。

爱娣儿把小泉涛交给刘氏，转身跑进了西屋，拽过了一条毛巾，把韩凤武的伤口扎住。

麻子红抱着韩凤武，拼命往苏先生家跑。

苏先生为韩凤武把了脉，又颤抖着胡须说道："谢天谢地，幸亏发现早。俺给她敷上药，就回去养着吧。"

苏先生配了药，也止住了血，韩凤武也醒了。苏先生又交代一番，麻子红才搀着韩凤武回了家。

半路上，韩凤武肚子疼起来，爱娣儿赶紧去叫接生婆。这一天，是《中华人民共和国婚姻法》实施的日子，也是小秀云诞生的日子。

经过了自杀的风波，特别是又有了小秀云，麻子红不敢轻举妄动，只求爱娣儿多多劝说，缓解韩凤武的情绪，平稳解除双方婚约。为此，爱娣儿从法律的角度、从妇女的解放、从一夫一妻制的好处入手，晓之以理，动之以情，慢慢地缓解了韩凤武的心劲儿，但她还是担心被休掉以后，带着孩子不好嫁人。为此，爱娣儿敞开宽阔的胸怀，一再表示愿意收养小泉涛和小秀云。

韩凤武心想，留是留不住了，当初虽是麻子红要娶她，但结婚后平静如水的生活，表露了麻子红的心——他并不爱自己。没有感情地生活在一起，莫不如分道扬镳。罢了罢了，还是回重庆吧！

韩凤武拿定了主意，心绪也就放下了。至于儿子小泉涛、女儿小秀云，只能留给爱娣儿收养了。接下来她要养好身体，好跟着李光一路颠簸回重庆。

韩凤武平静了，爱娣儿、月娥、陈贤芬轮流伺候着，乌骨鸡、黑芝麻、龙眼肉、核桃、鸡肉、猪肝、赤豆等，交替着给她吃，真可谓是无微不至，韩凤武倒也心生感动。

这一天早上，韩凤武含着眼泪，恋恋不舍地告别一双儿女，爱娣儿、月娥、陈贤芬、刘氏和麻子红出来送行。当韩凤武踏上车的那一刻，小泉涛哭叫着扑过去，嚷嚷着叫妈妈留下来。韩凤武抱着小泉涛哭成一团。

爱娣儿走上前去，抱过小泉涛说道："好孩子，听话。妈妈过一段时间就回来看你。"

小泉涛伸着一只手，不停地喊着妈妈，喊得大家心里酸酸的，像是打翻了五味瓶，陈贤芬不忍看下去，立马转身背过脸去。月娥也泪眼婆娑，刘氏更是老泪纵横。韩凤武看看爱娣儿怀里的小泉涛，看看陈贤芬怀里的小秀云，看着看着，她毅然转身上了车。

李光拥抱着麻子红，麻子红再三叮嘱，然后双双松开了手，李光转身钻进驾驶室。卡车载着遗憾，载着惆怅，载着未来，载着希望，一路颠簸着向重庆驶去。

尽管麻子红再三挽留，陈贤芬也再三规劝，爱娣儿还是抱着小秀云，领着小泉涛，住进了妇救会的宿舍。

麻子红终于静下心来，到县文化馆报到了。

县文化馆坐落在城关镇，有砖木结构平房二十四间，分别设有图书、文物、文学、群艺、美术室等。群艺室摆着三张办公桌，是麻子红、小淘和小亮三个师兄弟的，他们平时在这儿办公，早晚则在游艺室练功，兄弟们一起相伴，坚持练功，研究技艺，好不快活。

有时，麻子红也去看看小动物，那毕竟是他的牵挂呀！漂泊他乡，是这些动物给了他精神上的慰藉、经济上的保证。今天，虽说公私合营，动物园也有专人管理，他还是要看看"老朋友"。

麻子红最倾心的，要数他的弟子们。

文化馆开馆后，便以文告昭示公众：吴桥县文化馆面向社会，招收有志于杂耍艺术的少年为吴桥县杂耍班学员。文告一经贴出，报名者十分踊跃。麻子红师兄弟三人精心挑选了十个孩子，作为第一批学员。麻子红亲自任教，悉心教导孩子们，为培养吴桥杂耍后备力量，他铆足了劲儿。

值得一提的是，小泉涛也在学员班里。

不同的是，这些孩子不会再承受练《踩鸭子》《别竿子》《吞蛇》那样的苦啦。国家文化部下发文件，要求各地对旧社会遗留的杂技节目进行清理，取缔了一些低级、庸俗、恐怖、残忍的，对演员身心健康有害的节目。

那么，怎样才能吸引观众的眼球呢？看来只有创新。麻子红除了训练学员的基本功，就是研究中西方文化的交融，特别是卓别林的"拄文明棍""撇八字脚走路""踮屁股走路"，以及西方的音乐舞蹈、口技与中国的"顶功""跟头功"有机融合，首创了"卓别林专场滑稽"，可连续演出四十多分钟。

一晃，新中国成立快一周年啦。

这一天，麻子红带着孩子们练功，狗剩儿气喘吁吁地赶来。转眼间，狗剩儿已经长大，成了扫盲班学员，一天也是忙前忙后，很少和麻子红见面。

狗剩儿满脸汗水，离老远就说："老叔，俺娘让你回去一趟。"

麻子红迎上来，冲狗剩儿问道："看把俺大侄子累的。你知道不，叫老叔回去干啥呀？"

狗剩儿喘着气说："是小秀华的二妈来啦。"

麻子红赶忙捂上狗剩儿的嘴，又特意回头看看小泉涛。小泉涛依旧认真地练着功，那一招一式还真像回事。

麻子红回转身来，略略地沉思一下，觉得韩凤武回来，一定是她反悔了。要真是这样的话，莫不如就躲着点。于是，他皱着眉头说："你快回去吧，跟你娘说，俺忙着呢。"

狗剩儿说："老叔，俺娘让你必须回去。"

老嫂比母哇！麻子红觉得无奈，反过来一想，就算韩凤武反悔，那也得面对不是？再说了，一个多月没回家，也该回去看看老娘了。

他回到办公室打招呼，说要回家去看看。

小淘嘱咐麻子红，让他早点回文化馆，说文化局有任务，要抓紧研究一下。麻子红嗯了一声，人已跑出了办公室。

麻子红一进院门，看见李光坐在那儿，一边聊天一边喝茶，就兴奋地扑了过去，紧紧地抱住李光。

李光说："麻子红，没想到吧？咱们又见面啦。"

麻子红说："是你陪着她回来的？"

李光说："咋的，不应该？"

麻子红尴尬地说："不，不是。俺只是奇怪而已。"

韩凤武说："麻子红，我决定留在贵阳。"

麻子红一愣："贵阳？你不回重庆？"

陈贤芬说："哎，人家和李光结婚啦。这次，是来接小泉涛和小秀云的。"

麻子红恍惚了一下，那是轻易不被察觉的恍惚，也仅仅那么一下。然后他强装笑脸地说："哦，恭喜！恭喜！只是……"

韩凤武说："只是啥？"

麻子红说："只是你不能把他们接走。"

韩凤武焦急地说："为啥呀？"

麻子红就把文化馆招生，小泉涛如何过关斩将，一路杀进吴桥杂耍班，一五一十详详细细诉说了一遍，并强调对于孩子的成长，这是十分难得的机会，希望韩凤武能够给予理解，更希望韩凤武从心底支持。

韩凤武坐在那儿沉默不语。

"还有，"麻子红又说，"小秀云也不能带走。因为，你以后也不可能练杂耍了，她还是要从事杂耍的。"

李光瞅瞅韩凤武，又看看麻子红，认认真真地说："按说，我不该插嘴，毕竟你们是孩子的爹娘。可我，和麻子红是好朋友，现在又是凤武的男人，就冒昧地说点我的想法。当娘的想孩子，这是人之常情。当爹的留孩子，也是合情合理的事。从孩子的成长考虑，那是无可厚非的。凤武，你说是吧？"

韩凤武抬起泪眼，冲着李光点点头。

陈贤芬看到这个局面，这才大着胆子问道："姐姐，不知我奶奶可好？我姐姐和弟弟妹妹们都咋样？"

韩凤武苦笑了一下："你看，我光想着小泉涛和小秀云，都忘了你的家信。"她说着，就在挎包里翻出一封信："给，这是你姐姐给你的信。"

陈贤芬接过信来，翻过来调过去地看，又无可奈何地摇头。

麻子红说："让狗剩儿念给你听。"

月娥连着声喊狗剩儿，却不知狗剩儿已回了学校。

韩凤武就说："妹妹，奶奶身体好。你姐姐毕业啦，正在找工作。动物园也好，日子过得去。弟弟妹妹也好，你就放心吧。"

陈贤芬一听，脸都笑成了花儿。

在申庄住了两天，韩凤武带着小泉涛和小秀云，尽情地享受着亲情。只是，离别之痛是免不了的。所以，在小泉涛到文化馆练功时，韩凤武和李光恋恋不舍地离开了申庄。

送走他们之后，麻子红想起了小淘，立马赶回了文化馆。在群艺室里，小淘和小亮正说着什么，见麻子红走进来，小淘就摆手叫道："小福，你回来得正好，俺俩正在说国庆的事。"

麻子红问："准备咋庆祝哇？"

小淘兴致勃勃地说："小福，县里要举办系列庆祝活动，叫群艺室准备一台杂技节目，县政府相关领导还要来看。"

麻子红眼睛射出一道光，这么长时间的教学，终于可以检验一下成果啦。还有小淘、小亮和自己，也想伸伸胳膊动动腿儿。他站在小淘面前，口若悬河，把节目怎么开场亮相、怎么抓住眼球、怎么贯穿滑稽，绘声绘色地描述了一遍，说得小淘、小亮热血沸腾。

小淘汇报了演出方案，得到了安局长认可。

一九五〇年九月三十日，吴桥县城关镇北侧，一座可容纳千余人的大棚外，阳光灿烂、彩旗飘飘、人声鼎沸，一些建筑物的墙壁上，张贴着"中华人民共和国万岁！""中国共产党万岁！""毛主席万岁！"的标语。大棚内，布置了灯光和布景，还有铜管乐器伴奏。

这一天，麻子红身穿演出服装，要亲自表演《爬刀山》，这也是他第一次独立完成这个节目。

麻子红将亲自登台，这消息传遍了吴桥，人们纷纷前去抢票，都想一睹麻子红的风采。

上午九点，领导们一一入座，杂耍表演正式开始。

弟子们表演了《扛竿》《晃板》《椅子顶》《叼花》《平腰子》，又表演了《走钢丝》《钻木桶》《砸楼子》《空中飞人》等节目，麻子红、小淘和小亮也穿插其中表演，引爆了全场的气氛。

麻子红和小淘表演了《倒吃大菜》。这节目，他们早年就合作过。现在，麻子红融入了滑稽动作，有效地提高了喜剧效果，不时引起全场的笑声，连前排的领导们也都大声叫好，跟着大家热烈鼓掌。

小淘和小亮的《刀门子》，也博得了观众的喝彩。

还有麻子红、小亮合作的《中幡》《水流星》，把全场的气氛推向了高潮。接着就是《高空车技》，麻子红在一根钢丝上，把高车骑得出神入化、扣人心弦，而他的滑稽动作，更是逗得观众捧腹大笑。

要说最惹人发笑的，要属《卓别林专场滑稽》啦。在弟子们西式舞蹈的配合下，麻子红身着短小黑衣、大肥黑裤，头戴黑礼帽，反穿黑皮鞋，时而挂着文明棍儿，时而撇着八字步，时而跩着屁股走路。而在这期间，他时而不慎跌倒，时而吞吐着烟圈，时而耍着文明棍，简直是卓别林的翻版，把观众笑得前仰后合，实现了他借鉴西方艺术、提振吴桥杂耍艺术的梦想。

最后，观众在惊心动魄之中，欣赏了《爬刀山》的技艺。在小淘、小亮的配合下，麻子红完成了一个个高难度动作，他一步一步向上攀缘，最后爬到大杆的顶尖。在离地面六丈的高空，大杆微微地摆动着、摆动着……哇，好险哪！而麻子红呢，却在大杆的顶尖上，表演完"顺风扯旗"，又表演"老鳖大晒盖"，最后竟是"燕子投井"，《爬刀山》完美收官啦。这一套干净利落的动作，令全场爆发出经久不息的掌声。

演出落下了帷幕，全场观众站起来，用掌声表达敬意。

前排领导走上舞台，一一和演职人员握手。走到麻子红面前时，文化部对外联络部副部长张福忱紧紧握住麻子红的手说："嗯，了不起！既摒弃了低俗不堪的东西，又将中西文化融会贯通，把吴桥杂耍提升到了一个新的高度，实在是了不起呀！"

麻子红羞涩地说："谢谢领导关怀！"

张副部长说："不久的将来，你们要承担起普及、推广的责任，要带动全国一起往前走。"

麻子红点点头："请领导放心，俺会加倍努力。"

这时，陪同张副部长视察的中共吴桥县委书记刘干走上前，他握住麻子红的手说："麻子红，好样的！谢谢你为吴桥争光。你要记住张副部长的嘱托，为吴桥的杂耍事业，为新中国的杂耍事业，要尽心尽力，不辱使命啊！"

麻子红眼含泪水说："刘书记，您放心吧，俺绝不辜负党的期望。"

这一天，麻子红始终处在感动之中。他想跳起来，他想冲着天空大喊，他想向全世界宣告：他钟爱的杂耍艺术，就在这一幸福时刻，终于开花结果啦。而且这鲜花是那么灿烂，是那么充满诱惑力……

3

一九五〇年九月十三日，所谓的"联合国军"在仁川登陆了。从此，朝鲜战争出现了戏剧性变化。"联合国军"从釜山发起进攻，金策大将指挥朝鲜人民军，在洛东江与之对峙了六天，但还是像溃堤的洪水，哗啦啦地一泻千里。

为此，中国人民志愿军，以雄赳赳气昂昂之势，迅速地跨过鸭绿江。

这期间，麻子红和广大青年一样，满怀报效祖国的热情，以各种形式抗议美国的侵略行径。

一天，城关广场熙熙攘攘。麻子红上前一看，原来是反侵略签名活动。麻子红二话没说，自愿排在了长龙后面，在太阳下足足排了两个小时，才郑重签下"赵凤岐"三个字。

转眼到了一九五一年五月。

又是城关广场。麻子红挤在队伍里，手里攥着当月薪水，郑重地投进捐款箱。仅这一次，吴桥人民为了抗美援朝，就捐了二十三亿多元（旧币）。

麻子红捐款后挺胸阔步走进了办公室，惹得小淘、小亮一愣神儿，继而又扑哧一声笑出来。

小淘说："小福，咋啦？咋就像个当兵的？"

麻子红说："有吗？还不是老样子。"

小亮说："得了吧，硬邦邦的，一点都不自然。"

师兄弟正说着，就听有人敲门，随着一声请进，邮差走了进来。

邮差把报纸放在桌上，丢下一句"再见"，转身走出办公室。麻子红抓过一张《人民日报》，坐在那儿看起来。他看着看着，便放下了报纸，竟然暗自落下泪来。

小淘不以为然，一边抢过报纸，一边数落麻子红："刚才还阳光灿烂，现在又阴云密布。咋的，你成变色龙啦？"

麻子红说："你看看就知道了，俺是变色龙？你也好不到哪里去。"

麻子红这么一说，小淘就翻起报纸来。

麻子红、小淘、小亮都是艺人，从小就翻跟头打把式，谁都没上过学，怎么看上报纸了呢？嘿，这得益于新中国啊！新中国成立后，县成立扫盲办公室，办起了扫盲班，男女老少夜以继日，短时间脱了盲，大家能读书、看报、记账、算账了，简直就是奇迹。

小淘一翻报纸不打紧，一个通栏标题惊呆了他——《人民艺术家常宝堃血洒疆场》。他迅速地读着……继而，也默默地哭起来。

小亮拿过报纸一看，也忍不住为之扼腕。

原来，天津曲艺团的常宝堃听说赴朝慰问团组建曲艺大队，感觉这是报效祖国的机会，就找到市文化局表示：他虽不是拿枪的战士，但可以用相声慰问最可爱的人！局长说没有名额，常宝堃哪里肯信？于是就软磨硬泡，非得让局长到上边去说说。

终于，组织批准了他的申请，还任命他为曲艺队副队长。

接到这个消息，常宝堃高兴极了，还跑回家与妻子喝了一杯，以表达他激动的心情。

常宝堃穿上军装，带领同志们跨过江，来到了朝鲜前线，频繁深入前沿阵地，为战士们演出相声。

　　一天黄昏，慰问演出刚刚开始，防空警报却突然响起。常宝堃和同志们一一钻进了防空洞。待到防空警报解除，再一次回到阵地时，才发现战士依然在阵地上。常宝堃感到很疑惑，就向部队首长询问，首长却说习以为常了。

　　从此，常宝堃就不钻防空洞了。

　　有一次，曲艺大队正在阵地演出，敌机突然飞来进行轰炸，队员们一一钻进防空洞。待到敌机飞走之后，搭档赵佩茹找到了他，而他正守着器乐道具呢。

　　赵佩茹责怪他不珍惜生命。

　　常宝堃却说："没有了道具，还拿啥演出？"

　　最后一场慰问演出时，战士们激动地非要听常宝堃的相声。常宝堃怎能扫了战士们的兴？就和赵佩茹又说了一段《新酒令》，赢得战士们满堂喝彩。

　　常宝堃说："给战士们演出，我这心里高兴。我多想为最可爱的人多演上几场啊！"

　　可谁又能想到，这竟成了他的遗言。

　　一九五一年四月二十三日，赴朝慰问团完成任务，他们在返回祖国的途中，住在只有几户人家的小村里。上午，常宝堃在山坡上，给赵佩茹说新创作的相声《揣骨相》，还有声有色地对词儿，准备回到天津就演出。

　　中午，四架敌机突然从南方飞来，有人跑出去躲避轰炸，常宝堃急忙站起来大喊："不要出去，别暴露目标！"

　　喊声未落，敌机哗哗地扫射起来，接着就投下了炸弹，房子里立刻充满了浓烟和焦臭，屋顶的茅草也噼噼啪啪烧起来……

　　赵佩茹从昏迷中醒来，浓烟已经消散，一团团火苗掉下来。此时，他顾不上自己的伤痛，一边往前爬着一边喊：宝堃——宝堃——你在哪？赵佩茹喊着、爬着，爬着、喊着……终于，他看到常宝堃躺在那儿，就迅速地爬过去，一把抱起常宝堃……

　　可是，常宝堃因后脑中弹，已经停止了呼吸。同时牺牲的，还有程树棠——一位优秀的琴师。

噩耗传来，举国震惊。

五月十二日，两位烈士的灵柩被护送回天津。

五月十五日，在马场道第一公墓殡仪馆，举行了隆重的公祭活动，前来祭悼的群众有三万多人。

五月十八日，天津市各界一万五千人为烈士送殡，浩浩荡荡的送葬队伍绵延了整条街道，天津市人民政府授予常宝堃人民艺术家、革命烈士的光荣称号。

常宝堃的英雄事迹，深深感动了麻子红，他擦干了婆娑的泪眼，站起身来就往外走。

麻子红匆匆来到文化局，气喘吁吁地推开局长的门。安局长坐在办公桌后，也在阅读报纸，听到有人推门进来，慢慢抬起头来说："是麻子红啊，干啥带着一股风啊？"

"局长，俺要求去朝鲜前线慰问。"

"哦，思想境界蛮高的嘛。"

"俺要实现常宝堃的遗愿，为前线将士多演几场。"

"好。还有什么要求？"

"俺想，让陈贤芬也去，去慰问最可爱的人。"

艺人殉国，国家厚葬。震撼的又何止麻子红一个人？马三立、李润杰、骆玉笙、常宝华、刘鹏……都一一报名，要求继承常宝堃的遗志，前往朝鲜前线，慰问志愿军将士。

一九五二年九月，麻子红的申请被批准，成为刘鹏任队长、马三立任副队长的曲艺队的一员。有趣的是，团员中还有妻子陈贤芬，万能脚的女儿金英子、金惠子。

在这个神圣而特殊的队伍里，麻子红能和陈贤芬、金英子、金惠子同行，自然是感慨万千，都为在黑暗中的挣扎、煎熬和幸存而感慨，为在温暖的阳光下获得新生而庆幸。

十月五日，赴朝慰问团曲艺大队跨过鸭绿江。而曲艺大队刚刚到达安东，就遭遇了美国飞机的疯狂轰炸，民房燃烧起熊熊大火，部分朝鲜群众伤亡，麻子红也被敌机撒下来的三角钉扎伤了脚。

这次大轰炸，被相声演员马三立编进了段子。到达前线第一场演出，马三立突然抖了一个包袱，还用廖承志的广东口音问道，在美机轰炸时，有丢帽子的没有？丢帽子的请举手。大家一时愣怔起来，竟无一人举手。正在你瞧我、我看你之时，他摘下帽子自问自答：你看，这是我的帽子，美机轰炸时，我一直戴在头上。咱们在北京、沈阳时，听说美机厉害得很，可以飞下来抓走人的帽子。这算嘛事嘛！他还没说完，大家就哄堂大笑起来。

马三立还表演了经典相声，编演了新的相声段子。这些段子幽默、辛辣、刺激，把敌人的丑恶嘴脸，形象地展示出来，展示在志愿军将士面前，赢得了经久不息的掌声，激发了大家战胜美帝的决心，也引出了大家发自内心的欢笑。

目睹战士的英雄事迹，骆玉笙着实被感动了。对于新中国，有了更加深刻的理解——崭新的国家，崭新的生活，崭新的人民……幸福生活，就从新中国开始。

从此，骆玉笙一改悲情的创作风格，变得明朗流畅起来。

在朝鲜前线，她创作的《主峰红旗》《邱少云》，成为她创作上的新高峰，也在京韵大鼓流派中，树立了一杆鲜明的大旗。重要的是，她从思想上脱胎换骨，从一个旧式的江湖艺人，变成了人民的艺术家。

那么，麻子红呢？到达朝鲜以后，他首先凭吊了长津湖战场。

发生在一九五〇年十一月的那场战役，深深感染了麻子红，也使麻子红生出一种无畏和自豪感。

当时，长途奔袭、仓促上阵的第九兵团的二十军，潜伏到靠近长津湖的柳潭里西南，二十七军潜伏到柳潭里和新兴里北部。时至二十七日，长津湖一带突降大雪，气温降至零下四十多摄氏度，千余名官兵被冻死，无数官兵被冻伤。

战役还没有打响，就有这么多官兵伤亡，这到底意味着什么？麻子红没时间往下想，只有听志愿军首长讲下去。

志愿军官兵毅然坚守阵地。为什么？就因为"联合国军"扬言，要在一个月后的圣诞节，把中国军队赶回去。

"联合国军"东线先头部队，是美海军陆战第一师。美一师装备精良，训练有素，在二战中从未打过败仗，号称王牌师。

志愿军第九兵团，也是一支过硬的部队——孟良崮战役大败张灵甫；淮海战役俘获杜聿明；解放上海后，被称作"霓虹灯下的哨兵"，英名远扬，威震八方。

此时，两军狭路相逢，必是一场殊死搏斗。

果然，潜伏部队接到总攻令，战士们突然跃起，以顽强的战斗作风，向美一师发起突袭。一直激战至翌日，美一师机械化战斗队形被切断，陷入志愿军压缩的四个包围圈。

然而，寒冷已使志愿军大量减员，饥饿又使战士们没了力气，小米加步枪难以摧毁大炮和坦克。双方僵持了三昼夜，志愿军歼敌不成，敌方也难以向鸭绿江推进。

十二月五日上午，美一师开始向南突围。

兵团司令宋时轮命令，对美一师展开围追堵截，第二十六军也向长津湖地区挺进，以补充作战部队人员不足的问题。可是，两条腿翻山越岭，要撵上后撤的美军机械化部队，谈何容易！尽管如此，指战员们仍然顶风冒雪，忍饥挨饿，按时到达指定地点，趴在雪地上，准备截杀敌人。

趴着，趴着……战士们不少被冻死了。待到发起冲锋，幸存的指战员，仍如猛虎下山，以钢铁般的意志，打得美军扔下千余具尸体，一天仅后撤了五百米。

一个要跑，一个要阻。

水门桥——生死攸关的屏障，各自胜败的生死"桥"。怎么办？宋时轮坚定地说：炸掉它！然而，美先头部队已抢先驻扎，用一个营的兵力和四十辆坦克死守水门桥。

水门桥两次被炸断，但很快又被美军修复。第三次炸桥时，两个连队的敢死队员，二百余名指战员，个个背负五十公斤炸药，蹚积雪、越沟壑、躲岗哨、抢时间……十二月六日，战士们借着夜色发起突击，用血肉之躯，把大桥连同基座全部炸毁。

绝望中的美一师师长史密斯，立马发电报求援再次架桥。

美军高层收到请求，都认为，如不救出美一师，美国的颜面将荡然无存。于是，美军指派驻日本部队去三菱重工，紧急加工八套M2型钢木标准桥梁，第二天用C-119大型运输机，运往一千多公里外的水门桥上空，靠巨型降落伞空投到美军阵地。

于是，美军开始过桥了。

史密斯意识到：美军通过水门桥，肯定会遭到志愿军伏击。为慎重起见，他派小分队前去侦察。当美军士兵摸上水门桥对面的山头，当即被眼前的景象震撼了：在冰天雪地里，志愿军一个连百余名官兵，呈战斗队形散卧在一条线上，每个人都手持武器注视前方，化作了一座座晶莹的冰雕……

麻子红眼含热泪，站在那片雪地上，向逝者深深鞠躬。

战争的残酷，战士们大无畏的精神，像一粒种子，在麻子红的心里扎根、拔节、开花、结果……之后的日子里，他去过上甘岭、金城川、鱼隐山……在枪林弹雨、战火纷飞、命悬一线的朝鲜前线，麻子红一行人，为志愿军战士演出了一百五十多场。

一次，曲艺大队正在战地医院演出，敌机突然飞来，投下了多枚炸弹，整个医院被夷为平地。还有一次，一颗炸弹竟落在麻子红居住的坑道顶上，差点将坑道炸塌，巨大的炸弹冲力，险些将麻子红震落到地上，坑道口也被碎石给封住了。面对困难和危险，麻子红毫不畏惧，他总是鼓励大家，志愿军在这儿流血流汗，我们要为他们鼓劲儿加油！

在朝鲜的五个多月里，麻子红随队下坑道、上前线，辗转在各部队之间，还独自到只有一个战士的哨所慰问演出。当时，为了躲避敌机轰炸，麻子红经常在夜间演出。

到空军慰问，就必然要到安东浪头四道沟，因为空军司政机关在那儿。

演出是在司政大楼广场进行的。

那天，广场上人山人海，观众都挤到舞台前，足足有万余人。观众有附近部队，有朝鲜居民，也有司令员、政委、参谋长、政治部主任，大家席地而坐，秩序井然，静静地等待着。可偏偏天公不作美，突然阴云密布，大风骤然刮起，温度急剧下降，这给杂要表演带来了巨大考验，甚至可能危及生命。

可为了慰问最可爱的人，哪还顾得了这些呢？

演出马上开始了，天却下起了雨，而且越下越大，淋得观众个个像落汤鸡。可是，他们依然稳稳地坐着，竟然没一个离场的。这时，麻子红、陈贤芬、金英子、金惠子、马三立、李润杰等人，早已经化好了装，穿着单薄的演出服，坐在芦席棚子里候场。

这样恶劣的天气，还不把艺术家淋病喽？

司令员聂凤智坐不住了，他们可是祖国的财富啊！他决定停止这场演出，并亲自来到芦席棚子里，告知这个临时的决定。

大家感谢首长的关怀，但没人接受这个决定。

"志愿军将士流血牺牲都不怕，俺们咋能被这点困难吓倒呢？"麻子红深情地说，"风大，高车骑不了，刀山爬不了，但可以演滑稽呀！"

于是，马三立表演了单口相声，骆玉笙表演了京韵大鼓《主峰红旗》，陈贤芬表演了小魔术，金惠子表演了《蹬技》，金英子表演了《柔术叼花》……

《柔术叼花》可是杂要中的一绝。

你看，金英子把纯熟的腰功、顶功糅合在一起，造型变化多端。只见她时而鲤鱼潜水，时而金鸡啼鸣，时而春燕展翅，时而牡丹盛开，精美绝伦的姿态，把战士们从战争中，带到了一个充满幻想的世界。

最后，麻子红表演了《卓别林专场滑稽》。

只见他穿着短小的黑色西服、肥大的黑色西裤，头戴黑色礼帽，脚上反穿着黑色皮鞋，手挂着文明棍，迈着八字脚走路，一跩一跩地上场啦。

这一身滑稽的打扮，这个走路的样子，战士们一看就哈哈大笑。

麻子红走着走着，突然脚下一滑，摔倒在地。他两只脚别来别去，挣扎了好一会儿，还是没有站起来，就"跩屁股走路"啦

战士们又是一阵大笑。

麻子红拿起文明棍，一会儿横过来，一会儿顺过去，一会儿吹笛子，一会儿吹箫，一会儿吹萨克斯，一会儿吹黑管……口技娴熟、逼真、悦耳、动听，还配以滑稽的表情。那丰富的眼神、变化的动作，把战士们看得瞠目结舌了。

接着，麻子红又表演了《老汉背驴》《滑稽钢丝》《滑稽吸烟》……这些"滑稽专场"的组合，把惊险、技巧、滑稽有机地融合，达到了前所未有的高度。这其中，也包括胆量——有谁敢在这样恶劣的环境下，去钢丝上玩命呢？

战士们的情绪被推上了高潮，甚至都忘记了这是朝鲜战场。于是，他们尽情地欢呼、鼓掌、叫好……

朝鲜前线的慰问演出，俨然是一场文化盛宴，让志愿军将士饱了眼福，也蜕变了麻子红。

麻子红已经蜕变啦！蜕变成了人民艺术家！

4

在景色秀丽的日内瓦莱蒙湖畔，坐落着一幢白色的老式三层建筑——花山别墅。

中国的一位中央首长，坐在靠窗的藤椅上，默默地阅读着文件。当、当当……敲门声轻轻响起，这位首长埋着头，用磁性的嗓音说："请进。"

门开了，秘书轻轻走过来，俯身轻声地说："首长，按照约定时间，卓别林先生就要到了。"

首长抬起头来，面带笑容地说："嗯，我去迎接先生。"

这一天的十六时许，卓别林偕夫人下了汽车，首长微笑着迎上去，说："我是你的忠实观众，三十多年的观众，我们是老朋友啦！"

卓别林满头银发，一脸慈祥地笑着："首长，这是我最荣幸的一天。"

卓别林和与会者见面后，首长向他表示祝贺，祝贺他获得了"国际和平奖"，并说："你是反对侵略、反对战争的伟大战士！是维护人类和平、友爱、文化进步的坚强卫士！向你致敬！"

卓别林连声说："谢谢！谢谢！"

"从你拍的电影和创造的众多角色中，我们都深深感受到了人类的友爱、世界和平的呼声……"首长做了一个手势，接着说，"从你演的无声片到最近拍的新片《杀人的喜剧》《舞台生涯》，我们都看过，非常赞赏！发人深思，回味无穷啊！"

卓别林微微地点点头。

首长兴奋地继续说："在影片《大独裁者》中，你把希特勒这个战争狂人刻画得入木三分，叫人信服，又令人佩服！他幻想成为统治全世界的独裁者，妄想把地球当作任他玩耍的气球……当然，这也是你非凡的艺术想象所制造出来的喜剧效果……"

卓别林哈哈哈地笑起来："可地球不是他摆弄的玩具，气球的爆炸惊醒了他的独裁梦，哈哈哈……总想征服别人、侵略别国的战争狂人，最后总会被战火吞噬掉。"

首长说："在观看你的一系列影片时，大家一直笑声不断，可有许多地方，人们是流着泪在笑啊！你拍的影片和所演的角色，都引起了人们的深思啊。"

卓别林沉思了一下说："艺术来源于生活。就说影片《淘金记》中，很多情节都是源于生活。你们看我吃皮鞋吃得多香啊！在当时，许多工人被资本家骗到矿山去，饿得把什么都吃光了，只能吃皮鞋……资本家工厂中的工人，都成了会说话的机器，常是做单调的一件事。嗯，应该说，他们每时每刻都只做同样的一个动作，不知道自己工作是为什么，生活没有目标。悲剧和喜剧界限不大。"他用手比画着，"一线之隔吧！"

在首长的陪同下，卓别林开始用餐，可他依然兴奋地说："一九二七年我在孟买，看过小福的杂耍，我感到非常震撼。那时，我们相互交流过，也互相学习过。我相信，他将成为东方喜剧大师；一九三六年我去过上海，看过梅兰芳先生的京剧，令我钦佩！我还看过马连良先生的戏，真是好极啦！"

卓别林说着，便拿起餐巾当马鞭，他一挥餐巾，又一骗腿，真像中国戏曲中上马的动作。

首长笑着说："梅兰芳先生、马连良先生我都很熟悉，也非常敬佩他们。只是小福，我还没听说过。"

卓别林说："小福，他叫赵凤岐，是吴桥人。我们在一起演出一年多，分手时我们相约，我要到中国去看望他。"

这时，首长诚恳热情地邀请道："欢迎你再访中国！看一看新中国的新面貌！那时，相信你会实现你的心愿。"

卓别林说："谢谢先生，那将是我的荣幸。"

首长说："你是喜剧大师，那也是我们的荣幸。"

随后，首长应卓别林的要求，介绍了中国革命艰难而光辉的历程：五次反"围剿"、二万五千里长征、国共合作、抗日战争、解放战争……那冰山雪地、刀光剑影、雨雪风霜……濒临绝境、突破重围、重振军威……而见证这一切，备尝艰辛的首长，此刻就端坐在面前，那么沉着。卓别林在惊奇之中终于信服了，并以惯有的幽默口吻，和首长开玩笑说："看来，您现在再用不着走那么远的路啦！"

首长爽朗地仰首大笑。

临别，卓别林再次提到小福，说小福虽然是孩子，但极具艺术天赋。为此，首长郑重嘱托秘书，要联系上吴桥县政府，争取找到小福——赵凤岐先生。

卓别林感动地拥抱着首长说："谢谢，谢谢，若是小福还活着，请想办法转告我，我一定去中国看望他。"

首长点点头说："卓别林先生，我们一言为定。"

此时，麻子红正潜心研究杂耍技艺，培养杂耍人才，或是率团巡回演出，把吴桥文化馆办得红红火火，他的技艺也更加炉火纯青了。

可是，麻子红怎么也没想到，卓别林还如此挂念他。

这天早上，麻子红刚要去练功，电话却丁零零响起。麻子红抓起电话，原来是文化局的会议通知。

小淘、小亮和麻子红赶到文化局会议室，相关人员也到了。安局长面带笑容坐在那儿，宣布立马开会。

会议宣读了文化局文件，任命小淘为文化馆馆长、小亮为副馆长，大家热烈鼓掌，一并表示祝贺。

安局长摆摆手，大家安静下来，他随即又宣布：根据自愿的原则，经同志们申请，组织上批准，赵凤岐、张殿明、范洪训、蔡纯栋、姚树岐、马胜阁和崔凤章等同志，即将举家北迁，支援新中国第一个马戏团——齐齐哈尔马戏团。

大家又是一阵热烈的掌声。

"不过，"安局长话锋一转，"省文化厅传来消息，中央首长正在寻找小福，也就是赵凤岐同志。正好，文化部正在组织国庆五周年庆祝活动，首长指定赵凤岐同志参加。这样一来，赵凤岐要先去北京参加国庆庆典，然后再去齐齐哈尔。"

从会议室出来，麻子红仍在梦中。

小淘说："师弟，好消息啊！"

小亮也说："师弟，祝贺你！"

麻子红一愣，继而又说："首——长，这是真的吗？"

小淘、小亮不约而同地点点头："真的，一定是真的！"

麻子红瞪大了眼睛，噌的一下蹿到门口，他跳呀、跑哇，继而又转身问道："师兄，这是真的吗？"

"当然，当然！"小淘、小亮又不约而同地说。

"师兄，那俺该做点啥？"

小淘、小亮站住脚，上下打量着麻子红。两个人都觉得，麻子红应该做一套新衣服。为此，他们还进行了一番争论。小淘觉得中山装庄重，小亮觉得便服传统，麻子红觉得演出服得体。就这样，为了穿什么服装，三个人争执了半天，最后达成了统一，做一套中山装去北京。

衣服是确定了，麻子红又觉得，应该带点礼物，给首长作纪念。

那带什么呢？三个人又琢磨开了，是带点吴桥特产，还是其他什么？想来想去，还是没有思路，就转而讨论表演内容。

表演什么呢？滑稽一定是少不了的，那是东西文化的结合，也是杂耍艺术的创新。还有《滑稽高车》，那是麻子红的独创，也应该汇报演出。

提到了《滑稽高车》，麻子红心头一动：送一辆高车给首长，那岂不是最理想的嘛。它代表了杂耍艺人艰辛、坚毅、不懈和奉献精神。这种精神，不正是中华民族的瑰宝嘛！

一切商议完毕，麻子红开始准备了。

麻子红要去北京的消息不胫而走，赵家一时热闹起来。乡亲邻里、七大姑八大姨、小时候的玩伴，都纷纷登门道贺。大家千叮咛万嘱咐，嘱咐麻子红给首长带话，表达对共产党的感激之情，表达对新生活的信心和渴望，弄得麻子红只有点头的份儿。

刘氏破例嘱咐陈贤芬，让她陪着麻子红去县里，找一裁缝铺做衣服，又嘱咐月娥绣一只荷包，还非得亲自绣上第一针。她用月娥纫好的针线，摸索着扎下了第一针，又颤抖着交到月娥手上。那一刻，她已是泪流满面。

这第一针里，包含了刘氏多少情感啊！

荷包绣好啦，那是刘氏送给首长的礼物，也是对麻子红的期盼；高车做好啦，那是杂耍艺人对首长的一片心，也是对新中国的祝福。

一切准备就绪，麻子红该起程啦。

站台上，中共吴桥县委书记刘干、文化局安局长和杂耍艺术家们，正在和前来送行的人们告别。

而刘氏在月娥的搀扶下，同小淘、小亮和赵保有一起，围着麻子红你一言我一语地嘱咐着。令麻子红意外的是，陈贤芬领着小秀华，挺着大肚子来了；爱娣儿抱着小秀云、领着小泉涛来了。还有爱娣儿的丈夫——县武装部部长肖守平，也前来为麻子红送行。

爱娣儿、肖守平走到刘氏面前，亲亲地唤了一声娘，询问一下身体状况，转向了麻子红，免不了又是一番嘱托。

呜——一声汽笛响起，刘干等人一一上了火车，麻子红也眼含热泪，和刘氏及亲友们告别。

火车徐徐开动了，麻子红坐在那儿，深深地陷入沉思：七岁离乡撂地儿，当年的情景，那是何等的凄凉。而今进京演出，又是何等的荣耀啊！自己只是个艺人，又有何德何能，让中央首长牵挂……

列车员开始验票，麻子红掏出票来，递给列车员检验，又陷入沉思。

朝鲜战争的硝烟，首长的牵挂……让他深深地感动，回来后，他要到齐齐哈尔去，好好发展那里的文化，为新中国的文化，奉献自己的一切！

这时，麻子红看到艳阳高照，他不觉为之一振，未来的中国，未来中国的杂耍，必然是灿烂如花、前程似锦！

尾声

麻子红一到北京，就被鲜花包围了，北京站、长安街、金水桥、天安门，到处是鲜花，首都在秋阳的映照下，显得温馨又热烈，呈现出一幅独有的风景画。

此时，第一届全国人大刚刚结束，又恰逢新中国成立五周年，北京怎能不热闹呢?

麻子红一行人到了北京，河南省歌剧团、华东越剧一团、川剧演出团、江苏省锡剧团和香玉剧社等剧团也到了首都。于是，《断桥》《反徐州》《刘海砍樵》《小二黑结婚》《志愿军的未婚妻》《西厢记》《织锦记》《临江宴》《双拜月》《庵堂相会》《双推磨》《红娘》等，像一朵朵鲜花，盛开在北京的舞台上。

九月三十日晚上，让麻子红感到吃惊的是金惠子也登上了舞台，并以她娴熟的"蹬伞"技巧，引爆了全场的掌声。麻子红感到很欣慰，金英子在重庆马戏团衣食无忧，金惠子又如此受关注，这万能脚要是在天有灵，也该放下那颗记挂的心了! 接下来是何天宠、刘小玲的《平衡造型》，邱永泉、史文高的《椅子顶》，孙泰、黄玉书的《口技》，李殿彦、王月英等人的《大武术》，申方良、申方明的《空中飞人》……

最撩人眼球的，当属麻子红的滑稽组合啦。

麻子红又穿上短小的黑色西服、肥大的黑色西裤，头戴黑色礼帽，脚上反穿着黑色皮鞋，手拄着文明棍，迈着八字脚走路，一跛一跛地上场啦。

于是，在朝鲜战场演出的一幕，又在北京的舞台上再现。

麻子红走着走着，突然脚下一滑，就摔倒在地。他两只脚别来别去，挣扎了好一会儿，还是没有站起来。

好一会儿，他终于站了起来。

麻子红拿起文明棍，一会儿横过来，一会儿顺过去，一会儿吹笛子，一会儿吹箫，一会儿吹萨克斯，一会儿吹黑管……

演出终于落下了帷幕，全场观众站立起来，爆发出经久不息的掌声。

全体演职人员集体谢幕，让演员们没有想到的是，首长陪同贵宾走上台，一一和演员们握手。

首长一边握手，一边询问演员，这些节目叫什么，回答却不尽一致，有说叫杂耍的，有说是耍把戏的。首长沉思了一下，说就叫"杂技"吧。

从此，"杂技"这个词诞生了。

首长走向金惠子，自然地伸出了手，金惠子却把双臂背了过去。站在金惠子身边的刘小玲说："首长，她从小就没有双手。"

"小惠子，对不起！"首长说着，又转向工作人员，"记住，要到苏联为金惠子定做一双假手，这样才能保证演出形象。"

工作人员点头称是。

当走到麻子红面前时，首长紧握他的手，上下仔细打量着说："小福，赵凤岐，麻子红，嗯，好样的。你的表演很像卓别林嘛！你为中西文化的交流，做出了很大贡献，难怪卓别林先生会赞赏你。我看，你就是东方卓别林嘛！"

"首长，您一夸俺，俺都不好意思了。"麻子红的麻子红啦。

"麻子红，好好努力，新中国的文艺事业，就靠你们年轻人啦！"首长笑着说。

"请首长放心，俺一定加倍努力！"

麻子红望着首长的背影，心里一直处在激动之中。蓦然，他想起了娘的嘱托，想起了乡亲们的嘱托，想起了娘绣的荷包，想起了自己的高车。这时，他才发现，首长已经走出了剧场。

于是，麻子红掏出荷包，手举高车，迅速向门外追去……

2014年7月至2015年8月一稿
2015年10月至2016年12月二稿
2018年10月定稿